JOANNA CHMIELEWSKA

Mords Stimmung

Buch

Iza Brant bemüht sich redlich, ihren chaotischen Haushalt – sie ist allein erziehende Mutter zweier halbwüchsiger Kinder und schlägt sich mit freiberuflichen Korrekturarbeiten durch – auf Vordermann zu bringen. Denn der Besuch ihrer australischen Verwandten steht vor der Tür. Und Iza will einen besonders guten Eindruck machen, denn diesmal soll entschieden werden, ob ihr ein Erbteil zuerkannt wird. Die Familie ist kritisch, launisch und anspruchsvoll. Doch dank ihres sprichwörtlichen polnischen Improvisationstalents und ihres unerschütterlichen Humors konnte Iza die Überfälle der Verwandtenhorde bisher immer ganz gut meistern.

Diesmal scheint sie allerdings vom Pech verfolgt. Denn kurz vor der Ankunft des Besuchs wird Izas Exfreund ermordet. Und sie sieht ihre Felle schon davonschwimmen, als es klingelt, ihre äußerst strenge Großtante die Wohnungstür öffnet und die Polizei davor steht, um Iza als Mordverdächtige zu vernehmen. Von nun an muss sich Iza nicht nur den Fragen der Mordkommission stellen, sondern auch der Neugier ihrer Onkel und Tanten. Schließlich findet die Polizei Hinweise auf die ganz und gar nicht weiße Weste des ermordeten Exfreunds. Mit Izas tatkräftiger Unterstützung gelingt es schließlich, den Täter dingfest zu machen. Iza Brant ist vor den gestrengen Augen der Verwandten rehabilitiert und hat ganz nebenbei den Mann fürs Leben gefunden …

Autorin

Die Warschauerin Joanna Chmielewska war Architektin, bevor sie zu schreiben begann. Sie liebt Pferderennen, Spielcasinos und Reisen um die Welt. Ihre exzentrische und schillernde Persönlichkeit spiegelt sich in den originellen Heldinnen ihrer Kriminalromane wider. Seit vierzig Jahren führen ihre Bücher die Bestsellerlisten in Polen und Russland an. Die Gesamtauflage ihrer Werke beläuft sich in Polen auf fünf Millionen, in Russland auf zehn Millionen Exemplare. Endlich wird die Chmielewska auch in Westeuropa entdeckt: Erste Übersetzungen ihrer Bücher erscheinen demnächst in Deutschland, Frankreich, Spanien und England.

Joanna
Chmielewska

Mords Stimmung

Roman

Aus dem Polnischen von
Agnieska Grzybkowska

BLANVALET

Die polnische Originalausgabe erschien 2002 unter dem Titel
»Pech« bei Kobra, Warschau.

Umwelthinweis:
Alle bedruckten Materialien dieses Taschenbuches
sind chlorfrei und umweltschonend.

Der Blanvalet Verlag ist ein Unternehmen
der Verlagsgruppe Random House.

1. Auflage
Deutsche Erstausgabe Juli 2005

Umschlaggestaltung: Design Team München
Umschlagmotiv: buchcover.com, doublepointpictures
Satz : deutsch-türkischer fotosatz, Berlin
Druck: GGP Media GmbH, Pößneck
Verlagsnummer: 36240
LW · Herstellung: Heidrun Nawrot
Redaktion: Andrea Stumpf
Made in Germany
ISBN 3-442-36240-7
www.blanvalet-verlag.de

Alles begann in dem Moment, als ich beschloss, einmal im Leben vernünftig und vorausblickend zu handeln.

Die Horde meiner sämtlichen Verwandten sollte mich im Sommer überfallen, und die Folgen dieses Besuchs könnten sich als sehr schwerwiegend erweisen, von katastrophal bis sensationell. Noch dazu waren sie unberechenbar.

Einzeln hatten sie mich schon oft beehrt – na ja, oft ... so ungefähr drei Mal. Und immer war irgendetwas geschehen, das mich völlig kompromittiert hatte. Daher begannen sie daran zu zweifeln, dass ich zu einem einigermaßen normalen menschlichen Wesen herangewachsen war, was das mir zugedachte künftige Erbe ernsthaft gefährdete.

Möglich, dass Geld stinkt, aber schließlich war ich eine allein erziehende Mutter von zwei Kindern. Im Falle eines Falles würde ich die stinkenden Scheine selbstverständlich mit deutlich sichtbarem Ekel annehmen.

Ich verließ Warschau, um meinen Kindern für die Zeit des Besuchs unserer australischen Verwandten einen Ferienaufenthalt an der Ostsee zu organisieren, in Władysławowo, im Hause einer etwas merkwürdigen Freundin von mir. Selbstverständlich hätte man das auch am Telefon erledigen können, doch ich hatte eben beschlossen, umsichtig, vorausblickend und vernünftig zu handeln. Außerdem hatte ich im Grunde meines Herzens unbändige Lust, wenigstens einen Tag allein am Meer zu verbringen. Daher nutzte ich die kurzzeitige Eruption von Charakterstärke und fuhr hin.

Meine Freundin Eleonora besaß nicht nur einen eigenwilligen Namen, sondern auch einen eigenwilligen Charakter. Sie war kinderlos und hasste Säuglinge, dafür liebte sie Jugendliche, so ab zwölf aufwärts. Und die Jugendlichen liebten sie – wild, leidenschaftlich, ja beinahe krankhaft. Unbegreiflich.

Ich konnte ihr also meine Kinder ohne Bedenken den ganzen Sommer lang zur allseitigen Freude unterschieben. Doch es waren ein paar finanzielle Fragen zu klären, weil keine von uns beiden im Geld schwamm. Darüber hinaus war ihr Mann geizig und verbreitete immerzu schlechte Stimmung. Diese Stimmung löste sich jedoch augenblicklich in Wohlgefallen auf, wenn Geld ins Spiel kam. Ich wollte sie vorausschauend im Keim ersticken und hatte beschlossen, Eleonora eine Anzahlung für das Kostgeld aufzuschwatzen. Danach könnte ich leichten Herzens nach Hause zurückkehren, um weitere vernünftige Schritte zu unternehmen.

Ich fuhr am frühen Nachmittag los. Meine Arbeit für diverse Redaktionen und Verlage gab mir viel Freiheit, denn Korrektur konnte ich lesen, wann es mir gefiel. Es stand nichts Dringliches und nichts Unerledigtes an – dafür hatte ich gesorgt. Zu Hause hatte ich einige Vorräte deponiert, aus denen meine Kinder sich etwas zu essen zaubern konnten. Besonders mein sechzehnjähriger Tomek kochte gern. Seltsamerweise, aber er machte es tatsächlich gern. Die vierzehnjährige Kasia zog Putzen vor, wenn sie sich schon für irgendetwas entscheiden musste. Jedenfalls dürften sie zurechtkommen und es nicht einmal mit allergrößter Mühe schaffen, in den drei Tagen meiner Abwesenheit zu verhungern.

Bis nach Mława fiel mir sukzessive ein, was ich alles vergessen hatte. Das Nachthemd zum Beispiel, eines von Eleonora auszuleihen kam nicht in Frage, weil sie viel kleiner und schlanker war als ich und außerdem nur in Schlafanzügen schlief. Ich konnte Schlafanzüge noch nie leiden. Ach, und auch den Gürtel des Bademantels, der mir zugleich als Haarband beim Duschen diente. Der Gürtel natürlich, nicht der Bademantel. Was soll's, vielleicht hatte Eleonora ja ein Stück Schnur. Was noch? ... Alles für die Haare, Shampoo, Pflegebalsam, Lockenwickler. Und auch den Fön. Aber ohne Lockenwickler brauchte ich eigentlich auch keinen Fön. Nun, dann würde ich eben drei Tage lang zerzaust herumlaufen, einen Kamm hatte ich ja wohl noch irgendwo in meiner Handtasche.

Magentabletten. Egal, Fisch ist leicht verdaulich. Dafür hatte ich zwei Flaschen französischen Rotwein mitgenommen, weil man in diesem Land heutzutage zwar überall alles bekommt, doch einen La Cordonne treibt man nur selten auf. Letztes Jahr hatte ich von einem vor Glück übergeschnappten Autor, in dessen Manuskript ich alle Rechtschreibfehler gefunden hatte, sechs Flaschen dieses edlen Tropfens bekommen und zwei davon vorsorglich für Eleonora aufgehoben. Und für ihr Stanisläuschen, damit er keine schlechte Stimmung verbreitet. Zwei Flaschen für drei Leute, genau richtig für einen netten Abend.

Was ich sonst noch vergessen hatte, fiel mir nicht ein, da sich mir die Erinnerung an den letzten Besuch von zwei meiner Verwandten aus Australien aufdrängte. Es war jetzt sieben Jahre her.

Am Flughafen Okęcie herrschte ein entsetzliches Chaos, weil gerade der neue Airport gebaut wurde. Die Passagiere wurden noch auf dem alten abgefertigt: ein einziges Gequetsche von Wartenden in der Ankunftshalle. Das Flugzeug aus Singapur hatte Verspätung, und ich hatte leichtsinnigerweise die Frage des Transports zur Wohnung vernachlässigt. Nach ihrer achtundzwanzigstündigen Reise steckten meine Verwandten nun in der Schlange zu den Taxis fest. Ich versuchte sie fieberhaft mit den neuesten und interessantesten Nachrichten aus der Heimat zu unterhalten und hätte sie durch meine Meldung, dass in dem Laden mit der wunderbaren

Leinenbettwäsche mittlerweile Kugelschreiber und Schlüsselanhänger verkauft wurden, beinahe zur sofortigen Rückreise veranlasst. Die Lage entspannte sich erst wieder, als sie erfuhren, dass ein anderer Laden mit Bettwäsche, den sie kannten, noch existierte und sein Sortiment nicht gewechselt hatte.

Und dann hatte ich kein Geld für dieses blöde Taxi, als wir zu Hause ankamen.

»Oh nein«, sagte ich, wobei ich mich zu einem albernen Kichern zwang. »Was bin ich dumm! Habe ich doch glatt meine ganze Brieftasche zu Hause gelassen und nur das Portemonnaie mitgenommen, aber macht nichts, warten Sie einen Moment, ich bin gleich wieder zurück …«

Ich hätte auch zwanzig Mal nach oben gehen können, dann wäre dort immer noch keine Kohle gewesen. Die Tante und der Onkel waren, Gott sei Dank, mit den Kindern beschäftigt. Für die waren die Australier wahnsinnig exotisch. Verstohlen suchten sie sie mit ihrem Blick nach einem Beutel am Bauch, nach Straußenfedern, nach Bemalungen in den Gesichtern ab. Ich überließ sie einander und rannte nach unten, zu diesem Verbrecher von Taxifahrer, der übrigens sehr gut aussah und äußerst charmant war.

»Nichts zu machen, hören Sie«, sagte ich ebenso ehrlich wie düster. »Ich habe im Moment keinen Groschen, aber morgen wird was reinkommen, muss ja, so oder so. Das Einzige, was Sie tun können, ist, noch mal herzukommen, um sich Ihr Geld abzuholen. Die Adresse haben Sie ja, ich kann Ihnen meinen Ausweis zeigen …«

»Was erzählen Sie mir da?«, erwiderte er mir. »Sie bringen Ausländer hierher, die Geld wie Heu haben, und was ist? Sind die etwa zum Betteln hergekommen?«

»Wie stellen Sie sich das vor? Soll ich denen etwa das Geld aus der Brieftasche klauen? Das gehört sich nicht. Außerdem könnte ich wetten, dass die nur Reisechecks und Kreditkarten eingesteckt haben, und das bringt uns auch nicht weiter. Wann würde es denn am besten passen …«

In diesem Augenblick wurde mir bewusst, wie mein Zeitplan für die nächsten Tage aussah. Es war zum Haareraufen, vom frühen Morgen an musste ich mich um sie kümmern, wann sollte ich da zu einem meiner Arbeitgeber fahren, damit er mir eine kleine Summe rüberschiebt? Das Gleiche galt für die Bank. Ich bekam meine Honorare auf mein Konto überwiesen, und da musste noch etwas drauf sein. Ich könnte es abheben, nur wann? Wenn ich es am frühen Morgen schon mit der Taximafia aufnahm, diesen Wegelagerern unter den Taxifahrern, die sich die Strecke vom Flughafen unter den Nagel gerissen hatten und ihre Fahrgäste bluten ließen, also dann wäre ich bis zum Abend garantiert hochverschuldet.

»Ich kann Ihnen einen Scheck geben«, sagte ich ohne Hoffnung.

»Warum zum Kuckuck wollen Sie mir einen Scheck geben, mit dem ich dann stundenlang in einer Schlange vor dem Bankschalter warten muss? Haben Sie denn keine Nachbarn, die Ihnen was borgen könnten?«

»Bei denen sieht's noch schlimmer aus als bei mir.«

»Aber Sie haben doch sicher eine kleine Tour durch die Stadt vor, oder? Um den Verwandten von der anderen Seite der Erdkugel die hiesigen Sehenswürdigkeiten zu zeigen. Verstehen wir uns richtig?«

Eine kleine Tour, das fehlte noch …

Und dann geschah ein Wunder, denn es kam mein Nachbar aus dem Erdgeschoss, ein Fernsehtechniker. Das heißt, im ersten Moment hatte ich gedacht, es wäre ein Wunder. Damals war ich sieben Jahre jünger und sieben Jahre hübscher und hatte den Eindruck, ich würde ihm gefallen.

Ich stürzte mich auf ihn.

»Andreas, können Sie mir vielleicht bis morgen hundertsechzigtausend borgen? Nein, Sie kriegen es schon heute

Abend zurück. Ich habe meine Verwandten aus Australien mit dem Taxi abgeholt, und jetzt reicht mein Geld nicht!«

»Ich würde es Ihnen ja gerne leihen, habe es sogar bei mir«, sagte Andreas leicht verlegen, »aber meine Frau wartet darauf und wird gleich denken, dass ich es versoffen habe.«

»Ich werde bezeugen, dass Sie es mir gegeben haben!«

»Noch schlimmer. Sie denkt schon lange, dass ich hinter Ihnen her bin.«

»Auch das könnte ich richtigstellen.«

»Na, dann wäre mir ja ein friedlicher Abend mit meiner Frau garantiert.«

Um uns herum versammelten sich langsam Leute. Ich wohnte ja nicht in einer Einöde.

»Ich will Ihnen keineswegs weiteres Kopfzerbrechen bereiten«, sagte der charmante Mafioso, »aber meine Warterei hier kostet auch was.«

In dem Moment, als ich beschloss, in Ohnmacht zu fallen und ohne Rücksicht auf die Folgen diesen Ort nur in einem Rettungswagen zu verlassen, erschien mein Auserwählter. Der Lebensgefährte. Einst vergöttert, heute als Ungeheuer enttarnt. Dominik.

Er stieg aus seinem Volvo.

»Was ist denn hier los?«, fragte er mit einer gespenstisch ruhigen Stimme.

In einem Sekundenbruchteil erlebte ich mehrere Erdbeben, Weltenden, Paradieseintritte, Herzinfarkte und Himmelfahrten. Zum Schluss wurde ich mit Vulkanasche zugeschüttet. Die letzten Augenblicke von Pompei.

»Nichts«, sagte ich matt. »Ich hab nicht genügend Geld für das Taxi dabei. Hab zu wenig vom Konto abgehoben.«

»Gehören Sie zur Mafia?«, wandte sich Dominik ganz sachlich an den Mafioso.

»Ja, schon«, entgegnete dieser kühl. »Bin aber registriert. Ich zahle Steuern. Wir kommen gerade vom Flughafen.«

Verdammter Charmeur. Ich frage mich, was er heute so machte, wo doch die Taximafia zerschlagen worden ist.

Dominik war klug genug, sich auf keine Diskussion mit der Mafia einzulassen, und drehte sich zu mir um.

»Die sollten doch erst morgen kommen?«

Ich hätte meinen Kopf darauf gewettet, dass ich ihm das richtige Datum genannt hatte, aber angesichts der Situation, in der wir uns befanden, verzichtete ich darauf, zu streiten.

»Nun, dann sind sie eben heute gekommen. Schon möglich, Liebling, dass ich den Tag verwechselt habe.«

Dominik bezahlte wortlos, gab noch etwas für die Wartezeit dazu, stieg in seinen Volvo und fuhr wieder weg. In mir vermischten sich Verzweiflung mit Erleichterung und bildeten einen Schwindel erregenden Cocktail.

Als ich endlich in die Wohnung zurückkehrte, hatten meine Kinder die australischen Verwandten bereits in der Wohnung herumgeführt. Kasia zeigte mit Begeisterung, wie Mama früher einmal, in ihren jungen Jahren, auf dem alten Bügelbrett von der Couch gerutscht war. Tomek hatte den Tisch zum Empfang gedeckt und die Kartoffelsuppe von vorgestern, Heringsfilets in Öl, kaltes Bigos und Eiscreme aufgetragen. Die Tante und der Onkel saßen mit versteinertem Gesichtsausdruck auf zwei Stühlen mitten in dem durcheinander geworfenen Gepäck.

»Der Apfel fällt nicht weit vom Stamm«, sagte die Tante mit einer Stimme, die wie eine Mischung aus Pfeffer, Sägespänen und Eiszapfen klang.

Meine Erinnerung machte plötzlich einen Sprung rückwärts, zu einem früheren Besuch.

Damals war die Oma gekommen …

Aber sie war eigentlich weder meine Oma noch mein Onkel oder meine Tante. Die Oma war die Schwester meiner Großmutter, weshalb ich sie fortan lieber nur noch Großtante nenne. Zur Aufteilung meiner Familie auf verschiedene

Kontinente war es vor langer Zeit gekommen, kurz nach dem Krieg, in den vierziger Jahren. Der Schwester meiner Oma gelang es noch in der Blüte ihrer Jahre während des Krieges, einen waschechten Australier zu heiraten. Sie waren irgendwie in den Lagern zusammengekommen, sie musste damals siebzehn gewesen sein, und der energische Soldat brachte es fertig, seine junge Frau mit nach Australien zu nehmen. Die zweite, ältere Schwester, meine richtige Großmutter, blieb mutterseelenallein zurück, ohne irgendwelche Verwandten. Es wäre möglich gewesen, auch sie nach Australien zu holen, wenn sie damals nicht unsterblich in meinen Großvater verliebt gewesen wäre und die Unternehmung rundheraus abgelehnt hätte. Beide Schwestern waren, glaube ich, ausgesprochen stur und durch keinerlei Überredungskünste zu beeindrucken, doch sie liebten ehrlich und redlich. Sie achteten gegenseitig ihre Ansichten, sparten dabei nicht an Kritik und halfen sich unter Vorbehalten und Vorwürfen plus Bedenken, so viel sie konnten.

Ich blieb dann schließlich auch allein, als einzige Nachkommin der Großtante, der Schwester meiner Oma, weil es blöd gekommen war.

Da sie sich nun um die Alleingebliebene sorgten, kamen meine australischen Verwandten ständig. Sie hatten es insofern nicht weit, weil ein Teil der jüngeren Generation studierte und mal in England, mal in Frankreich lebte. Darüber hinaus hielten sie es für ihre höchste Pflicht, sich um die polnische Minderheit zu kümmern. Mein Pate war … Moment mal, ich will hier nichts Falsches erzählen. Es war der Bruder der Frau des Sohnes der Schwester meiner Großmutter. Das heißt: der Bruder der Schwiegertochter. Wenn man genau hinguckte, konnte man bestimmt einen Verwandtschaftsgrad darin entdecken. Sogar zu mir.

Meine leibliche Großmutter starb, und meine Mutter versuchte sich in einer schwierigen Welt mit einem komplizierten politischen System zurechtzufinden, abgehetzt, überarbeitet und dabei sorglos und leichtsinnig. Mein Vater arbeitete sich zu Tode, ohne dass es der Familie genutzt hätte, weil er nicht nein sagen konnte. Er wollte so sehr, dass alles gut wird, und er glaubte immer, dass es das werden würde. Er schrammte meistens knapp an der Parteilinie vorbei, weshalb sich immer mehr Steine auf seinem Weg auftürmten, bis er schließlich an einem gewöhnlichen Herzinfarkt starb. Da war ich glücklicherweise nicht mehr ganz klein.

Die Schwester meiner Großmutter kam gleich nach seinem Tod hierher, stellte fest, dass man in diesem Land nicht leben könne, dass es ein einziges Irrenhaus sei und eine Brutanstalt für Verbrecher und dass die Lebensbedingungen den elementaren Bedürfnissen des Menschen Hohn sprächen. Sie versuchte, meine Mutter dazu zu bewegen, auszuwandern, aber auch Mutter wollte nicht. Sie konnte den Hund nicht zurücklassen, er wäre vor Gram gestorben, und die Tochter, das heißt ich, musste doch die Schule beenden. Ich war einer Meinung mit ihr, ausnahmsweise. Schließlich reiste die Schwester meiner Großmutter früher als geplant ab. Sie behauptete, in dieser Enge, mit dem Hund am Hals und den Straßenbahnen vor dem Fenster habe sie keine einzige Nacht ruhig geschlafen, aber ihr Herz wollte es angeblich in Stücke zerreißen, und so legte sie fest, dass ich, die einzige Enkeltochter ihrer leiblichen Schwester, die Hälfte des Familienvermögens erben sollte. Damals fiel es ihr leicht, so etwas festzulegen, damals war ich ja auch noch durch nichts bei ihr angeeckt.

Nach der Großtante kam mein Pate mit seiner Frau, die, wie ich ausgerechnet hatte, eine angeheiratete Tante war.

Er erwischte gerade einen ungünstigen Moment, denn ich besaß damals einen Ehemann und hatte gerade mein zweites Kind geboren, Kasia. Das Wort »beengt« beschreibt unsere Wohnverhältnisse trefflich, in zwei Zimmern lebten meine

Mutter, mein Mann, ich, zwei Kinder und eine Katze, der Hund nicht mehr, da er schon tot war. Wenn er noch gelebt hätte, wäre er einundzwanzig Jahre alt gewesen und würde sicherlich von Presse, Radio und Fernsehen besucht werden, was unsere Beengtheit zweifellos noch gesteigert hätte.

Ich ging mit ihrem Besuch ebenso leichtfertig um wie meine Mutter, was wohl auch kein Wunder war, denn kurz davor hatte ich unter Geburtswehen gestöhnt und keinen Gedanken an die Unterbringung der Verwandten verschwendet. Mein Patenonkel und die Tante hielten einen Tag und eine Nacht tapfer durch, wobei sie sich bestimmt ausmalten, in einem Flüchtlingslager zu sein. Dann verschwendete mein Mann einen ganzen Arbeitstag an die Suche nach einem Hotel, wobei sich herausstellte, dass das Einzige, was sie bekommen konnten, ein Zimmer in einem ehemaligen Arbeiterwohnheim im Fabrikviertel Wola war, mit einer Toilette auf dem Gang und einer einzigen Dusche für das gesamte Stockwerk. Sie hielten also noch eine zweite Nacht durch, wurden schon etwas nervöser, und dann schmierten wir mit allem Geld, was wir besaßen, den Portier im MDM-Hotel, wo sie endlich ein einigermaßen normales Zimmer bekamen.

Da ich ja mittlerweile erwachsen war, fiel alle Schuld auf mich. Geburt hin oder her, ich hätte meinen Mann schließlich schon vorher mit der Suche beauftragen können. Dass er als Redaktionssekretär bei einer der ums Überleben kämpfenden Tageszeitungen arbeitete, war ihnen egal und hatte mit der Sache nichts zu tun. Jedenfalls wurde nun meine Hälfte des Erbes vom Familienvermögen unter ein kleines Fragezeichen gestellt, denn konnte man mit diesem Vermögen eine Person bedenken, die so hochgradig verantwortungslos war?

Schließlich hatte mich ein Ereignis gerettet, das in die Sphäre des Überirdischen gehörte.

Es hat einmal eine wunderbare Zeit gegeben, die ein paar

Jahre währte, als Verlage, die etwas auf sich hielten, guten Korrektoren ein Vermögen bezahlten, und ich war eine wirklich gute Korrektorin. Ich besaß die vier unabdingbaren Eigenschaften: Geistesschärfe, Sehschärfe, Gedächtnis und Sprachkenntnis. Ich las schnell, und trotzdem entging kein Fehler meiner Aufmerksamkeit. Darüber hinaus war ich pflichtbewusst und ehrgeizig und las freiwillig die Druckfahnen in allen Stadien, um zu überprüfen, ob auch alle Korrekturen eingetragen worden waren. Ein übersehenes Komma bewirkte, dass ich vor Scham im Boden versinken wollte, und wegen einer Verwechslung von »a« oder »ä« oder umgekehrt war ich bereit, mich zu vergiften, zu ertränken und zu erhängen. Ich arbeitete Tag und Nacht, weshalb meine Kinder, enorm unwillig, die Haushaltspflichten übernehmen mussten, und mein Mann ließ sich von mir scheiden, was ich allerdings mit einer gewissen Erleichterung aufnahm. Er hörte auf, mir mit so idiotischen Dingen wie Mittagessen, Wäschewaschen und Hemdenbügeln, verstaubten Büchern und verloren gegangenen Gegenständen auf den Geist zu gehen, wobei er feststellte, er selbst sei sehr zerstreut, daher bräuchte er eben eine Ehefrau, die mit beiden Beinen fest auf der Erde steht. Später heiratete er die Richterin, die unsere Scheidung aussprach.

Und ich bekam eine Wohnung. Meine Freundin, eine allein stehende Frau, hatte sich gerade ein zweigeschossiges Apartment bei einer Wohnungsbaugenossenschaft gekauft und trat es mir für den Preis der ursprünglichen Baukosten ab, weil sie für ihre schwer kranke Mutter sofort eine ebenerdige Wohnung herbeizaubern musste. Sie zauberte sie herbei, hatte aber zu wenig Geld. Nun verfügte ich gerade über die entsprechende Summe, die ich in den Jahren des Überflusses angespart hatte, und wir retteten uns gegenseitig.

»Weißt du«, sagte sie damals bekümmert zu mir, »die

Wohnung liegt im ersten Stock, ich dachte mir, ich würde sie dorthin mitnehmen und selbst eine Etage höher wohnen, aber dann hat sich herausgestellt, dass die zehn Treppenstufen sie umbringen könnten. Und tschüss. Dann hat es in Częstoniewo geklappt, das ist so ein kleines Fleckchen, da sagen sich Fuchs und Hase gute Nacht, Kiefernwälder und sonst nichts, in der Nähe von Grójec. Für ein paar Groschen, das Stück Land war vor nicht langer Zeit als Baugrund freigegeben worden, das Haus steht schon fast. Hör mal, hast du denn überhaupt so viel? Oder bringe ich dich damit in Bedrängnis?«

»Ich hab genug«, antwortete ich stolz. »Hab geknausert an allen Ecken und Enden. Für meine Mutter konnte ich nicht einmal auch nur einen Złoty ausgeben, obwohl ich, Gott sei mein Zeuge, alles für sie gegeben hätte. Bauchspeicheldrüse. Nach zwei Wochen war es vorbei. Sie starb während der Narkose, die hatten eine falsche Diagnose gestellt, hatten auf Blinddarm getippt.«

»Sie wusste nicht, dass sie stirbt. So möchte doch jeder sterben.«

»Stimmt. Und die Lebenden werden schon irgendwie damit fertig.«

Meine neue Wohnung war schon fast fertig, ich strengte mich an, und das Geld reichte aus. Enorm tröstlich erschien mir dabei der Umstand, dass ihre Mutter wieder fast gesundete, beinahe aufblühte, und sie selbst sich in dieser Einöde mit großer Begeisterung einnistete. Sie arbeitete als Grafikerin, genauer gesagt, als Buchillustratorin, und das konnte sie überall tun, auch mitten in der größten Wildnis.

Die über meinen erfolgreichen Wohnungskauf informierte australische Familie schwankte nun in ihrer Meinung über mich. Sieben Jahre lang waren sie nicht gekommen, abgeschreckt von den Aufenthaltsbedingungen, die ich ihnen anbieten konnte, und jetzt rührte sich wieder etwas in ihnen.

Während ich um Mława herumfuhr, versuchte ich mir

klar zu werden, warum das eigentlich so war. Na klar, wer hat davon schon mal gehört, dass jemand, der seine Verwandten auf einem anderen Kontinent besucht, in einem Hotel wohnen sollte?! Selbst wenn es sich um denselben Kontinent handelte, um Europa, war es doch selbstverständlich, dass alle jeden überfallen dürfen, weil es doch schade ums Geld war und ein Hotel einen ganz schönen Batzen Geld kostet. Und wenn ich nach Australien fuhr, wo würde ich da wohnen, wenn nicht bei ihnen? Sie wären tödlich beleidigt gewesen, sogar wenn ich Millionärin wäre! Familie ist nun mal Familie.

Das war auch in Ordnung, wenn man Gästezimmer hatte.

Da fiel mir eine andere Freundin ein, die um nichts in der Welt, bei welcher Reise auch immer, bei ihren Verwandten wohnen wollte. Sie reservierte frühzeitig ein Hotelzimmer und behauptete, sie brauchte die Freiheit; sie suchte sich nur die etwas billigeren Hotels aus, weil auch bei ihr das Geld nicht vom Himmel fiel.

Wenn ich die Kinder loswurde, hatte ich dadurch zwei Gästezimmer mit Bad gewonnen …

Weiter konnte ich nicht denken, weil ich einen Stau und ein Hindernis auf der Landstraße vor mir bemerkte. Ich war nahe genug, um es zu erkennen.

Ein Traktor mit zwei Anhängern hatte offensichtlich vorgehabt, die Landstraße zu überqueren. Das hatte wohl einem entgegenkommenden Laster nicht gepasst. Er war zum Teil im Straßengraben gelandet, der Traktor stand halb im gegenüberliegenden, und seine beiden Anhänger waren in der Mitte umgekippt, wobei sie eine unglaubliche Menge Heu auf der Landstraße verteilt hatten. Möglich, dass der LKW vor mir auch noch seinen Teil dazu beigetragen hatte.

Das musste eben passiert sein, denn der Stau fing gerade erst an, sich zu bilden. Ich war die Vierte, den LKW mit eingerechnet.

Ich überlegte, was nun passieren würde.

Die Anhänger lagen quer auf der Fahrbahn, die Heuballen waren zum Teil auseinander gefallen. Woher hatte der bloß zu dieser Jahreszeit so viel trockenes Heu? Es war Juni, der Frühling war feucht gewesen, die erste Heumahd gerade erst vorbei und schon war das Heu so trocken? Der Laster lag also in dem einen Straßengraben, der Traktor im anderen Straßengraben, und aus dem LKW tropfte irgendetwas, der Kühler war wohl leck. Menschenhände konnten hier wohl nichts ausrichten, die Straßenwacht musste kommen, ein Abschleppwagen, möglicherweise auch ein Krankenwagen und natürlich die Polizei. In der Nähe waren Häuser zu sehen, die Leute hatten doch gewiss ein Telefon? Aber selbst wenn jemand gleich anrufen würde, sogar wenn er schon angerufen hätte, würde der ganze Spaß hier gut und gern zwei Stunden dauern, und die Polizei würde vielleicht auch noch die Autofahrer befragen wollen, die am nächsten dranstanden. Das wären dann drei Stunden. Nein!

Als ich in Warschau losfuhr, hatte ich die Zeit so berechnet, dass ich etwa gegen sieben Uhr abends bei Eleonora ankam. Wenn ich hier drei Stunden herumstand, würde mir auf der anderen Straßenseite eine ununterbrochene Schlange von Autos entgegenkommen und an ein Ausweichen wäre nicht zu denken. Und direkt vor mir stand ein lahmer kleiner Fiat. Ich würde frühestens um elf bei ihr eintreffen. Stanislaus würde einen Tobsuchtsanfall bekommen, weil er angeblich früh schlafen gehen musste. Abgesehen davon hatte mich Eleonora gewarnt, dass es bei ihnen irgendwelche Straßenarbeiten gebe, und weiß der Teufel, was mich da in der Dunkelheit erwartete. Ich würde hier doch nicht auf Godot warten!

Ich stand gerade an einer Abzweigung. Bestimmt führte diese Straße irgendwohin, auch wenn ich keine Ahnung hatte, wohin, weil der Wegweiser hinter mir stand. Wenigstens ließ sich auf diese Weise der ganze Heuschrotthaufen umfahren. Selbst über Dörfer und Abzäunungen würde es schneller gehen, als wenn ich auf der Hauptstraße bliebe. Ohne groß zu überlegen bog ich ab und fuhr über die schmale, aber wenigstens asphaltierte Straße.

Der erste Wegweiser, den ich sah, informierte mich darüber, dass sich rechts ein Ort namens Pełpowo befand. Ich wollte nicht nach rechts, das war die Richtung, aus der ich gekommen war, aus Warschau nämlich. Nidzica schien mir die bessere Alternative. Ich fuhr geradeaus.

Nach etwa einem Kilometer hörte der Asphaltbelag auf, und ich sah eine Kiesstraße vor mir, die nicht unbedingt eben war. Auf dieser Straße nun befand sich eine Landwirtschaftsmaschine. Ich hatte keine Ahnung, was es war, eine Sämaschine, ein Heuschwader oder ein Mähdrescher, jedenfalls hätte ich auf das gepflügte Feld fahren müssen, um an ihr vorbeizukommen, weil sie weit über die Straßenränder hinausragte.

Wenn ich mit einem anderen Auto unterwegs gewesen wäre, wer weiß, auf welche Abwege ich gekommen wäre. Aber mit einem neuen Toyota Avensis?

Selbstverständlich hatte ich den Toyota nicht von meinen läppischen Honoraren gekauft, er war von den australischen Verwandten bezahlt worden. Wenn sie schon diese weite Reise unternahmen, wollten sie wenigstens mit einem großen und bequemen Wagen im Land herumkutschieren, mit Klimaanlage und allen Schikanen, und mich hatten sie angewiesen, mich mit ihm vertraut zu machen. Auf das Automatikgetriebe hatten sie wegen der langen Lieferzeit zum Glück verzichten müssen. Ich hatte mich schnell an das Auto gewöhnt, aber ich zitterte um den schicken Schlitten wie Espenlaub. Gott sei Dank hatte ich eine Garage, die zur neuen Wohnung gehörte, sonst hätte ich wohl darin übernachtet. Toyota Avensis wurde in einem atemberaubenden Tempo gestohlen, und keine Alarmanlage der Welt konnte das verhindern.

Da war nichts zu machen, ich wendete vor der landwirtschaftlichen Maschine und fuhr in Richtung Pełpowo.

Als ich auf dem nächsten Wegweiser die Aufschrift Wieczfnia Kościelna sah, griff ich nach dem Straßenatlas, weil es mir wirklich schwer fiel, zu glauben, dass es diesen komischen Namen in der polnischen Sprache geben konnte. Doch wie sich herausstellte – es gab ihn tatsächlich.

In Wieczfnia Kościelna wurde ich von der Verkehrspolizei angehalten.

Die hatten bestimmt nichts anderes zu tun und taten das nur, um sich eine kleine Abwechslung zu gönnen. Schließlich hatte ich keine Ordnungswidrigkeit begangen und nicht einmal die Geschwindigkeit überschritten, ich kroch wie auf einem Begräbniszug dahin und suchte mit sinkendem Mut nach einem Wegweiser nach Załęże. Was machten die hier überhaupt?

»Meine Herren, Sie halten mich hier ohne jeden Grund an, und dort hinten auf der Landstraße gab es einen schrecklichen Unfall«, sagte ich vorwurfsvoll. »Hat Ihnen noch niemand Bescheid gesagt?«

»Was für ein Unfall?«, die Ordnungshüter zeigten Interesse.

»Ein Traktor, zwei Anhänger und ein LKW. Und sehr viel Heu.«

»Nasses?«

»Nein, trockenes. In großen Ballen.«

»Sie wollen uns wohl veräppeln. Trockenes Heu, um diese Jahreszeit? Nach dem ganzen Regen?«

»Ich hab mich auch gewundert. Aber worüber ich mich noch mehr wundere, sind Sie. Wozu stehen Sie denn hier?«

»Muss so sein. Dienstgeheimnis.«

»Ah, verstehe. Der Verbrecher wird wohl hier entlang

flüchten. Aber ich bin es nicht. An mich vergeuden Sie nur Ihre Zeit.«

»Das lassen Sie mal unsere Sorge sein.«

So plauderten wir dahin, wurden aber bald von dem Kumpel aus dem Funkwagen unterbrochen, der seinen Kollegen rief. Wie es schien, hatten sie gerade die Nachricht von dem Unfall auf der Landstraße erhalten, und ich war für sie nicht mehr interessant. Ich fuhr weiter.

Meine Mineralwasserflasche war leer, ich hatte Durst, und mittlerweile zweifelte ich auch noch an der Richtigkeit der Entscheidung, den Stau am Heuhaufen verlassen zu haben. In einem Ort namens Dyby erspähte ich ein Geschäft, und ich bekam mein Mineralwasser. Vor mir an der Kasse standen zwei Leute, die sich, wie konnte es anders sein, mit der Verkäuferin verbissen stritten. Es ging um ein geheimnisvolles Produkt, das sie als Schnurpsies bezeichneten. Die Schnurpsies waren offensichtlich ranzig gewesen und hätten bei einem Kind Übelkeit verursacht. In diese heftige Diskussion mischte sich mein Auto ein, dem das Warten zu langweilig geworden war und das entsetzlich zu heulen anfing. Ich stürzte wie von der Tarantel gestochen aus dem Laden – was war das nun wieder, verdammt noch mal, wurde es etwa geklaut? In Dyby?!

Ich schaffte es, den Wagen mit Hilfe der Fernbedienung zu beruhigen. Das Heulen war insofern von Nutzen, als man mich unverzüglich mein Mineralwasser zahlen ließ. Offenbar wollten sie ungestört zu ihren Schnurpsies zurückkommen.

Zwei Stunden später fand ich mich durch irgendein Wunder endlich in Nidzica ein und kam auf die Straße nach Danzig. Meine Spur war fast leer, auf der anderen schob sich ein imponierender Stau langsam vorwärts. Also hatte ich das Richtige getan. Die vor dem Heu standen wohl immer noch da, und ich hatte insgesamt nur anderthalb Stunden verloren und nicht vier. Sehr weitblickend von mir!

Wenn ich allerdings gewusst hätte, welche Folgen das haben würde …

Um neun Uhr kam ich bei Eleonora an, nachdem ich mich mit einiger Mühe an der Baustelle vorbeigequält hatte. Staniläuschen war gerade auf dem Weg ins Bett. Alles wäre gut geworden, wenn nicht mein teuflischer Toyota um halb elf wieder angefangen hätte zu jaulen.

»Um Gottes willen, stell den Lärm ab, sonst wacht er auf«, bat Eleonora nervös.

Ich nickte. Der Toyota verstummte. Gleich darauf heulte er wieder los.

Nach einer Viertelstunde war die gesamte Nachbarschaft wach. Das Meer verhielt sich wie zum Trotz leise und ruhig. Konnte es jetzt nicht stürmen? Das hätte alle anderen Geräusche übertönt. Von Eleonoras Haus bis zum Strand waren es nur fünfundvierzig Meter. Wenn die ans Ufer schlagenden Wellen sich nur ein wenig Mühe gegeben hätten, hätten sie gegen mich gewonnen, aber nein, sie plätscherten leise vor sich hin. Das war eine fade Brühe und kein Meer! Und das verdammte Auto jaulte weiter.

Stanislaus bekam einen Tobsuchtsanfall, und von nah und fern konnte man die Leute schimpfen hören. Eleonora und ich versuchten, die Motorhaube zu öffnen, hoffnungslos.

Keine von uns beiden konnte den Hebel finden, den man entriegeln musste. Da kam ein Typ auf uns zu, schob uns zur Seite, fasste mit der Hand unters Armaturenbrett, und der Motor lag offen vor uns.

Ich beugte mich mit dem Schlüssel hinein, weil ich ungefähr wusste, wo sich die Blockade für die Alarmanlage befand, aber meine Hände zitterten und ich fand die Stelle nicht. Zudem war der Stab zum Abstützen der Motorhaube verschwunden, und Eleonora hielt sie mit Mühe hoch, damit sie mir nicht aufs Rückgrat krachte. Es war ein Elend. Der Mann, der sich entfernt hatte, ohne meinen Dank abzuwarten, kam wieder zurück, fand den Stab, nahm mir den Schlüssel aus der Hand, griff ins Innere der Höllenmaschine und das gespenstische Geräusch verstummte endlich.

Die allgemeine Erleichterung war geradezu spürbar.

»Sie hat der liebe Gott gesandt«, sagte ich mit matter Stimme, aber überzeugt. »Ich danke Ihnen von ganzem Herzen!«

»An Ihrer Stelle würde ich mal nachprüfen, ob die Batterie noch Saft hat«, empfahl mir daraufhin der Gottgesandte. »Alarmanlagen zapfen die Batterie an. Falls sie leer ist, kann ich Ihnen mit meinem Auto Starthilfe geben, und Sie können die Batterie wieder aufladen. Mein Auto steht gleich hinter Ihrem.«

»Siehst du«, lobte ihn Eleonora, nachdem sie sich vergewissert hatte, dass Stanislaus nicht zufällig zuhörte. »Das ist ein echter Mann.«

»Wenn er anspringt, lasse ich den Motor auf niedrigen Touren laufen«, entschied ich. »Wenn Sie noch kurz warten könnten? Bitte!«

»Ich gehe doch nicht weg.«

Der Wagen startete, ich gab ein bisschen Gas; die Leute, die hinzugekommen waren, um herumzumaulen und sich nun bereits auf dem Weg in ihre Häuser befanden, blickten sich feindselig um, was man im Dunkeln zwar nicht sah, aber spürte. Ich ließ das Ungetüm auf niedrigen Touren laufen und stieg aus.

»Das hätten wir«, sagte ich. »Und eine einmalige Gelegenheit für Diebe. Der Wagen steht offen, der Schlüssel steckt, und ich gehe nach Hause.«

»Du kannst doch auf der Veranda sitzen«, schlug Eleonora erleichtert vor. »Ich mache dir die Lampe an und gebe dir etwas zu lesen, es sei denn, du willst den Wagen lieber nicht aus den Augen lassen.«

»Vielleicht sollte ich ihn an den Zaun binden, wie ein Pferd?«

»Dann reißt er am Ende den Zaun um, und Stanislaus muss sich wieder aufregen.«

»Ich kann eine halbe Stunde auf ihn aufpassen«, bot sich der Mann an. »Ich sitze sowieso im Wagen und warte auf einen Fahrgast. Von dort aus habe ich Ihre Kiste bestens im Blick.«

Das Wort »Fahrgast« zündete einen winzigen Funken in meiner Erinnerung.

»Das wäre wirklich nett«, sagte Eleonora. »Hör mal, warum hat dein Wagen denn so geheult? Hast du ihm was Böses getan?«

»Nein, bei Gott. Ich weiß nicht, warum er so heult, das passiert heute schon zum zweiten Mal, dabei hat ihn nicht mal ein Straßenköter schief angeguckt.«

»Sie haben sicher alle möglichen Alarmvorrichtungen eingebaut«, mischte sich der Typ ein. »Beim Avensis ist die Elektronik Schrott, das weiß jeder. Wie wollen Sie es nun halten, meine Damen, zumindest sollten Sie sich wärmer anziehen, es ist ziemlich kühl.«

Es war nicht nur kühl, sondern richtiggehend kalt, und wir beide hatten nur Bademäntel an und Pantoffeln an den nackten Füßen. Eleonora ging ins Haus, um einen Pullover für mich zu holen. Unterwegs schaltete sie eine zusätzliche Lampe über der Haustür ein. In dem Licht konnte ich meinen Retter näher betrachten und stellte fest, dass er mich ebenso begutachtete.

»Kennen wir uns nicht?«, fragten wir gleichzeitig etwas zögernd.

Ich war überzeugt, dass ich ihn schon mal unter unangenehmen Umständen gesehen hatte, und kramte in meinem Gedächtnis. Woher kannte ich ihn nur? Da kam Eleonora mit dem Pullover herausgelaufen: »Sag mal, wieso hast du eigentlich ein Auto mit kaputter Elektronik gekauft?«

»Ich?«, sagte ich verärgert. »Meine australischen Verwandten wollten das! Sie haben dafür bezahlt, wieso sollte ich da meckern.«

»Genau!«, sagte der Mann. »Jetzt fällt es mir wieder ein. Reiche Ausländer.«

In dem Moment erinnerte auch ich mich. Natürlich, es war der mafiöse Taxifahrer, den ich nicht hatte bezahlen können …

»Ach, Sie sind das!«, freute ich mich erstaunlicherweise.

»Ja. Ich erinnere mich an Sie, weil so etwas selten passiert. Ausländische Verwandte, und Sie ohne Mäuse. Moment mal, damals hat doch so ein Aufschneider für Sie bezahlt …«

Ich dachte mir, dass Dominik von dieser Bezeichnung zweifellos begeistert wäre. Mir lag schon die Frage auf der Zunge, ob er weiterhin für die Taximafia fahre und wie das ginge, wenn die Taximafia doch untergegangen sei. Zugleich fühlte ich mich ein wenig unbehaglich, denn der schöne Mafioso hatte in den sieben Jahren nichts von seinem Charme eingebüßt, und ich stand in einem alten Bademantel vor ihm, der mit einem roten Blümchenband gegürtet war, zerzaust, ohne Make-up, mit blitzblank gereinigtem Gesicht, das mit fetter Nachtcreme neckisch glänzte. Durch welches Wunder hatte er mich überhaupt wiedererkannt?

»Sie haben sich gar nicht verändert«, rutschte es mir heraus.

»Sie auch nicht«, sagte er galant.

»Hier hast du einen Pulli«, sagte Eleonora. »Hatten Sie etwas von einer halben Stunde gesagt? Wie wäre es, wenn ich schnell Kaffee koche und wir ihn gemeinsam auf der Veranda trinken?«

»Nein, danke, ich habe meine eigene Verpflegung dabei und noch eine Menge Kaffee in der Thermoskanne. Außerdem muss ich auf den Fahrgast achten, wir rauschen gleich wieder nach Warschau ab.«

Ich fand eine diplomatische Formulierung.

»Fahren Sie immer noch?«, fragte ich feinfühlig.

»Warum nicht? Aber meistens suche ich mir längere Strecken aus, das ist mir lieber.«

»Kommt man dabei besser weg?«, erkundigte sich nun Eleonora neugierig, die blitzschnell seinen Beruf erschlossen hatte.

»Unterschiedlich. Meistens schon. Ziehen Sie sich doch bitte auch etwas Warmes an, wenn wir hier in der frischen Luft herumstehen.«

Verdammt. Jetzt, da ich ihm nichts zu bezahlen brauchte, gefiel er mir noch besser als vor sieben Jahren. Was für ein Pech, dass ich ihm ausgerechnet jetzt, in dieser Aufmachung, begegnen musste.

»Ich bin umgezogen«, plapperte ich drauflos. »Ich bin in die Aleja Wilanowska gezogen, da gibt's weiter hinten eine Anlage mit zweistöckigen Wohnungen. Nun kann ich meine Verwandten unter angemessenen Bedingungen empfangen.«

»Nach dem hier zu urteilen«, er deutete mit seinem Kinn auf den Toyota, »fangen sie wohl endlich an, für sich selbst aufzukommen. Die, also Ihre Verwandten, sind bestimmt nicht gerade arm, oder?«

»Im Gegenteil. Sehr reich.«

»Und warum haben sie Sie damals dann hängen lassen?«

»Ach, darüber gäbe es viel zu erzählen«, seufzte ich. »Damals mussten sie noch, das können Sie ja nicht wissen, in den vierten Stock raufklettern, ohne Fahrstuhl. Inzwischen wohne ich im ersten Stock und jetzt kommen sie.«

»Mit diesem aufgeblasenen Schwachkopf zusammen?«

Ich hatte nicht die geringste Lust, wegen Dominik beleidigt zu sein. Warum auch?

»Nein, woher denn. Er hat mich schon vor vier Jahren sitzen lassen.«

»Was? Er Sie oder Sie ihn?«

»Er mich, wobei man das ja nie genau sagen kann. Jetzt

wohne ich mit meinen Kindern zusammen. Damals habe ich übrigens auch mit meinen Kindern zusammengewohnt. Und Sie?«

»Meine Kinder wohnen bei ihrer Mutter, und ich wohne bei meiner.«

»Oh Gott …«

»Sie kennen meine Mutter nicht. Sie ist keine Mutter, sie ist ein Goldschatz. Jeder würde mit ihr zusammenwohnen wollen.«

»Kocht sie mittags?«

»Meine Mutter?! Wie kommen Sie denn darauf? Meine Mutter arbeitet, sie ist Innenarchitektin. Und sie heißt genauso wie ich, Darko. Łukasz Darko. Das heißt, meine Mutter heißt nicht Łukasz, sondern Ewa. Ewa Darko.«

Ewa Darko, na so was! Ich hatte von ihr gehört: eine geniale Innenarchitektin, ihre Einrichtungen hatten Charme, eine besondere Anmut, sie waren ausgezeichnet! Na, und der Sohn ähnelt ihrem sonstigen Schatten durchaus …

Eleonora kam mit einem über den Bademantel geworfenen Mantel zurück.

»Ich hoffe nur, dass das Auto nicht wieder anfängt zu heulen, denn Stanislaus ist eingeschlafen«, begann sie. »Wenn er aufwacht, kommt er mit einer Axt rausgelaufen.«

»Gelegentlich überlege ich, warum manche Frauen so an ihren Ehemännern hängen«, sagte der Sohn der genialen Ewa nachdenklich. »Verzeihen Sie bitte, das ist eine ganz allgemeine Feststellung. Der fängt nicht wieder zu heulen an, weil ich den Ton ausgeschaltet habe, es sei denn, Sie schalten ihn wieder ein. Wobei Sie das vermutlich nicht können, also vergessen wir's. Er könnte allerdings anfangen zu blinken. Und da müssen Sie aufpassen, weil Blinken auch die Batterie entlädt, nur etwas langsamer.«

»Und dagegen kann man nichts tun?«, fragte Eleonora bekümmert.

»Ich habe doch gesagt, dass die Alarmanlage im Avensis für den Arsch ist!«

Die vierzig Minuten vergingen wie im Fluge. Der Kunde von Mafia-Łukasz tauchte an seinem Fahrzeug auf, wir verabschiedeten uns freundlich, ich schaltete den Motor aus und schloss den hinterhältigen Toyota ab, hoffend, dass er wenigstens bis zum Morgen ruhig sein würde. Eleonora und ich waren so verfroren, dass wir unbedingt etwas Heißes trinken mussten.

»Wer war denn das?«, fragte Eleonora, kaum dass wir in der Küche waren. »Nicht übel.«

»Ein Taxifahrer von der ehemaligen Taximafia«, seufzte ich. »Einmal hatte ich zu wenig Geld dabei und konnte ihn nicht bezahlen.«

»Und dann?«

»Nichts. Dominik kam gerade vorbei und half mir aus.«

»Welcher Teufel hat dich denn geritten, mit der Mafia zu fahren? Warst du betrunken, oder was?«

Ich musste ihr die Szene beschreiben, die ich noch in allen Einzelheiten im Gedächtnis hatte, das soeben auf der Straße nicht von dem Mafioso, sondern von meinen australischen Verwandten wieder in Gang gesetzt worden war. Eleonora hörte zu, amüsiert und voller Mitgefühl.

»Einer der wenigen Vorteile, die Dominik hatte«, murmelte sie. »Wer kommt denn diesmal?«

»Fünf Stück, Gott, erbarme dich meiner! Die Großtante, der Onkel mit der Tante und die Tante mit dem Onkel. Das heißt nein, warte mal, der Onkel mit der Tante stimmt, und das zweite Paar, das ist mein Pate, also der Bruder der Tante samt Ehefrau. Vielleicht ist sie ja auch meine Tante, ich weiß es nicht, ich kenne mich in diesen Verwandtschaftsverhältnissen nicht so genau aus.«

»Jesus Maria. Passen die denn alle in die Kinderzimmer rein?«

»Für einen werde ich das Wohnzimmersofa ausklappen. Und mein Bad zur Verfügung stellen. Ich werde mich auf dem Klo waschen.«

»In der Kloschüssel?«

»Nein, da drin gibt's ein Waschbecken und eine Dusche. Ist nur etwas eng.«

»Na, viel Spaß!«

»Es wird nicht so schlimm, wie du denkst. Ich muss nur noch im ganzen Land Hotels reservieren, weil sie auch Krakau, Tschenstochau und Danzig besichtigen wollen. Gut, Tschenstochau liegt ja praktisch auf der Strecke, von Grójec oder Lublin ganz zu schweigen, das nimmt man einfach mit.«

Eleonora sah mich entsetzt an.

»Wie kriegst du denn sechs Leute im Auto unter? Oder fahren sie allein?«

»Wenn sie das bloß täten! Aber da wird nichts draus, die können nicht mit einer normalen Schaltung fahren. Ich hoffe, dass sich eines der Pärchen abseilen wird und irgendwelche anderen Pläne hat, dann bleiben nur vier, mich mit eingerechnet. Oder vielleicht werden sie sich abwechseln. Hotels soll ich reservieren wie für die englische Königin oder für Michael Jackson. Vor ein paar Jahren hatte der das ganze Mariott-Hotel samt Parkplatz gemietet.«

»Und bist du sicher, dass sie dafür aufkommen werden?«

»Das hoffe ich doch. Auch wenn ich weiß, dass sie in Australien alles bezahlen würden, wenn ich sie besuchen würde. Sie würden mir nicht erlauben, auch nur einen Groschen auszugeben.«

»Dann fahr nach Australien«, riet mir Eleonora. »Du bist allein, und sie sind zu fünft, das macht einen Riesenunterschied.«

»Ich fürchte, dass alles davon abhängen wird, welchen Eindruck ich auf sie mache«, seufzte ich zum wiederholten Male und trank den restlichen Kaffee aus. »Die warten immer noch darauf, dass ich mich als verantwortungsvoll und ausgeglichen erweise, und das soll wohl die letzte Prüfung werden.«

»Wird schon klappen. Du solltest dich aber bald an die Hotelsuche machen. Danzig kann ich für dich erledigen, wenn du willst, ich kenne da ein paar Leute ...«

»Ich habe extra auf Stanisläuschen gewartet, damit eine unvoreingenommene Instanz entscheidet!«, stritt ich am nächsten Morgen mit ihr herum, während ich den Vorschuss in bar auf den Tisch legte. »Du bist dumm und weißt nicht, was du tust!«

Eleonora erhob lauten Protest.

»Eine Vollidiotin, sechs Leute im Auto, und du willst auch noch für die Kinder bezahlen! Leg dir lieber das Geld für die Hotels beiseite! Hier sind die Fische billig, und deine Kinder werden uns schon nicht die Haare vom Kopf fressen!«

»Für die Hotels reicht es sowieso nicht, du Eselin! Weißt du was? Ich bringe sie einfach zu dir, die ganze Sippe! Die haben in Australien bestimmt keine Fische!«

»Nur Haie«, sagte Stanislaus trocken.

»Aber hier wird es Scholle geben ...«

»Eher würden sie den Hai fressen als er sie! Zwei Tage, okay, aber nicht anderthalb Monate! Meine Kinder wachsen!«

»Na und? Werden die ohne das Geld etwa kleiner?!«

Stanislaus zeigte zu meinem Erstaunen wenig Begeisterung beim Anblick des Geldes. Er verbreitete noch immer eine finstere Laune um sich. Ich war beunruhigt, Eleonora wohl ebenfalls, denn sie hörte plötzlich auf zu protestieren und schwieg düster, die Geldscheine anstarrend.

Nachdem er offensichtlich einen schweren Kampf mit sich ausgefochten hatte, ermannte sich Stanisläuschen und traf eine Entscheidung. Also Vorschuss sei Vorschuss, meine Kinder könnten zu ihnen kommen und bleiben, aber nur unter der Bedingung, dass sie nicht heulen würden. Er formulierte das irgendwie anders, aber sinngemäß war es so, die Erinnerung an das Auto ließ ihn scheint's nicht los. Diese Mistkarre von einem Toyota hätte sich auch wirklich keinen besseren Zeitpunkt zum Heulen aussuchen können als ausgerechnet gestern Abend, ohne diesen Lärm wären Stanislaus überhaupt keine Bedingungen eingefallen.

Eingeschüchtert schwor ich, dass meine Kinder keinen Laut von sich geben und sich nur in der Zeichensprache verständigen würden. Eleonora, die den eigentlichen Grund seiner Einwände erfasst hatte, wurde wieder lebhafter und machte ihn darauf aufmerksam, dass die Kinder doch ohne Auto kämen, ich würde sie herbringen, abgeben und sofort wieder wegfahren. Ich stimmte ihr mit großer Begeisterung zu und machte eine Andeutung, dass der Vorschuss vielleicht, im Zusammenhang mit dem Geheule, größer ausfallen könnte. Eleonora knurrte, Stanislaus nahm die Andeutung ernst. Ich legte noch einen Hunderter drauf und die Stimmung hellte sich endlich auf.

Um zweihundert Złoty ärmer kehrte ich am nächsten Tag nach Hause zurück.

Als ich schon wieder auf der Heimfahrt war und wahrscheinlich gerade Nidzica durchfuhr, trat eine gewisse Michalina Kołek über die Schwelle des Hauses ihres Arbeitgebers. Der sollte zugleich ihr künftiger Lebensgefährte werden. Sie hatte immer noch nicht die Hoffnung aufgegeben, dass ihre standhafte Anbetung doch Wirkung zeigen und er sie früher oder später heiraten würde. Nach ihren ziemlich nebulösen Ansichten mussten solch mächtige Gefühle ansteckend sein, mindestens genauso wie Typhus oder Krätze. Und solche Bazillen verbreitete sie in der Luft, zusammen mit dem Duft ihres Deodorants »Abendliches Moskau«.

Die Anfahrt zu ihrem Brötchengeber war für Michalina nicht ganz einfach, daher kam sie nur zweimal die Woche zu ihm, blieb dafür aber den ganzen Tag und die ganze Nacht, und manchmal auch zwei. Ihre Hartnäckigkeit hatte bewirkt, dass sie für verschiedene Hausarbeiten engagiert wurde, etwa zum Fensterputzen, Staubsaugen, Wäschewaschen und Bügeln sowie Knöpfeannähen. Aus eigener Initiative weitete sie diplomatisch und langsam den Aufgabenbereich aus, sie bekam die Ehre, Kartoffeln schälen zu dürfen, ausgesuchte Lebensmittel mitzubringen, die unterschiedlich, zum großen Teil aber kritisch empfangen wurden, Mahlzeiten zuzubereiten und sogar Kaffee und feine kleine Cocktails zu servieren. Der absolute Gipfel des Glücks war für sie die Möglichkeit, hin und wieder gemeinsam mit ihm fernzusehen, unabhängig davon, was über den Bildschirm rauschte.

Noch größeres Glück war ihr bislang nicht zuteil geworden, obwohl sie sich, die Übernachtungen in dem für sie bestimmten Zimmer nutzend, in aller Unverblümtheit in einem verführerischen Negligé zeigte, intensiver nach dem reizvollen »Abendlichen Moskau« riechend. Das Negligé hatte wohl nicht den geringsten Eindruck auf ihren Brötchengeber gemacht, vielleicht weil es aus einem bodenlangen seidenen Bademantel bestand, giftgrün mit riesigen rosa, hellblauen und lila Blumen. Wenn man den Umfang Michalinas berücksichtigte, konnte man sich des Eindruckes eines schlecht gepflegten Rasens oder auch einer breiten Blumenrabatte im Garten eines Farbblinden nicht erwehren. Der Bademantel erweckte jedenfalls nicht das Verlangen, sich in den Blumen zu wälzen. Dazu trug sie glitzernde goldene Sandalen, deren Sohlen und kleine Absätze mit Filz beklebt waren, damit sie leise auftreten konnte und ihren Brötchengeber nicht mit klappernden Schritten auf die Nerven ging. Aus den Sandalen guckten Zehennägel hervor, so purpurrot wie überhaupt nur möglich. Unter dem Bademantel trug sie in der Regel rosa Nachthemden, reich mit Spitze verziert, aber sie hätte auch einen Drillichanzug oder irgendetwas anderes anhaben können, denn die Faltenfülle jenes Hausgewands verbarg alles, was sich darunter befinden mochte.

Michalina hatte wohl nicht das Talent zu einer echten Kurtisane.

Sie überschritt die geliebte Schwelle am späten Nachmittag, früher hatte sie es nicht geschafft. Die Tür fand sie wie üblich verschlossen vor. Sie öffnete sie mit einem eigenen Schlüssel, ihrem wertvollsten Schatz, der den Beweis des grenzenlosen Vertrauens ihres Arbeitgebers darstellte, und strebte gleich in die Küche, um heimlich die mitgebrachten Lebensmittel auszupacken. Sie hatte verschiedene Leckereien besorgt. Da er hätte protestieren können, würde sie diese zubereiten, bevor er sie sah. Sie wollte nicht, dass er ihr Geld dafür gab. Sie hatte diese Arbeit doch nicht des Geldes wegen angenommen, sie wäre sogar bereit gewesen, noch etwas draufzulegen!

Bis auf das leise Dudeln des Radios, das wahrscheinlich aus seinem Arbeitszimmer kam, herrschte Stille im Haus. Er hatte weder Hund noch Katze, dafür fütterte er Tiere aus dem nahe gelegenen Wald, Wildschweine, Rehe, Eichhörnchen und manchmal sogar Füchse, obwohl er Füchse nicht mochte, weil sie angeblich die Tollwut übertrugen. In den Garten durften sie nicht, sie kamen an den Zaun, bekamen etwas und liefen wieder davon.

Michalina machte sich an die Arbeit. Sie polierte die klinisch saubere Küche, trocknete zwei Tassen, zwei Untertassen und zwei Gläser ab, die in der Spüle standen, bereitete das Abendessen vor, brühte Kaffee in einer Thermoskanne auf, putzte das Bad, sammelte Geschirrtücher, Tischdecken und Servietten auf und steckte sie in die Waschmaschine. Sie machte das alles so leise wie möglich, damit er sie nicht hörte. Wenn er, Gott behüte, ihre Anwesenheit zu früh bemerken sollte, würde er sie nach Hause zurückfahren lassen, aber wenn es spät würde, konnte sie über Nacht bleiben. Genau das hatte sie vor, eine Nacht unter einem Dach mit ihrem Angebeteten.

Schließlich war alle Arbeit getan, der Abend war gekommen, und sie beschloss, ins Wohnzimmer zu gehen.

Das Wohnzimmer war leer, und die Terrassentür stand offen.

Das bedeutete, dass er im Garten war. Und wozu hatte sie sich dann die Mühe gemacht, nicht zu klappern und zu poltern? Nun, wenn es denn so war, konnte sie wenigstens noch das Wohnzimmer aufräumen und dann bliebe nur noch das Schlafzimmer. Das Allerheiligste …

Der kleine Tisch neben der Terrassentür zeigte ihr ein ganz ungewohntes Bild. Die glänzende, lackierte Tischplatte war beschmutzt, zwei Ringe waren darauf zu sehen, wie die Spuren von Gläsern. Die Ringe waren bereits getrocknet und kaum noch sichtbar, aber Michalina hatte Augen wie ein Luchs, sie hatte gelernt, perfekt zu sein, sonst hätte sie nie im Leben seinen Anforderungen genügen können. Wenn sie direkt von oben geguckt hätte, wären die beiden Ringe wohl nicht zu sehen gewesen, gegen das Abendlicht aber, das von draußen hereinfiel, hatten sie ihren Blick regelrecht angezogen.

Sie wunderte sich. Zwei Ringe? Sie sahen wie Spuren von Gläsern aus, Whisky- oder Cocktailgläsern. Moment mal, in der Küche hatte sie doch zwei Gläser und zwei Tassen abgetrocknet. Er muss hier mit jemandem Kaffee getrunken und irgendeinen Drink genommen haben, allein hätte er doch nie zwei Gläser und Tassen benutzt. Wer kann das gewesen sein, dass er danach nicht einmal die Tischplatte abgewischt hatte? Er sorgte sich doch um ihren Glanz wie um ein eigenes Kind! Das Geschirr hatte er hinausgetragen und gespült, so wie immer, aber dass er die Tischplatte nicht abgewischt hatte?

Eifersucht nagte an ihrem Herzen, weil ihr Brötchengeber im Allgemeinen keine Besuche empfing. Ab und zu kam jemand, einige Leute kannte sie sogar vom Sehen und wusste, wer sie waren. Sie redeten in der Bibliothek über Geschäfte und dann – auf Wiedersehen. Doch, manchmal tranken sie auch etwas, in der Bibliothek gab es eine Bar mit einem kleinen Kühlschrank, aber nie bot er Kaffee oder Tee an. Wer hat also mit ihm hier gesessen, am Wohnzimmertisch, und war so wichtig und nahm ihn so in Anspruch, dass er danach die Tischplatte vergessen hatte?

Ob es diese Schlampe gewesen war?

Oder die andere?

Nein, die zweite war ungefährlich, ein elendes Nichts. Es gab nur eine, die dahinterstecken konnte und vor der Michalina eine Heidenangst hatte. Einmal hatte sie es geschafft, sie auszubooten, sie unter List und Tücke von ihm loszureißen, aber wer weiß, ob für immer? Die Schlampe hatte nichts getan, um die Sache wieder einzurenken, aber wenn sie sich Mühe geben würde? Wenn sie herkäme, und wenn er dann von all den Intrigen und Lügen Michalinas erfahren würde?

Es schnürte ihr die Kehle zu, und ihr stockte der Atem, aber sie gehörte nicht zu denjenigen, die schnell verzagten und den Kopf in den Sand steckten. Sie würde nicht verschwinden, eher würde sie der Schlampe die Kehle durchschneiden und die Augen auskratzen. Er hatte sich schließlich schon daran gewöhnt, dass alles wie am Schnürchen klappte. Alles gewaschen, alles genäht wurde. Er sagte doch selbst, dass keiner auf der ganzen Welt so gut wie Michalina Knöpfe annähen und Leber braten konnte, er lobte sie, und einmal hatte er ihr sogar die Hand geküsst, irgendwo in Ellbogennähe, da hatte ihr Herz verrückt gespielt, und die Beine waren ihr schwach geworden. Sie hatte eigentlich vorgehabt, diese Stelle an ihrem Arm bis zu ihrem Lebensende nicht mehr zu waschen, doch das ging nicht, weil sie seinen Angorapullover mit der Hand wusch. An Gutes gewöhnt sich der Mensch sehr leicht, er würde nicht die Kraft besitzen, Michalina wegzuschicken. Eher würde ein Kamel durch ein Nadelöhr passen, als dass diese Schlampe lernte, ihm so gut wie sie zu dienen!

Etwas getröstet säuberte sie sorgfältig die Tischplatte, dann stellte sie sich in die Terrassentür und ließ ihren Blick über den Garten wandern. Es dämmerte schon, jetzt würde sie sicher über Nacht bleiben …

Sie wäre gern rausgegangen, um nach ihm zu suchen, doch sie traute sich nicht. Der Garten war groß, nahm sicher zwei Morgen ein, mit vielen Büschen und Bäumen. Ihm kamen oft die wildesten Ideen. Er lauerte beispielsweise den halben Tag irgendeinem Tierchen auf oder spähte einen Vogel aus. Wenn man ihn dabei störte, wurde er wütend, er beschimpfte einen zwar nicht, sondern schlug mit ruhigen Worten wie mit einem Beil auf einen ein, ganz kalt und hart. Vielleicht lag er ja auch jetzt auf der Lauer, und deshalb stand die Tür offen.

Sie ging nach oben, in sein Schlafzimmer, und bereitete mit Liebe sein Bett für die Nacht vor. Dann machte sie es sich in ihrem Zimmer bequem und ließ die restliche Arbeit für morgen liegen, denn dann würde sie es vielleicht wieder nicht schaffen und noch einen Tag bleiben können. Jedenfalls würde sie im Wohnzimmer auf ihn warten, und als Vorwand konnte ihr die offene Tür dienen.

Sie wachte im Sessel auf, als bereits die Sonne ins Fenster schien. Sie brauchte einen Moment, um wach zu werden, dann fiel ihr wieder ein, wo sie war, und sie schaute sich um.

Es sah aus wie gestern. Die halb offene Terrassentür war in derselben Position geblieben. Sie warf einen Blick auf die Uhr. Jesus Maria, es war halb sechs, helllichter Tag! Vielleicht war er ja diese Nacht überhaupt nicht nach Hause gekommen?!

Sie sprang auf und lief in die Küche. Alles war wie gestern, die Mahlzeit stand noch auf dem Tablett, keine Spur von ihm. Sie rannte ins Schlafzimmer, da war es genauso, die verführerisch aufgeschlagene Bettdecke war unberührt. Ob er wohl wirklich nicht zurückgekommen war?

Es passierte manchmal, dass er nicht nach Hause kam. Er fuhr irgendwohin, übernachtete in seiner Warschauer Wohnung, irrte durch den Wald, fuhr irgendwohin weiter, erledigte irgendetwas. Aber niemals, niemals ließ er das Haus unabgesperrt.

Und hier war die Terrassentür halb geöffnet …

Mittlerweile war Michalina ordentlich aufgeregt, was sie aber nicht vom Frühstücken abhielt. Ein Mensch, der Sorgen hat, sollte sich stärken, damit er die Kraft hat, sich Sorgen zu machen. Sie fing an Staub zu wischen, lief bei der Gelegenheit durchs ganze Haus und schaute in alle Räume, von einem abgesehen. Seinem Arbeitszimmer.

Er hatte ihr ein für allemal verwehrt, es zu betreten, und trotz des Vertrauens, das Michalina bei ihm genoss, trotz des Schlüssels zur Eingangstür und des Zahlencodes für das Tor an der Einfahrt, schloss er stets sein Arbeitszimmer ab. Egal wohin er ging, ob ins Bad oder zum Frühstück ins Esszimmer, er aktivierte eine besondere Vorrichtung und steckte den seltsamen kleinen Schlüssel in seine Tasche. In diesem Zimmer räumte er selbst auf und außer ihm hatte niemals ein Mensch seinen Fuß in die Kemenate gesetzt. Er verbrachte dort übrigens nicht sehr viel Zeit. Wenn er arbeitete, etwas las oder schrieb, so tat er das in der Bibliothek. Sie war nicht besonders groß, machte aber einen ausgesprochen herrschaftlichen Eindruck. Das Arbeitszimmer war eine absolute Ausnahme, und selbst durch das Fenster konnte man aus irgendeinem Grund nicht reingucken.

Und doch, Michalina versuchte leise die Tür zum Arbeitszimmer zu öffnen, aber es gab nicht einmal eine normale Türklinke, sondern nur einen merkwürdigen Knauf, der sich nicht drehen ließ. Vielleicht saß er auch seit gestern dort drin, weil man immer noch das leise Rauschen des Radios hören konnte, aber selbst wenn er ein Jahr lang da drin sitzen sollte, würde sie ihn nicht stören wollen.

Am nächsten Tag war sie so beunruhigt, dass sie darauf verzichtete, sich schön zu machen. Und da bemerkte sie den Geruch.

Es war ihr im ersten Moment nicht ganz klar, was sie roch. Zuerst sah sie im Kühlschrank nach, ob ihr nicht zufällig irgendein Fleischstück schlecht geworden war, aber nein, alles war in Ordnung. Aus dem Kühlschrank kam der Geruch jedenfalls nicht. Dann ging sie ums Haus, vielleicht war ja ein Tier in den Garten eingedrungen und krepiert, aber auch das war nicht der Fall. Sie biss die Zähne zusammen und begann, im Haus herumzuschnüffeln, bis sie sich der schrecklichen Wahrheit stellen musste.

Der Geruch drang durch die Ritzen der Tür des Arbeitszimmers.

Auch wenn es nicht den Anschein machte, hatte Michalina ein bewegtes Leben hinter sich, das aber in sicheren Bahnen verlaufen war. Aus irgendeinem Grund hatte sich bei ihr die Überzeugung festgesetzt, dass man im Falle eines Falles nicht einfach irgendjemanden anrufen sollte, sondern einen Menschen, den man kannte.

Also rief sie einen Menschen an, den sie kannte.

Der Mensch, den sie kannte und der in der Hoffnung lebte, das Schlimmste bereits hinter sich zu haben, um jetzt endlich ein ruhiges Leben führen zu können, in dem er die hinterlistig und im Verborgenen angehäuften Reichtümer genießen konnte, hatte gerade eine ekelhafte, abstoßende, böswillig geschickte Kontrolle vom Finanzamt bei sich. Zu seinem

Glück fehlte ihm jetzt nur noch der Anruf von Michalina, die eine Art lebendige Erinnerung an die Zeit von vor fünfzehn Jahren war. Wütend versuchte er sie zu ignorieren, zu überhören, auf die leichte Schulter zu nehmen, in der Bedeutungslosigkeit versinken zu lassen, denn die Kontrolle war wirklich ekelhaft, und Michalina fand sich der Notwendigkeit gegenübergestellt, einen anderen zu benachrichtigen.

Der Erstbeste übergab die Sache der Polizei.

Am späten Abend hielt ein einfacher Streifenwagen vor dem Tor des Anwesens und zwei Herren in Uniform klingelten an der Tür.

Michalina blieb nichts anderes übrig, als zu öffnen.

»Was ist passiert?«, fragte Sergeant Wilczyński. »Wir haben eine äußerst merkwürdige Nachricht bekommen, ich jedenfalls habe sie nicht verstanden. Wohnen Sie hier?«

»Nein«, entgegnete Michalina und teilte ihm mit, wer hier wohnte.

»Ach du Scheiße.« Wilczyński war besorgt. »Und?«

»Und irgendetwas stinkt.«

Unteroffizier Trzęsik, der Wilczyński begleitete und ein altgedienter Wachmann war, verzog sein Gesicht zu einer furchtbaren Grimasse.

»Hören Sie, hier stinkt so einiges. Denken Sie etwa, dass es bei diesem Luxus hier nach Rosen duftet?«

»Was stinkt?«, fragte Wilczyński sachlich.

»Sag ich nicht«, begehrte Michalina auf. »Riechen Sie doch selbst. Luxus! Der Garten ist einfach groß und sonst nichts, und das Haus ist ganz normal, für eine Person gerade recht.«

»Das muss ja ein ganz Armer sein«, spottete der Unteroffizier. »Ein arbeitsloser, pensionierter …«

»Sei still, Gregor«, zischte Wilczyński, der über die soziale Lage im Lande durchaus orientiert war. »Gott behüte, dass es zu einem Skandal kommt, denn dann haben wir die

Medien am Hals. Die einen haben's, die anderen nicht, das ist nun mal so.«

Unteroffizier Trzęsik wusste, wer hier wohnte, also verzog er sein Gesicht noch mehr und schwieg. Die zutiefst besorgte und aufgeregte Michalina führte die Beamten ins Haus.

»Stimmt, es stinkt«, gab Wilczyński vor der Tür des Arbeitszimmers zu. »Machen Sie bitte auf.«

»Das geht nicht.«

»Es geht alles«, murmelte der Unteroffizier.

»Was soll das heißen, es geht nicht? Haben Sie keinen Schlüssel?«

»Schauen Sie sich doch die Tür und das Schloss an, dann brauchen Sie mir nicht solche dummen Fragen zu stellen. Wenn es möglich wäre, hätte ich doch selbst die Tür aufgemacht, statt Krawall zu schlagen. Aber ich habe keinen Schlüssel.«

»Und durchs Fenster?«

»Bitte sehr, versuchen Sie es.«

Der Unteroffizier spuckte, man könnte sagen im Voraus, er wusste tatsächlich, wer hier wohnte.

Wilczyński und er waren sich wegen des Geruchs mittlerweile sicher. Da gab es nichts, sie mussten in den Raum hinein.

Die bedrückte, aber in all ihrer Verzweiflung noch Reste von Hoffnung hegende Michalina beobachtete mit düsterer Genugtuung, wie sich mehrere Fachleute, die der Streifenwagen hatte holen müssen, abmühten. Die Fensterscheiben erwiesen sich als kugelsicher, die Tür leistete erfolgreich Widerstand, sie wäre der Safes von Fort Knox würdig. Bitte, was ihr Brötchengeber alles konnte, er hatte es sich selbst ausgedacht, selbst eingebaut, sie hatte nicht irgendeinen Vollidioten vergöttert, sondern einen, der nicht seinesgleichen auf der ganzen Welt hatte.

Nachdem man die Idee, das ganze Gebäude in die Luft zu

sprengen, aufgegeben hatte, schafften sie es um Mitternacht endlich, die verdammte Tür aufzubrechen. Ihnen schlug eine Woge dieses Ekel erregenden Gestanks entgegen, und alle guckten hinein, darunter auch Michalina.

»Das war diese Schlampe«, ertönte ihr schrecklicher Schrei. »Das war diese Schlampe! Wer sonst? Es war diese Schlampe!«

Hartnäckig auf meiner Vernunft und Voraussicht beharrend, pflasterte ich die Wände meiner Wohnung mit Zetteln mit dem Datum der Ankunft meiner Verwandten. Beim letzten Anruf hatten sie ihre Wünsche und Vorhaben präzisiert, deshalb konnte ich endlich die Hotelreservierung in Krakau vornehmen. Danzig überließ ich Eleonora, schließlich hatte sie es von sich aus angeboten.

»Um Gottes willen«, sagte ich nervös zu meinen Kindern. »Versteckt eure Sachen irgendwo, damit hier ein bisschen Platz entsteht. Sie sollen doch denken, dass es wie ein Apartment in Australien ist.«

»In Filmen sehen solche Apartments irgendwie größer aus«, klärte mich Kasia auf.

»Und unsere Zeugnisse interessieren dich überhaupt nicht?«, fragte Tomek. »Wozu habe ich dann überhaupt gelernt? Jedes Jahr mäkelst du herum, und jetzt?«

»Diesmal habt ihr ein Rabattjahr. Aber sagt mal, rede ich hier eigentlich mit Menschen oder mit Schafsköpfen? Unser ganzes Leben hängt davon ab, eure Urgroßtante ist schließlich nicht unsterblich.«

»Im Kaukasus leben die Leute alle hundertvierzig Jahre!«

»Aber eure Urgroßmutter lebt nicht im Kaukasus. Ich wünsche ihr nichts Schlimmes, soll sie noch zwanzig Jahre leben, aber dann steht uns die Hälfte des Vermögens zu.«

»Wenn wir altersschwache Greise sind!«, schnaubte Tomek verächtlich.

Das regte mich auf.

»Hör mal, Hosenscheißer, in zwanzig Jahren wirst du jünger sein als ich heute! Siehst du mich vielleicht schon im Sarg?!«

»Also, wenn du dich reinlegen würdest …«

»Wo soll ich mich denn reinlegen, wo ist denn hier ein Sarg?! Ich werde euch umbringen, und gelöst ist das Problem!«

»Du Medea«, sagte Kasia gekränkt.

»Und was ist mit Jason? Den trifft wohl gar keine Schuld? Und jetzt kümmert euch endlich um euren Kram, in eurem eigenen Interesse!«

Das mit dem eigenen Interesse zog, und die Kinder versteckten, was sie nur konnten und wohin es nur ging, und ich Vollidiotin habe nicht geguckt, wohin. Es wäre mir nie im Leben eingefallen, dass sie den größten Teil ihrer Schätze auf einer Art Dachboden untergebracht hatten, einem winzigen Hohlraum unterm Dach, den man über eine Klappe in der Decke ihres Zimmers erreichte. Mit vereinten Kräften schafften sie es, sie zu schließen, leider wohl nicht richtig.

In wahnsinniger Voraussicht brachte ich die Kinder zwei Tage vor der Ankunft meiner Verwandten zu Eleonora. Ich wollte einen kleinen Puffer haben, denn konnte man ahnen, was während der Reise alles passieren würde? Bestimmt war die Heuernte gerade im Gang, und wenn mir wieder eine solche Naturbarrikade vor die Nase knallen würde? Oder es käme irgendetwas anderes Dummes dazwischen und ich wüde es nicht schaffen, zeitig, das heißt übermorgen, zurückzukommen.

Ich besorgte für die Australier ein Handy, weil die Handys aus Übersee bei uns angeblich nicht funktionierten, ich hatte ja keine Ahnung, war allerdings der Meinung, dass man ununterbrochen Kontakt zu seinen Gästen haben sollte. Wenn sie sich aufteilen wollten, die einen hier, die anderen dort, musste ich darüber ständig auf dem Laufenden gehalten werden können. Da ich furchtbar wenig Zeit hatte und rein gar nichts über die Dinger wusste, bat ich Richie um Hilfe.

Richie war mein Nachbar, er wohnte unter mir, zusammen mit seiner älteren Schwester, seinem Schwager und deren beiden Zwillingskindern, was viel zur Entstehung unserer Freundschaft beigetragen hatte. Er kam eines Tages mit einem riesigen Blumenstrauß an und bettelte und flehte darum, bei uns ab und zu mal fernsehen zu dürfen, weil das bei ihm in der Wohnung unmöglich sei. Die Zwillinge würden entweder schlafen, und dann dürfe man keinen Krach machen, oder sie schrien wie verrückt, und dann höre man nichts. Ich hatte zwei Fernseher, einen bei den Kindern oben und einen anderen unten im Wohnzimmer und erklärte mich sofort einverstanden, nicht ohne die Frage der Lautstärke anzusprechen. Zum Glück war Richie nicht taub und der Fernseher musste nicht brüllen. Bei der Gelegenheit vertraute er mir an, er wisse, was er ganz sicher nie im Leben machen werde. Er werde nie Kinder haben, nicht einmal heiraten, weil die Mädchen dumm seien und darauf bestehen könnten, Kinder zu bekommen, kaum war man verheiratet. Das zu riskieren, habe er nicht vor.

Damals war er zweiundzwanzig, nun war er schon dreiundzwanzig und hatte vor zwei Jahren eine Arbeit aufgenommen, die wenig mit seinem Studium zu tun hatte. Er studierte nämlich Astronomie, stellte aber im dritten Studienjahr fest, dass ihm das ganze Weltall zu groß ist, und beschäftigte sich fortan mit Fahrzeugmechanik. Die war auch weit entfernt von der Miniaturisierung, weil er sich vor allem mit ferngesteuerten Kränen, gepanzerten Feuerwehrwagen und ähnlichen Fahrzeugen beschäftigte und auf diesem Gebiet erstaunliche Erfolge verzeichnete.

Er kannte sich hervorragend mit Telekommunikation aus,

wie die meisten jungen Männer, und so brachte er mir am Vortag der Ankunft meiner Verwandten ein Handy mit, das er auf seinen Namen gekauft hatte. Was machte das schon für einen Unterschied, es sah fast so aus wie meins. Er brachte mir bei, wie ich das Gerät zu bedienen hatte, und speicherte sofort ein paar nützliche Telefonnummern. Das Ladegerät hatte er auch gleich mitgebracht.

Kaum war er gegangen, fiel mir der Dachgepäckträger ein. In dem Bewusstsein, dass die Besitztümer der für sechs Wochen anreisenden Familie das Fassungsvermögen des Wagens übersteigen könnten, hatte ich einen Dachgepäckträger erworben, solche Stangen fürs Dach. Ich verhinderte es, dass sie sofort angeschraubt wurden, weil man mir eingeredet hatte, dass Autos das nicht mögen. Wenn sie zu lange mit diesem Schmuck belastet würden, beulten sie sich ein oder verformten sich, etwas in der Art, jedenfalls reagierten sie darauf, und abgesehen davon führen sie auch langsamer. Gott behüte, dass die Familie einen Makel an dem von ihnen bezahlten Gefährt bemerken könnte.

Nun war es aber höchste Zeit, die Stangen anzuschrauben, weil ich mit diesen Dingern sicher nicht am Flughafen kämpfen wollte! Ich griff nach dem Hörer.

»Richie!«, brüllte ich. »Wo bist du?«

»Einen Stock tiefer. Unter Ihnen.«

»Komm bitte noch mal, ich flehe dich an! Ich muss einen Gepäckträger am Dach festschrauben! Ich habe das Ding schon gekauft, sogar Gurte zum Festbinden, aber ich kann so etwas nicht.«

»Kein Problem«, beruhigte mich Richie. »Ich muss nur kurz in die Stadt, aber in etwa einer Stunde bin ich wieder zurück und mache das. Kein Problem.«

Er kam nach anderthalb Stunden wieder. In der Zwischenzeit hatte ich es geschafft, mir mit Hilfe eines Hackmessers einen Teil vom Mittelfinger der linken Hand samt einem

Stück Fingernagel abzuschneiden. Genau genommen die Hälfte des Teils, der Rest blieb dran, so dass ich letzten Endes nichts einbüßte. Die Fingerkuppen sind allerdings gut durchblutet, und bevor ich ein Pflaster gefunden hatte, Jod und ähnliche medizinische Mittel, verwandelte ich meine Küche in ein heruntergekommenes städtisches Schlachthaus. Überall war Blut, in der Spüle, auf meinen Schuhen, auf der ganzen Arbeitsplatte und sogar im Kaffee und im Zucker.

Natürlich hatte ich diese Operation nicht aus masochistischen Gründen durchgeführt, vielmehr wollte ich verschiedene Cocktails für meine Verwandtschaft ausprobieren. Aus irgendwelchen Überlegungen heraus hatte ich den Schluss gezogen, dass sie im Sommer eisgekühlte Longdrinks tränken, und obwohl bei ihnen gerade Winter war, hatte bei uns doch gerade der Sommer begonnen, daher wollte ich sie mit den entsprechenden Getränken empfangen. Da ich meine Eisvorräte für diese Testrunde nicht anrühren wollte, machte ich mich über den Eisklumpen her, der sich mitten in dem Gefrierfach gebildet hatte, was er laut Aussage des Kühlschrankverkäufers nie hätte tun dürfen. Ich stocherte ihn mit einem großen Messer heraus und beschloss, das Eis mit Hilfe eines Hackmessers in kleine Stücke zu zerhauen.

Der Klumpen erwies sich als überaus glitschig, und so traf ich schon mit dem ersten Schlag meinen Finger.

Nun, ich meisterte die Situation – meine Blutgerinnung war schon immer sehr gut gewesen – und machte das Schlachthaus wieder sauber, wie ich glaubte, überall. Und dann, erbost über die Bösartigkeit unbelebter Gegenstände, beschloss ich, mein Vorhaben endlich in die Tat umzusetzen. Die Glitschigkeit berücksichtigend, zerkleinerte ich den Brocken mit Hilfe der Haudrauf-Methode statt der Hackmethode, mischte verschiedene Komponenten in mehreren kleinen Gläsern, rechnete mir aus, wie viel hundert Milliliter reinen Alkohols, der im Wodka enthalten war, ich trinken konnte, um auch noch den Weg in die Garage zu finden, und machte mich ans Probieren.

In dem Moment, als ich feststellte, dass auch das dritte Getränk nicht gut schmeckte, fiel mir ein, dass ich mir noch die Haare waschen, Locken drehen und mich meiner Verwandtschaft schick frisiert zeigen wollte. Der erste Eindruck war der wichtigste. Aber wie sollte ich mir, zum Teufel noch mal, mit diesem verdammten Finger die Haare waschen?!

Ein Friseur. Das war mein erster Gedanke. Den nächsten gab mir die Uhr ein. Der am längsten geöffnete mir bekannte Friseursalon schloss seine Pforten in einer Dreiviertelstunde, das konnte ich schaffen. Allerdings musste ich erst auf Richie warten. Er sollte jeden Moment zurück sein, wegen des Dachgepäckträgers durfte ich kein Risiko eingehen.

Dann traf ich blitzschnell eine Entscheidung, um mir meine gute Laune nicht zu verderben. Ich würde einfach eine Perücke aufsetzen. Das würde sogar besser aussehen, sie stand mir sehr gut.

Die Cocktails, die ich jetzt zum zweiten Mal probierte, kamen mir auch nicht mehr so schlecht vor. Cocktails hatten mir im Grunde ja noch nie geschmeckt, mir waren reine und ehrliche Produkte lieber …

Richie kam zurück, mit dem Friseur hatte es sich erledigt, wir gingen in die Garage hinunter.

Nachdem wir uns und noch ein zur Hilfe gerufener Kumpel eine Stunde lang abgemüht hatten, entschieden wir, dass die Aufgabe nicht zu lösen war. Irgendetwas passte irgendwo nicht wegen fünf Millimetern – was sind schon fünf Millimeter angesichts des Weltalls? Doch nicht einmal Richie mit seinem Studium hat es geschafft.

»Haben Sie den im Geschäft nicht ausprobiert?«, fragte er mit leichtem Vorwurf.

»Wie kommen Sie denn darauf?«, empörte ich mich. »Klar hatten sie ihn ausprobiert, alles hatte gepasst! Ich habe ihn nur wieder abmontieren lassen, weil er dem Auto schadet.«

»Und haben die Ihnen denselben verkauft?«

»Nein. Einen anderen. Verpackt, aber dasselbe Modell. Das haben sie jedenfalls gesagt.«

»Tja, irgendetwas stimmt jedenfalls nicht«, urteilte der Kumpel irritiert. »Sie müssen zurück in den Laden fahren, und die sollen wieder den ersten dranmachen.«

»Das wird kaum gehen, der erste war ein Vorführmodell und die hatten irgendeinen Schlüssel dazu verloren. Und meiner war der letzte, die neue Lieferung kommt erst nächsten Dienstag. Außerdem macht das Geschäft erst um zehn Uhr auf, und ich muss vor zwölf am Flughafen sein, bei den Staus schaffe ich das nie.«

Wir warfen den Gepäckträger in den Kofferraum, der Kumpel verabschiedete sich voller Mitleid und ging. Da wurde mir das nächste Problem bewusst. Vielleicht werden sie sich ja später trennen, aber vom Flughafen muss ich sie doch alle zusammen herbringen.

»Richie, das ist noch nicht alles«, sagte ich ziemlich entmutigt. »Sie werden zu fünft kommen. Sechs Personen plus Gepäck, wie soll das gehen? Ich weiß, ich kann ein Taxi bestellen, aber ich glaube, die haben mittlerweile was gegen Taxis, und außerdem, wer fährt dann mit dem Taxi und wer mit mir im Auto? Die im Taxi werden jedenfalls beleidigt sein. Und ich habe keine Ahnung, wer von denen für den Toyota bezahlt hat, und jetzt kann ich sie nicht mehr fragen, weil sie schon im Flugzeug sitzen. Außerdem: Wie lange sollte ich das Taxi am Flughafen warten lassen? Flugzeuge aus dem Fernen Osten kommen zu den verschiedensten Zeiten an, manche viel zu früh, manche mit fürchterlicher Verspätung.«

Richie blickte mich einen Moment lang gedankenverloren an, dann fing er plötzlich an zu strahlen.

»Morgen teste ich so einen Kranwagen. Ich kann damit

machen, was ich will. Wie wäre es, wenn ich damit vorfahre und wir laden alles ein. Es wird sich sicher auch noch für eine Person Platz finden, auch wenn es nicht sehr bequem ist. Und bitte sehr, dann sind wir alle Probleme los!«

Ich stellte mir vor, wie ich meine australische Familie mit einem Kran vom Flughafen abhole. Aber wer weiß, vielleicht würden sie das für eine extra für sie vorbereitete, ungewöhnliche Attraktion halten?

Ich zögerte.

»Und wenn es regnet?«

»Regnen wird es ganz sicher, hundertpro. Es fängt ja schon an. Aber auf dem Dach würde das Gepäck ja auch nass werden, oder haben Sie etwa eine Plane?«

»Ich habe so eine große Tischdecke aus Plastik«, sagte ich schon ganz entmutigt. »Aber wenn ich keinen Dachgepäckträger habe, kann ich auch auf die Tischdecke verzichten. Was soll's, dann werde ich eben ein Taxi bestellen. Kennst du nicht einen Taxifahrer, der ungewöhnlich geduldig ist?«

»Doch, kenne ich, der lernt Fremdsprachen und wartet gern auf die Kunden, und wenn es vierundzwanzig Stunden dauert. In der Zwischenzeit studiert er seine Wörterbücher. Wie wär's mit dem? Fährt ein Funktaxi. Ich gebe Ihnen seine Nummer. Aber ich komme auch, das macht mir nichts aus. Wann landet das Flugzeug?«

»Theoretisch um fünf nach zwölf. In der Praxis ist alles möglich.«

»Egal. Ich werde da sein.«

Vom frühen Morgen an goss es in Strömen.

Darin fand ich einen gewissen Trost. Wenn ich meine Haare gewaschen und mir eine schicke Frisur gemacht hätte, würde ich wie eine ungeföhnte Wasserleiche aussehen. Der Perücke konnte der Regen nichts anhaben, sie änderte nicht ihre Form und verlieh mir hartnäckig zusätzliche Schönheit.

Am Fenster stehend wartete ich auf den bestellten Taxifahrer – den Sprachwissenschaftler –, und als ich ihn kommen sah, rannte ich in die Garage runter und fuhr mit dem Toyota hinaus. Ich wollte ihm vom Auto aus die Anweisungen geben, daher öffnete ich das Fenster, und im selben Moment ergoss sich ein Großteil der Niagarafälle in mein Auto. Er hatte ebenfalls sein Fenster heruntergekurbelt, er war aber auf der Leeseite, also bekam er etwas weniger Wasser ab. Schreiend vereinbarten wir, dass wir gemeinsam zum Flughafen fahren würden, zur Ankunftshalle.

Das Parken vor dem Ausgang für Fluggäste kam garantiert nicht in Frage, Parken war hier nur für die Spezialeinheit der Polizei erlaubt, ein Sprung und tschüss, am besten noch im Laufschritt. Um etwas über dieses verdammte Flugzeug aus Singapur in Erfahrung bringen zu können, musste man sein Fahrzeug irgendwo weit draußen auf dem Parkplatz stehen lassen und eine ganze Ecke zu Fuß rennen. Unter einer voll aufgedrehten Dusche.

Im Grunde genommen hatte ich mich auf dem neuen Flughafen immer verirrt, einmal hatte ich ihn vier Mal umkreist, um seine Topographie zu verstehen. Jetzt fand ich einen Platz, der zwar auf der richtigen Ebene lag, dafür aber unbedacht war. Der Taxifahrer stellte sich ein paar Autos von mir entfernt hin und blieb im Wagen. Ich winkte und bedeutete ihm, er solle warten.

Da ich einen Regenschirm mithatte, war ich nach meinem Marsch in die elegante Ankunftshalle nur von der Brust abwärts völlig durchnässt. Der Monitor funktionierte, jawohl, aber als ich eine Minute lang die Anzeige zu dem Flug aus Singapur betrachtet hatte, stellte ich fest, dass sie sich laufend änderte. Ist nie gestartet, ist gelandet, fliegt noch. Laut Flugplan sollte das Flugzeug in elf Minuten landen, würde es nun landen oder nicht?

Von einem menschlichen Wesen, das ich nach eben diesen

elf Minuten an der Auskunft entdeckte, erfuhr ich, dass die Verspätung etwa anderthalb Stunden betrage. Ich marschierte zurück zum Parkplatz, zu meinem Taxifahrer, wobei es mir bitter Leid tat, keine Gummistiefel angezogen zu haben. Ich stieg ein und schloss ganz schnell die Tür, wobei ich zwei Stangen meines Regenschirms einklemmte. Wahrscheinlich waren sie jetzt verbogen.

»Anderthalb Stunden«, sagte ich schwermütig. »Ungefähr und höchstwahrscheinlich. In der Zeit schaffen Sie es, Portugiesisch zu lernen.«

»Wozu sollte ich denn Portugiesisch lernen?«, wunderte sich der Fahrer. »Und was erzählen Sie da überhaupt? Anderthalb Stunden warten?«

»Ja. Der Ferne Osten ist unberechenbar. Hat Richie Ihnen nichts gesagt?«

»Welcher Richie?«

»Richie Jasiński. Ihr Kumpel.«

Einen Moment lang sah der Fahrer wie jemand aus, dem man einen Schlag auf den Kopf versetzt hatte und er verzweifelt nach etwas in seinem Gedächtnis suchte.

»Ich habe keinen Kumpel namens Richie! Und ich kenne keinen Jasiński!«

Böse Ahnungen stiegen in mir auf.

»Ich verstehe rein gar nichts. Sie sollten sich doch darauf einstellen, eventuell lange warten zu müssen. Ich hatte Sie extra bestellt und die Nummer genannt. Vierundfünfzig vierzig.«

»Hören Sie, erstens hab ich die Nummer achtundvierzig zwölf, und zweitens kenne ich keinen Richie Jasiński, und drittens sollte es eine Fahrt nach Bemowo sein. In einer halben Stunde habe ich einen Termin bei meinem festen Kunden in der Raszyńska, den ich gerne einhalten würde. Sie müssen sich etwas anderes ausdenken.«

Meine bösen Ahnungen verfestigten sich.

»Für wen sind Sie denn bestellt worden in der Wilanowska?«

»Für einen gewissen Kętrzyk. Kurze Straße fünf.«

»Na wunderbar. Sie sind vor der drei stehen geblieben. Kurze Straße drei. Und ich hatte gerade auf ein Taxi gewartet!«

»Ach du Scheiße. Na ja, es tut mir Leid, aber da kann ich nichts machen, ich muss zur Raszyńska-Straße fahren.«

So viel war mir auch klar. Ich konnte keinen Menschen hier festhalten, der mit seinem festen Kunden verabredet war, bei diesem Wetter, es war sowieso nicht sicher, ob er es schaffen würde. Ich bezahlte ihn, stieg aus und rannte zu meinem Auto, wobei ich noch nasser wurde, da sich der Regenschirm nicht öffnen ließ. Er leistete hartnäckig Widerstand.

Kaum hatte ich die Autotür zugeschlagen, klingelte mein Handy. Der beunruhigte und besorgte Richie war am Apparat.

»Wo sind Sie denn? Irgendwas ist durcheinander gekommen. Marian, mein Kumpel, hat soeben angerufen, er fährt gerade eine Frau, aber an eine andere Adresse. Nach Bemowo. Und offensichtlich sind Sie es nicht.«

»Sicher bin ich das nicht, ich bin am Flughafen. Und ich weiß auch, was passiert ist, ich habe den Taxifahrer erwischt, der diese Frau abholen sollte, und sie ist bei deinem Kumpel eingestiegen.«

»Genau. Dieses Bemowo hat ihn durcheinander gebracht, weil er den Flughafen damit in Verbindung gebracht hat. Erst unterwegs ist ihm ein Licht aufgegangen.«

»Nur ist mein Fahrer, das heißt ihrer, gerade gefahren, weil er wegmusste!«

»Und Sie haben jetzt gar keinen mehr?«

»Nein!«

»Na, dann rufe ich gleich Marian an, der soll mal ein bisschen Gas geben. Er liefert die Frau ab, und dann kommt er gleich zu Ihnen! Aber Moment mal! Wann landet der Flieger denn? Wissen Sie das schon?«

»In etwa anderthalb Stunden.«

»Dann schaffen wir es.«

»Und wo bist du gerade?«

»Ich bin fast am Flughafen. Sie werden mich gleich sehen. Halten Sie nach etwas Gelb-Blauem Ausschau.«

»Gut, und ruf noch diesen Marian an …«

Der Regen schien nachzulassen, dafür kam Wind auf. Nach zwölf Minuten sah ich das Gelb mit dem Blau, das Ding sah äußerst merkwürdig aus, gar nicht wie ein Kran, und wenn das mittelgroß sein sollte, wie Richie gesagt hatte. Ich persönlich hätte dieses Gerät eher als groß bezeichnet.

Richie stellte es ab und kam zu mir gerannt, wobei er sich die Kapuze seiner Dienstjacke vors Gesicht hielt.

»Ich habe schon angerufen, die Frau steigt gerade aus und Marian rast dann gleich zu uns«, erklärte er. »Gut, dass der Flug Verspätung hat.«

»Warte mal, Richie«, unterbrach ich ihn, weil mir plötzlich eine weitere böse Vorahnung kam. »Wie ich das Leben und diese Flüge kenne … Von wo kommt der Wind?«

»Hier ist Norden, da ist Süden. Also ich denke, aus Osten.«

»Dann schiebt er den Flieger an. Ich werde mal auf alle Fälle nachfragen, ob sich was hinsichtlich der Ankunftszeit geändert hat.«

»Vielleicht sollte ich gehen«, bot sich Richie tapfer an. »Bleiben Sie sitzen.«

Er rannte los und kehrte nach zehn Minuten wieder zurück.

»Sie hatten Recht, die sind schneller geworden. Jetzt haben sie nur noch eine Dreiviertelstunde Verspätung.«

»Um Gottes willen, das heißt, dass sie in einer Viertelstunde landen!«

»Na, ein bisschen wird's noch dauern«, tröstete mich Richie, während er sein Taschentuch auswrang, das er aus der Jacke gezogen hatte, um sein Gesicht abzuwischen. »Bestimmt werden Sie sie dort furchtbar lange begrüßen, jeden einzeln, und bis dahin wird Marian hier sein. Zu zweit schaffen wir es mit deren Gepäck.«

»Vielleicht gehe ich doch rein, um zu warten.«

»Da werden Sie nicht rauchen dürfen.«

»Stimmt. Mist.«

Eine Viertelstunde später war Marian immer noch nicht da, und meine Vorahnungen spielten ähnlich wie das Wetter draußen verrückt. Regen und Wind kamen jetzt in Böen, flauten ab und dann wieder mächtig auf, wobei das Abflauen nur etwa zehn Prozent der Gesamttätigkeit ausmachte. Ich beschloss, diese zehn Prozent abzuwarten und dann ins Gebäude zu rennen. Richie entschied sich, zu seinem Kran zurückzugehen und ihn etwas näher zu parken.

Als ich in die Ankunftshalle stürzte, ließen mich die Laute aus dem Lautsprecher sofort zur Informationstafel schauen. Meine bösen Vorahnungen bestätigten sich, das Flugzeug aus Singapur war gerade im Begriff zu landen.

Ich wagte es nicht, noch einmal nach draußen zu gehen und nach meinen Verbündeten zu suchen. Bei der Gelegenheit wurde mir bewusst, dass ich keine Ahnung hatte, wo diese verdammten Gepäckwagen standen. Auf dieser Seite oder auf der anderen? Werden sie Verstand genug haben, sich so ein Gefährt zu schnappen, oder werden sie der Meinung sein, dass ich auch das noch organisieren soll?

Richie tauchte neben mir auf.

»Die Gepäckwagen sind hinter der Absperrung«, versicherte er mir. »Schauen Sie, alle fahren damit raus. Sehen Sie?«

In dem Moment erblickte ich meine Verwandten. Mit phänomenaler Geschwindigkeit hatten sie die Zoll- und Passabfertigung überwunden und tauchten bereits auf meiner Seite des Durchgangs auf. Die beiden Onkel schoben schwitzend zwei riesige Gepäckberge vor sich her, die beiden Tanten und die Großtante gingen mit Handtäschchen unterm Arm neben ihnen.

»Sie sind da«, sagte ich mit tonloser Stimme. »Das sind sie.«

»Scheiße«, sagte Richie.

Sie sahen zu mir herüber und – leider – erkannten sie mich nicht sofort. Die Großtante betrachtete mich argwöhnisch. Ich war beunruhigt, was ist denn, Mensch, hatte sie etwa bemerkt, dass ich eine Perücke trug, und passte ihr das nicht? Ob sie Perücken verabscheute?

»Ich dachte, du würdest uns abholen«, sagte sie säuerlich. »Ich weiß, dass es hier keine Gepäckträger gibt, weil ihr ja eine hohe Arbeitslosigkeit habt, aber ich hätte nicht erwartet, zu Fuß marschieren zu müssen.«

»Aber woher denn, Tantchen, wieso denn zu Fuß!«, protestierte ich ganz brav. »Ich stehe auf dem Parkplatz, hier ist doch Parkverbot.«

Taxis fuhren natürlich bis vor den Eingang vor, aber wir hatten vorerst noch kein Taxi. Wenn ich nur nicht die Fahrzeuge verwechselt hätte und dieser Marian schon da wäre!

»Wo ist er denn, dieser Parkplatz?«, keuchte einer der Onkel, derjenige, der nicht mein Pate war.

»Gleich hier, es sind nur ein paar Schritte«, meldete sich munter Richie zu Wort und nahm ihm den Gepäckwagen mit seiner Last ab. »Überhaupt ist alles vorbereitet, bitte, hier entlang.«

Ich war so perplex, dass ich meine Verwandten nach draußen schleppte, mitten hinein in die klimatischen Freuden. Es war gerade etwas besser geworden. Ich half meinem Patenonkel, den anderen Gepäckwagen zu schieben, unter größten Mühen kamen wir am Parkplatz an, wo von Marian immer noch nichts zu sehen war. Richie versuchte, einen der eleganten Koffer zu heben, und ächzte, hatte aber gleich eine Lösung parat.

Bevor ich mich umdrehen konnte, passierten mehrere Dinge gleichzeitig. Eine stürmische Regenflut ergoss sich über uns, weil die zehn Prozent Galgenfrist verstrichen waren, ich öffnete die Autotür und rief, sie sollten einsteigen, und ja, sie kamen der Aufforderung nach, ich öffnete den Kofferraum, Richie sprang zum Kran und hievte mit irgendwelchen Greifarmen den ersten Koffer hoch, da mischte sich auch noch eine gewaltige Böe in die ganze Aktion und riss mir die Perücke vom Kopf. Die Perücke flog nicht weit, mit Schwung fiel sie dem Onkel, der nicht mein Patenonkel war, ins Gesicht. Der wollte offensichtlich etwas sagen, weil er gerade seinen Mund geöffnet hatte. Nun, daraus wurde nichts, da ihm mein Haarschmuck die Lippen schloss und die Worte im Mund ersterben ließ.

Die Großtante und die beiden Tanten beobachteten das alles mit eisigem Schweigen.

Ich riss dem Onkel in großer Eile die Perücke zwischen den Zähnen hervor, der Regen stürzte herunter, als wolle er die letzten Böen seiner Bösartigkeit aus sich pressen, die Greifarme platzierten den Koffer so im Kofferraum, dass nichts anderes mehr hineinpasste, insbesondere weil der unten liegende Dachgepäckträger im Wege war. Ich verspürte das dringende Bedürfnis, eine weiße Fahne zu hissen, doch gerade da kam der sehnlichst erwartete Marian. Der aufgeweckte Junge erfasste blitzschnell die Lage und eilte uns zu Hilfe.

Die beiden taten, was sie konnten. Den Inhalt der beiden Gepäckwagen luden sie mit Hilfe des Krans in die beiden Kofferräume. Richie operierte mit den Greifarmen, Marian verteilte sorgfältig die Gepäckstücke, aber meine Gepäckträgerstangen mussten raus. Richie erklärte, er könnte sie mitnehmen und mir nach Hause bringen, und er packte sie mit den Greifarmen wie zwei Balancierstangen. Zwei Individuen männlichen Geschlechts stiegen ins Taxi ein, drei Individuen weiblichen Geschlechts blieben im Toyota. Ich überlegte einen Moment lang, ob ich imstande sei, ihn zu fahren, da ich zufällig einen Blick in den Rückspiegel geworfen hatte.

Abgesehen von Großtantes Verhältnis zu Perücken im Allgemeinen, konnte meine im Besonderen ihr Vertrauen sicher nicht erwecken. Ich hatte sie sofort wieder aufgesetzt, nachdem ich sie aus dem Mund des Onkels gerissen hatte, und versuchte sie jetzt mit den Händen zu glätten, was sich als nicht besonders wirksam erwies. Der Regen hatte ihr nicht geschadet, aber der Wind, und so ähnelte ich äußerst überzeugend dem schrecklichsten Ungeheuer aus dem fürchterlichsten Horrorfilm. Jedes Kind würde, nachdem es diesen Film gesehen hat, Weinkrämpfe bekommen, ein Erwachsener möglicherweise auch.

Irgendwie wollte es einfach nicht mit meiner feierlichen Begrüßung der Verwandten auf heimatlichem Boden klappen, und dieser erste Blick auf mich ...

Ich riss mich zusammen und fuhr los, obwohl ich mich am liebsten leise jammernd in einem Eckchen verkrochen hätte. Dazu quälte mich noch der Umstand, dass ich vergessen hatte, welche Tante welche war. Sie hießen Tante Iza und Tante Olga, aber weiß der Teufel, ob Iza die Dickere und Olga die Dünnere war oder umgekehrt. Die Dickere saß neben mir, die Dünnere mit der Großtante hinten. Die Dickere hatte mich vor sieben Jahren besucht und zu ihr gehörte der Onkel, der nicht mein Patenonkel war. An so viel konnte ich mich erinnern. Gut, nur wie hieß sie bloß?

Zum Glück nahmen die klimatischen Bedingungen die Lust auf ein Gespräch mit der Fahrerin, also redeten die Frauen untereinander, ohne mich. Sie lobten das Auto. Der Avensis gefiel ihnen. Zum Thema Kran, der in der Rolle des Gepäckträgers aufgetreten war, schwiegen sie stumm.

Ich blieb vor dem Haus stehen. Es regnete immer noch, allerdings war der Orkan etwas abgeflaut, am schlimmsten hatte es am Flughafen gestürmt, ausgerechnet als sie einstiegen. Das musste ein Fluch sein.

»Mir kam es so vor, als ob du geschrieben hättest, dass du eine Garage hast?«, sagte mit leichtem Vorwurf die dickere Tante neben mir.

Wie sollte ich ihnen erklären, dass die Garagen in diesen Gebäuden für kleine Fiats 126 gebaut worden waren und dass ein Toyota nur mit größter Mühe hineinpasste, dass es dann keinen Platz gab, um die Tür richtig aufzumachen, und dass ein Mensch mit der Figur der Tante dort unter keinen Umständen aussteigen konnte, egal wie sie sich abmühte. Ein bisschen Platz war ja da, aber bei einer solchen Figur!

»Das Gepäck«, entschuldigte ich mich so reumütig wie möglich. »Sie sind klein, diese Garagen, da bekäme man das Gepäck nicht mehr heraus.«

»Es regnet«, bemerkte die Großtante vorwurfsvoll.

Nun gut, es regnete, aber was sollte ich tun, den Regen vielleicht abschalten?

»Mit dem Regenschirm werden wir trocken hineinkommen. Wir stehen ja direkt vor der Tür.«

»Und wo ist dieser Transporter?«, fragte die dünnere Tante unzufrieden. »Wer soll denn das alles tragen? Filip jedenfalls nicht.«

»Ignacy auch nicht«, stellte die Dickere kühl fest.

Ich hatte den Eindruck, dass der Ersatzgepäckträger ihrer Meinung nach seiner Aufgabe nicht gewachsen war, da er nicht vor uns hier angekommen war. Oh Gott, wann kommt Richie denn endlich? Ich konnte ihn zwar anrufen, aber doch nicht, wenn sie zuhörten!

Aus dem hinter uns stehenden Taxi stieg Marian aus und trat an die Fahrerseite meines Autos. Ich ließ die Fensterscheibe runter.

»Soll ich mit dem Ausladen anfangen, oder warten wir auf Richie?«, fragte er zweifelnd.

»Wir warten«, entschied ich rasch. »Das heißt, Sie warten, bitte, und der Rest geht ins Haus …«

»Ist das bei dir irgendeine Manie, diese ewigen Probleme mit den Taxis?«, fragte höhnisch die dickere Tante, die ich vor sieben Jahren mit dem Mafiataxi beglückt hatte. »Bei uns ist das eine Dienstleistung.«

»Bei uns auch«, versicherte ich ihr und stieg möglichst rasch aus.

Leise zischelnd, aber flehentlich bat ich Marian, Richie anzurufen, und überhaupt sollten die beiden bitte etwas unternehmen! Marian versicherte mir voller Mitleid, ich solle mir keine Sorgen machen. Ich begann, die Tanten aus dem Auto zu zerren.

Der verdammte Regenschirm wollte sich nicht öffnen lassen, die beiden Stangen waren tatsächlich verbogen. Mehr Regenschirme besaß ich nicht, da ich sie beharrlich verlor. Die Eingangstür musste aufgehalten werden, weil sie von selbst wieder zufiel. Jetzt tat es mir Leid, dass ich die Kinder weggebracht hatte, wenigstens hätten sie die Tür aufgehalten, und dann wurde mir bewusst, dass der Transport des australischen Gepäcks in den ersten Stock über die recht schmale Treppe menschliche Kräfte übersteigen musste.

Verdammter Mist, an so viele Dinge hatte ich gedacht, nur daran nicht!

Nun, da konnte man nichts tun. Die kleineren Reisetaschen und Kosmetikkoffer brachte Marian hoch, und den ganzen Rest hievte der endlich eingetroffene Richie mit den gelben Krangreifern direkt auf den Balkon. Der Balkon war groß, kaum bepflanzt, die einzelnen Gepäckstücke passten wunderbar darauf und die Transportoperation verlief reibungslos, wobei sie auch noch für elf meiner Nachbarn Unterhaltung bot.

Ich wurde nicht gelobt. Die Großtante beurteilte meine Anstrengungen und Bemühungen als nicht besonders gut durchdacht und das Ergebnis als Belastung.

Der Rest des Tages verlief wie folgt:

Ich schaltete den Ofen an, in dem bratfertige Hähnchen steckten.

Ich kämmte die Perücke.

Ich brachte sie alle in den Zimmern unter, oben die Tanten mit den Onkels, und unten im Wohnzimmer die Großtante. Die dickere Tante und der dickere Onkel meinten, dass es ihnen ein wenig zu eng wäre, also überließ die Großtante ihnen das Wohnzimmer und zog statt ihrer nach oben. In mein Schlafzimmer drängte sich glücklicherweise keiner, da es zugleich mein Arbeitszimmer war und man sich zwischen den zahlreichen wissenschaftlichen Hilfsmitteln kaum bewegen konnte. Die Völkerwanderung dauerte bis zum späten Nachmittag.

Ich gab ihnen das Handy. Es wurde als eine richtige und vernünftige Maßnahme beurteilt. Man probierte das Gerät aus, es funktionierte.

Ich bekam von ihnen Geschenke. Steinerne Untersetzer für Wasser- und Weingläser, sehr dekorativ, in die australische Folkloremuster geschnitzt waren, eine Aborigines-Kriegermaske, sechs Flaschen Wein, einen Briefbeschwerer für meinen Schreibtisch, herausgebrochen aus einem Felsen und mit Opalen durchsetzt, und eine steinerne Wärmplatte für große Porzellanplatten. Kein Wunder, dass das alles zusammen so schwer war, nur leider besaß ich überhaupt keine Servierplatte in dieser Größe.

Ich stellte das Mittagessen auf den Tisch, was mit Zustimmung aufgenommen wurde, zumal ich als Vorspeise dreierlei Heringe und Wodka servierte.

Langsam verspürte ich Erleichterung.

Die Erleichterung war schnell dahin, denn die Hähnchen

erwiesen sich, als ich ins Backrohr schaute, als beinahe roh. Ich hatte vergessen, die Temperatur nach der ersten Stunde des Bratens höher zu stellen, und auch übersehen, dass es nicht nur ein, sondern zwei Hähnchen waren. Eines wäre gar geworden. Je mehr im Backofen steckt, desto länger muss es braten, wie man weiß, und diese beiden waren besonders groß.

Ich holte mein Versäumnis nach, aber eine Dreiviertelstunde musste man ihnen noch geben.

In meiner Verzweiflung bereitete ich Pilzsuppe aus der Tüte zu, es war etwas wenig, weil ich nur eine Tüte hatte, also schüttete ich noch Champignoncreme dazu und rührte alles gut durch. Das Ergebnis war seltsam. Aber sie aßen es.

So langsam, wie ich nur konnte, räumte ich die Heringsteller und die Suppentassen ab und bereitete den Tisch für das Hauptgericht vor.

Die eine Tante fragte, ob ich vielleicht Hilfe bräuchte. Ich verneinte eilig.

Die Kartoffeln waren kalt geworden.

Im Zeitlupentempo brachte ich Gurkensalat, grünen Salat, Preiselbeeren, Birnen in Essig, Cornichons, marinierte Pilze und Meerrettich auf den Tisch. Ursprünglich hatte ich nur Gurkensalat und grünen Salat vorgesehen, aber ich musste doch so tun, als ob ich etwas täte.

Zwischendurch sah ich in den Backofen und feuerte die Hähnchen an.

Hinterlistig brachte ich meine Verwandten zu einer langen und eingehenden Diskussion über die Frage des Weines.

Ich schnitt die Kartoffeln in Scheiben und briet sie in Butter.

Nichts wollte mir jemals gelingen.

Die verdammten Hähnchen waren nun endlich gar und konnten gegessen werden, was der Stimmung eindeutig gut tat, da sie hervorragend schmeckten.

Es hörte auf zu regnen.

Ich erfuhr, wer wie mit Vornamen hieß und wer sich von der Gruppe absondern wollte.

»Iza und Filip haben ihre eigenen Pläne«, sagte die Großtante bissig, als die dünnere Tante und mein Patenonkel nach dem ungewöhnlich langen Mittagessen ankündigten, sie wollten in die Stadt gehen. Sie hätten sich im Flugzeug ausgeschlafen, fühlten sich voller Unternehmungslust und wollten sofort auf Besichtigungstour.

In Ordnung. Das bedeutete, dass die Dünnere Iza hieß und die Dickere Olga. Iza und Filip, Olga und Ignacy. Ich war mir nicht sicher, ob ich Iza und Filip irgendwo persönlich hinfahren oder sie alleine ziehen lassen sollte, doch sie entschieden die Sache selbst, indem sie verlangten, dass ich ihnen ein Taxi bestellte.

Ich bestellte das Taxi, gab ihnen einen Stadtplan und sie verließen die Wohnung. Das Handy nahmen sie mit.

Ich stapelte das Geschirr in den Geschirrspüler, wobei ich versuchte, den verletzten Finger nicht anzustoßen.

Die Großtante und die übrig gebliebene Tante mit Onkel machten sich daran, Fotos anzuschauen, angefangen mit dem ältesten Fotoalbum, wonach sie angeblich die meiste Sehnsucht hatten. In den älteren Fotoalben herrschte noch Ordnung, das Chaos begann erst später.

Ich lief nach unten und fuhr das Auto in die Garage.

In der vorübergehenden Abwesenheit meiner Verwandten sammelte ich meine Gedanken und dabei wurde mir bewusst, dass Tante Iza gar nicht die Schwiegertochter der Großtante war, sondern die Ehefrau meines Paten, der der Bruder von Großtantes Schwiegertochter war. Damit war sie etwa um zehn Ecken mit mir verwandt. Ich beschloss, bei nächster Gelegenheit meine Großtante unter vier Augen nach der Zahl der Familienangehörigen zu fragen und die Verwandtschaftsgrade zu präzisieren.

Ich ging zurück nach oben und musste an der eigenen Tür klingeln, weil ich sie zugeschlagen hatte, ohne den Schlüssel einzustecken. Onkel Ignacy öffnete mir, aber er fragte vorher mehrmals: »Wer ist da?«

Um halb zehn wollte die Großtante mit dem in der Stadt herumirrenden Paar sprechen.

Ich drückte eine Taste auf dem Handy. Beim vierten Klingeln meldete sich jemand.

»Onkel, bist du es?«, fragte ich sehr unsicher, weil die Stimme irgendwie anders klang.

»Wessen Onkel?«, die Stimme von Richie am anderen Ende, die ich in diesem Moment erkannte, hörte sich sehr interessiert an.

»Richie, bist du es? Entschuldige bitte, ich wollte doch gar nicht dich anrufen!«

»Wen dann?«

»Meine Tante und meinen Onkel. Sie sind mit dem neuen Handy in der Stadt.«

»Leise!«, flüsterte Richie. »Oh nein, nicht Sie, ich habe mich gemeint, die Zwillinge schlafen nämlich schon. Ist was passiert?«

Ich hätte sehr viel lieber allein mit ihm gesprochen, aber die drei um mich herum hörten aufmerksam zu.

»Nichts ist passiert, wir wollten nur wissen, wo sie sind und wann sie zurückkommen. Vielleicht habe ich die falsche Nummer gewählt, ich versuche es noch mal.«

Mit Bedacht tippte ich auf die gespeicherte Nummer des neuen Handys, wurde verbunden und wartete erneut vier Klingelzeichen ab.

»Nein, ich bin es wieder«, sagte Richie. »Ihre Nummer wurde angezeigt. Moment mal, ich gehe eben ins Treppenhaus … Wählen Sie denn auch die Nummer, die ich eingegeben habe?«

»Ja, die eingegebene.«

»Vielleicht habe ich dann irgendetwas durcheinander gebracht. Wählen Sie doch noch einmal, aber geben Sie die Nummer selbst ein. Haben Sie sie da?«

»Hab ich, im Notizbuch. Leg auf.«

In höchster Konzentration tippte ich die ganze Nummer ein.

»Gut, dass ich im Treppenhaus geblieben bin«, sagte Richie mit großer Zufriedenheit. »Was ist das bloß für eine Scheiße? Ich verstehe das nicht.«

»Ich verstehe es noch weniger, das kannst du mir glauben.«

»Und nehmen die schon lange nicht ab?«

»Keine Ahnung, du meldest dich ja immer nach dem vierten Klingelzeichen.«

»Nein, nach dem ersten. Warten Sie mal, ich muss überlegen.«

»Soll ich am Apparat bleiben?«

»Aber nein! Das wird einige Zeit dauern. Oder rufen Sie noch einmal an, ich werde nicht rangehen und wir sehen, was passiert.«

Es passierte nichts, nach dem Gott weiß wie vieltem Klingelzeichen wurde der Wählvorgang unterbrochen und ich konnte die Aufschrift lesen: »Die Verbindung konnte nicht hergestellt werden.«

Richie hatte genug Verstand, um nicht auf der Treppe sitzen zu bleiben, sondern zu mir zu kommen. Er begrüßte die Familie, und wir beide begannen mit vereinten Kräften, das Geheimnis zu lösen. Wir riefen abwechselnd von seinem und von meinem Handy aus an, aber ohne Erfolg.

»Die gehen einfach nicht ran«, sagte er schließlich tröstend. »Vielleicht haben sie vergessen, dass sie es dabeihaben, und sind an das Klingelzeichen nicht gewöhnt. Sie beachten es gar nicht.«

»Sie könnten ja auch von sich aus daran denken, uns zu

benachrichtigen«, sagte die Großtante streng. »Uns hier im Ungewissen zu lassen, wo ich doch schlafen gehen will.«

Ich beeilte mich, ihr zu versichern, dass alle jederzeit schlafen gehen könnten und ich auf die anderen warten würde. Falls sie noch etwas essen wollten, bekamen sie es eben in der Küche.

»Und sie verdienen es auch nicht anders«, urteilte sie hart und marschierte ins Bad.

Tante Iza und mein Pate kamen um Mitternacht zurück, sehr vergnügt, sie wollten nichts essen, gaben zu, das Handy vergessen und das Klingeln nicht gehört zu haben, das heißt doch, sie hatten es wohl gehört, wussten aber nicht, dass es ihres war. Dann nahmen sie einen Drink und gingen ebenfalls schlafen.

In mir keimte die Hoffnung auf, dass sich die Situation normalisieren würde und ich der ganzen Katastrophe irgendwie Herr werden würde.

»Dann berichte mal«, sagte der Major, Unterinspektor Eddie Bieżan, zu seinem Untergebenen, dem frisch beförderten Oberleutnant, Kommissar Robert Górski.

Robert hielt bereits sein Notizbuch in den Händen und begann.

»Einer der reichsten Männer im Land. Fotograf. Natur, mehr Fauna als Flora. Veröffentlichungen unter anderem in *National Geographic,* sehr gefragt, die Fotos sind echt gut. Verbindungen zur Finanzwelt, ziemlich merkwürdig, Banken, Aktiengesellschaften, was so kam. Im Grunde ein Außenseiter, einsam. Mit seiner eigenen Waffe erschossen, eine doppelläufige Flinte mit Brennecke-Geschoss, zwei Schüsse, einer davon ins Auge.«

»Unangenehm«, murmelte Bieżan.

»Ziemlich«, pflichtete Górski bei. »Am dreizehnten. Er lag viereinhalb Tage, fast fünf, in seinem Arbeitszimmer eingeschlossen. Das Arbeitszimmer war wie eine Festung, sie haben mehrere Stunden gebraucht, um es zu öffnen. Er hatte selten Besuch, also hätte er dort bis zum Sankt Nimmerleinstag liegen können, aber seine Haushälterin, oder wie man sie nennen soll, hatte einen Riecher, buchstäblich …«

»Wohnt sie mit im Haus?«

»Nein, sie kam ab und zu. Reiste von ziemlich weit her an. Aus Warschau. Wilczyński meint, sie sei unsterblich in ihn verliebt gewesen, voller Hoffnung, dass er sie heiraten würde. Hätte sie wohl gerne gehabt, aber das Letzte, was er gemacht hätte, wäre sie oder eine andere zu heiraten …«

»War er schwul?« Bieżan zeigte plötzlich Interesse.

»Nein keineswegs, nur Frauen. Aber die auch nur selten, er hielt sich ziemlich zurück mit dem Sex …«

»Ein Onanist!«

»Ach woher, er war gesund wie ein Bulle, das hat die Obduktion gezeigt. Aber irgendwie … Angeblich, ich war ja nicht dabei, scheint er keine sexuellen Bedürfnisse gehabt zu haben oder so.«

»Wie alt?«

»Fünfundvierzig. In den besten Jahren. Und wie gesagt, eine Bombengesundheit. Ein paar alte Knochenbrüche, gut verheilt. Regelmäßiger Tagesablauf, er verreiste selten, hatte eine Wohnung in Warschau, manchmal besuchten ihn Leute, die Haushälterin kennt sie, rückt aber nicht mit der Sprache raus …«

»Hat sie einen Namen?«

»Michalina Kołek. Und diese Leute sind hohe Tiere, gehören zu den Eliten – den alten und den neuen –, keine einzige Freundschaft, nur Geschäfte. In sein Arbeitszimmer ließ er niemanden hinein. Diese Michalina Kołek, die sich übrigens im Zustand einer versteinerten Hysterie befindet, beharrt darauf, dass, wie sie sich ausdrückt, diese Schlampe ihn um die Ecke gebracht hätte.«

»Welche Schlampe?«

»Seine Exfrau. In seinem Ausweis steht ›ledig‹, also war er wohl geschieden, was einige Verwirrung stiftet. Es gibt eine Exfrau in Zawiercie. Diese Kołek gibt aber hartnäckig eine Warschauer Adresse an, Racławicka sechs, vierter Stock. Eine gewisse Izabella Brant. Die andere aus Zawiercie heißt so, wie es sich gehört, Hanna Dominik. Nun wohnt in der Racławicka sechs aber nirgendwo eine Izabella Brant …«

Bieżan unterbrach ihn endgültig.

»Warte mal, jetzt bringst du aber ein Durcheinander hinein. Du lässt ja die Hälfte aus!«

»Mehr habe ich noch nicht«, entschuldigte sich Górski. »Die letzten Computerdaten aus dem Melderegister, und das auch nur dank Ela.«

»Ist das die, die immer im Büro herumsitzt, weil sie es zu Hause nicht aushält?«

»Genau die. Bei der Gelegenheit hat sie sich bei mir ein bisschen ausgeweint, was auch noch Zeit gekostet hat.«

Bieżan nickte verständnisvoll. Die ihr Zuhause hassende Ela war manchmal ein echter Segen, man konnte lange nach Dienstschluss mit ihrer Arbeitsbereitschaft rechnen, allerdings musste man dann ihre Bitterkeit und Klagen über sich ergehen lassen. Keiner wunderte sich übrigens über diese Ausbrüche, denn ihre Wohn- und Familienverhältnisse waren wirklich beklagenswert.

»Okay, lass uns das jetzt mal in allen Einzelheiten durchgehen. Selbstmord kann man gleich ausschließen, keiner würde zwei Mal aus so einem langen Gewehr auf sich selbst schießen. Aus einem kurzen wäre das übrigens auch schwierig. Was ist mit diesem Arbeitszimmer – verbarrikadiert wie eine Festung und keiner durfte rein? Vielleicht konnte man aber doch irgendwie rein?«

»Völlig unmöglich«, wies Robert entschieden zurück.

»Ich war da und hab's gesehen. Das Fenster war von außen überhaupt nicht zu knacken, es ließ sich nur von innen öffnen, kugelsichere Fensterscheiben.«

»Aber wenn jemand das Fenster geöffnet hätte, zum Beispiel, um zu lüften, und dann jemand reingesprungen wäre?«

»Das war nicht der Typ, der das zugelassen hätte. Ein Meter dreiundachtzig groß, fünfundachtzig Kilo schwer, körperlich ziemlich fit, ehemalige Sondereinheiten. Ich hab' Leute auf seine Vergangenheit angesetzt, und wir wissen schon, dass er ziemlich harte Trainingsprogramme hinter sich hat.«

»Und von außen zu schießen?«

»Aus seiner Doppelflinte? Der Täter müsste ihm dazu vorher die Doppelflinte geklaut und rausgebracht haben.«

»Ein zweiter Schlüssel für die Tür?«

»Von einem Zweitschlüssel ist nichts bekannt. Diese Kołek besteht darauf, dass es nur einen gegeben hat. Angeblich hat er diese Schlösser selbst gebastelt und nur einen Schlüssel angefertigt ... das heißt, es gab da zahlreiche Riegel, die erst der Schlüssel in Bewegung gesetzt hat. Tatsache ist, dass die Vorrichtung ausgeklügelt war. Na, und den Schlüssel trug er immer bei sich, er ging nicht aus dem Arbeitszimmer, ohne es abzuschließen, auch wenn er nur aufs Klo musste. Er schlief mit ihm. Er badete mit ihm. Und genau dieser Schlüssel ist verschwunden.«

»Habt ihr auch richtig gesucht?«

»Ich denke schon. Zu dritt, Wilczyński, Trzęsik und ich. Wilczyński wegen seines Ehrgeizes, Trzęsik aus Neugierde und ich aus Hartnäckigkeit. Alle anderen wurden nach dem Fotografen, dem Arzt und dem Fingerabdruckspezialisten rausgeworfen. Ich war zwei Stunden nach dem Anruf zur Stelle.«

»Das heißt, der Täter knallt ihn ab, entdeckt den Schlüssel, geht raus und schließt ab. Und der Schlüssel schwimmt jetzt in der Weichsel.«

»Letzteres würde ich nicht behaupten«, unterbrach ihn Górski. »Wenn man das, was die dort kaputtgemacht haben, wieder in Ordnung brächte, könnte der Schlüssel Millionen wert sein. Zumindest könnte das der jetzige Besitzer denken. Ich habe die Papiere nicht rausgebracht und verboten, sie anzurühren.«

»Warte mal«, sagte Bieżan. »Ich blick jetzt langsam überhaupt nicht mehr durch. Du musst nicht nur in allen Einzelheiten, sondern auch der Reihe nach erzählen.«

»In meiner Reihenfolge oder überhaupt?«

»Ich glaube zuerst überhaupt, was da war, welche Schlüsse bislang gezogen wurden, und dann deine …«

Robert Górski beschrieb also detailliert das Tun und sämtliche psychischen Zustände von Michalina Kołek, die es nicht versäumt hatte, Wilczyński all ihre schrecklichen Erlebnisse anzuvertrauen. Sie war zu Tode betrübt und verbarg auch nicht ihre tiefe Verzweiflung. Auch wenn sie weiterhin immer nur von der Schlampe sprach, gab sie auf beharrliche und konkrete Fragen eigentlich ganz sachliche Antworten.

Ihr Arbeitgeber wurde am Dreizehnten seines Lebens beraubt, so viel stand fest. Früher nicht, weil sie ihn am Dreizehnten gegen Mittag guter Gesundheit zurückließ und nach Warschau fuhr. Am Fünfzehnten, als sie zurückkam, muss er schon tot gewesen sein. Auf den Einwand hin, dass auch der Vierzehnte in Frage käme, entgegnete sie, das sei unmöglich, denn das Fernsehprogramm sei auf dem Dreizehnten aufgeschlagen gewesen, die Briefe vom Vierzehnten haben im Briefkasten gesteckt und das frische Handtuch im Bad sei nicht benutzt gewesen. Vom Fünfzehnten konnte überhaupt nicht die Rede sein, weil dann die Ringe auf der Tischplatte nicht schon so trocken gewesen wären. Es konnte nur der Dreizehnte gewesen sein!

Die Meinung des Pathologen ging damit einher. Das Opfer fiel zwischen dem Zwölften und dem Vierzehnten tot um, der Dreizehnte passte also tatsächlich. Außerdem hatte kein Mensch den Typen am Vierzehnten gesehen.

Das war alles, was man wusste, als Robert am Tatort eintraf und ihn besichtigte. Nur den Tatort, nicht die Leiche, da diese bereits weggeschafft worden und in der Leichenhalle zu besichtigen war, genauer genommen im Obduktionsraum des Krankenhauses von Mława. An die Autopsie ging man aus verständlichen Gründen sofort heran.

Jenes geheimnisvolle Arbeitszimmer erwies sich als überraschend groß, wobei es nur ein Fenster hatte. Es war von außen verspiegelt, von innen ging der Blick ungehindert hindurch, außerdem war es kugelsicher und wärmegedämmt. Roberts Ansicht nach musste es ein Vermögen gekostet haben.

Vor dem Fenster stand ein riesiger Arbeitstisch, ausgestattet mit verschiedenen ausgetüftelten Gerätschaften, einem Schraubstock, einer Bohrmaschine, einem Mikroskop, irgendwelchen Vergrößerungsgläsern mit besonderer Beleuchtung, zwei verschiedenen Brennern, Schraubgläsern und anderen Behältern und weiß der Teufel noch was allem. Davor ein Drehstuhl auf Rollen. An der Wand in der Nähe des Tisches, gegenüber der Tür, hingen Jagdwaffen, zwei Doppelflinten, von denen eine einen abgesägten Lauf hatte, ein Luftgewehr und ein Stutzen für größere Tiere, darüber hinaus zwei überkreuzte Säbel, ein Bajonett mit Scheide und eine sehr alte Duellpistole, zweifellos eine Antiquität.

Auf der dem Fenster und dem Tisch gegenüberliegenden Seite befand sich ein kleiner Schreibtisch, um ihn herum standen Aktenschränke, die bis zur Decke reichten. Dieser Teil des Raumes war voll gestopft mit Papier – Stapel von Zeitungen, Papp- und Plastikhefter und irgendwelche Manuskripte, allerdings kein einziges Buch. Im Gegensatz zur idealen Ordnung auf dem Tisch herrschte hier eine unglaubliche Unordnung, als ob jemand in aller Eile nach etwas gesucht hätte. Und er musste es auch gefunden haben, da er nicht alles duchsucht hatte, ein Drittel der Schränke war unberührt geblieben.

Darüber hinaus standen noch eine kleine Metallleiter und ein gewöhnlicher Holzhocker da, und aus der Wand, unweit des Arbeitstisches, ragte ein Wasserhahn mit Waschbecken, sonst nichts. Weder ein Teppich noch ein Stuhl oder ein Beistelltischchen, nichts, zwei Arbeitsplätze und damit Schluss.

»Warte mal«, unterbrach ihn Bieżan. »Ich glaube, du bist zu schnell. Die Doppelflinte hing an der Wand?«

»Ja, als ich dort ankam, hing sie an der Wand.«

»Woher wussten die dann, dass er damit abgeknallt wurde?«

Robert schnaufte, seufzte und setzte sich wieder auf den Stuhl.

»Ich glaube, ich berichte hier wirklich ein bisschen zu schnell. Sie wussten es nämlich nicht. Zunächst wusste das keiner. Aber Wilczyński ist ja ein schlauer Kopf, sobald er die Leiche gesehen hatte, wusste er, wen er vor sich hatte, und rief uns an, und rührte nichts mehr an und verbot auch den anderen, irgendetwas anzufassen. Er stand wie ein Wachhund neben dem Fingerabdruckspezialisten und schaute ihm auf die Finger, und im Rücken muss er ein drittes Auge gehabt haben, weil er auch den Fotografen nicht aus dem Blick gelassen hat. Er wartete auf mich, er wusste, dass ich alleine komme, weil Sie … na ja …«

»Na ja, na ja«, murmelte Bieżan gereizt, der in den letzten drei Tagen viel durchgemacht hatte, da er einen Anruf aus der Nähe von Pyrzyce erhalten hatte mit der Nachricht, seine Frau sei an einem schrecklichen Autounfall beteiligt und liege im Krankenhaus, man wisse bloß nicht, in welchem. Dann stellte sich heraus, dass sie zwar in einem Krankenhaus war, aber als Krankenschwester, die den Unfallopfern geholfen hatte, und dass ihr selbst nichts passiert sei. Die Klärung der ganzen Angelegenheit hatte ein bisschen gedauert, und somit musste der eilig gerufene Górski allein zum Tatort fahren.

»Also ihm war es lieber, wenn ich dabei war«, fuhr dieser fort. »Es war Nacht. Wir schliefen kurz, das gebe ich zu, etwa drei Stunden, bis zum Morgengrauen, weil es bei Tageslicht ja einfacher ist, aber mittags wussten wir dann Bescheid. Aus dem Krankenhaus kam die Nachricht von dem Brennecke-Gewehr und der Todeszeit, und an Ort und Stelle konnten wir feststellen, dass fast alle Fingerabdrücke in dem Arbeitszimmer die des Toten waren …«

»Fast?«, unterbrach ihn Bieżan misstrauisch.

»Fast«, bestätigte Górski. »Im Grunde war alles sauber, der Typ war ein Pedant, aber wenn er zum Beispiel etwas geputzt hatte und wieder an seinen Platz stellte, wischte er die eigenen Fingerabdrücke nicht mehr weg. Und nur auf dieser Doppelflinte war kein einziger Fingerabdruck. Die war glatt poliert. Und sonst nichts, vermutlich fremde Fingerabdrücke. Aber drei fanden sich doch – sie sind nicht klar, scheinen aber jedenfalls von einem anderen zu stammen, nur verwischt, und das Labor sagt, für die drei würden sie ihren Kopf nicht hinhalten. Sie waren nicht frisch, etwas älter. Der Mörder hat Handschuhe getragen.«

»Warte mal, du bist wieder mal zu schnell.« Bieżan verzog sein Gesicht. »Die sagen, dass die drei vermutlich nicht von ihm stammen?«

»Vermutlich, muss aber nicht sein. Sie sagen, wenn sie alle zehn Finger hätten, könnten sie irgendwas überprüfen. Aber für die Fingerabdrücke allein würden sie ihren Kopf eben nicht hinhalten. Überhaupt würden sie gar nichts hinhalten.«

Bieżan schwieg einen Moment lang.

»Das könnte aber doch bedeuten, dass ... Welches Gewehr?«

»Das abgesägte.«

»Hat er gewildert?«

»Aber woher denn. Er gehörte dem Jagdverein an, hatte alle Genehmigungen.«

»Habt ihr Versuche mit diesem Brennecke-Gewehr gemacht?«

»Einen Moment, dazu wollte ich gleich kommen«, entschuldigte sich Robert reumütig. »Klar haben wir welche gemacht, sobald wir festgestellt hatten, dass es jemand abgewischt hat und dass ein Brennecke die Tatwaffe war. Um fünf hatten die das Gewehr schon im Labor, und das Ergebnis war eindeutig, es war dasselbe. Die Brennecke-Patronen, mehrere Schachteln mit verschiedenem Kaliber, hatte er in seiner Schreibtischschublade, und auf den Schachteln waren ausschließlich seine Fingerabdrücke.«

»Das heißt, er hat sie selbst rausgenommen, geladen, mit einer höflichen Verbeugung dem Mörder überreicht, damit der ein bisschen rumschießt ...«

»Ja, genau so sieht es aus. Aber alles der Reihe nach. In der Zwischenzeit haben wir nach dem Schlüssel gesucht, es muss übrigens ein kleiner Schlüssel sein. Ohne Erfolg. Was heißen muss, dass der Gast kein Fremder gewesen ist, im Gegenteil, es war eine Person, die ihm nahe stand, die er freiwillig hereingelassen hatte.«

»Und Handschuhe?«

»Ja, genau. Der Täter hat die Papiere durchsucht. Den Schreibtisch, die Regale, die Akten ... Malczyk war dort, der gibt sich verdammt Mühe, weil die Staatsanwaltschaft ihn doch schon mal ungerechtfertigt der Schlamperei bezichtigt hat. Er ist entschlossen, dass ihm nie mehr einer was anhängen kann. Zeit hatte er eigentlich keine, Wilczyński hatte ihn ziemlich gescheucht, aber ein paar Spuren hat er gefunden.

Von Handschuhen, aus dünnem Leder. Glatt. Auf den Akten und dem Schreibtisch.«

»Der Täter hat also was in den Papieren gesucht. Warum eine nahe stehende Person?«

»Sie haben zusammen im Wohnzimmer Kaffee getrunken«, erklärte Robert lakonisch.

»Ach?«, wunderte sich Bieżan. »Und woher weiß man das?«

»Von dieser Kołek. Er empfing keinen Privatbesuch. Keine Freunde. Na, vielleicht einmal in zwei Jahren. Andere auch nur selten, steife Angelegenheit, in der Bibliothek, manchmal gab es einen Drink, meistens nicht, von Gastfreundschaft keine Rede, kein Käffchen, kein Tee, keine Häppchen ...«

Bieżan unterbrach ihn erneut.

»Warte mal. Er war doch Fotograf. Da muss er eine Dunkelkammer und die entsprechende Ausrüstung gehabt haben. Wo ist die?«

»Hinter der Bibliothek, die als Empfangszimmer dient. In der Bibliothek hatte er seinen Computer und diesen Kram, dahinter ein Prachtstück von einer Dunkelkammer, alles von höchster Qualität. Da hat er seine eigentliche Arbeit verrichtet, könnte man sagen. Nicht im Arbeitszimmer.«

»Gut, ich verstehe. Aber warum eine nahe stehende Person?«

»Also diese Kołek schwört Stein und Bein darauf, dass er Kaffee und Drinks mit jemand ganz Besonderem getrunken haben muss, am Tisch im Wohnzimmer, weil da kreisrunde Abdrücke von den Gläsern geblieben waren. Und in der Küche hatte sie Tassen mit Untertassen gefunden, zwei Stück. Selbstverständlich hat sie sie abgetrocknet, poliert und weggeräumt, und dieser verdammte Tisch hat nicht mal als er neu war so geglänzt, keine menschliche Macht würde da noch irgendeine Spur finden. Aber ich glaube ihr. Wenn sie das erfunden hätte, hätte sie heftigere Anschuldigungen von sich gegeben, für solche Subtilitäten ist die zu dumm. Hinzu kommt ... Ach ja, die Reihenfolge der Schüsse lässt sich nicht feststellen, beide waren tödlich, der ins Auge und der andere, der direkt in die Herzkammer ging. Irgendwie lässt mich Brennecke an Wildschweine denken.«

»Aber mit einem abgesägten Lauf?«, sagte Bieżan zweifelnd. »Wie weit abgesägt?«

Robert hielt die Hände auseinander.

»So viel ungefähr. Da waren mehrere Sachen, die er irgendwie umgearbeitet hatte. Ein seltsamer Typ. Aber das war noch nicht alles. Malczyk sagt, die Geräte in der Dunkelkammer seien alle vom Feinsten, machten aber einen merkwürdig unbenutzten Eindruck. Wie zum Vorzeigen. Oder als ob er sie nur einmal alle zwei Jahre benutzt hätte, was aber unmöglich ist, weil der Typ doch Fotograf war. Kaum Fingerabdrücke, und an manchen Stellen gar keine, zum Beispiel unter der Stuhllehne, gar nichts. Hat er etwa jedes Mal beim Aufstehen die Unterseite der Stuhllehne abgewischt? Es ist ein Drehsessel, aber das gibt's doch nicht, dass man kein einziges Mal die Lehne berührt, wenn man darauf arbeitet! Malczyk sagt, dass es auf dem Tisch im Arbeitszimmer, auch wenn er ihn in aller Eile untersucht hatte, genauso sei, da sei er sich sicher. Pedant hin oder Pedant her, aber so weit zu gehen? Ach ja, von diesen undeutlichen Fingerabdrücken befindet sich einer unter der Lehne. Irgendwie merkwürdig ...«

Beide schwiegen einen Moment lang, weil Robert verschnaufen und Bieżan das, was er eben erfahren hatte, im Kopf ordnen musste.

»Na gut«, sagte schließlich der Vorgesetzte. »Was ist jetzt mit dieser Schlampe?«

Robert hatte ein gutes Gedächtnis, und die Schlampe hatte seine Neugier geweckt, daher brauchte er nicht einmal im Notizbuch nachzuschauen.

»Dieser Kołek wird man noch etwas auf den Zahn fühlen

müssen, weil sie, wie gesagt, noch ein paar andere Namen kennt, aber nicht mit ihnen rausrücken will. Aber über diese Frau ereifert sie sich. Dass sie sie wie die Pest hasst, ist nicht zu übersehen. Wobei diese Iza Brant sicher eine persönliche Bekanntschaft ist, da kommen keinerlei Geschäftsinteressen ins Spiel.«

»Was macht sie? Beruf? Arbeit?«

»Das konnte die Kołek nicht sagen. Wenn ich das richtig verstanden habe, ist sie Journalistin, Lehrerin, Angestellte in einer Druckerei, Verlegerin, Redaktionssekretärin, Literaturkritikerin und eine verdammte Nutte. Ah, und dazu noch hochnäsig. Niederträchtig, ekelhaft und heimtückisch.«

»Aber sie war, mal abgesehen davon, was sie ist, unter der angegebenen Adresse nicht zu finden?«

»Nein.«

»Und die geschiedene Frau? Wie hieß sie noch ...«

»Hanna Dominik, in Zawiercie. Man hat sie noch nicht gefunden.«

»Für zwei Tage hast du sowieso viel geschafft. Na ja, und was diese geheimnisvollen Geschäftspartner betrifft ...«

»Da wissen wir, glaube ich, mehr über sie als diese Michalina.«

»Nun mal langsam!«, unterbrach ihn Bieżan. »Irgendwie scheint es mir, als ob wir auf eine Menge Geheimnisse stoßen werden. Michalina Kołek könnte über ein Wissen verfügen, das uns ohne sie für immer verschlossen wäre. Wie ist sie denn so?«

»Äußerlich?«

»Äußerlich.«

»Der Traum einer jeden Schiffsmannschaft, die lange über die Ozeane irrte«, sagte Robert ohne zu zögern. »Sie würde für alle reichen. Mächtig. Eine Frau wie ein Schrank. Wenn mir etwas einen Tritt versetzen sollte, wäre es mir lieber, es wäre ein Pferd und nicht sie.«

»Verstehe. Und innerlich?«

»Schlicht gestrickt. Parteiisch. Treu wie ein Hund. Unfähig, selbstständig zu denken. Von der schlauen Sorte und gleichzeitig abgrundtief dumm.«

»Und dazu offenbar noch hartnäckig«, seufzte Bieżan schwermütig. »Was uns nicht daran hindern sollte, sie in die Zange zu nehmen. Hast du veranlasst, dass nach Zeugen gesucht wird?«

»Klar. Der Täter ist ja nicht vom Himmel gefallen, irgendwie muss er dorthin gekommen sein, mit irgendwas gefahren sein.«

»Und wäre das Opfer geneigt gewesen, diese Iza Brant zu empfangen?«

»Die Kołek behauptet, er wäre sogar geneigt gewesen, mit ihr ins Bett zu gehen.«

Das Frühstück drohte.

Wen einmal das Pech erwischt hatte, den ließ es so schnell nicht mehr los. Wenn meine Sorge um die Kinder nicht gewesen wäre, wäre ich abgehauen und hätte das blöde Erbe in den Wind geschrieben.

Onkel Ignacy hatte sich überlegt, er würde – abgesehen von dem weich gekochten Ei – gerne einen Käsetoast mit klein gehackten Champignons essen, und der Rest der Familie folgte seinem Beispiel. Alle wollten sie überbackenen Toast mit klein gehackten Champignons, möglicherweise noch unter Zusatz von ebenso klein gehacktem Schinken.

Da ich erst zwei Jahre hier wohnte und nur selten etwas buk, kannte ich den Backofen nicht besonders gut. Es war der reinste Glücksfall, dass die gestrigen Hähnchen etwas geworden waren! Aber was blieb mir übrig, als mich an die Herstellung dieser Leckerei zu machen, wobei ich mich ärgerte, nicht früher an das Essensproblem gedacht zu haben. Ich hätte eine Köchin engagieren sollen, wie sollte ich denn allein Frühstück, Mittagessen und Abendessen für sechs Personen vorbereiten und diese Personen gleichzeitig durch die Stadt fahren und ihnen deren Schönheiten präsentieren?

Der verletzte Finger mit dem Pflaster störte mich enorm, aber ich kam der Bestellung nach. Ich belegte dreiundzwanzig kleine Weißbrotscheiben, mehr passten nicht aufs Blech, großzügig mit dem Gewünschten, steckte sie in den Backofen und berücksichtigte auch die Menge. Längere Backzeit und die Temperatur höher stellen.

Ich hatte eine halbe Stunde ausgerechnet. Nach zwanzig Minuten, wir aßen gerade die weich gekochten Eier, schnüffelte die Großtante in der Luft.

»Sag mal, Kind, brennt da nicht irgendwas an?«

Verdammter Mist!

Als ich die Backofentür öffnete, schlugen mir schwarze Rauchwolken entgegen. Natürlich, voll aufgedreht buk er doch schnell.

Sie aßen also gewöhnliches Toastbrot mit Schinken und Käse, weil ich kein Baguette zum Überbacken mehr hatte. Rohe Champignons wollten sie nicht. Dann eben nicht.

Was ihre Pläne betraf, so stellte sich heraus, dass sie eine Woche in Warschau verbringen wollten. Dann wollten sie eine Woche nach Danzig, dann wieder für mindestens eine Woche nach Warschau, um von hier aus nach Krakau aufzubrechen, wahrscheinlich auch für eine Woche, und am Ende ihres Urlaubs wollten sie wieder nach Warschau. Gut, das Hotel hatte ich für sie reserviert, aber aus all dem schlussfolgerte ich, dass ich sie durchs ganze Land kutschieren sollte. Zumindest drei von ihnen, die Großtante, Tante Olga und Onkel Ignacy. Tante Iza und Onkel Filip wollten auf eigene Faust herumfahren und vielleicht auch nach Danzig und Krakau kommen, vielleicht aber auch nicht.

Während ihres Aufenthaltes in Danzig wollten sie meine Kinder sehen, beim letzten Besuch waren sie ja noch so klein gewesen. In einem schwachen Moment hatte ich ihnen erzählt, dass ich sie bei Eleonora abgeladen hatte.

Zaghaft schlug ich vor, dass sie vielleicht vorerst allein in die Stadt fahren sollten, da ich das Mittagessen vorbereiten müsse. Ich würde etwas für die nächsten drei Tage vorbereiten.

»Wie bitte?«, empörte sich Tante Olga. »Willst du uns etwa unserem Schicksal überlassen?«

»Es gibt in dieser Stadt doch wohl Restaurants, oder?«, bemerkte die Großtante gleichzeitig spitz.

Eleonora hatte Recht. Es ist etwas anderes, ob ich alleine bei ihnen zu Besuch bin oder ob sie zu fünft hier sind. Tja, dann musste ich wohl während der Stadtbesichtigung einkaufen.

Tante Iza und Onkel Filip ließen sich wieder ein Taxi kommen und fuhren allein los. Wir vereinbarten, dass wir uns alle zu einer gewissen Zeit beim Mittagessen entweder in Wilanów oder in der Wspólna-Straße treffen würden. Ich bestand auf diesen Lokalen, weil ich deren Besitzer kannte und ohne Reservierung einen Tisch bekommen konnte.

Dann ging es los. Gerade als ich mein Auto in der Aleje Ujazdowskie parkte, klingelte mein Handy und Richie meldete sich.

»Ihr Onkel hat eben bei mir angerufen und vorgeschlagen, im Europa-Hotel zu Mittag zu essen«, erklärte er. »Ich beginne langsam zu verstehen. Sie sind lange nicht rangegangen, oder?«

»Ja, das stimmt, ich war gerade beschäftigt und konnte es nicht aus der Tasche kramen«, gab ich zu. »Und dann hatte es aufgehört zu klingeln.«

»Nein, dann hat es bei mir geklingelt. Ich frage mich, was im umgekehrten Fall passiert.«

»Dann leg auf, und ich versuche, sie anzurufen …«

Das Ergebnis war identisch, das heißt, Richie nahm ab.

»Na bitte, habe ich's doch gedacht. Ich weiß nicht, was die da gemacht haben, aber der Apparat schaltet zu mir um. Ich werde selbst mal versuchen, sie anzurufen, vielleicht bekomme ich ja eine Verbindung. Was soll ich ihnen in diesem Fall sagen?«

»Dass das Europa-Hotel nicht geht, weil wir keinen Tisch reserviert haben.«

»Gut, ich ruf gleich an ...«

Nach ein paar Minuten klingelte es wieder. Es war Richie.

»Ich habe sie erreicht. Sie haben gesagt, dass sie vorbeigesehen und auf alle Fälle einen Tisch reserviert hätten. Dem stünde also nichts im Wege. Sie würden noch gern eine Uhrzeit ausmachen.«

»Eine sehr vernünftige Idee«, sagte ich. »Dann brauchen wir dich auch nicht mehr zu stören. Warte mal eine Sekunde, ich werde gleich die anderen fragen.«

Meine Verwandten waren schon losgegangen, um sich den Łazienki-Park anzuschauen. Ich rannte ihnen hinterher und erklärte die Situation.

»Wir werden um vier Uhr essen wollen«, erklärte die Großtante.

Der Onkel räusperte sich.

»Na gut, um halb vier«, gab die Großtante großzügig nach.

»Richie, sag ihnen, um halb vier. Und wir belassen es bei dem Europa-Hotel.«

Einen Moment später rief Richie wieder an.

»Sie sagen, sie könnten sich ein bisschen verspäten, also sollten Sie einfach ohne sie anfangen.«

Ich überlegte, wie lange er diese Vermittlerrolle durchhalten würde. Sechs Wochen?

»Mit Iza und Filip gibt es ständig Schwierigkeiten!«, murrte Tante Olga. »Die müssen immer alles nach ihrem Kopf machen. Wenn dieses Auto größer wäre ...«

»Ich habe doch gesagt, wir sollten einen Minivan kaufen, aber nein, Filip wollte nicht«, meckerte Onkel Ignacy.

»Es lag nicht an Filip, sondern an Iza«, korrigierte Großtante. »Es war doch von vornherein klar, dass sie die Gelegenheit nutzen würden.«

»Ich vermute, dass sie …«, begann Tante Olga, aber die Großtante brachte sie mit einer Geste zum Schweigen. Die Geste war herrisch, majestätisch und wischte alle Mutmaßungen der Tante von der Erdoberfläche.

Ich schloss, dass es innerhalb der Familie irgendwelche Unstimmigkeiten gab und dass Iza und Filip keine Neigung zum Herdenleben zeigten. Komisch, dass sie dann gemeinsam mit den anderen gekommen waren und nicht allein, aber sollten sie doch machen, was sie wollten, mir war es egal. Ich hatte jetzt keinen Kopf für Familienstreitigkeiten, weil mich die Frage der Lebensmittelbeschaffung quälte, wann sollte ich das erledigen? Zwischen den Besichtigungen vielleicht? Ich hatte zwar Vorräte angehäuft, das ganze Gefrierfach quoll über, aber ich konnte sie doch nicht mit tiefgefrorenen Backwaren voll stopfen! Oder mit tiefgefrorener Wurst! Es musste frische Ware her, nur wie sollte ich mich hier auch nur für einen Moment losreißen?

Für das Mittagessen im Europa-Hotel bezahlte Onkel Filip ohne zu zögern, und ich verspürte eine gewisse Erleichterung. Als ich später, es war schon fast Abend, mit dem dickeren Paar und der Großtante nach Hause zurückgekommen war, lief ich nach unten. Ich hatte vorgeschützt, das Auto in die Garage stellen zu wollen, stattdessen rief ich vom Treppenhaus aus Richie an.

»Richie, wo bist du?«

»Zu Hause. Sie ja auch. Ich sehe Ihr Auto.«

»Nein, ich stehe vor deiner Tür. Komm bitte raus, ich flehe dich an!«

»Kein Problem …«

»Richie, kannst du für mich einkaufen gehen?«, sagte ich nervös, als er herausgekommen war, und überreichte ihm den Autoschlüssel und mein Portemonnaie. »Ich hatte keine Gelegenheit, auch nur einen Laden zu betreten. Kauf bitte Toastbrot, Brötchen, ein Vollkornbrot, Salat. Alles haben sie aufgefressen, ach ja, ein bisschen Wurst, Käse, irgendwelches Obst, was eben da ist. Irgendeinen Nachtisch, Karpatenkuchen oder so was. Fahr in einen Supermarkt, und stell mir die Kiste nachher in die Garage!«

»Kein Problem«, wiederholte Richie sorglos. »Bin gleich wieder zurück. Ach, da fällt mir ein, die Bullen haben nach Ihnen gefragt.«

»Was? Was für Bullen?«

»Hier, vom Revier. Niedrige Chargen. Sie wollten wissen, ob Sie hier wohnen.«

»Ja und?«

»Nichts weiter. Meine Schwester hat es ihnen bestätigt. Ich hatte mich nicht eingemischt, das Gespräch wurde sowieso erschwert, weil die Zwillinge gerade zu brüllen angefangen hatten.«

Ich winkte ab, was gingen mich in meiner jetzigen Situation die Bullen an? In der eigenen Wohnung zu wohnen wird wohl nicht verboten sein.

»Gut, wird schon alles in Ordnung sein. Aber jetzt fahr los, und komm gleich wieder!«

Richie kam tatsächlich schnell zurück und brachte unter anderem Blutwurst mit. Er hatte überlegt, dass es in Australien bestimmt keine Blutwurst gäbe, also könnte das für meine Gäste eine Besonderheit sein. Die Idee erwies sich als ausgezeichnet, sie hatten seit Ewigkeiten keine polnische Blutwurst mehr gegessen. Na bitte, ein warmes Abendessen, und alles wäre gut gegangen, wenn der eine Onkel sich in seiner Gier nicht an einem Stückchen dieser Spezialität verschluckt hätte. Wir schlugen ihm auf den Rücken, zerrten an seinen

Armen und drückten ihn an den verschiedensten Stellen, was nach einer geraumen Zeit auch endlich half, wonach der Onkel, voller Rotz und mit tränenden Augen, aber gar nicht verdrossen, das Essen fortsetzte, wenn auch vorsichtiger.

Nur dass die Atmosphäre etwas angespannter war.

Während ich auf die Rückkehr von Tante Iza und Onkel Filip wartete, beschloss ich rachsüchtig, meine Verwandten mit dem Inhalt meines Gefrierfachs zu füttern. Fleischpiroggen, Kartoffelklöße, Kohlrouladen ... Ach, was soll's, ich gebe ihnen auch noch die Schweinekoteletts mit Sauerkohl und die gebratenen Hühnerbeine. Ein Wunder übrigens, dass ich all das zuvor, von einer Eingebung geleitet, gekauft und in den Kühlschrank gelegt hatte.

Die Tante und der Onkel kamen zwanzig nach zwei zurück und aßen gierig den Rest der Blutwurst auf. Ich beschloss, ihnen den Zweitschlüssel zur Wohnung zu geben, auch wenn ich ein bisschen Angst hatte, ob sie ihn nicht verlieren würden, denn sie schienen mir allzu sorglos zu sein. Sie erklärten, dass sie kein Interesse am morgigen Frühstück hätten, wir sollten sie nicht wecken, sie würden aufstehen, wann sie Lust hätten.

Ich erhob keinen Einspruch.

Bieżan hatte das Oberkommando über die Ermittlung übernommen und legte gleich los.

»Die Leute sind das eine, die Ereignisse das andere«, sagte er zu Robert Górski. »Wir müssen die Untersuchung parallel laufen lassen, sonst kommen wir vollkommen durcheinander und finden uns nicht mehr zurecht. Bist du sicher, dass du alles mitgenommen hast?«

»Bis auf den letzten Schnipsel«, versicherte Robert, der gerade den ganzen Papierkram aus dem Haus des Opfers ins Präsidium gebracht hatte. »Es ist verdammt viel. Und die von oben fangen jetzt schon an, danach zu fragen.«

»Früher oder später werden sie uns die Dokumente wegnehmen, aber keine Angst, es wird ein kleiner Verlust sein.«

»Weil der Täter mitgenommen hat, was er brauchte, oder?«, erriet Robert.

Das war der Grund, warum Bieżan gern mit ihm zusammenarbeitete und warum sie schon seit mehreren Jahren ein festes Team bildeten. Górski konnte logisch denken, er war schnell von Begriff und stets begeistert an der Arbeit. Klar, dass der Täter, wenn er in den Papieren gekramt hatte, das Gesuchte mitgenommen hatte. Die anderen Papiere waren zwar stark belastendes Material, aber nicht für ihn. Es eignete sich hervorragend für Erpressung, Bieżan und Górski hatten jedoch nicht vor, hohe Staatsbeamte, bedeutende Geschäftsleute, Direktoren, Vorstandsvorsitzende und nicht einmal ihre eigenen Vorgesetzten zu erpressen. Dieser ganze Sumpf ging sie nichts an, sie wollten nur ihre Arbeit gut machen, zumindest in dem Bereich, der ihnen möglich war.

Bieżan hatte die stille Hoffnung, dass der Täter irgendetwas übersehen haben könnte, weil er in Eile, zweifellos nervös und auch nicht aus Stein war. Irgendeine Kleinigkeit, eine Notiz, einen Zettel, der es erlauben würde, eine Spur aufzunehmen. Vielleicht hatte das Opfer sich irgendwo gesondert die Namen aufgeschrieben oder wenigstens die Initialen, vielleicht eine Liste der Leute, die er kompromittieren konnte, angefertigt, sie katalogisiert? Wenn sie so etwas fanden, konnten sie überprüfen, wer auf der Liste war, sonst aber nicht auftauchte.

»Eine Scheißarbeit«, stellte er deprimiert fest. »Alles werden wir sicher nicht schaffen, wir müssen abkürzen. Name, Adresse, ein paar Daten, kurz gucken, worum es geht, und dann weiter. Von genauem Lesen kann keine Rede sein.«

»Den Inhalt der Festplatte seines Computers habe ich auf Diskette«, erklärte Robert stolz, während er einen Blick auf den riesigen Stapel von Dokumenten warf. »Mein Gott, woher hatte er das alles nur? Und wozu brauchte er es? Erpressung?«

»Nein. Er hat niemanden erpresst. Aber was glaubst du, warum ging es ihm seit zwanzig Jahren so gut? Was er auch anfasste, alles ging glatt, eine blütenweiße Weste, nicht einmal einen Strafzettel. Alles nach Vorschrift, da kann einem richtig übel werden. Er hat alle Gesetzeslücken ausgenutzt, jede einzelne. Was glaubst du? Wie hat er das geschafft?«

»Die haben ihm alle zugearbeitet?«, fragte Robert.

»Die ganze Verwaltung hat ihm aus der Hand gefressen. Keine Behörde hat ihm jemals einen Stein in den Weg gelegt. Ich weiß nicht viel über ihn, aber man hört doch so manches.«

»Interessant, warum er das alles auf Papier hatte statt auf dem Computer.«

»Vom Computer kann man es leichter klauen. Und sogar löschen. Du wirst es sehen, aber ich würde meinen Kopf darauf verwetten, dass du auf deiner Diskette nur unschuldige Geschäfte findest und sonst nichts.«

»Das kann doch nicht sein«, rief Robert, der gerade in einer der Aktenmappen blätterte. »Guck mal! Und so ein Mensch ist Finanzminister geworden?!«

»Bist du vielleicht naiv!« Bieżan war gereizt. »Lass mal die Politik beiseite. Das sind doch alles Jammergestalten. Anderes ist jetzt wichtiger. Hat jemand diese Exfrau in Zawiercie erwischt?«

»Die ist in Urlaub gefahren, und keiner weiß, wohin«, sagte Robert aufgebracht und klappte den Aktendeckel zu. »Die haben sie aufgestöbert, ihre Mama gießt die Blümchen und passt auf die Wohnung auf. Der Fruwczyk vom Revier dort, den ich übrigens zufällig persönlich kenne, wie wir festgestellt haben, hat mir alles am Telefon erzählt und rübergefaxt. Heute Morgen. Es ist tatsächlich seine Exfrau. Die Mama lässt kein gutes Haar am ehemaligen Schwiegersohn, die Tochter ist bis heute wegen der Neurose, die sie von ihrem Exmann hat, in Behandlung, obwohl sie schon seit sechzehn Jahren geschieden sind.«

»Wann ist sie weggefahren?«

»Am Fünfzehnten. Am Dreizehnten und Vierzehnten war sie in Zawiercie, sie hat einen Friseursalon dort. Unmengen von Leuten haben sie gesehen, unter anderem auch Fruwczyk.«

»Hat sie ein Auto?«

»Ja. Einen Peugeot. Am Dreizehnten war er gerade bei der Inspektion, am Vierzehnten abends hat sie ihn abgeholt. Am Fünfzehnten ist sie mittags eingestiegen und mit ihrem aktuellen Freund losgefahren.«

»Was ist das für einer?«

»Angeblich ein Dichter. Verkannt. Gut zehn Jahre jünger als sie.«

»Keine schlechte Art, seine Neurose zu heilen. Hat er auch einen Namen?«

»Hat er, aber ich habe ihn vergessen. Steht auf dem Fax. Soll ich nachgucken?«

»Nein. Das bringt uns nicht weiter. Die können wir vergessen. Und die andere, diese, wie hieß sie noch, Iza Brant?«

»Datenschutz«, sagte Robert bissig. »Durch diesen Datenschutz funktioniert nichts mehr in den Verwaltungen und Einwohnermeldeämtern. Erst heute ist rausgekommen, dass sie umgezogen ist, vor zwei Jahren, sich aber noch nicht umgemeldet hat. Sie wohnt mittlerweile in irgendeiner Kurzen Straße. Aber davon gibt es in Warschau mehrere …«

»Zu deiner Beruhigung: Es sind noch mehr geplant.«

»Ich habe die Polizisten vom Revier damit beauftragt, Nachforschungen anzustellen. Bald müsste die Nachricht kommen.«

»Verstehst du«, sagte Bieżan nachdenklich nach kurzem Schweigen, »wenn er den Täter tatsächlich im Wohnzimmer empfangen hat und ihn dann ins Arbeitszimmer ... nein, Moment, wir wissen nicht, ob er ihn in sein Arbeitszimmer geführt hat ... Sagen wir, er hat dieses Gewehr aus seinem Arbeitszimmer geholt und ihm in die Hand gegeben ...«

»Vergiss nicht, dass er nicht betrunken war«, sagte Robert. »Er hatte nicht mal ein hundertstel Promille im Blut.«

»... dann ist es wohl nicht möglich, dass es irgendein Bekannter war. Schon eher eine Geliebte oder ein enger Freund. Und an engen Freunden herrschte bei ihm offensichtlich Mangel. Gibt's nicht noch irgendwelche anderen Frauen?«

»Kaum, diese Kołek hätte sogar den Schatten von einer Spur gewittert.«

»Lass sie holen. Oder nein: Besser, wir gehen zu ihr. Wo ist sie überhaupt im Moment?«

»Sie sitzt immer noch dort. Bei ihm. Weiß der Teufel, warum.«

Bieżan hatte schon den Mund geöffnet, um ihn anzuschnauzen, wer sie dort reingelassen habe und mit welchem Recht, aber Robert kam ihm zuvor.

»Die Staatsanwaltschaft hat es erlaubt«, sagte er trocken.

»Ach, die Staatsanwaltschaft. Aber weißt du was? Dann fahren wir eben dorthin, um sie zu verhören. Am Tatort. Sehr gut.«

Das Telefon klingelte, Bieżan nahm den Hörer ab. Aus Służewiec kam die Information, dass man Iza Brant gefunden hatte. Ja, in der Kurzen Straße, aber es sei keiner zu Hause. Die Nachbarin habe bestätigt, dass eine Brant dort wohne und auch nicht verreist sei, nur im Moment außer Haus, aber eine weitere Befragung sei unmöglich gewesen, weil gleichzeitig zwei Kinder angefangen hatten rumzubrüllen. Keiner sei so ein Ungeheuer, eine Mutter nicht zu ihren zwei schreienden Kindern gehen zu lassen. Ende der Meldung.

»In Ordnung, dann gehst du eben morgen früh dahin«,

begann Bieżan, aber dann besann er sich. »Nein, Moment, morgen wollten wir ja zu dieser Kołek fahren. Welche ist wohl wichtiger für uns …«

»Geben die uns niemanden zur Unterstützung«, fragte Robert leicht indigniert.

»Doch, doch, keine Sorge. Ein paar Leute sind schon in Panik geraten. Mit einigen von ihnen hatte er Geschäfte gemacht. Zwei Botschaften machen Druck. Offensichtlich war er auch auf internationalem Parkett zugange. Seit gestern haben wir … Moment mal.«

Über eine Anlage, die viel ausgetüfelter als ein gewöhnliches Telefon war, denn das Polizeipräsidium verfügte über eine Technik, die die Ausstattung der Bezirkspolizeidienststellen weit übertraf, von den Kommissariaten ganz zu schweigen, rief Ireneusz an.

Ireneusz Zabój war Wachtmeister. Er empfand es als außergewöhnliche Auszeichnung, zum Bieżan-Team zugeteilt worden zu sein, und wartete nun nur auf die Gelegenheit, sich zu profilieren. Er hatte sich sofort zur Stelle gemeldet und erhielt die Anweisung, am nächsten Morgen in die Kurze Straße drei zu fahren. Er sollte dort so lange bleiben, bis eine gewisse Iza Brant auftauchte und er sie mit eigenen Augen gesehen und ihre Identität festgestellt hatte. Dann sollte er sie fragen, wo sie am Dreizehnten dieses Monats gewesen war und was sie da gemacht hatte. Und er sollte herausfinden, ob sie die Ehefrau eines gewissen Dominik Dominik gewesen war.

»Bitte?«, rutschte es dem Wachtmeister raus.

»Mensch, der hieß so, der Typ«, stöhnte Bieżan. »Dafür kann ich nichts, Eltern haben manchmal solche blöden Ideen. Einen Jungen mit dem Nachnamen Dominik, also den Sohn von Dominik, Dominik zu taufen. Wollten wahrscheinlich absichtlich ein Durcheinander produzieren. Er heißt also Dominik Dominik. Verstehst du? Vielmehr hieß er so.«

Der Wachtmeister war von dieser Erklärung und vor lauter Aufregung so durcheinander, dass ihm die nächste Frage herausrutschte.

»Ist er denn den Namen losgeworden?«

»Gewissermaßen ist er den Namen losgeworden. Obwohl nein, der Name steht ja auf seinem Grabstein. Mach dir auf jeden Fall zu allem Notizen, oder nimm es unauffällig auf Tonband auf. Wenn ich zurück bin, will ich wissen, ob sie es tatsächlich ist. Und den ganzen Rest.«

»Und wenn man vielleicht noch einen Undercover-Mann schickt?«, stammelte Robert dazwischen.

»Wir haben keinen mehr, die uns zugeteilten sind schon in den Dschungel aufgebrochen. Aber zu einer normalen Frau kann auch ein Polizist in Uniform kommen.«

Wachtmeister Zabój wäre tatsächlich um acht Uhr morgens in der Kurzen Straße erschienen, wenn das Pech nicht allseitig wirken würde.

Allgemein üblich stieg der Wachtmeister einem Funkwagen zu, der ohnehin in Richtung Wilanów fuhr. Der Funkwagen geriet in einen so idiotischen Autounfall, dass er anderthalb Stunden lang festsaß. Der aus Höflichkeit mitgenommene Wachtmeister konnte den Kollegen von der Funkstreife natürlich nicht seine Hilfe verweigern und verlor dadurch eine Menge Zeit.

Der nächste Funkwagen, den er anhielt, nahm ihn nach Okęcie mit, wo angeblich in einer Kleingartenanlage Schüsse gefallen waren. Das erwies sich als Fehlinformation. Es tobte dort nicht etwa die russische Mafia, vielmehr hatten irgendwelche Kinder ein paar Feuerwerkskörper gezündet. Die Kinder flüchteten, und keiner der Erwachsenen gab zu, dass sie zu ihm gehörten.

Letztendlich erschien Wachtmeister Zabój in der Kurzen Straße um zehn Uhr dreißig und klingelte an der richtigen Tür. Nur hatte er leider den Toyota Avensis nicht um zehn Uhr fünfundzwanzig vor der Garage wegfahren sehen.

Nach dem dritten Klingeln der schrillen Türglocke öffnete ihm eine Frau in ziemlich fortgeschrittenem Alter. Sie war untersetzt, ihre Haare waren zerzaust, offensichtlich hatte er sie aus dem Schlaf gerissen, und sie trug einen unglaublich eleganten schwarzen Bademantel mit seltsamen Mustern.

»Bitte?«, sagte sie kühl und unterdrückte ein Gähnen.

»Ich suche Frau Iza Brant«, antwortete der Wachtmeister höflich.

»Mich? Wozu? Wer sind Sie überhaupt?«

»Wachtmeister Ireneusz Zabój, Polizeipräsidium. Sie heißen Iza Brant und sind hier wohnhaft?«

»Ja. Das sehen Sie doch. Und was wollen Sie?«

Der Wachtmeister war schon ein wenig in die Sache eingeweiht, hatte gehört, was Bieżan gesagt hatte, verstand Polnisch und wusste, dass er nach der Exfrau des Toten, der in der Blüte seiner Jahre gestorben war, suchte. Er dachte, dass man sich überhaupt nicht über die Scheidung wundern brauchte, wenn sie mindestens zehn Jahre älter als ihr Mann gewesen war, auch wenn sie keineswegs hässlich war. In ihrer Jugend vielleicht sogar sehr schön. Er war irgendwie überrascht und durcheinander, wahrscheinlich wegen der Unfälle unterwegs, und erinnerte sich nur noch daran, dass er ihr Alibi für die Zeit vom Nachmittag des Dreizehnten bis zum Morgen des Vierzehnten überprüfen sollte.

»Wo waren Sie am Dreizehnten dieses Monats?«, legte er los.

»Zu Hause«, entgegnete Iza Brant ruhig, wobei sie ihn mit leichter Missbilligung betrachtete.

»Kann das jemand bestätigen?«

»Keine Ahnung. Meine Bediensteten, die Nachbarn, der Lieferjunge von Harrods. Vielleicht. Aber Moment mal. Wieso sollte das jemand bestätigen?«

Man hatte dem Wachtmeister eingebläut, Fragen von Verdächtigen zu ignorieren. Fragen stellte nur der Vernehmende.

»Und was haben Sie in der Nacht zum Vierzehnten und am Morgen desselben Tages gemacht?«

»Ich, mein Herr, schlafe nachts meistens, und morgens frühstücke ich. Ich begreife nicht, was Sie das angeht. Worauf wollen Sie eigentlich hinaus?«

Der Wachtmeister kam wieder zur Besinnung, und es fiel ihm ein, dass er eigentlich auf die Feststellung ihrer Identität hinauswollte.

»Würden Sie mir bitte Ihren Personalausweis zeigen?«

»Nein.«

»Nein?«

»Nein.«

»Warum denn nicht? Haben Sie ihn verloren?«

»Ich habe nichts verloren. Ich habe nur nie im Leben einen Personalausweis besessen.«

Der Wachtmeister befand, dass dies eine absolut freche Lüge war, und daher gestattete er sich eine gewisse Ironie.

»Was Sie nicht sagen. Wie sind Sie denn bisher durchgekommen, so ganz ohne Personalausweis?«

»Bei guter Gesundheit, mein Herr«, antwortete darauf die Verdächtige nicht weniger ironisch.

Der Wachtmeister ließ nicht locker, blieb aber höflich.

»Jeder erwachsene Mensch besitzt einen Personalausweis. Irgendeinen Identitätsnachweis haben Sie doch mit Sicherheit.«

»Durchaus, sogar mehrere.«

»Dann würde ich gern einen sehen. Mit Foto, wenn möglich.«

»Ach, könnte es nicht auch ein Fingerabdruck sein? Auf Fotos sehe ich immer so schrecklich aus, ich bin überhaupt nicht fotogen.«

»Meine liebe Dame, ich habe nicht vor, den Ausweis zu einem Schönheitswettbewerb einzuschicken. Außerdem verfüge ich hier über kein Gerät, mit dem ich den Fingerabdruck untersuchen könnte, und vergleichen könnte ich ihn auch nicht. Aber ich muss mich überzeugen, ob Sie tatsächlich Iza Brant sind. So lautet meine Anweisung. Höhere Gewalt.«

Mittlerweile hatte die Verdächtige den letzten Schlaf abgeschüttelt und bekam nun erst richtig mit, worum es hier ging. Ihr Interesse wuchs sprunghaft.

»Wissen Sie was? Ich werde Ihnen gar nichts zeigen, weil ich nicht einsehe, dass Sie mich hier kurz nach Sonnenaufgang belästigen. Habe ich irgendein Verbrechen begangen? Habe ich vielleicht einen schlechten Ruf?«

»Davon weiß ich nichts«, entgegnete der Wachtmeister und vergaß dabei, dass er die Fragen der zu verhörenden Person ignorieren sollte. »Und ich will es auch gar nicht wissen. Was mich dagegen interessiert, ist, wo Sie am Dreizehnten nachmittags waren.«

»Wo hätte ich da Ihrer Meinung nach denn sein sollen?«, fragte Iza Brant listig.

»Wer sagt denn, dass Sie dort waren, wo Sie sein sollten? Vielleicht waren Sie ganz woanders? Es geht darum, wo Sie gewesen sind, und nicht darum, wo Sie hätten sein sollen.«

»Ich habe Ihnen doch schon gesagt, dass ich zu Hause war. Aber das gefällt Ihnen offenbar überhaupt nicht. Nur leider kann ich Ihnen nicht die Freude machen, mich rückwirkend an einen anderen Ort zu versetzen.«

Dem Wachtmeister war mittlerweile klar geworden, dass man bei dieser ganzen Ermittlung mit allen, die in die Sache verwickelt waren, vorsichtig und mit Samthandschuhen umgehen musste, er behielt also vollkommene Ruhe, obwohl ihn langsam Verzweiflung und Wut überkamen.

»Ich kann Sie nicht zwingen, aber ich würde Ihnen raten, die Wahrheit zu sagen. Das zahlt sich immer aus.«

»Bisher habe ich mit keinem einzigen Wort gelogen. Sie sind es doch, der hier lügt.«

»Wie bitte?«

»Sie zwingen mich dazu, hier in dieser Tür herumzustehen, in aller Herrgottsfrühe, ein völlig idiotisches Gespräch mit Ihnen zu führen, und behaupten gleichzeitig, von Zwang könnte überhaupt nicht die Rede sein.«

»Was das Wort idiotisch betrifft, so bin ich völlig mit Ihnen einverstanden. Aber dazu zwingen Sie mich, nicht ich Sie. Wenn Sie mir endlich Ihren Personalausweis zeigen würden, könnte ich gehen und die Sache wäre erledigt.«

»Wenn Sie mir gesagt hätten, worum es geht und weswegen ich verdächtigt werde, hätte ich Ihnen das entsprechende Dokument gezeigt und wir hätten beide unsere Ruhe.«

»Warum gleich verdächtigt? Vielleicht sind Sie ja nur eine wichtige Zeugin?«

»Eine Zeugin wovon?«

Der Wachtmeister glaubte, jeden Moment verrückt werden zu müssen, und freute sich einzig an dem Gedanken, dass auch Bieżan sich bald mit diesem schrecklichen Weib herumschlagen musste. Zugleich fiel ihm wieder ein, dass er ihre Fragen ignorieren sollte.

»Ich werde also in meinem Bericht vermerken, dass Sie sich weigerten, Ihre Identität feststellen zu lassen. Tut mir Leid ...«

Das schreckliche Weib schien in keiner Weise beeindruckt zu sein.

»Hören Sie, stellen Sie sie doch fest. Ich heiße wirklich Iza Brant, genauer gesagt Izabella, aber seit Jahren benutze ich nur die Kurzform Iza, und am Dreizehnten dieses Monats war ich tatsächlich zu Hause. Ihre Behauptungen betreffen mich überhaupt nicht. Warum sagen Sie mir nicht endlich, worum es hier geht. Hat Iza Brant irgendein krummes Ding gedreht oder war sie tatsächlich Zeugin von irgendwas?«

Der Wachtmeister beschloss, sich nicht völlig irre machen zu lassen. Vielleicht litt diese Frau ja unter Gedächtnisschwund?

»Wann haben Sie Dominik zum letzten Mal gesehen?«, fragte er unvermittelt.

»Was für einen Dominik?«

»Dominik Dominik.«

»Stottern Sie?«, wunderte sich die Verdächtige. »Komisch, davon war bisher gar nichts zu merken. Kommt das von der Aufregung?«

Der Wachtmeister spürte, dass er sich nicht mehr lange am Riemen reißen konnte. Durch zusammengebissene Zähne stellte er noch eine Frage.

»Kennen Sie denn überhaupt einen Dominik Dominik, oder kannten Sie ihn vielleicht einmal? Denken Sie bitte gut über die Frage nach.«

Die Verdächtige überlegte gut.

»Ja, doch. In meiner Kindheit hatte ich Religion in der Schule, und der Priester, der uns unterrichtete, hieß Dominik Wolski. Aber danach? In meinem Lebenslauf tauchen recht wenig Dominiks auf. Ich möchte Sie jedoch darauf aufmerksam machen, dass der Priester Dominik und nicht Dominik Dominik hieß.«

Wachtmeister Zabój hatte genug. Ohne Befehl des Staatsanwalts würde er das Weib nicht an seinen Zottelhaaren packen und zur Polizeistation schleppen können. Ihn tröstete allein der Gedanke, dass er mit ansehen würde, wie Bieżan mit ihr zurechtkam.

Mit knapper Not bekam er eine Verbeugung zustande und ging.

Bieżan und Górski trafen auf dem Weg zum Haus des Opfers Sergeant Wilczyński, der schon auf sie wartete und sehr aufgeregt und ausgesprochen stolz auf sich zu sein schien.

»Ich habe mich umgehört«, meldete er, nachdem er in ihr Auto eingestiegen war. »An den Tag können sich alle Leute hier erinnern, weil da dem Gołębiak das Heu auf die Landstraße gefallen war. Hier ist nicht so viel Verkehr, und die Autos der Hiesigen kennt man, daher fällt ein Fremder sofort auf. Na, jedenfalls weiß man, ob einer von hier ist oder nicht. Insgesamt waren es drei Fremde, die sich hier verfahren hatten, und einen hatten sogar die Verkehrspolizisten in Wieczfnia Kościelna aufgeschrieben.«

»Was hatte denn die Verkehrspolizei in Wieczfnia Kościelna zu tun?«, fragte Bieżan überrascht.

»Sie warteten auf den jungen Prążek. Sie hatten einen Tipp aus Mława bekommen.«

»Und wer ist der junge Prążek?«

»Ach, so ein Hosenscheißer, der Neffe des Staatsanwalts. Er schnappt sich fremde Wagen und fährt mit ihnen herum, als ob es seine eigenen wären. Dabei klaut er sie nicht mal richtig, sondern lässt sie irgendwo stehen, zur Freude der echten Diebe. Er fährt besoffen und ohne Führerschein.«

»Durch Wieczfnia Kościelna?«, fragte Robert ungläubig.

»Dort nimmt er eine Abkürzung zu einer Saufbude, das heißt zu dieser, na ja, Datsche. Da holt er sich irgendwelche Nutten, und wenn sie ihn erwischen, zahlt er ohne ein Wort zwei Tausender. Jedes Mal.«

»Und?«

»Nichts und. Er fährt weiter.«

»Die nehmen ihm das Auto nicht weg? Schreiben nicht mal einen Vermerk?«

Der Wachtmeister schenkte Górski einen mitleidigen Blick und zuckte die Achseln.

»Nach dem neunten Mal hatten sie es aufgegeben, was sollten sie denn machen. Schade ums Papier. Aber von seinem Onkel bekommt der junge Prążek dann immer einen Mordsanschiss, also zahlt der Laffe, damit sie es nicht melden.«

»Da kriegt man ja die Wut!«

»Bitte, verzichte doch mal vorübergehend darauf, die Welt

verbessern zu wollen«, unterbrach ihn Bieżan. »Und was haben die Verkehrspolizisten aufgeschrieben?«

»Nur eine Autonummer, sogar ohne Namen, aber es war nicht der junge Prążek. Es war eine Frau, nichts zu beanstanden, und gerade in dem Moment war die Nachricht von dem Heu gekommen, also haben sie sie weiterfahren lassen. Sie hatten sich zwar ihre Papiere angesehen, aber keiner hat sich ihren Namen gemerkt. Ein Toyota Avensis, das Kennzeichen habe ich da, hier bitte.«

»WE 24507«, las Bieżan von einem Zettel ab. »Wie die Frau ausgesehen hat, hat sich sicher auch keiner gemerkt?«

»Nicht genau. War wohl keine schlechte Puppe. Blond.«

»Wahrscheinlich gefärbt«, murmelte Robert griesgrämig, der überall Lug und Trug vermutete.

»Weiter«, ordnete Bieżan an.

»Was weiter?«

»Die Autos.«

»Ach so. In Dyby, vor dem Dorfladen, etwa eine halbe Stunde später. Auch ein Toyota, Farbe Dunkelblau, die Nummer hat sich keiner gemerkt, aber das Auto ist allen aufgefallen, weil es furchtbar geheult hat. Dass es ein Toyota war, hat der Sohn der Małdytowa bezeugt, er hat den Schriftzug auf der Heckklappe gesehen. Und was die Farbe angeht, weiß man ja, dass jeder Zeuge eine andere gesehen hat. Aber die Małdytowa meinte, sie habe haargenau mit dem Pulli der Kundin übereingestimmt, mit der sie sich gerade gestritten hatte. Ich habe mir den Pullover persönlich angesehen, tatsächlich, dunkelblau.«

»Weiter.«

Der Sergeant holte tief Luft.

»In Załęże war ein Taxi. Ein Funktaxi, ein schwarzer Carina. Nummer WX 168 T. Das stand da und stand da, und keiner stieg aus. Ein gewisser Głębior hat das Auto nicht aus den Augen gelassen. Der arbeitet in einer Autowerkstatt, war aber krankgeschrieben, weil er sich seinen Fuß verletzt hatte. Er konnte nicht laufen, also saß er am Fenster und hat auf seine Kumpels gewartet, und vor lauter Langeweile hat er sich alles gemerkt, was er sah. Und irgendwann fuhr das Taxi in Richtung Jabłonowo davon. Chojrzak sagt, dass das Pferd wegen des Autos gescheut hätte auf der Straße zwischen Dyby bis zur Landstraße. Chojrzak hatte eines seiner jüngeren Pferde angespannt, und das war gescheut, als das Auto vorbeifuhr. Er hat das Auto nicht erkannt, also muss es das eines Fremden gewesen sein, außerdem hat es wie ein Taxi ausgesehen. Aber das war eine Stunde später, wenn nicht noch mehr.«

»Weiter.«

»Von den Fremden war das schon alles.«

»Es sollten doch drei Autos sein?«

»Es waren ja auch drei. In Wieczfnia, in Dyby und in Załęże.«

»Ich zähle hier entweder zwei oder vier.«

»Eines davon ist gleich, also habe ich drei gerechnet«, sagte der Sergeant widerborstig. »Dieses Taxi. Nur die Zeit stimmt nicht ganz.«

»Na gut. Und Motorräder?«

»Was Motorräder angeht, kann keiner was sagen, dazu fahren zu viele hier herum. Nur die ganz außergewöhnlichen fallen auf, aber so eins ist nicht aufgetaucht. Das hätte jedes Kind bemerkt.«

»Du hast gute Arbeit geleistet«, lobte ihn Bieżan zum Erstaunen des Sergeanten, der sich schon ungerecht zurechtgewiesen fühlte. »Jetzt brauche ich nur noch die genauen Uhrzeiten und die Daten der Zeugen.«

»Das steht alles hier im Bericht«, entgegnete der Sergeant stolz und händigte Bieżan ein mehrseitiges Elaborat aus, getippt auf einer uralten, offensichtlich etwas lädierten Schreibmaschine. »Das E schlägt ein bisschen schlecht an und das F auch, und die Akzente fehlen, aber ich glaube, man kann es lesen.«

Bieżan nickte und griff dann gleich zum Telefon.

Michalina Kołek fanden sie im Hause ihres ehemaligen Arbeitgebers vor, beschäftigt mit dem Ordnen seiner Kleidung. Mit großer Sorgfalt bügelte sie gerade eine Hose, neben ihr lag ein ganzer Stapel von frisch gebügelten Hemden auf zwei Stühlen. Unterhosen waren nicht zu sehen.

»Wozu machen Sie das?«, fragte Bieżan. »Er wird es doch nicht mehr anziehen.«

»Na und?«, entgegnete Michalina feindselig. »Er kann es ja aus dem Jenseits sehen. Aufs Grab legt man auch Blumen, und woher wollen Sie wissen, ob der Tote nicht daran riecht.«

Das Argument ließ sich nicht widerlegen, denn sicher konnte sich Bieżan tatsächlich nicht sein. Mit einem Blick stellte er fest, wie viele Hosen sie noch zu bügeln hatte, es waren zwei, ihrer Sorgfalt nach zu urteilen würde die Arbeit allerdings bis zum Abend dauern. Er sah sich im Schlafzimmer um, wo er die bügelnde Michalina vorgefunden hatte, nachdem er die Haustür mit einem zuvor konfiszierten Schlüsselbund aufgeschlossen hatte. Er hatte nicht vor, höflich und taktvoll zu sein. Im Gegenteil, er hatte beschlossen, sich möglichst rüde und rüpelhaft zu präsentieren. Einen Moment lang überlegte er, wo diese Rüpelhaftigkeit am besten zur Geltung käme, ob hier im Schlafzimmer oder unten im Wohnzimmer. Oder vielleicht in dem bisher unzugänglichen Arbeitszimmer?

Ach was, es würde nicht schaden, jeden Raum dazu auszuprobieren.

»Sie fühlen sich hier, wie ich sehe, inzwischen ganz wie zu Hause«, sagte er mit beißender Ironie. »Sie hoffen wohl, für immer hier zu bleiben? Aber sind Sie auch die Erbin?«

»Er hat einen Sohn«, sagte Michalina düster.

»Na so was! Was für eine Schande! Wenn der nicht wäre,

würde der Staat abkassieren und einen kleinen Teil würden Sie dann doch bestimmt abbekommen, oder?«

»Was denken Sie denn? Ich habe auch meine Kontakte …«

Sie unterbrach sich, aber Bieżan griff die Bemerkung gleich auf.

»Und deshalb haben Sie auch die Erlaubnis, sich im Hause des Opfers aufzuhalten, was? Wer hat Ihnen diese Erlaubnis erteilt? Na los!«

Michalina war nicht ängstlich, aber der Tod ihres Angebeteten hatte sie aus der Bahn gebracht. Entgegen den Befürchtungen von Bieżan hüllte sie sich jedenfalls nicht in Schweigen.

»Was denken Sie? Der Staatsanwalt.«

»Welcher Staatsanwalt?«

»Welcher, wenn nicht der Oberstaatsanwalt? Tun Sie doch nicht so ahnungslos – ein Polizist, der angeblich nichts weiß. Ihr Gehilfe hat alles mitgenommen, als ich nicht da war, wenn ich hier gewesen wäre, hätte er nicht mal einen Zettel einstecken können! Geheimnis ist Geheimnis. Ich hätte es eher in den Ofen …«

»Ausgezeichnete Idee. Da hätte sich der Mörder sicher gefreut!«

»Welcher Mörder denn?«

»Wie denn: Welcher Mörder? Der natürlich, der für dieses Verbrechen verantwortlich ist.«

Michalina stellte das Bügeleisen ab und betrachete Bieżan zugleich voller Mitleid, Häme und Abscheu.

»Was hat denn diese Schlampe mit den Papieren zu tun? Die hatte doch keine Ahnung davon, er hat schon dafür gesorgt, das Ganze von ihr fern zu halten. Er hatte seine Geheimnisse, und sie hatte sich da nicht einzumischen. Und wer soll ihn schon umgebracht haben, wenn nicht diese Schlampe!«

Gerade auf die Schlampe wollte Bieżan nun nicht zu sprechen kommen und das Weibsstück dazu zwingen, andere

Feinde des getöteten Dominik zu nennen, die von ihr hartnäckig unterschätzt oder verborgen gehalten wurden. Er hätte die Namen solcher Feinde aus den Unterlagen hervorkramen können, aber es waren Hunderte, und es könnten Jahre vergehen, bis er sich von allen ein Bild gemacht hatte. Sie hatten Angst, das war sicher, aber das Ausmaß ihrer Angst war, recht besehen, unterschiedlich, bei manchen langte sie niemals hin, um deshalb ein Verbrechen zu begehen. Die Schlampe blieb, ehrlich gesagt, ganz oben auf der Liste, aber sie bildete dort sicher nicht die einsame Spitze. Bieżan konnte solche Unwägbarkeiten überhaupt nicht leiden.

»Na gut«, lenkte er plötzlich ein. »Aber welchen Grund hätte sie gehabt?«

Michalina nahm wieder das Bügeleisen in die Hand, leckte an ihrem Finger und überprüfte die Temperatur.

»Wozu brauchte die einen Grund?«, sagte sie verächtlich und machte sich wieder an die Arbeit. »Er hat sie sitzen lassen, das reicht doch. Sie wollte sich rächen.«

»Wann?«

»Was wann?«

»Wann hat er sie sitzen lassen?«

»Ach, wer weiß das schon? Vor kurzem, ist noch nicht lange her. Aber glauben Sie, dass sie ihn in Ruhe gelassen hätte? Einen Brief hat sie ihm geschickt.«

»Was für einen Brief? Wo ist er, dieser Brief?«

Michalina verfiel plötzlich in Schweigen. Sie bügelte mit wilder Entschlossenheit, taub und blind gegenüber der Welt, unter besonderer Berücksichtigung Bieżans. Bieżan hatte schon gemerkt, dass es ihr gelungen war, ihn von seinem Vorhaben abzubringen, dass es wieder nur noch das Thema Schlampe gab, während alles andere unberührt blieb. Darüber hinaus hatte er ganz vergessen, rüde und rüpelhaft zu sein. Außerdem hatte er genug von diesen Hosen des Opfers.

»Schluss damit!«, brüllte er unvermittelt. »Schalten Sie

endlich das Bügeleisen aus! Augenblicklich! Das ist ein Verhör in einer Mordsache! Nach unten! Aber dalli!«

Michalina erstarrte für einen Moment, dann schaltete sie gehorsam das Bügeleisen aus. Bieżan dachte schwermütig, dass man mit ihr wohl so umgehen müsse, auch wenn das nicht eben seine Lieblingsmethode war.

»Und jetzt rücken Sie endlich mit der Sprache raus«, verkündete er unheilvoll. Sein Ton ließ Robert Górski aufhorchen, da sein Vorgesetzter sich dessen fast nie bediente. »Wer hat den Brief geschickt?«

»Sie. Diese Schlampe.«

»Name!«

»Iza Brant.«

»Woher wissen Sie das?«

»Hab's gesehen.«

»Hatten Sie den Brief in der Hand?«

»Ja.«

»Haben Sie ihn gelesen?«

»Nein.«

»Woher wissen Sie dann, dass es ein Brief von Iza Brant war? Stand der Absender drauf?«

»Nein. Aber ich wusste, dass er von ihr ist. Ich kenne ihre Schrift.«

»Und was ist mit diesem Brief passiert?«

Wieder schwieg Michalina. Bieżan war nervös. Dieser Brief, hol's der Teufel, brachte vielleicht Aufklärung, und vielleicht war es ja auch tatsächlich diese Iza Brant. Dann brauchte er auch nicht in diesem politisch-finanziellen Sumpf herumzustochern, wenn er einen Mörder mit persönlichen Motiven hatte. Aber seine Erfahrung ließ ihn einen anderen Grund wittern, nur brachte ihn dieses schreckliche Weib vollkommen durcheinander.

»Wo. Ist. Dieser. Brief?«, sagte er mit solchem Nachdruck, dass sogar ein Flugzeugträger zurückgewichen wäre.

Michalina reichte fast an einen Flugzeugträger heran. Aber nur fast.

»Bei mir«, flüsterte sie.

»Wo bei Ihnen? Zu Hause?«

»Ja.«

Plötzlich war ihr Widerstand gebrochen.

»Zu Hause. Er hat ihn nie gesehen. Ich hatte wie immer die Post geholt und gleich erkannt, dass der von ihr war. Ich hatte Angst, dass er doch noch zu ihr zurückkehren würde! Ich habe mich nicht getraut, ihn zu öffnen, und auch ihn zu verbrennen, hatte ich Angst. Aber ich habe ihm den Brief nicht gegeben! Ich habe ihn ihm nicht gegeben!«

Sie begann zu weinen. Das machte einen ähnlichen Eindruck, wie wenn der Warschauer Kulturpalast plötzlich anfing zu weinen. Bieżan und Górski starrten sie mit großen Augen an.

Wahrscheinlich hätten sie ihr noch eine ganze Weile zugesehen, wenn Bieżans Telefon nicht gepiept hätte. Er ging ran.

Die Verkehrsabteilung hatte nach dem Gespräch mit Wilczyński blitzschnell auf die Frage nach den Kennzeichen der Autos, die in Wieczfnia Kościelna und Załęże gesehen worden waren, geantwortet. Eines der Autos, ein Toyota Avensis, war auf den Namen Iza Brant gemeldet, Kurze Straße drei, der zweite, ein Toyota Carina, ein Taxi, auf den Namen Łukasz Darko, Bonifacy-Straße achtzehn.

»Diesen Brief werden Sie morgen zum Polizeipräsidium bringen und mir persönlich aushändigen. Vor acht Uhr dreißig. Außerdem werden Sie mir eine Liste der Geschäftspartner anfertigen, die in den letzten Jahren Herrn Dominik besucht haben. Alle, die Sie kennen, Name, Vorname, Adresse. Acht Uhr dreißig spätestens. Auf Wiedersehen.«

»Ob das wirkt?«, fragte Górski zweifelnd, als sie eilig aus dem Haus des Opfers liefen und Michalina im Zustand einer Art versteinerter Rebellion zurückließen.

»Würde mich wundern«, sagte Bieżan düster. »Aber wenn nicht, werden wir mit einer List bei ihr eindringen, da der Staatsanwalt uns sicher keinen Hausdurchsuchungsbefehl ausstellen wird. Sie ist eine Art heilige Kuh. Sie weiß, glaube ich, selbst nicht, wie viel sie weiß.«

»Zeitlich würde sie es ohnehin nicht schaffen«, sagte Robert, als er losfuhr. »Erst wird sie noch ein bisschen rumsitzen ...«

»Dann fängt sie wieder an, die Hosen des Opfers zu bügeln, um sich zu trösten, und dann verpasst sie den Bus nach Mława.«

»Wozu sich dann so früh mit ihr verabreden?«

»Weil sie das wenigstens morgen dazu zwingen wird, ihren Hintern in Bewegung zu setzen. Sonst sitzt sie noch drei Tage hier herum. Und bevor wir uns heute diese Brant vorknöpfen, müssen wir erst einmal überprüfen, was Zabój aus ihr rausbekommen hat und ob sie es auch wirklich ist. Und dann gehen wir hin und werden uns ganz höflich mit ihr unterhalten.«

Wachtmeister Zabój konnte seine Niederlage nicht verwinden, er kehrte daher nicht sofort zum Polizeipräsidium zurück, sondern fuhr erst aufs Polizeirevier am ehemaligen Wohnort der Verdächtigen. Er kannte den stellvertretenden Leiter, sie hatten sich mal zufällig kennen gelernt und mochten sich, und er hoffte, etwas von ihm zu erfahren. Wenn nicht schon über das Tun dieser unheimlichen Iza Brant, dann wenigstens über ihren Charakter. Und um eventuell eine Personenbeschreibung zu bekommen, damit er es wusste, ob sie es sicher gewesen ist.

Der stellvertetende Leiter war beschäftigt, also wartete Zabój. Dann setzten sie sich zusammen und plauderten in aller Freundschaft.

»Iza Brant«, überlegte der stellvertretende Leiter. »Kann sein, dass die hier gewohnt hat. Ich weiß aber nichts über sie, keine Verbrechen, keine Vergehen, keine Beschwerden. Aber Moment mal, da fällt mir etwas ein …«

Nach angestrengtem Nachdenken erinnerte er sich an einen Vorfall von vor drei Jahren, als die Mieter des Hauses, in dem Iza Brant gewohnt hatte, Beschwerde gegen eine gewisse Marlene Bobek eingelegt hatten, die regelmäßig Partys bis tief in die Nacht veranstaltete. Es dauerte mehrere Wochen, bis man die amüsierfreudige Marlene zur Ruhe gebracht hatte, weshalb er sich auch noch daran erinnerte. Und damals war diese Iza Brant als Zeugin aufgetreten. Sie sagte aus, man würde das Gebrüll zwar hören, bei ihr käme es aber gedämpft an, weil sie am anderen Ende des Gebäudes und zwei Stockwerke darunter wohne, außerdem wisse sie gar nichts. Im Grunde machte sie, soviel er sich erinnern konnte, einen sympathischen Eindruck.

»Sympathisch!«, schnaubte der Wachtmeister verbittert.

»Wieso?« Der stellvertretende Leiter zeigte sich interessiert.

Der Wachtmeister wurde ein paar frische Erinnerungen los, und dann redeten sie noch eine Weile. Mittlerweile war es halb eins, und als er die Wache verließ, hatte er vor, sofort zum Polizeipräsidium zurückzukehren. Irgendwie war er heute allerdings vom Pech verfolgt, weil er auf dem Weg Zeuge eines Raubüberfalls auf ausländische Touristen am Rande des Dreszer-Parks wurde. Er konnte nicht so tun, als ob er nichts mit der Polizei zu tun hätte, weil er nämlich in Uniform war; er konnte sich auch nicht herauslügen, um die Exekutive nicht vor Fremden zu kompromittieren, und dazu hatte er dummerweise noch bewiesen, dass er Deutsch sprach. So kam es, dass Wachtmeister Zabój, als Bieżan mit Górski nach der Überwindung einiger Staus gegen halb drei beim Polizeipräsidium ankam, immer noch nicht da war.

Der telefonisch dringend Gesuchte erschien erst kurz vor vier.

Er stellte seine vom Pech gezeichneten Erlebnisse kurz dar. Man zeigte Verständnis, er bekam Kaffee und einen Hamburger, was seine Überzeugung von dem ungewöhnlichen Edelmut von Bieżans Charakter bestätigte. Er verspürte eine gewisse Erleichterung und ging zum Bericht über das Verhör der Verdächtigen über, womit er großes Erstaunen bei seinen aktuellen Vorgesetzten hervorrief.

»Sie streitet alles ab«, begann er.

»Einen Moment«, sagte Bieżan. »Alles der Reihe nach. Du bist dahin gekommen und was weiter?«

»Es dauerte ewig, bis sie die Tür aufmachte. Sie beschwerte sich, dass gerade erst die Sonne aufgegangen sei. Dann bestätigte sie zwar, dass sie Iza Brant sei, aber sie weigerte sich, mir ihre Papiere zu zeigen. Sie hat gesagt, sie habe keinen Personalausweis und habe auch nie einen besessen. Am Dreizehnten sei sie zu Hause gewesen, irgendwelche Zeugen hat sie allerdings nicht genannt.«

»Na bitte!«, rutschte es Robert raus. »Von wegen zu Hause gewesen, die kann viel erzählen!«

»Sie leugnet alles. Sie hätte einen Pfarrer namens Dominik als Kind gekannt ...«

»Warte mal«, unterbrach ihn wiederum Bieżan. »Als sie Kind war oder der Pfarrer?«

»Sie. Er hat sie an der Schule unterrichtet.«

»Und was weiter?«

»Nichts. Es hatte geheißen, ich sollte höflich sein, also war ich es, aber sie hat mir trotzdem vorgeworfen, ich würde Druck ausüben. Hol mich der Teufel, ich stand vor der Tür wie ein dressierter Affe, nicht mal die englische Queen hätte an meinem Benehmen etwas zu beanstanden gehabt!«

»Ich sehe schon, wie dir die englische Queen persönlich die Tür aufmacht. Und dann? Hast du ihre Identität festgestellt?«

»Sie hat sie selbst bestätigt, möglicherweise hat sie gelogen, aber die Personenbeschreibung stimmt ungefähr, nur muss sie stark gealtert sein.«

»Woher hattest du ihre Personenbeschreibung?«

Der Wachtmeister gab nach kurzem inneren Kampf den Besuch auf dem Revier zu. Er wurde nicht gerügt. Er hatte die Personenbeschreibung des stellvertretenden Leiters mit der eigenen verglichen und sie stimmten weitgehend überein.

»Blond, mittelgroß, etwa einsfünfundsechzig, untersetzt, braune Augen, seiner Meinung nach um die dreißig, meiner Meinung nach um die fünfzig. Vielleicht ist sie ja krank oder hat eine schlimme Zeit hinter sich, er hat sie auch vor gut drei Jahren das letzte Mal gesehen.«

»Dominik hat sie sitzen lassen, und davon ist sie gealtert«, schlug Robert vage vor.

»Um zwanzig Jahre?«, überlegte Bieżan. »Na ja, bei den Weibern weiß man nie. Sonnenaufgang …? Hast du sie aus dem Schlaf gerissen?«

»Offensichtlich. Sah ganz danach aus.«

»Und sie hat die Bekanntschaft mit Dominik verleugnet?«

»Sie kennt keinen. Abgesehen von dem Pfarrer.«

Bieżan begann sich für diese Iza Brant zu interessieren. Vielleicht war sie tatsächlich ebenso dumm wie Michalina Kołek und leugnete alles bis zum Schluss? In diesem Fall sollte man sie mit dem Brief von Dominik und der Aussage der Verkehrspolizisten konfrontieren.

Er saß längere Zeit da und dachte nach. Dann überkam ihn aber wie jeden normalen Menschen doch die Ungeduld.

»Ruf Wilczyński an«, sagte er zu Robert. »Er soll jemanden losschicken, um zu überprüfen, was diese Kołek macht. Er soll uns Bescheid sagen, wenn sie wegfährt, und du …«, er blickte zum Wachtmeister und zögerte. »Nein, du kennst sie nicht, du kommst mit mir mit. Robert sieht nach, ob sie zu Hause angekommen ist. Moment mal, warte, das ist nicht alles, wir müssen noch den Taxifahrer auftreiben, wie hieß er bloß …? Genau, Łukasz Darko. Er war zur selben Zeit dort, möglich, dass er einen Kunden hatte. Krieg was über ihn raus. Wir fahren los!«

Vor dem Haus von Iza Brant stand ein mächtiger Kran, in Gelb und Blau, aber es war niemand bei ihr zu Hause. Und wenn doch jemand da war, dann war er taub wie eine Nuss oder sogar tot. Nachdem sie sehr lange auf die entsetzlich laute Türklingel gelauscht hatten, gingen Bieżan und Zabój nach unten.

In den Kran stieg gerade ein sympathisch aussehender junger Mann ein.

»Wohnen Sie hier in dem Haus?«, fragte ihn Bieżan.

»Ja. Wieso?«

»Wissen Sie zufällig, ob Frau Iza Brant hier wohnt? Das Haus ist ja nicht besonders groß.«

»Sie wohnt hier, natürlich. Im ersten Stock.«

»Kennen Sie sie?«

»Ja. Wieso?«

»Sie scheint nicht da zu sein. Wissen Sie vielleicht, wann wir sie am ehesten antreffen können?«

»Also, meinen Kopf würde ich nicht dafür hinhalten, aber am besten wohl abends. Oder morgens. Glaube ich zumindest.«

»Hat sie vielleicht Telefon?«

»Das weiß ich nicht, ich hatte noch nie Anlass, sie anzurufen«, log Richie, der inzwischen Verdacht geschöpft hatte. »Hier haben nicht alle ein Telefon, weil es irgendwelche Schwierigkeiten mit dem Anschluss gibt. Soll ich ihr vielleicht etwas ausrichten, falls ich sie sehe?«

»Nein, danke. Wir müssen persönlich mit ihr sprechen.«

In dem Moment rief Robert an. Er hatte soeben von Wilczyński die Nachricht erhalten, dass Michalina Kołek schon länger nicht mehr im Hause von Dominik sei, jemand habe sie an der Bushaltestelle gesehen. Offenbar war sie eine halbe Stunde nach ihnen aufgebrochen. Bei sich zu Hause war sie auch nicht. Dafür hatte er über Funk Łukasz Darko gefunden und wisse, an welchem Taxistand er im Moment stehe. Was solle er tun?

»Knöpf dir Darko vor«, entschied Bieżan. »Und dann fahr noch mal zum Haus von der Kołek und sieh nach, ob sie inzwischen da ist. Wir werden hier noch ein bisschen warten.«

In der Zwischenzeit war der Jüngling mit dem Kran weggefahren. Bieżan ging zurück und klingelte nach kurzem Zögern an einer Tür im Erdgeschoss. Sie wurde blitzschnell von einer jungen Person geöffnet, deren dunkle Haare ganz zerzaust waren und die einen Finger an die Lippen legte.

»Leise!«, zischte sie.

Bieżan hatte noch gar nichts gesagt, jetzt wagte er es erst recht, nur zu flüstern.

»Entschuldigen Sie bitte, Unterinspektor Bieżan vom Polizeipräsidium. Kennen Sie Ihre Nachbarin aus dem ersten Stock, Frau Iza Brant?«

»Jetzt seien Sie doch leise! Und ja, die kenne ich. Wieso?«

Auch ohne die große Ähnlichkeit, die zwischen beiden bestand, hätte Bieżan nach dieser Antwort erraten, dass es sich um die Schwester des Jünglings mit dem Kran handelte. Er begann, noch leiser zu flüstern.

»Wir haben sie nicht zu Hause angetroffen. Könnten Sie mich vielleicht informieren ...«

»Pscht!«, zischte die Schwester des Jünglings. Mit dem Zeigefinger an den Lippen kam sie aus der Wohnung heraus und zog leise die Tür hinter sich zu. »Ich lasse Sie um nichts in der Welt rein. Meine Kinder schlafen nämlich, und wenn sie, Gott behüte, aufwachen, werden die eine Sirene einschalten, dass die Feuerwehr und ein Schiff im Nebel nichts dagegen sind. Also, worum handelt es sich? Aber leise!«

»Um Frau Iza Brant. Wo können wir sie finden?«

»Was weiß ich? Die schwirrt irgendwo rum.«

»Vielleicht arbeitet sie. Hat sie irgendwo eine Stelle?«

»Sie arbeitet an verschiedenen Stellen, auch zu Hause.«

»Sie ist also nicht in Urlaub gefahren?«

»Woher denn, im Gegenteil. Irgendwelche Verwandten sind zu ihr zu Besuch gekommen, das glaube ich zumindest, weil ich wegen der Kinder nicht mal mehr Zeit zum Schwatzen habe. Mein Bruder könnte Ihnen mehr sagen, aber der ist gerade weggefahren, überprüft wieder irgendeinen Kran. Er mag sie, aber denken Sie jetzt bloß nicht das Falsche, wenn man's ganz genau nimmt, könnte er fast ihr Sohn sein.«

»Wohnt sie allein?«

»Woher denn? Sie hat doch Kinder. Zwei. Die sind jetzt wohl in den Ferien.«

»Und was arbeitet sie?«

»Das weiß ich. Zufällig. Sie korrigiert Texte, Bücher, Zeitungen, was so anfällt. Aber jetzt muss ich zurück in die Küche, gleich kommt mein Mann. Ich koche nur Sachen, die nicht zwischen den Zähnen knirschen, damit die Kinder nicht aufwachen.«

Bieżan heuchelte aus purer Freundlichkeit Interesse für die Kinder. Er erfuhr, dass es Zwillinge waren, ein Junge und ein Mädchen, ungefähr anderthalb, sehr lebhaft. Was Iza Brant betreffe, so wohne sie hier ebenso lange wie die anderen, das Haus sei nämlich ganz neu und die meisten wären vor knapp zwei Jahren hier eingezogen. Sie selbst dagegen, die Mutter der Zwillinge, sei ein wenig später eingezogen, als die Kinder schon auf der Welt waren, und wisse überhaupt nicht, was im Haus passiere, manche Nachbarn kenne sie nicht einmal vom Sehen. Sie habe einfach keine Zeit.

Nachdem er festgestellt hatte, dass er nichts weiter erfahren würde, entfernte sich Bieżan auf Zehenspitzen, und Wachtmeister Zabój folgte seinem Beispiel.

Robert Górski rief an und ersparte seinem Vorgesetzten

die Fragen, indem er ihn gleich informierte, dass Michalina Kołek soeben zurückgekommen sei. Er sähe sie, sie sei gerade über den Rasen gegangen und habe die Eingangstür zu einem der Häuschen in der Dolinka Służewiecka geöffnet, zu denen es keine Zufahrt gibt. Bis heute wisse man nicht, wie dort im Notfall die Feuerwehr hinkommen sollte, es müsste wohl ein Panzer vor ihr herfahren, der die Mäuerchen, Pfosten und anderen Hindernisse niederreißen würde. Łukasz Darko dagegen habe er noch nicht gefunden.

»Bleib dort stehen und pass auf, dass sie nicht rausgeht«, ordnete Bieżan an. »Und du bleibst hier«, sagte er zum Wachtmeister. »Und pass auch auf, aber tu nichts. Ich will die Frau alleine zu fassen kriegen.«

Er stieg eilig in seinen Dienstwagen und fuhr zu Michalina, vor deren Haus er Górski antraf.

Sie öffnete ihnen augenblicklich, mit feindseliger Miene, gekleidet in schwarze Gewänder. Sie hatte sich umgezogen, und es sah aus, als ob sie vorhabe, aus dem Haus zu gehen.

»Wollen Sie zum Friedhof?« Bieżan hatte messerscharf von ihrer Kleidung geschlossen.

»Wieso, ist das etwa verboten?«, entgegnete Michalina rebellisch.

»Nein, natürlich nicht. Aber das Begräbnis hat doch noch gar nicht stattgefunden?«

»Na und? Sie haben ein Familiengrab auf dem Powązki-Friedhof, seine Großeltern haben es vor dem Krieg gekauft. Man muss doch sehen, ob es in Ordnung ist, vielleicht muss etwas repariert werden. Wer soll sich denn darum kümmern, wenn nicht ich? Ich will doch bis zum Schluss für ihn sorgen.«

Bieżan hatte nicht vor, sie aufzuhalten.

»Ich verstehe, dass Sie es noch nicht geschafft haben, die Liste zu schreiben, aber um den Brief wollte ich Sie bitten.«

Nach kurzem Zögern ging Michalina zum Wäscheschrank und zog unter Bettlaken, Bettbezügen und Taschentüchern einen weißen, zugeklebten Umschlag heraus. Sie hielt ihn zwischen zwei Fingern, als würde sie sich vor ihm ekeln. Schweigend übergab sie ihn Bieżan.

Bieżan wollte ihn gleich an Ort und Stelle aufreißen, um ihn zu lesen, doch da bemerkte er Michalinas Blick. Funkelnd, gierig, hasserfüllt, unersättlich. Nein, nicht in Gegenwart dieses Weibstücks, er wollte ihn lieber in Ruhe lesen. Er überprüfte nur das Datum des Poststempels, der Brief stammte von vor vier Jahren.

Sie verließen beinahe zeitgleich das Haus, Bieżan und Górski gingen zuerst hinaus, Michalina hinter ihnen. Sie sahen, wie sie zum Taxistand ging. Sie stiegen in ihren Wagen, und Bieżan gab seiner Ungeduld nach und öffnete den Brief. Er nahm einen einsamen Zettel heraus und las die darauf geschriebenen Worte.

Wortlos reichte er ihn Górski, und dann sahen sie sich an.

Die Großtante wünschte sich diesmal, die Vororte von Warschau zu sehen, die sich seit der Vorkriegszeit zweifellos geändert haben mussten, also machte ich eine Tour durch Łomianki, Palmiry, Milanówek, Piaseczno, Góra Kalwaria und Otwock. In einer kleinen Kneipe in Brwinowo nahmen wir ein frühes Mittagessen zu uns, und wieder hatte ich keine Gelegenheit, Einkäufe zu machen.

Zur allgemeinen Verwunderung kamen Tante Iza und Onkel Filip recht früh zurück, sie schafften es fast zum Abendessen, das aus den Vorräten aus meinem Gefrierfach bestand. Kartoffelpuffer mit saurer Sahne, Kohlrouladen und Fleischpiroggen. Nicht mal zwanzig Minuten hatte ich gebraucht, um das alles auf den Tisch zu zaubern, die Mikrowelle hatte ihre Prüfung also bestanden.

Onkel Filip schien irgendwie verlegen, Tante Iza dagegen strahlte eine geheimnisvolle Erregung aus. Sie machten sich bereitwillig über die Reste der Mahlzeit her.

»Dein Page dient dir treu, doch die Technik stört ihn dabei«, teilte mir die Tante mit hinterhältiger Freundlichkeit mit.

»Was für ein Page?«, fragte ich, im ersten Moment etwas verdutzt.

»Dieser Telefonvermittler. Er hat mich angerufen, um mich vor der Polizei zu warnen. Ich vermute, er wollte eigentlich dich anrufen. Ist ihm wohl nicht gelungen.«

Es war ihm tatsächlich nicht gelungen, den ganzen Tag hatte mich Richie nicht angerufen, was daran liegen mochte, dass ich in meiner Zerstreutheit vergessen hatte, das Telefon mitzunehmen. Aber er hatte mir doch schon gesagt, dass die Polizei nach mir gefragt hatte, wozu wollte er mir diese Information ein zweites Mal zukommen lassen? Und überhaupt, was konnte die Polizei bloß von mir wollen?

»Angeblich sollst du Zeugin eines schweren Verbrechens gewesen sein«, setzte Tante Iza in diesem nach wie vor hinterhältig-freundlichen Ton fort. »Vielleicht eines Mordes? Oder hast du gar selbst etwas Strafbares begangen? Das ist sehr aufregend! Versuch doch, dich zu erinnern.«

Die Familie begann, mich argwöhnisch zu beäugen.

»Was soll das heißen?«, fragte die Großtante streng.

»Woher weißt du denn, dass sie Zeugin von irgendetwas ist?«, fiel Tante Olga ein.

»Etwas in der Art hat der Polizist geäußert, der heute Morgen hier war und versucht hat, mich zu verhören. Leider wollte er mir den Grund nicht sagen.«

Innerlich stöhnte ich auf. Natürlich, wenn der Jemand, der hier war, Tante Iza angetroffen und sie nach Iza Brant gefragt hat, konnte sie reinen Gewissens behaupten, dass sie Iza Brant war. Unsere Vornamen unterschieden sich, sie hieß Izabela und ich nur Iza, aber wir hatten denselben Nachnamen.

Diese Namensgleichheit war völlig zufällig. Beide trugen wir die Nachnamen unserer Ehemänner, ich den meines Geschiedenen, sie den von Onkel Filip. Schon möglich, dass Onkel Filip und mein Mann irgendeinen gemeinsamen Vorfahren hatten, aber wenn dem so war, dann war es lange her, weil keiner etwas davon wusste. Und gekannt hatten sie sich vorher auch nicht und nie voneinander gehört. Ich bekam den Namen Izabela aus dem einfachen Grund, weil Onkel Filip, als er mein Patenonkel wurde, bereits in sie verliebt war.

Natürlich musste der Polizist die australische Iza Brant antreffen!

Mich beschlich der Gedanke, dass dieser Familienbesuch unter keinem guten Stern stand und dass ich gar nicht erst versuchen sollte, gegen mein Pech anzugehen. Es hatte keinen Sinn. Es war vorbei, ich konnte dieses verdammte Erbe in den Wind schreiben.

Alle begannen wild durcheinander zu reden, und ich erfuhr, dass die Polizei sich nur für Leute interessiere, die etwas auf dem Kerbholz hatten, dass es ein Skandal sei, einen ehrlichen Menschen in seinem eigenen Heim zu belästigen, dass man nicht ohne Grund wegen irgendwas verdächtigt werde, dass Lügen kurze Beine haben, dass man manchmal völlig unnötig einen kleinen Fehler verberge und dass eine unschuldige Frau das Recht habe, tödlich beleidigt zu sein. Ich verstand nicht alles, vielleicht ist mir auch etwas entgangen, weil alle gleichzeitig sprachen und sich gegenseitig überschrien. Am wenigsten beteiligte sich Onkel Filip, der nur abgerissene Satzteile vor sich hin murmelte.

Im Grunde war es mir gleich.

Ich wollte gerade fragen, ob sich Tante Iza tatsächlich tödlich beleidigt fühlte, weil ausgerechnet das mit besonderem Nachdruck und in einem vollständigen Satz verkündet wurde, als die Türklingel schrillte. Sie war außergewöhnlich laut, vermutlich war mir eine Türklingel für Taube eingebaut worden.

Ich öffnete. Vor der Tür standen zwei Männer, einer in Uniform und einer in Zivil. Da hatte mich die Polizei wohl endlich erwischt, und der letzte Rest meiner Hoffnung auf das Erbe ging perdu. Das Pech erwies sich als noch größer, als ich gedacht hatte. Ich wäre mit ihnen schon zurechtgekommen, ich hatte nie irgendwelche Schwierigkeiten mit der Polizei, wir mochten uns sogar, und ich hätte die Sache, egal welche, auf diplomatische Weise gelöst, wenn da nicht eben das Tribunal am Tisch gesessen hätte.

»Ja bitte?«, fragte ich schwermütig.

»Das ist sie nicht«, sagte der in Uniform.

»Wir möchten mit Frau Iza Brant sprechen«, sagte der in Zivil.

»Das bin ich«, sagten wir gleichzeitig, ich und die hinter mir stehende Tante Iza, wobei das Folgende jeweils unterschiedlich ausfiel.

»Schon wieder?«, fragte die Tante bissig.

»Bitte sehr«, sagte ich.

»Das ist sie«, sagte der in Uniform.

»Unterinspektor Edward Bieżan«, sagte der in Zivil.

Ich unterbrach ihn sofort.

»Entschuldigen Sie, wären Sie bitte so freundlich, die alten Dienstgrade zu benutzen? Diese Unterinspektoren und Oberkommissare bringen mich immer ganz durcheinander, ich habe keine Ahnung, wer was ist. Unterinspektor war früher …?«

»Major.«

»Ein so hoher Dienstgrad kommt zu mir?«, wunderte ich mich.

»Vielleicht kommt er ja auch zu mir?«, warf die Tante spöttisch ein.

»Das da ist sie«, wiederholte der in Uniform mit Nachdruck.

»Erlauben Sie, dass wir reinkommen?«, fragte der Major-

Unterinspektor, wobei er sich an irgendeine dritte Person zwischen Tante und mir zu wenden schien.

Am liebsten hätte ich sie vor die Tür geschoben und mit ihnen im Treppenhaus oder in der Garage gesprochen, auf jeden Fall nicht hier, mit der ganzen Familie im Rücken. Leider machte Tante Iza eine einladende Geste, und in der Tür zum Wohnzimmer erschien Onkel Ignacy mit einer eleganten Verbeugung.

»Bitte sehr, bitte sehr!«, rief er einladend.

»Sie sollen reinkommen«, hörte ich den Befehl der Großtante vom Tisch her.

Mir fiel plötzlich ein, dass die Polizei Zeugen und Verdächtige im Allgemeinen allein verhörte, und das beruhigte mich ein wenig. Die Verwandten konnte man, so viel war klar, nicht aus dem Haus werfen, aber mir blieb noch mein Schlaf- und Arbeitszimmer, in dem zwar keine Stühle standen, weil die ins Wohnzimmer und in die Gästezimmer gebracht worden waren, dafür aber eine Couch. Vorerst blieb mir aber nichts anderes übrig, als sie ins Wohnzimmer zu führen.

Es gelang allen, einen Sitzplatz zu finden.

Der Major-Unterinspektor betrachtete die ganze Versammlung einen Moment lang mit großem Interesse. Dann sagte er:

»Keine der Damen ist verpflichtet, mit uns zu reden. Ich bitte Sie um Hilfe bei der Lösung eines schwierigen Falles, es ist also kein Befehl. Egal welche von Ihnen Frau Iza Brant ist, muss dieses Gespräch geführt werden. Wenn sich also die eigentlich Gemeinte weigert, werde ich gezwungen sein, ihr eine Vorladung ins Polizeipräsidium zu schicken. Aber ich hoffe, dass wir uns in angenehmerer Atmosphäre unterhalten können.«

»Ich bin dafür«, kommentierte die Großtante.

»Das freut mich, danke. Also welche von Ihnen beiden ist Frau Iza Brant?«

»Beide«, informierte ihn die Großtante mit hölzerner Stimme. Man meinte fast die Holzwürmer aus ihrer Stimme herauszuhören.

Der Major blieb erstaunlich ruhig.

»Ein ungewöhnlicher Fall. Sicherlich der Familienname?«

»Nein«, erwiderte Tante Iza mit erkennbarem Vergnügen.

»Es ist mein Name«, bekannte Onkel Filip kleinlaut. »Meine Frau trägt ihn.«

» Und welche der Damen ist Ihre Frau?«

»Diese da«, sagte Onkel Filip und zeigte aus Höflichkeit nicht mit dem Finger, sondern nickte mit dem Kopf. Dabei hatte er seine Augen etwas abgewandt und sah Tante Olga an, die gleich neben Tante Iza saß.

»Das stimmt nicht!«, entfuhr es dem in der Uniform.

Ich mischte mich vorerst in diese etwas seltsame Befragung nicht ein, da ich damit beschäftigt war, den Dienstgrad des Uniformierten zu erraten. Nach meiner Berechnung hätte er nach der alten Nomenklatur Sergeant sein müssen, und das Dringlichste schien mir im Moment, mir die Richtigkeit meiner Überlegung bestätigen zu lassen.

»Ich möchte damit nichts zu tun haben!«, regte sich Tante Olga auf.

Der vermeintliche Sergeant ließ alle Höflichkeiten fahren und deutete unverblümt mit dem Finger auf Tante Iza.

»Die da ist es«, verkündete er.

»Frau Iza Brant?«

Tante Iza bestätigte mit wachsender Genugtuung.

»Und Sie?«, wandte sich der Major an mich.

»Ich heiße auch Iza Brant«, erklärte ich. »Und das werde ich Ihnen gleich beweisen, aber vorher wollte ich noch fragen, ob dieser Herr den Dienstgrad eines Sergeanten hat? Es macht mich ganz verrückt, wenn ich das nicht weiß!«

»Nur die Ruhe, es stimmt, er ist Sergeant. Nach der neuen Dienstordnung …«

»Ich will nichts von der neuen Dienstordnung wissen, ich habe Ihnen doch schon gesagt, dass ich das durcheinander bringe. Ein Sergeant, dann habe ich also richtig geraten. Also, was wünschen Sie?«

»Wenn die Herren dir schon einen Höflichkeitsbesuch abstatten, solltest du dich auch entsprechend benehmen«, rügte mich die Großtante. »Die Herren möchten doch sicher etwas trinken?«

»Nein, danke«, verneinte der Major. »Wir können Ihre Einladung leider nicht annehmen, bevor wir nicht ein paar amtliche Fragen geklärt haben. Was ich vor allem will, ist, die Personalausweise der beiden Damen zu sehen. Falls die Damen dergleichen besitzen. Ich schaue mir auch gern Ihren Führerschein, Ihren Pass oder Ihren Dienstausweis an, egal was, Hauptsache mit Foto. Wäre das möglich?«

»Aber selbstverständlich«, sagte ich und erhob mich vom Stuhl.

»Na, endlich einmal eine sinnvolle Frage«, brummelte gleichzeitig Tante Iza. »Filip, mein Pass ist wohl im Necessaire, oder?«

Onkel Filip erhob sich ebenfalls, nur dass ich in die Küche ging und er nach oben. Es gelang mir, schneller meine Handtasche zu finden, die Papiere rauszunehmen und zurück ins Wohnzimmer zu kommen.

»Iza Brant«, las der Major. »Geburtsname Godlewska. Wohnhaft … Moment mal, wo sind Sie eigentlich gemeldet?«

Mir war zwar mittlerweile alles egal, aber diese Frage brachte mich doch in Verlegenheit.

»Also … Sagen Sie, kommen Sie vom Einwohnermeldeamt?«

»Nein. Vom Morddezernat.«

»Na, Gott sei Dank! Da beschäftigen Sie sich ja nicht mit solchem Blödsinn, soviel ich weiß. Dann kann ich es Ihnen sagen, in meinem Personalausweis bin ich nämlich noch unter meiner alten Adresse gemeldet, das ging nicht anders. Das heißt, jetzt ginge es schon, aber zuerst konnte ich mich nicht ummelden, weil das den Wohnungskäufern nicht gepasst hatte. Aber ich werde das so schnell wie möglich erledigen, Sie haben mein Wort darauf, bisher hatte ich bloß keine Zeit, und die Monate rasen ja dahin. Aber ich habe alle Papiere dafür beisammen, wollen Sie sie sehen?«

»Nein, danke …«

»Und wir hatten gedacht, dass du dich endlich wie eine erwachsene und verantwortungsvolle Person verhältst!«, warf mir Tante Olga missbilligend und entrüstet vor.

Der Major sah sich meinen Führerschein und meinen Pass an. Von oben kam Onkel Filip, er gab Tante Iza ihren Pass, und die übergab ihn dem Major. Der Major wandte sich von mir ab und beschäftigte sich nun mit der Identität von Iza Nummer 2.

»Na gut. Ich sehe, dass Sie ebenfalls Iza Brant heißen und am Zwanzigsten aus Australien nach Polen eingereist sind. Eine Woche nach … Moment mal. Warum haben Sie die Sache nicht gleich geklärt und dem Beamten Ihren Pass gezeigt?«

Tante Iza plusterte sich sichtlich auf.

»Er bestand auf einem Personalausweis. Woher sollte ich denn so plötzlich einen Personalausweis nehmen? Und außerdem, wer hat schon so was erlebt, dass man kurz nach Morgengrauen aus dem Schlaf gerissen wird …«

Sie sprach nicht zu Ende, aber ich ahnte, was sie sagen wollte. Einen Menschen ihres Alters zu wecken und irgendwelche dummen Forderungen zu stellen! Aber das mit dem Alter konnte sie natürlich nicht sagen.

Der Sergeant saß wie versteinert da, mit hochrotem Kopf. Der Major überreichte ihm sämtliche Dokumente, und er besah sie sich sorgfältig. Ich hätte schwören können, dass er dabei mit den Zähnen knirschte.

Der Major schaute mit Interesse in die Familienrunde.

»Soweit ich verstehe, sind Sie alle frisch aus Australien gekommen, und ich brauche das nicht eigens zu überprüfen?«

»Nein«, sagte die Großtante mit so tödlicher Verachtung, dass der Major, wenn er nur eine Spur von Anstand besessen hätte, im Boden versinken oder gleich tot umfallen hätte müssen. »Aber wir werden es Ihnen beweisen. Ignacy, Filip.«

Der Major besaß die Unverschämtheit, sich ohne jede Scham die ihm augenblicklich gebrachten Pässe zu besehen. Er hob den Kopf und erlaubte sich, neugierig zu fragen: »Unglaublich. Und Sie sprechen alle so gut Polnisch?«

Die Großtante beschloss offensichtlich, ihn endgültig zu vernichten.

»Unsere ganze Familie, mein Herr, spricht fließend Polnisch, wir pflegen unsere Sprache und halten uns auf dem Laufenden. Wenn eines der Kinder einen fremden, meistens den englischen Akzent annimmt, schicken wir es nach Polen. Wie Sie vielleicht wissen, gehört das Polnische zu den schwierigsten europäischen Sprachen. Die Grammatik. Und erst die Aussprache. Wir können die Wörter ›chrzan‹ und ›szczęście‹ aussprechen. Versuchen Sie einmal, einen Engländer oder einen Deutschen dazu zu bewegen. Oder einen Franzosen. Auf dieser Grundlage ist alles andere einfach. Es ist bereits die dritte Generation, die sich dessen befleißigt, und wir sind sehr stolz auf uns.«

»Ich möchte Ihnen meine Hochachtung dafür aussprechen«, lobte der Major mit ehrlicher Bewunderung. »So etwas ist sehr selten. Erlauben Sie mir nun«, er wandte sich an mich, »dass ich zur Sache komme.«

Genau. Jetzt fiel auch mir wieder ein, dass es ihm um irgendetwas ging und dass er etwas von mir wollte. Weiß der Teufel, was.

»Vielleicht gehen wir lieber in mein Arbeitszimmer«, begann ich unsicher.

»Es ist keineswegs nötig, irgendwo anders hinzugehen«, unterbrach mich die Großtante. »Ich möchte Sie darüber in Kenntnis setzen, dass wir zu unserer Enkelin und Nichte zu Besuch gekommen sind, deren Lebensweise uns Anlass zu größter Sorge gibt. Bedenken Sie, dass wir in Australien leben, von dort hergeflogen sind und dorthin auch wieder zurückkehren, daher sind uns Ihre Angelegenheiten fern und Ihr Dienstgeheimnis wird von unserer Seite in keiner Weise bedroht sein. Es steht dem also nichts entgegen, wenn wir an dem Gespräch teilnehmen. Meine Enkelin wird sich dem sicher auch nicht widersetzen.«

»Und wenn sie sich widersetzen und in das andere Zimmer gehen sollte, werden wir eben an der Tür lauschen«, fügte Tante Iza seelenruhig hinzu. »Wir möchten wissen, was sie getan hat.«

Ehrlich gesagt, schlimmer als die letzten Tage konnte es ohnehin nicht mehr kommen. Auf den fragenden Blick des Majors hin nickte ich daher ergeben.

»Bitte sehr«, sagte er. »Wo waren Sie am Dreizehnten dieses Monats und was haben Sie da gemacht?«

»Eben!«, freute sich Tante Iza. »Genau das hatte mich dieser Herr dort auch schon gefragt.«

»Izalein!«, stöhnte Onkel Filip.

»Iza, sei bitte still«, ermahnte die Großtante sie. »Wir hören zu, mischen uns aber nicht ein. Dieser Herr hier fragt nur eine Person, und diese Person soll ihm antworten, keine andere. Wir schreiten nur in dem Fall ein, wenn sie offensichtlich an der Wahrheit vorbeireden sollte.«

Jetzt platzte mir doch der Kragen.

»Großtante, habe ich denn jemals nicht die Wahrheit gesagt?«, fragte ich drohend und finster.

Die Großtante dachte nach.

»Nein. Davon ist tatsächlich nichts bekannt. Du darfst antworten.«

Der Major musste eine engelhafte Geduld haben. Er wartete schweigend. Schnell überlegte ich.

»Am Dreizehnten ... Jetzt erinnere ich mich: Ich bin nach Władysławowo gefahren, das war eine Reise – wie vom Pech verfolgt. Ich wollte zu meiner Freundin Eleonora Koszyńska. Um mit ihr die Sache wegen des Aufenthalts meiner Kinder bei ihr abzusprechen.«

Bereitwillig beschrieb ich ihm all die Missgeschicke auf dieser Fahrt, Heu und Alarmanlagengeheule mit inbegriffen. Er wollte es ja nicht anders haben. Die Familie hörte mit offensichtlichem Interesse zu, wenn ich versucht hätte, es ihnen unter anderen Umständen zu erzählen und mich zu beklagen, hätten sie garantiert kein Ohr dafür gehabt. Rachsüchtig mokierte ich mich über die Elektronik des Avensis – sie wollten es ja nicht anders haben.

»Und Sie sind die ganze Zeit in Władysławowo geblieben?«

»Ja, ohne Unterbrechung.«

»Und wann sind Sie zurückgekommen?«

»Am Fünfzehnten abends.«

»Das heißt, Sie waren in Wieczfnia Kościelna ...«

»Ja, dort haben mich doch die Bullen ... Pardon, die Verkehrspolizisten angehalten.«

»Und dann in Załęże und dann in Dyby.«

»Stimmt. Und dann habe ich mich nach Mława durchgeschlagen.«

»Auf dem Weg, zwischen Załęże und Dyby, befindet sich ein Anwesen namens Waldruhe. Sind Sie dort nicht vorbeigekommen?«

Ich sah ihn erstaunt an.

»Waldruhe? Höre ich zum ersten Mal. Gibt's da irgendeinen Wegweiser?«

»Ja. Er fällt aber kaum auf.«

»Habe ich nicht bemerkt. Wenn ich noch irgendwo Halt gemacht hätte, wäre ich in Władysławowo garantiert erst um

Mitternacht angekommen. Ich hatte nichts in irgendeiner Waldruhe zu erledigen. Hätte ich auf dem Weg irgendetwas sehen müssen?«

»Na ja, sehen oder nicht sehen«, murmelte der Major und hüllte sich für einen längeren Moment in Schweigen.

Alle saßen schweigend da, guckten abwechselnd ihn und mich an, wie bei einem Tischtennisspiel. Ich fragte mich, warum sich die Polizei für meine Reise zu Eleonora interessieren sollte.

Der Major seufzte.

»Na gut. Kennen Sie Herrn Dominik?«

Oh, wäre ich doch nie geboren worden!

Einen Moment lang war ich versucht, ihn zu verleugnen. Dominik zu verleugnen, meine Bekanntschaft mit ihm, die sieben Jahre meiner Verblödung, sieben verplemperte Jahre. Und zugleich schoss Neugierde in mir hoch, Rachsucht, eine wilde Lust, zu hören, zu welch abgrundtiefen Dummheiten er imstande war. Die unwiderstehliche, unbeherrschbare Lust, endgültig festzustellen, dass ich es war, die Recht gehabt hatte, und nicht er!

Ich sammelte all meine Geisteskräfte zusammen.

»Ich habe ihn gekannt«, sagte ich mit ganz normaler und wohl ziemlich gleichgültiger Stimme. »Früher einmal. Aber das ist mit gutem Grund schon lange her.«

»Wann haben Sie ihn zuletzt gesehen?«

Auch das noch. Es war alles so schrecklich gewesen, dass ich das Datum aus meinem Gedächtnis gelöscht hatte. Gut, ich will nicht übertreiben, so ungefähr erinnerte ich mich noch.

»Wollen Sie es genau wissen?«, fragte ich unsicher. »Da müsste ich in den alten Kalendern nachgucken.«

»Und ungefähr?«

»Vor vier Jahren. Was haben wir jetzt, Ende Juni? Es war zu Ostern. Also vor vier Jahren und zwei oder drei Monaten, hängt davon ab, wann damals Ostern war, ich erinnere mich nicht mehr.«

»Und später? In letzter Zeit?«

»Weder später noch in letzter Zeit. Herr Dominik mied mich und ich ihn, also fiel es uns leicht, keinen Kontakt miteinander zu haben.«

»Aber früher war das eine recht enge Bekanntschaft?«

Die Ohren meiner Verwandten wurden immer länger. Ich überlegte, ob ich alles in ihrer Gegenwart offen legen oder mein Gesicht wenigstens zum Teil wahren sollte. Ich traf keine endgültige Entscheidung und schwankte am Rande der gemäßigten Wahrheit.

»Ja. Eng. Nah an einer Lebensgemeinschaft.«

»Und Sie haben die Beziehung vor vier Jahren plötzlich beendet, ausgerechnet zu Ostern?«

»Darüber könnte ich Ihnen viel erzählen, wissen Sie, nur hatte Ostern nichts damit zu tun. Ich wurde nicht von religiösen Gründen geleitet. Irgendwann, nach sieben gemeinsamen Jahren, waren wir beide zu dem Schluss gekommen, dass eine Fortführung unserer Beziehung keinen Sinn hatte, und wir trennten uns endgültig. Er für sich, ich für mich. Das war's dann.«

»Aber Sie können uns doch bestimmt etwas über Dominik erzählen?«

»Sehr viel, dessen kann ich Sie versichern. Aber Sie können beruhigt sein, kein Wort wird über meine Lippen kommen. Man ist ja doch einem gewissen Anstand verpflichtet, auch wenn man weiblichen Geschlechts ist. Ich wurde im Geiste der Ritterlichkeit und anderem solchen Blödsinn erzogen, daher habe ich jede Erinnerung an ihn verloren, ich weiß nichts mehr. Fragen Sie doch Herrn Dominik selbst.«

»Das ist eben gar nicht so einfach«, seufzte der Major. »Geisterbeschwörungen erfreuen sich bei der Polizei keiner zu großen Beliebtheit.«

»Wie?«

»Geisterbeschwörungen, sagte ich, werden von uns kaum jemals angewandt.«

»Ich glaube, ich verstehe nicht«, sagte ich ehrlich irritiert. »Wollen Sie damit sagen, dass Dominik sich im Jenseits befindet? Ist er etwa tot?«

»Genau das wollte ich sagen. Herr Dominik ist tot.«

Diese Nachricht traf mich wie ein Blitzschlag. Der Tod passte zu Dominik wie die Faust aufs Auge, er war immer kerngesund gewesen, in steter Sorge um sich, immerzu auf eine vernünftige Lebensweise bedacht, ohne dabei hypochondrisch zu sein, und hatte auf seinen Organismus wie auf das empfindlichste Chronometer gehört, er schien unzerstörbar. Und jetzt sollte er seines Lebens beraubt worden sein?

»Unmöglich«, sagte ich entgeistert. »Warum? Was ist mit ihm passiert?! Sind Sie sicher, dass er tot ist? Ich fasse es nicht.«

»Daran ist leider nicht zu rütteln. Herr Dominik ist tot.«

»Ich fasse es immer noch nicht. Wie, zum Teufel, konnte das passieren? Zu meiner Zeit erfreute er sich bester Gesundheit, er ist immer vorsichtig gefahren, hat nichts Riskantes unternommen. Woran ist er denn gestorben?«

»Er wurde ermordet. In seinem Anwesen in Waldruhe, genau zu dem Zeitpunkt, als Sie sich dort in der Nähe befanden.«

Ich wurde nervös, aber es war keine besonders ehrenvolle Nervosität, mit Ärger durchsetzt und ohne Verzweiflung, dazu noch hochgeschaukelt von sensationslüsterner Neugier. Der musste wahnsinnig geworden sein, vor allem und jedem abgesichert, einen Tornado eingerechnet, ein Genie des Vorausblicks, und er hat sich umlegen lassen? Das konnte nur ein Kanonenschuss gewesen sein, ein weit reichendes Geschütz, vielleicht eine Fliegerbombe? Da musste er jemanden über alle Maßen geärgert haben!

»Ich war in keiner Waldruhe und weiß überhaupt nicht, wo das ist«, protestierte ich leicht geistesabwesend, mit eigenen Gedanken beschäftigt. »Ich würde zu gern wissen, wer ihn um die Ecke gebracht hat und wie?«

»Meiner Meinung nach wäre es das Beste, wenn du es gleich zugibst«, riet mir die Großtante mit warnendem Unterton. »Außerdem glaube ich, dass du mildernde Umstände bekommst, wenn du Reue zeigst.«

»Hast du denn diesen Herrn wirklich umgebracht, mein liebes Kind?«, fragte Onkel Filip besorgt.

»Wenn die Herrschaften schon so direkt fragen, möchte ich doch gerne eine Antwort bekommen«, schloss der Major sich ihnen an. »Haben Sie Dominik Dominik getötet? Vieles deutet jedenfalls darauf hin.«

Die waren doch alle verrückt geworden.

»Wie hätte ich ihn denn umbringen sollen?« Ich wurde wütend. »Mit einer Pistole? Aus großer Entfernung, mit einem Teleobjektiv? Nein, entschuldigen Sie, wie heißt das Ding schnell wieder? Mit einem optischen Zielgerät, nein, der Name ist anders ... Und wozu?«

»Das weiß ich nicht. Das Ziel des Mordes beziehungsweise dessen Motiv sollten, wenn, dann Sie kennen. Nicht wir.«

»Ich kenne es aber nicht. Unsinn. Denken Sie, ich hätte nichts anderes zu tun, als Dominik umzubringen, ja? Wie kommen Sie bloß auf diese blödsinnige Idee?«

»Woher wissen Sie, dass er mit dem Schuss aus einer Feuerwaffe getötet wurde?«

»Ich weiß das von nirgendwoher, ich kann mir nur nichts anderes vorstellen. Mit einem Messer und aus der Nähe ist ausgeschlossen, er beherrschte einige Kampfsportarten. Gift kommt auch nicht in Frage, er trank und aß nur eigene Sachen, von fremder Hand hätte er nichts genommen, wie ein dressierter Hund. Ihm irgendetwas auf den Kopf zu schlagen auch nicht, der hatte eine Reaktion wie ein Wiesel. Daher kommt nur eine Schusswaffe in Frage, und das aus großer Entfernung, alles andere hätte er zu verhindern gewusst.«

»Können Sie schießen?«

»Schießen an sich schon. Aber die Dinger auseinander nehmen, laden, zusammenlegen, sauber machen, das nicht. Das ist so, wie mit einem Auto, du fährst, und um den Service kümmert sich die Werkstatt.«

»Und haben Sie es denn nie versucht?«

»Nein. Das heißt doch, einmal habe ich versucht, das Gewehr zu laden, und einmal, dieses Ding mit den Patronen rauszuziehen, aus einer Pistole.«

»Nicht aus einem Revolver?«

»Nein, ein Revolver hat eine Trommel, und eine Pistole ist flach, das weiß doch jedes Kind. Die Offiziere des Zars haben immer diese Trommel gedreht, wenn sie russisches Roulette spielten, und im Film tragen alle Cowboys Revolver, soweit ich mich erinnere. Ich weiß nicht, wer wann die Pistole erfunden hat mit dem ... ja genau, mit dem Magazin! Das Ding heißt Magazin. Ich hab's versucht, aber das geht alles sehr schwer, und ich habe nicht genug Kraft in den Fingern, also ist es bei dem einen Versuch geblieben.«

»Woher hatten Sie die Waffe?«

»Geklaut jedenfalls hatte ich sie nicht, sie wurde mir in die Hand gedrückt.«

»Von wem?«

Tja, da konnte ich nicht lügen, ich musste die Wahrheit sagen, denn die Angelegenheit war nachprüfbar.

»Von Dominik«, gab ich unwillig zu.

»Wann?«

»Was weiß ich. Ist lange her. Moment mal, lassen Sie mich nachdenken ... vor gut neun Jahren.«

»Wo?«

»Was wo?«

»Wo fand das statt?«

»Irgendwo in den Wäldern von Tuchola, auf einer Lichtung, zu der ich nie im Leben wieder hinfinden würde. Da stand irgendetwas, ein Schuppen oder eine Scheune, und auf diese Scheune habe ich geschossen.«

»Und wo hatte Herr Dominik die Waffe her?«

»Aus dem Auto. Der hatte ein ganzes Arsenal.«

Alle guckten mich nun äußerst gespannt an.

»Und was war da alles im Auto gewesen?«, fragte der Major.

»Nun, darüber kann ich Ihnen wohl keine genaue Auskunft geben«, erklärte ich ihm höflich. »Verschiedene Dinge. Die Doppelflinte erkannte ich an den zwei Läufen, an den Rest erinnere ich mich nicht mehr, es hat mich damals auch nicht weiter interessiert.«

»Aber Sie können lange von kurzen Waffen unterscheiden?«

»Wenn der Unterschied deutlich ist, dann ja. Aber in Filmen kann man auch manchmal etwas dazwischen sehen, weder lang noch kurz, und dann komme ich durcheinander.«

»Und welche hatte er benutzt?«

»Eher lange als kurze, zusammen waren es wohl sechs Stück. Aber auch wenn Sie mir die Dinger auf einem Foto oder in natura zeigen würden, wäre ich mir nicht sicher. Jedenfalls hat er damit geschossen.«

»Hatte er einen Waffenschein?«

»Er behauptete, er habe einen gehabt. Und ich denke, dass er die Wahrheit gesagt hat, denn wenn er ihn nicht gehabt hätte, hätte er das ganze Zeugs nicht im Auto mitgenommen und einer Frau gezeigt. Er hat immer darauf geachtet, bei nichts Illegalem erwischt zu werden.«

»Und wie oft haben Sie später noch mit seinen Waffen geschossen?«

»Kein einziges Mal. Nie wieder.«

»Und womit haben Sie dann geschossen?«

»Mit gar nichts. Das heißt, doch, an Schießbuden auf dem Rummel. Aber nur selten.«

»Woher wissen Sie dann, dass Sie schießen können?«

»Wenn ich das, was ich treffen wollte, getroffen habe, dann kann ich es wohl, oder? Die Astlöcher in der Scheunenwand, die ich mir ausgeguckt hatte, und die Rosen oder Nelken an Schießständen auf dem Rummel. Ich treffe immer, das hat mir den größten Respekt bei meinem Sohn verschafft.«

»Besaß Herr Dominik dieses Arsenal, wie Sie sagen, bis zum Ende seines Lebens? Hat er es nicht verkauft?«

»Woher soll ich das denn wissen? Er hat es bestimmt nicht in einem See versenkt, das ist sicher. Ich habe die Waffen später jedenfalls nicht mehr gesehen. Und er hat nichts zu dem Thema erzählt.«

Der Major hörte endlich mit den Schusswaffen auf und ging zu einer anderen Frage über, zumindest kam es mir so vor.

»Wann waren Sie zum letzten Mal im Arbeitszimmer des Toten?«

Mit dieser Frage hatte er mich ein wenig überrumpelt, und einen Moment lang wusste ich nicht, was ich sagen sollte.

»Einen Moment mal, bringen Sie mich nicht durcheinander. Wenn ich Sie richtig verstehe, reden Sie gerade von Dominik. Und was meinen Sie mit Arbeitszimmer?«

»Seines. Das in seinem Haus. Sein persönliches Arbeitszimmer.«

»Ich verstehe immer noch nicht, worum es geht. So etwas hatte er nicht.«

»Ach nein?«

»Nein. Er hatte zwei Zimmer mit Küche, ein Schlafzimmer und ein Wohnzimmer. Es gab dort kein Arbeitszimmer.«

»Ich glaube, wir sprechen von zwei verschiedenen Gebäuden. Wo befanden sich diese beiden Zimmer? Unter welcher Adresse?«

»Aleja Niepodległości hundertachtzehn, Wohnung Nummer … Mist, ich kann mich nicht an die Wohnungsnummer erinnern. Es war jedenfalls im dritten Stock.«

»Und war das seine einzige Wohnung?«

»Falls er eine zweite gehabt haben sollte, dann wusste ich nichts davon«, entgegnete ich nach einem Moment des Schweigens mit einer Stimme, die deutlich auf meine Verwandtschaft mit der Großtante schließen ließ. Was die Hölzernheit anging, kam ich fast an sie heran.

»Und inzwischen wissen Sie auch nichts davon?«

Ich änderte meinen Ton nicht. Das Holz darin begann zu knarren.

»Schwer zu sagen. Nachdem wir uns getrennt hatten, drangen irgendwelche Gerüchte an mein Ohr, dass er mehrere Wohnorte hätte, aber ich interessierte mich nicht mehr dafür. Er hätte hundert Paläste haben können, das hätte mir nicht einmal ein Gähnen entlockt.«

Ich schien nicht besonders überzeugend zu wirken, denn der Major ließ nicht locker.

»Warum haben Sie den Brief an ihn dann an eine völlig andere Adresse geschickt?«

»Was für einen Brief?«

»Nun, einen Brief eben. Einen ganz normalen Brief. Gerichtet an die Adresse Rosenstraße drei, Wohnung Nummer sechzehn. Bitte, das ist doch ein Brief von Ihnen?«

Er nahm einen ziemlich malträtierten Umschlag aus der Tasche, deutete auf die handgeschriebene Adresse, zog ein Blatt Papier heraus und hielt es mir unter die Nase. Ich musste ihn mir nicht lange ansehen, ich erkannte diesen Brief.

Er war recht kurz. Er umfasste neun Wörter:

»Ich habe es mir überlegt. Ich will nicht mehr.«

Tatsächlich, ich wollte nicht mehr. Ich hatte Abstand gewonnen nach dem letzten Gespräch, nach den Vorwürfen und

Vorhaltungen, Unwille hatte mich erfasst. Wozu, verdammt noch mal, sollte ich mit diesem Baumstumpf reden, dieser Grabplatte erklären, dass sie kalt und unbeweglich war! Und was sollte diese unglückselige Platte auch dagegen tun?

Die letzte Anweisung Dominiks, die er an mich richtete, während er die Treppe runterstieg, lautete:

»Überleg es dir, und gib mir Bescheid.«

Also hatte ich ihm mit diesem Brief Bescheid gegeben, hatte ihm mitgeteilt, dass ich ihn nicht mehr sehen wollte, nichts wieder gutmachen wollte, nichts erklären, mich nicht mehr bemühen und anstrengen, ich wollte ihm nicht einmal eine Szene machen. Die Faszination war vorbei, die Bewunderung dahin, ich hatte genug von diesem Glück, das mich sieben Jahre lang bedrückte.

Sogar dieses Schießen im Wald damals hatte er nur veranstaltet, um mir seine Überlegenheit zu demonstrieren. Um zu beweisen, dass ich nichts konnte, er dagegen alles, und dass er vorbehaltlose Bewunderung verdiente. Fast hätte ihn der Schlag getroffen, als ich mit vier Schüssen vier Astlöcher aus dem Scheunentor geschossen hatte und dann auch noch mehrere Male auf der großen Schießscheibe, die er dort an einem Nagel aufgehängt hatte, ins Schwarze traf. Er war wütend und kritisierte mich, weil ich keine Ahnung von Waffen hatte, und ich Idiotin hatte in meinem Stolz über die erbrachte Leistung Lob erwartet!

Er hatte mich ständig unter der Knute und ich sah darin Fürsorglichkeit. Er trampelte auf mir herum, hatte an allem, was ich tat, etwas auszusetzen – angeblich zu meinem Besten. Mit seinen ständigen Lügen beleidigte er mich, er verbarg die Wahrheit über sich selbst – was nicht verwundern sollte – und auch über sein Vermögen, was die allergrößte Beleidigung war. Dachte er etwa, ich wäre wegen des Geldes hinter ihm her? Und tatsächlich, immer wieder gab er mir zu verstehen, dass Frauen habgierig und raffsüchtig seien.

Ich war wirklich davon überzeugt, dass er in diesen beiden Zimmern mit Küche wohnte und seinen Volvo von den Honoraren, die er für seine Fotos bekam, gekauft hatte. Er machte sehr gute Fotos, und ich glaubte ihm, dass es seine einzige Beschäftigung und Einkommensquelle sei. Ich bewunderte seinen Edelmut, seine Großzügigkeit und sein gutes Herz, die ihn dazu veranlassten, sein Hab und Gut mit verschiedenen heruntergekommenen Wesen zu teilen, die er aus der Gosse gerettet hatte. Die meisten dieser Wesen waren weiblichen Geschlechts, aber das wollte gar nichts heißen, denn er erlaubte ihnen danach, ihn zu vergöttern, ohne dass er irgendwelche eigennützigen Interessen dabei verfolgte, soviel ich wusste.

Es war mir nie in den Sinn gekommen, dass er diese Wesen zu irgendetwas Speziellem brauchte, und ich hatte nicht die geringste Ahnung, womit er sich in Wirklichkeit beschäftigte. Nach vier Jahren begann ich etwas zu ahnen, aber ich misstraute mir, weil ich ja dumm war und alles falsch beurteilte, da ich an diese Höhen nicht heranreichte, unfähig, einen so himmelhohen Edelmut zu empfinden. Schließlich aber kam es ans Licht, und da rebellierte ich.

Fast alle jener aus der Gosse geretteten Wesen arbeiteten für ihn als eine Art Zuträger. Er besorgte ihnen Stellungen oder brachte sie dazu, irgendwelche Bekanntschaften zu machen, und dann rannte das eine oder andere Mädchen direkt aus dem Bett ihres Verehrers zu Dominik, um ihm alle Geheimnisse zu verraten, die ihm im Sinnesrausch anvertraut worden waren. Sie stahlen Dokumente und Fotos. Sie machten Abschriften. Sie taten, was sie nur konnten, immer in der Hoffnung, dass sie ihn auf diese Weise endlich für sich gewinnen würden, dass der Angebetete sie mit seiner Gunst erfreute. Reinste Sklavinnen, noch dümmer als ich.

Mit den Jungs sah es schlechter aus, denn Männerliebe kam für ihn nicht in Frage, also musste er für den einen oder anderen zum Idol werden, zu einer absoluten Autorität, und ihn dabei in der Hand haben, indem er alles über die Schwächen des Betreffenden in Erfahrung brachte.

»Wissen ist Macht«, sagte er einmal zu mir.

Er liebte die Macht. Die verborgene, hinterlistige, um Gottes willen keine offene. Und das Geld, weil Geld die Macht festigte.

Er erpresste niemanden auf einfache und direkte Weise, er erpresste perfide. Er nahm kein Geld, im Gegenteil, er zahlte selbst bereitwillig, mit Verachtung und einem Mitleid, das den anderen beleidigte. Er simulierte Großzügigkeit und Generosität und im Gegenzug verlangte er Gefälligkeiten. Er hatte ein riesiges Einkommen aus geheimnisvollen Geschäften, Anteilen, Gesellschaften, Einlagen, Krediten und weiß der Teufel was noch. Nachdem er bereits in seinen Jugendjahren mit seinen Tricks angefangen hatte, hatte er die ganzen ehemaligen Parteibonzen an der Kandare. Das hing auch damit zusammen, dass er seinen Onkel beerbt hatte, den er insgeheim verehrte, nach außen hin aber verdammte. Dieser Onkel war ein ausgesprochener Mistkerl. Ich hatte herausbekommen, dass er kurz vor der Wende irgendwelche äußerst geheimen Partei- und Staatssicherheitsdokumente an sich gebracht hatte, die offiziell verbrannt worden waren. Er war nie ins Kittchen gekommen, trotz zahlreicher Betrügereien und Verbrechen, ich glaube, dass da Drogen, Fälschungen und Schmuggel im Spiel waren. Er verschwand aus Polen und ließ sich umtaufen, und so wurde aus Jan Dominik ein gewisser Dominic Yan.

Dominik machte dort weiter, wo sein Onkel aufgehört hatte. Die neuen Kapitalisten stellten sich quasi selbst bloß, beinahe freiwillig, munter und ohne nachzudenken. Dabei ging er so diplomatisch und mit solchem Feingefühl vor, dass ihm jeder liebend gerne entgegenkam und ihm seine Geschäfte erleichterte, statt sich dem Bekanntwerden von Details aus dem eigenen Intimleben auszusetzen.

Später wurde mir noch Schlimmeres bewusst, jedenfalls fand ich es noch schlimmer. Dominik schrieb sich fremde Leistungen und fremde Verdienste zu. Er gab zu verstehen, dass er ein Genie wäre auf dem Gebiet der Mechanik und der größte Fotograf aller Zeiten, aber irgendwann kam zufällig heraus, dass er nichts davon selbst vollbrachte und er sogar die Ideen anderer Leute als seine eigenen ausgab. Auch das fiel mir schwer zu glauben, doch schließlich konnte ich lesen und bekam als Korrektorin die verschiedensten Texte auf den Tisch. Und als sich plötzlich herausstellte, dass etwas, was noch nicht im Druck erschienen war und vorher auf meinem Schreibtisch gelegen hatte, Dominiks Werk sein sollte …

Unter all dem litt meine Liebe zu ihm, und der Glanz, der ihn umgab, verlor sich. Er hatte mich wohl noch nicht aufgegeben und schien nicht glauben zu können, dass ich auf ihn verzichten konnte, obwohl auch er mir gegenüber erkaltet war. Er hatte aufgehört, Rücksicht auf mich zu nehmen, er machte, was er wollte, und gab mir deutlich zu verstehen, dass ich meine Rolle als eine Art Fußabstreifer akzeptieren sollte, weil ich ihn sonst ganz verlieren würde.

Sicher machte ich ihm Vorwürfe, möglichst feinfühlig, um ihn nicht aufzuregen, sicher protestierte ich gegen das Getretenwerden, sicher versuchte ich, ihn auf den Boden zurückzuholen, weil er nicht nur als wunderbare Person, sondern auch noch als die Quintessenz des Edelmuts, der Uneigennützigkeit, übermenschlichen Weisheit und jedweder Herrlichkeit gelten wollte. Ich sollte die Schlechtere sein, tausendmal dümmer, erbärmlich in Charakter und Geist, unverantwortlich und kompromittierend. Fremde Menschen sollten ihn ruhig für einen abscheulichen Aufschneider halten, ich nicht, weil ich wollte, dass er mich liebte. Genauso gut und mit gleichem Erfolg hätte ich mir wünschen können, dass mich beispielsweise Napoleon aus seinem Grab heraus liebt.

Sieben Jahre verlor ich in dem Versuch, seine Wünsche zu erraten und sie unter größter Anstrengung zu erfüllen, ohne positive Ergebnisse, immer noch fasziniert, vertrauensselig und verblödet.

Meinen Verstand gewann ich erst nach der Trennung zur Gänze wieder, dieser furchtbare Ballast fiel von mir ab, und erst da begriff ich, wie riesig er gewesen war. Es war eine himmlische Erleichterung, und ich war nicht die Spur unglücklich. Übrig blieb ein übler Nachgeschmack, ein Ekel mir selbst gegenüber und Groll gegen die eigene Dummheit.

Der Major wiederholte seine Frage nach der Adresse. Ich vermutete zumindest, dass er sie schon einmal gestellt hatte, da ich für etwa vier Sekunden die Welt und meine Familie aus dem Sinn verloren hatte. Bitte sehr, darüber konnte ich ihn aufklären.

»Ich habe keine Ahnung, was da war, in dieser Rosenstraße drei, aber Herr Dominik verwendete sie als Korrespondenzadresse. Aus Gründen, die er mir nicht erklärt hatte, wünschte er, dass alle Schreiben an ihn dorthin geschickt werden. Ich dachte damals, dass sie dort irgendein Mitarbeiter en gros abholte und ihm irgendwohin lieferte, weil er oft verreist war. Oder dass er nicht wollte, dass sie im Briefkasten liegen bleiben, damit keiner mitbekam, dass er weggefahren war.«

»Und was denken Sie jetzt?«

»Nichts. Es geht mich nichts mehr an. Kann sein, dass ich Recht hatte, ich weiß es nicht.«

»Sind Sie nie dort gewesen?«

Ich sah ihn erstaunt an.

»Wozu sollte ich das denn?«

»Um es nachzuprüfen, natürlich. Übrigens, ist Ihnen Michalina Kołek bekannt?«

Über Michalina Kołek wusste ich ziemlich viel, aber von

einer Bekanntschaft konnte man kaum sprechen. Eine vollkommen entfesselte Verehrerin von Dominik, die mir als Vorbild dafür hingestellt wurde, welchen Nutzen man von einer Frau haben konnte. Möglich, dass ich in ihr eine Rivalin hätte sehen sollen und seiner Meinung nach versuchen sollte, sie zu übertrumpfen.

»Kaum. Ich weiß, dass es sie gibt, und ich habe sie wohl zwei oder drei Mal gesehen, aber ich habe nie mit ihr gesprochen.«

»Und woher wissen Sie das?«

»Moment mal. Woher weiß ich was?«

»Dass es sie gibt. Und wenn Sie sie schon gesehen haben, können Sie sie vielleicht auch beschreiben.«

»Von ihrer Existenz weiß ich durch Herrn Dominik. Ich hatte sie in seiner Gesellschaft gesehen und habe gefragt, was das denn für ein schweres Geschütz sei. Er hat mir ihren Namen gesagt und damit hatte sich die Sache. Falls er gelogen hat, übernehme ich keine Verantwortung dafür und wünsche nicht, damit belastet zu werden.«

»Aber woher denn! Wissen Sie vielleicht, wo Frau Kołek gewohnt hat?«

»Ich habe nicht die geringste Ahnung.«

»Und wo sie jetzt wohnt?«

»Weiß ich auch nicht.«

»Und möchten Sie das wissen?«

Ich wunderte mich noch mehr.

»Warum sollte ich das wissen wollen? Was geht es mich an, wo Frau Kołek wohnt! Ob sie in einer Hütte am Waldrand oder einem Königsschloss wohnt, geht mich nichts an. Ich werde sicher auch ohne diese Information leben können.«

»Ich werde es Ihnen dennoch sagen. Mittlerweile wohnt sie in Dolinka Służewiecka, aber früher wohnte sie in der Rosenstraße drei, Wohnung Nummer sechzehn.«

»Na und?«, sagte ich, bevor die Bedeutung dieser Worte

zu mir durchdrang. »Soll ich sie etwa besuchen? Das habe ich nicht vor.«

»Vielleicht solltest du?«, brummte Tante Iza. »Dein Beileid aussprechen.«

»Hab ich auch nicht vor.«

Der Major ertrug all das geduldig, aber er ließ sich nicht die Initiative nehmen.

»Sie sagen nichts dazu? Zu dieser Adresse?«

Ich zuckte die Achseln als Zusammenfassung meiner Haltung zu der ganzen Sache.

»Es sieht so aus, als ob Frau Kołek schon vor langer Zeit Herrn Dominik restlos für sich eingenommen hätte. Oder umgekehrt. Vielleicht sollten Sie ihr all diese Fragen stellen und nicht mir?«

Der Major gab keine Antwort auf diese gut gemeinte Anregung, dafür mischte sich nun die Großtante ein.

»Ich habe den Eindruck, dass sich das Gespräch etwas in die Länge zieht«, sagte sie tadelnd. »Wir haben zwar Abendbrot gegessen, aber ich glaube, es wäre an der Zeit, einige Getränke zu reichen. Wenn die Schuld meiner Großnichte noch nicht voll bewiesen wurde und noch Zweifel daran bestehen, sollten die Herren vielleicht ein wenig Taktgefühl zeigen und so gut sein, gemeinsam mit uns etwas zu trinken. Olga wird etwas vorbereiten.«

Tante Olga wurde vom Tisch gescheucht, obwohl ihr Unwille beinahe greifbar war. Der Major gab der Großtante nach, weil selbst der Tisch ihr nachgegeben hätte, und bat bescheiden um eine Tasse Tee. Der Wachtmeister folgte seinem Beispiel. Dann kam er wieder auf das Thema zurück.

»Soweit Sie das mitbekommen haben – wie war das Verhältnis von Herrn Dominik zu Frau Kołek?«

Langsam ging mir diese idiotische Michalina auf die Nerven, und ich seufzte.

»Ich habe keine Ahnung. Es wäre alles möglich. Damals

hatte ich den Eindruck, dass er sie für eine Art treue Dienerin hielt, aber vielleicht habe ich mich auch geirrt. Wollen Sie mich nicht vielleicht nach etwas fragen, was mich persönlich betrifft und worüber ich Bescheid weiß? Ich antworte Ihnen gern.«

»Bitte sehr«, der Major war einverstanden. »In Władysławowo konnten Sie und Ihre Freundin die Alarmanlage des Autos nicht ausschalten und jemand hat Ihnen geholfen. Wissen Sie vielleicht, wer das war?«

»Zufälligerweise weiß ich es«, sagte ich und wurde plötzlich unsicher. Der Typ hätte mir doch irgendetwas vorlügen können, seine Papiere habe ich doch nicht gesehen, was wusste ich überhaupt? Nichts. Aber nein, von Ewa Darko hatte er wie ein echter Sohn gesprochen. »Das heißt, ich weiß nur das, was er gesagt hat, er hat sich als Łukasz Darko vorgestellt, Sohn dieser genialen Innenarchitektin. Ich denke, dass er die Wahrheit gesagt hat. Er arbeitet als Taxifahrer.«

»Als Taxifahrer? Er war sozusagen dienstlich dort?«

»Ich glaube ja, er hat jedenfalls auf einen Kunden gewartet. Und der kam dann auch.«

»Haben Sie den Kunden gesehen?«

»Habe ich. Soweit man das in der Dunkelheit und aus einer Entfernung von etwa fünfzehn Metern kann. Irgendein menschliches Wesen in Hosen war schemenhaft neben seinem Auto zu sehen und stieg ein. Es wird demnach wohl der Kunde gewesen sein, oder?«

»Ein Mann?«

»Dazu kann ich nichts sagen. Heutzutage tragen ja auch Frauen Hosen.«

»Und so, wie ich das verstehe, haben Sie sich mit diesem Darko unterhalten?«

»Ja. Auf der Veranda von Eleonoras Haus. Der Motor meines Autos lief, und wir haben aufgepasst, dass keiner die Gelegenheit nutzt und sich mit dem Auto davonmacht. So etwa eine halbe Stunde lang, höchstens vierzig Minuten. Dann tauchte der Kunde auf, und das gesellige Beisammensein hatte ein Ende.«

»Das heißt, dass dieser Łukasz Darko etwa um dreiundzwanzig Uhr dreißig weggefahren ist. Und wann war er gekommen? Kam das vielleicht auch zur Sprache?«

»Nein. Ich denke allerdings, dass er nicht schon am Morgen gekommen war, denn kein Mensch hätte es ausgehalten, nicht zu erzählen, dass er einen ganzen Tag warten musste. Wir haben uns über unsere Vorlieben unterhalten, über Autos ... Nichts Konkretes.«

»Verstehe.«

Plötzlich gab es einen ohrenbetäubenden Knall. Er kam aus der Küche, wo Tante Olga gerade zugange war. Zusammen mit dem Gepolter hörten wir ihren Schrei. Ich wollte aufspringen, doch der steinerne Blick der Großtante hielt mich zurück. Wir saßen alle bewegungslos am Tisch, in der Küche klirrte etwas, und es schien, als ob die Tante die Katastrophe meistern würde, doch ihr nächster Schrei ließ uns in die Höhe schnellen. Er war voller Todesgrauen.

Innerhalb von Sekunden fand sich die ganze Mannschaft in der Küche wieder, mit Ausnahme der Großtante. Sie stolzierte einen Moment später majestätisch hinzu.

Tante Olga stand neben der Spüle über den Resten des ruinierten, reich bestückten Tabletts, in einer Pfütze aus den unterschiedlichsten Getränken, und hielt mit Abscheu meinen riesigen Fußbodenlappen zwischen den Fingern, den ich aus einem alten Frottébadetuch gemacht hatte. Der Lappen war cremefarben und auf ihm waren in Hülle und Fülle Furcht einflößende rote Flecken zu sehen.

Genau. Meine Fingerkuppe, die ich mir fast mit dem Hackmesser abgeschnitten hatte. Ich hatte das ganze Blut weggewischt, aber den Lappen, der offenbar auch eine ganze Menge abbekommen hatte, hatte ich vergessen. Zum Aufwischen hatte ich ihn jedenfalls nicht benutzt, dafür hatte ich eine ganze Rolle Papiertücher verbraucht, die ich für alles verwendete. Ich benutzte den Lappen nach Möglichkeit nicht, weil man ihn auswaschen musste. Jedenfalls waren die Papiertücher im Moment ausgegangen, weil ich vergessen hatte, den Vorrat aufzufüllen. Die Tante musste also nach dem Lappen greifen, den es in jedem Haushalt gab, und der in der Regel unter der Spüle untergebracht war.

In der Küche herrschte entsetztes Schweigen.

»Hast du ihn mit einem Messer umgebracht?«, fragte Tante Iza plötzlich mit großem Interesse.

Ich ging los, um Tante Olga den Lappen aus der Hand zu nehmen, aber der Major kam mir zuvor. Er latschte in die Scherben, nahm ihn ihr selbst ab und dann drehte er sich zu mir um.

»Es tut mir Leid, meine Dame, aber ich fürchte, ich muss ihn mitnehmen und analysieren lassen.«

»Nehmen Sie ihn ruhig mit«, erklärte ich resigniert, aber plötzlich wachte ein Hoffnungsschimmer in mir auf. »Geben Sie ihn mir gewaschen wieder zurück?«

Der Wachtmeister, der fast die ganze Zeit geschwiegen hatte, zog rasch einen zusammengelegten durchsichtigen Plastikbeutel aus seiner Tasche, faltete ihn auseinander, hielt ihn dem Major hin und dieser warf den Lappen hinein. Dann trat der Major wieder aus dem Scherbenhaufen.

»Das wird von dem Ergebnis unserer Untersuchung abhängen. Es besteht leider die Möglichkeit, dass wir Ihnen diesen Gegenstand nicht mehr zurückgeben können.«

»Ach was! Es sei denn, dass Sie ihn verlieren. Ich habe Blutgruppe AB rh positiv. Ich habe vergessen, welche Dominik hatte, aber ich weiß, dass es etwas anderes war, also könnt ihr den Lappen untersuchen, so lange ihr wollt. Darf ich jetzt hier aufräumen?«

Wieder keimte in mir die Hoffnung auf, dass er es verbieten würde und dass das Aufräumen den Tanten und Onkeln überlassen bliebe, aber leider war er einverstanden. Ich hob das Tablett auf, dem nichts passiert war, und bereitete noch einmal Getränke für alle vor. Sie warteten mittlerweile im Wohnzimmer.

Als ich das frisch bestückte Tablett hineinbrachte, war eine höfliche Konversation im Gange, deren Hauptthema ich war. Die Großtante erklärte mit Würde ihre Bereitschaft, meinen Rechtsanwalt zu bezahlen. Onkel Filip versicherte, ich sei früher ein gutes und braves Mädchen gewesen, und Tante Iza fragte unablässig, wie das Verbrechen denn nun begangen worden sei und wo man meine Fingerabdrücke gefunden habe. Der Major erteilte allen bereitwillig Auskunft und tat dies überaus diplomatisch.

Bei dieser Gelegenheit erfuhr ich, dass Dominik tatsächlich mit seiner eigenen Waffe erschossen worden war, und das nicht aus riesiger Entfernung, sondern aus nächster Nähe. Interessant. Wie um alles in der Welt war das vor sich gegangen? Mit einer Doppelflinte, einem Brennecke-Gewehr, das man auf der Wildschweinjagd benutzt, wobei die Doppelflinte abgesägt war. Das berührte mich nicht im Geringsten, regte dafür aber Onkel Ignacy ganz schön auf, der starrsinnig darauf beharrte, dass ein kürzerer Lauf die Zielsicherheit verringere. Sollte er sie doch verringern, was ging mich das alles an? Mich interessierten solche technischen Fragen, die mir vollkommen fremd waren, überhaupt nicht. Dafür erinnerte ich mich ausgezeichnet daran, dass Dominik sich oft damit gebrüstet hatte, die verschiedensten Dinge auf die seltsamste Art verbessert und umgearbeitet zu haben. Ich zögerte, ob ich meine Vermutung zur Sprache bringen sollte, dass er diese Verbesserungen gar nicht selbst vorgenommen hatte, sondern dass es jemanden gab, eine geheimnisvolle Gestalt, die das alles für ihn erledigte. Und deren Leistungen er als die eigenen ausgab.

Möglich, dass ich in meiner Aufgeregtheit über den Mord und meiner Wut auf Dominik meine Meinung dazu kundgetan hätte, die für ihn zweifellos beleidigend war, wenn das Handy des Majors nicht gerade in dem Moment gepiept hätte und das Verhör von einem auf den anderen Moment beendete. Ich erfuhr nur noch, dass ich die Stadt nicht verlassen und meine Adresse nicht ohne Genehmigung der Behörden ändern dürfe. Dann waren die beiden Vertreter einer dieser Behörden verschwunden, als ob sie nie da gewesen wären.

Lange Zeit sagte keiner etwas.

»Wenn man es recht bedenkt, ist das sehr interessant«, sagte Tante Iza, wobei sie zur Tür blickte. »Warum haben sie sie nicht gleich ins Gefängnis mitgenommen?«

»In Untersuchungshaft«, verbesserte sie Onkel Ignacy.

»Solidarität in der Familie ist Pflicht«, bemerkte die Großtante, als spräche sie ein Todesurteil.

»Ich bin nicht daran gewöhnt …«, begann Tante Olga mit blutroten Backen.

»Weil bei uns die Untersuchungsgefängnisse und die Haftanstalten überfüllt sind«, sagte ich gerade in diesem Augenblick. »Die Verdächtigen werden nicht einmal dann eingesperrt, wenn man sie einer Lüge überführt hat. Da ich allerdings kein höheres Amt bekleide, habe ich sowieso nichts zum Schwindeln.«

»Und Izalein«, sagte Onkel Filip zaghaft, »vielleicht hat sie ihn ja auch nicht umgebracht?«

Die Augen von Tante Iza blitzten. Sie warf ihrem Mann einen beinahe tödlichen Blick zu, was ich überhaupt nicht verstehen konnte …

Bieżan und Zabój wechselten auf dem Weg zum Powązki-Friedhof nur zwei Sätze.

»Die Welt ist schlecht«, sagte Bieżan.

»Wenn es gerade eben passiert ist, dann haben beide ein

Alibi«, stellte Wachtmeister Zabój mit offensichtlicher Unzufriedenheit fest.

Damit endete ihr Gespräch.

Am vierten Einfahrtstor wurden sie von einem Beamten erwartet, der sie zum richtigen Grab brachte. Dort stießen sie auf Robert Górski.

»Ich habe rein zufällig die Meldung gehört«, sagte Robert. »Im Funkwagen. Dieser Darko ist angeblich auf dem Weg von Mława hierher, und ich dachte, ich könnte ihn unterwegs abfangen, aber bei diesem Gerede von der Witwe bekam ich plötzlich eine Ahnung. Also bin ich auf alle Fälle ...«

Sie erreichten die betreffende Stelle, und Bieżan sah sich um.

Der Anblick war nicht einmal abstoßend, nur etwas düster. Zwischen zwei Gräbern lag ein großer Haufen schwarzen Stoffes, der ein menschliches Individuum verhüllte. Darauf ließen zumindest die Füße in Lackschuhen schließen, die an dem einen Ende hervorguckten. Damenfüße. So etwas passierte tagtäglich, eine verzweifelte Witwe wirft sich auf das Grab ihres verstorbenen Ehemanns und fällt vor Verzweiflung in Ohnmacht. Oder schlief ein. Das dachte jedenfalls im ersten Moment eine der Friedhofsgärtnerinnen, die gleich nebenan etwas aufräumte. Sie sah zuerst den schwarzen Stoffberg, und dann machte sie unter dem Stoffberg ein menschliches Wesen aus und wurde ärgerlich, dass ausgerechnet in ihrem Teil des Friedhofs irgendein Weib sich so in seine Trauer werfen musste. In der Überzeugung, die Frau sei eingeschlafen, versuchte sie sie zu wecken, zuerst durch Schreien und später durch Schütteln. Beim Schütteln kam die schreckliche Wahrheit heraus, außerdem konnte man nun das Blut am Hinterkopf sehen, also benachrichtigte die Gärtnerin vernünftigerweise sofort die entsprechenden Behörden.

Die entsprechenden Behörden gaben die Information weiter, und da hatte Robert sie dann gehört.

Als er eintraf, war der Arzt bereits da gewesen, der konnte sich also die schwarze Gestalt in Ruhe ansehen und erkannte in ihr ohne Mühe Michalina Kołek. Auch die Tatsache, dass man sie mit einem schweren und harten Gegenstand auf den Hinterkopf geschlagen hatte, unterlag nicht dem geringsten Zweifel.

Das Grab war das Familiengrab einer gewissen Familie Dominik. Zum ersten Mal fand dort im Jahre des Herrn 1927 jemand seine letzte Ruhestätte.

»Na, das war's wohl mit unserer Gästeliste«, sagte Bieżan ziemlich düster.

»Wir hätten sie gleich ausquetschen sollen.« Górski wurde nervös. »Was machen wir jetzt?«

»Was wir machen, ist nicht so wichtig. Die Frage ist vielmehr, wer sie um die Ecke gebracht hat. Es war keine von diesen Brants, das ist sicher.«

Górski begann gleich zu rechnen, um sicherzugehen.

»Sie ist vor unseren Augen in ein Taxi gestiegen und weggefahren, zum Friedhof, und ihr seid zur Kurzen Straße. Soweit ich verstanden habe, waren beide Izas die ganze Zeit über dort, also ist es wohl kaum möglich, dass eine von beiden für das hier verantwortlich ist. Abgesehen davon wird es bereits dunkel, da ist es ein echtes Wunder, dass die Gärtnerin sie noch heute gefunden hat und nicht erst morgen früh. Vielleicht hat sie was gesehen?«

»Wer?«

»Die Gärtnerin.«

Bieżan dachte die ganze Zeit über nach, und die Schlussfolgerungen stellten sich wie von selbst ein. Iza Brant hätte Dominik umbringen können, das ist wahr, aber auf keinen Fall Michalina Kołek. Ein zufälliges Zusammentreffen mit einem fremden Verbrecher, der auf dem Friedhof sein Unwesen trieb, käme auch in Betracht, aber solche Verbrecher überfallen einen meistens mit dem Ziel, etwas zu rauben. Und Michalina Kołek war nicht beraubt worden, nicht einmal die Handtasche hatte man ihr entrissen, die lag unter ihr. Also war das Motiv des Überfalls ein anderes, und da tauchte die Frage auf: Wem hatte die Frau gesagt, dass sie zu so später Stunde auf den Friedhof fahren würde?

»Wir haben sie gerade da, dann verhören wir sie doch gleich«, beantwortete er Roberts letzte Frage. »Was macht sie überhaupt noch hier? Diese Leute, diese Gärtner, arbeiten doch meistens vormittags, nicht abends.«

»Wollen wir sie hier verhören oder auf dem Revier?«

»Hier. Vielleicht wird sie uns irgendetwas zeigen müssen.«

Die Friedhofsgärtnerin war eine ganz normale Frau mittleren Alters, nicht ängstlich, nicht vorlaut und ganz verständig. Offenbar hatte sie nichts zu verbergen, weil sie alle Fragen ohne Zaudern und präzise beantwortete.

Doch, meistens beginne sie ihre Arbeit sehr früh, kurz nach Sonnenaufgang, aber es sei schon öfter vorgekommen, dass sich die Arbeit bis zum Abend hinziehe, wenn sie zum Beispiel durch die Begräbnisse gestört werde. Diesmal habe sie im Laufe des Tages eine Pause gemacht, weil ein Klempner zu ihr nach Hause kommen sollte. Aus dem Siphon unter der Spüle habe Wasser getropft. Der Klempner sei gekommen, habe seine Arbeit gemacht, und dann sei sie wieder zum Friedhof zurückgekehrt, wegen der Blumen. Sie habe nachgeprüft, ob sie sich nach dem gestrigen Einpflanzen erholt haben, habe noch ein paar dazugepflanzt und habe sich dann zwischen den Gräbern auf den Rückweg gemacht, weil der Weg kürzer sei. Na und da sei sie auf diese Frau in Trauerkleidung gestoßen. Sie habe sie doch nicht so liegen lassen können!

Bieżan fragte nach Friedhofsbesuchern. Nach allen, die sie gesehen und gehört habe.

»Abends kommen ja nur wenige Leute hierher. Es gibt welche, die bis zum Torschluss an den Gräbern sitzen, aber das sind nur wenige. Na ja, im Sommer sind es mehr. Früher am Tag sind hier einige Leute rumgelaufen.«

»Und später? Nach sieben?«

»Ich habe nicht auf die Uhr geguckt, aber zuletzt war hier ein Mann vorbeigekommen, als ich die Rosen gespritzt habe, wegen der Blattläuse, und der lief so schnell, als ob's brennen würde. Deshalb habe ich hingeguckt.«

»Ist er rein- oder rausgelaufen?«

»Der ist rausgelaufen, zum Eingangstor. Die anderen bemerke ich nicht einmal, aber so einer. Wie kann man bloß ...«

Sie wurde verlegen, aber Bieżan schaute sie fragend an, daher bemühte sie sich, ihre Gedanken in Worte zu fassen.

»Na ja, das ist schwer zu sagen, aber die Leute, die was klauen, Blumen oder Grabkerzen oder so etwas, die erkenne ich. Ich weiß nicht, wie, aber ich erkenne sie schon von weitem. Es war sonst kein Mensch da. Nur dieser eine, der so gerannt ist, normalerweise hat es doch kaum einer auf dem Friedhof eilig, und der hatte auch noch Blumen mit, das war ganz merkwürdig.«

Diese Bemerkung überraschte Bieżan.

»Warum merkwürdig? Auf dem Friedhof haben doch die meisten Leute Blumen dabei.«

»Aber sie bringen sie rein und nicht raus. Und er ist mit den Blumen zum Ausgang gelaufen. Hatte so einen riesigen Blumenstrauß in der Hand, deshalb habe ich ihn bemerkt. Manchmal kommt einer auf den Friedhof und hat vergessen, wo das Grab ist und findet es nicht. Aber dann legen die Leute die Blumen auf irgendein anderes Grab, egal welches. Dass jemand sie wieder mit nach Hause nimmt, das hat es noch nie gegeben. Zumindest habe ich so etwas noch nie mitgekriegt.«

»Und wie hat er ausgesehen?«

»Ganz normal, wie irgendein Mann. Nicht jung, nicht alt, was weiß ich. So um die vierzig war er, vielleicht auch ein bisschen älter. Hatte keinen Bart, keine Glatze, war nicht besonders dick und auch nicht dünn. Aber eher stärker gebaut. Das wär's. Mehr sag ich nicht, sonst müsste ich etwas erfinden.«

Mit diesen Informationen mussten sich Bieżan und Górski zufrieden geben. Verschiedene Leute seien da gewesen, und einer rannte. Mit Blumen. Und das wär's.

Bieżan veranlasste eine sofortige Obduktion, und sie ergab, dass Michalina mit einem Gegenstand zwei Mal auf den Hinterkopf geschlagen wurde, der am ehesten an einen Fleischklopfer erinnerte. Da Fleischklopfer nicht auf Friedhöfen herumlagen, war es vorsätzlicher Mord.

Górski war verärgert. »Zum Teufel mit diesen Erfindungen. Früher konnte man jede Telefonverbindung herausbekommen, und was ist heute? Bei den Handys kann man noch eine Übersicht über die Verbindungen kriegen, aber das Festnetz, das kannst du vergessen. Die Anzahl der Anrufe erfährst du gerade noch, aber die Telefonnummern?«

»Diese Iza Brant hätte so gut gepasst«, seufzte Bieżan. »Was die Kołek angeht, kommt sie nicht in Frage, und ich fange auch an zu zweifeln, was Dominik angeht. Du weißt, dass ich nicht gerne voreilige Schlussfolgerungen ziehe, aber in diesem Fall drängte sich das ja förmlich auf. Jetzt sehe ich aber, dass es nicht ganz so einfach ist. Wir werden uns, glaube ich, doch in die Papiere vertiefen müssen.«

Ein paar Fragen hatte er auch an Łukasz Darko, der von Mława direkt nach Hause gefahren war. Auf dem Weg zu ihm hatten Bieżan und Górski sich erlaubt, die wildesten Vermutungen anzustellen, die sie dann gleich wieder verwarfen.

»Als sie mir sagte, dass es Darko war, der in Władysławowo die Alarmanlage in ihrem Auto ausgeschaltet hatte, hat mir das zu denken gegeben«, sagte Bieżan trübselig. »Sie ist nicht dumm, die Frau, sonst hätte sie die Bekanntschaft verleugnet, aber sie hat uns sofort davon erzählt. Sie hätten zusammenarbeiten können, was ein etwas verworrener Gedanke war, aber die ganze Sache ist ja verworren. Ein Mord aus Leidenschaft, das wäre es gewesen.«

»Diese Kołek macht alles kaputt«, bestätigte Robert.

»Bist du sicher, dass Darko in Mława war?«

»Leider ja. Die Verkehrspolizei hat ihn noch vor Płońsk gesehen. Das heißt, von uns aus gesehen, hinter Płońsk.«

»Schade.«

»Ja, sehr schade. Er hätte gepasst. Und zu dem Fall hier hätte er auch gepasst. Michalina Kołek sagt gegen Iza Brant aus, also wird sie von Darko genau zu dem Zeitpunkt erledigt, zu dem die Brant ein Alibi hat.«

»Aber die konnten doch nicht wissen, wann wir bei ihr sein würden?«

»Er hat uns und Michalina beobachtet.«

»Ja, doch, das passte alles sehr schön zusammen. Aber nun haben wir den Salat. Ich habe kein besonders gutes Gefühl.«

Łukasz Darko öffnete die Tür zu dem kleinen Haus. Außer ihm war keiner da.

Wie immer, wenn Eddie Bieżan ein Gespräch führte, verlief es in einer angenehmen, ungezwungenen, beinahe freundschaftlichen Atmosphäre. Gleich bei seinen ersten Worten, dass er sie nicht hereinlassen und mit ihnen sprechen müsste, dass er ihnen einen Gefallen erweisen könnte, dass er sie dann auch gleich vor die Tür setzen könnte, kapitulierte Darko und bat sie ins Haus. Er wirkte entspannt, wenn auch etwas unwillig.

»Ich hatte vor, einen ruhigen Abend zu verbringen«, gab er offen zu. »Aber der Abend ist lang, das hat also auch etwas Zeit. Haben die Herren Hunger oder Durst? Meine Mutter ist nicht da, wir können es uns in ihrem Wohnzimmer bequem machen. Bitte sehr.«

Das Haus war nicht groß, es war vor etwa dreißig Jahren nach den damaligen Normen gebaut, also verdiente es eher den Namen Häuschen. Dafür war es innen wunderschön!

»Das ist das Verdienst meiner Mutter«, erklärte Łukasz. »Sie ist Innenarchitektin und hat das Haus eingerichtet, als ich in die Schule kam. Was das Essen betrifft, so muss ich zugeben, dass ich im Grunde keine Lust habe, etwas zuzubereiten, aber unsere Bar ist gut gefüllt. Was darf ich Ihnen zu trinken bringen?«

»Und wo ist Ihr Wohnzimmer?« Bieżan zeigte Interesse.

»Oben. Genauer gesagt besitze ich gar kein Wohnzimmer. Nur ein Schlafzimmer mit Nebenräumen. Nun, wie steht es? Wollen Sie Bier, Wein oder etwas Stärkeres?«

Einen kurzen Moment lang überlegte Bieżan, wie er diesen Besuch behandeln sollte. Er war dienstlich hier, so viel war klar, aber bei wem – bei einem Zeugen, bei einem Verdächtigen, bei einem normalen Mitglied der Gesellschaft, das ihnen bei der Verbrechensbekämpfung behilflich sein konnte? Bei einem, der ihnen wichtige Informationen liefern konnte? Bei einem Verbrecher, dem man hinterrücks eine Falle stellen sollte?

»Wenn Sie nichts dagegen haben, nehme ich ein Bier«, entschied er. »Was heißt das, ein Schlafzimmer mit Nebenräumen?«

»Die Zimmer waren winzig, daher haben wir eine Wand rausnehmen lassen. Dafür gibt es ein Bad, und ich kann dort nicht nur schlafen, sondern auch Besuch empfangen. Wenn Sie wollen, können wir also auch nach oben gehen.«

»Ich bleibe mit Freude unten. Und komme gleich zur Sache. Am Dreizehnten dieses Monats waren Sie in Władysławowo und haben eine etwas seltsame Route dorthin genommen, nicht die direkte, sondern über Nebenstraßen.«

»Der Kunde ist König«, entgegnete Darko philosophisch und erklärte ohne zu zögern, dass sich sein Fahrgast diesen Weg gewünscht habe. Bitte sehr, er könne auch über Dörfer und Felder fahren und an jedem Scheideweg stundenlang warten. Das sei ihm vollkommen egal, wenn er dafür bezahlt werde.

»Das heißt, Sie waren mit einem Fahrgast unterwegs. Wer war das?«

Darko sah erstaunt auf.

»Wie meinen Sie das?«

»Wie ich es gesagt habe. Was Sie wissen: Geschlecht, Familienname, Adresse, Aussehen …«

»Geschlecht männlich, das Aussehen kann ich Ihnen beschreiben, aber alles Übrige weiß ich nicht.«

»Sie fahren doch ein Funktaxi und müssen irgendwohin gerufen worden sein!«

»Manchmal bekommt man auch unverhofft einen Kunden. Alle wissen, dass ich gerne lange Strecken fahre, und der Typ ist am Taxistand eingestiegen. Seinen Namen hat er mir nicht gesagt, und seine Adresse schon gar nicht.«

»Und Sie sind einfach so mit einem Fremden gefahren?«

»Man fährt doch nicht, Herr Polizist, verzeihen Sie bitte, ich kenne Ihren Dienstgrad nicht, also man fährt doch nicht nur mit Bekannten. Sogar wenn das Taxi bestellt worden ist, weiß man später nicht unbedingt mehr den Namen, wenn man seinen Notizzettel weggeworfen hat. Er hat im Voraus bezahlt, für mich könnte er also genauso gut keinen Namen haben.«

»Wären Sie so nett, mir alles über diese Fahrt zu erzählen, alles, woran Sie sich noch erinnern können?«

Łukasz zuckte die Achseln, fügte sich aber seinem Schicksal und begann ohne jeglichen Widerstand zu erzählen. Alles, was er sagte, stimmte mit den von Wachtmeister Wilczyński gesammelten Informationen überein. Ja, in Załęże habe der Kunde den Wunsch geäußert, ein wenig stehen zu bleiben und zu warten, keine Ahnung, weshalb, er sei nicht einmal ausgestiegen. Eine gute Dreiviertelstunde seien sie so gestanden, und dann seien sie, genau, nach Dyby gefahren, haben einen Moment angehalten, nur kurz, es habe da ein dringendes körperliches Bedürfnis seitens des Kunden gegeben. Er sei in den Wald gegangen und nach einer gewissen Zeit zurückgekommen, dann seien sie weitergefahren. Es sei nichts Besonderes vorgefallen. In Władysławowo seien sie abends um sieben angekommen und kurz vor Mitternacht wieder aufgebrochen. Das war alles.

»Dass Sie sich an die Fahrt so gut erinnern können?«, staunte jetzt mal zur Abwechslung Górski.

Łukasz lächelte.

»Wegen der Frau«, sagte er kurz.

Natürlich. Bieżan hakte nach. Er hörte die ganze Geschichte von der Ankunft der reichen Verwandten bei einer Frau, die kein Geld hatte, um das Taxi zu bezahlen, wobei Łukasz gar nicht verheimlichte, dass er zu jener Zeit für die Taximafia gefahren war. Das habe sich sehr gelohnt. Höhere Abgaben, aber weniger Arbeit. Die Frau sei ihm in Erinnerung geblieben, so etwas komme vor, und dann traf er sie ausgerechnet in diesem Władysławowo, das habe er lustig gefunden. Sie sei zwar kein Backfisch mehr, habe sich aber in den sieben Jahren nicht verändert. Nein, vielmehr habe sie sich zu ihren Gunsten verändert. Sie habe etwas sehr Anziehendes an sich. Sie haben sich einander vorgestellt und geredet, nichts Besonderes, aber irgendwie sei ihm das im Gedächtnis geblieben. Er würde wohl irgendwann einmal versuchen, sie wiederzusehen.

Das war alles so menschlich und normal, ein Gespräch unter Männern, beinahe Bekenntnisse, dass Bieżan nicht wusste, was er davon halten sollte. Denn irgendeine geheimnisvolle Stimme in der Tiefe seiner Seele beharrte darauf, dass hier etwas nicht stimmte, aber er bekam es nicht zu fassen. Er hatte eine gute Spürnase, deshalb hatte er ja auch den Job bei der Miliz und später bei der Polizei übernommen, er konnte die verzwicktesten Fälle lösen, er konnte Schlüsse ziehen, Wahrheit von Lüge unterscheiden. Wenn er diese Fähigkeit nicht gehabt hätte, dieses Geschenk der Natur, hätte er jetzt den Taxifahrer in Ruhe gelassen und wäre gegangen, ohne einen Schritt weitergekommen zu sein. Aber es war eben dieser Instinkt, der ihm das nicht erlauben wollte. Er gab keine Ruhe. Und darunter litt die entspannte Atmosphäre etwas.

»Was denken Sie?«, sagte er unerwartet. »Sie haben die Frau zum zweiten Mal in Ihrem Leben gesehen und eneut in einer etwas peinlichen Lage. Es bestand also eine gewisse Bekanntschaft. Nehmen wir einmal an, sie hätte ein paar Stunden zuvor einen Menschen umgebracht, hätte sie sich dann anders verhalten? Was glauben Sie?«

Łukasz Darko erstarrte für den Bruchteil einer Sekunde. Etwas durchzuckte ihn wie ein Blitz, doch er verhielt sich, könnte man sagen, normal. Er blickte Bieżan mit Interesse an.

»Soweit ich weiß«, sagte er langsam, »bin ich noch nie in meinem Leben einem Menschen begegnet, der kurz zuvor einen anderen Menschen umgebracht hat. Ich habe also keinerlei Erfahrung damit. Aber falls diese Frau ein paar Stunden vorher einen Menschen umgebracht haben sollte, dann würde mich das doch sehr wundern. Dann müsste sie unter vorübergehendem Gedächtnisverlust gelitten haben, wobei sie mir einen recht frischen Eindruck machte. Es sei denn, sie hätte unwissentlich getötet.«

»Wie kann man denn jemanden unwissentlich töten?«

»Was weiß ich. Da putzt eine Frau ein Fenster, ein Blumentopf fällt ihr runter und erschlägt jemanden, ohne dass sie es bemerkt. Zum Beispiel. Dann geht sie Milch kaufen, zufrieden mit ihrem Leben. Und dabei hat sie eben einen Menschen getötet.«

»Na ja. Gut. Auf dem Weg liegt übrigens ein Anwesen namens Waldruhe, haben Sie es vielleicht gemerkt?«

»Waldruhe? Moment mal ... Nein, daran erinnere ich mich nicht. Man fährt ja oft an solchen kleinen Wegweisern vorbei, aber die fallen einem nicht immer ins Auge. Ich würde meinen Kopf nicht dafür hinhalten, ob ich es gesehen habe. Ich weiß es nicht.«

»Und woher wissen Sie, dass er klein gewesen ist, dieser Wegweiser?«

»Einen großen hätte ich sicher gesehen. Und von dem Anwesen selbst habe ich auch noch nie gehört, also kann das auch keine Metropole sein. Es gibt ja massenhaft Kuhdörfer, Güter und Anwesen in unserem Land, und die kenne ich gewiss nicht alle.«

»Obwohl Sie lange Strecken fahren?«

»Meistens nur in größere Städte.«

»Und dieses Waldruhe hatten Sie nicht gesehen ... Kennen Sie vielleicht einen gewissen Dominik Dominik?«

»Auch dafür würde ich meinen Kopf nicht hinhalten«, antwortete Łukasz völlig gleichmütig und machte an dieser Stelle einen Fehler. »Ich schließe nicht aus, dass ich den Namen schon mal gehört habe, aber das ist auch alles.«

»Und erinnern Sie sich an das Pferd, das wegen Ihnen gescheut hat?«

»Verdammter Mist, und ich hatte mir solche Mühe gegeben, ganz vorsichtig vorbeizufahren! Es war ja schon von weitem zu sehen, dass es jung und störrisch ist. Ich hoffe, dass ihm nichts passiert ist?«

»Dem Pferd nicht, aber der Wagenlenker bekam einen gehörigen Schrecken. Noch eine Kleinigkeit. Sie sind heute in Mława gewesen. Wieder mit einem Kunden?«

»Nur, um einen Kunden abzuholen. Ich wurde hingeschickt, um vor dem Hoteleingang einen Typen namens Severin abzuholen. Aber fragen Sie jetzt bloß nicht, ob das sein

Vor- oder Nachname ist. Severin und Schluss. Habe ihn abgeholt, hierher gebracht und der Auftrag war erledigt.«

»Wohin haben Sie ihn gefahren? Zu welcher Adresse?«

»Wenn man das als Adresse bezeichnen kann ... Er ist am Verfassungsplatz ausgestiegen, in der Nähe der Śniadecki-Straße, er hat die Stelle, an der ich anhalten sollte, nicht präzisiert. Er ist ausgestiegen, hat bezahlt, und als ich wegfuhr, stand er auf dem Bürgersteig und starrte vor sich hin. Keine Ahnung, was er weiter gemacht hat.«

»Und wer hat Sie dorthin geschickt?«

»Einer am Taxistand. Da kam ein Typ, hat die Sache mit mir beredet und mir einen Vorschuss gegeben, dann verschwand er wieder.«

»Wie hat er ausgesehen?«

»Schwer zu beschreiben. Ganz normal. Durchschnittlich, ohne besondere Eigenschaften. Keine Mafia.«

»Woher wissen Sie, dass er nicht zur Mafia gehörte?«

»Die erkennt man. Zumindest wenn man einige Jahre Erfahrung hat. Wenn Gauner einsteigen, weiß ich gleich Bescheid.«

»Und haben Sie dann Angst?«

»Ich bin kein ängstlicher Typ.«

Bieżan sparte sich weitere Fragen. Er trank sein Bier aus, stand auf, kündigte an, vielleicht noch einmal mit ihm reden zu wollen, und dann gingen sie, nachdem sie sich ausgesprochen freundlich verabschiedet hatten.

»Der lügt wie gedruckt«, urteilte Górski düster, als er ins Auto stieg.

»Ah, du hast es also auch bemerkt?«, freute sich Bieżan. »Erst wäre ich beinahe bereit gewesen, ihm zu glauben, wenn die Sache mit dem Dominik nicht gewesen wäre. Das gibt's nicht, dass jemand sich nicht für so einen komischen Namen, bei dem der Vor- und der Nachname gleich ist, interessiert. Er muss ihn gekannt haben.«

»Oder zumindest von ihm gehört haben. Jeder, der den Namen noch nie gehört hat, würde zumindest fragen, ob Sie vielleicht stottern.«

»Und dass ich Iza Brant als Mordverdächtige bezeichnete, hat ihn aus dem Konzept gebracht. Er wird sich doch wohl nicht auf den ersten Blick unsterblich in die Frau verliebt haben? Da läuft jedenfalls nichts zwischen ihnen.«

»Vielleicht kommt's noch?«

»Gegönnt sei es ihnen. Sie hat übrigens auch gelogen.«

Bieżan dachte einen kurzen Augenblick nach, und Robert wartete gespannt. Er war beim Gespräch mit Iza Brant nicht dabei gewesen, konnte also keine eigene Meinung darüber haben.

»Aber sie hat irgendwie anders gelogen«, fuhr sein Vorgesetzter nachdenklich fort. »Nicht, was sie selbst oder diese ganze Waldruhe betraf, dafür über Dominik. Genauer gesagt hat sie nicht gelogen, sondern etwas verschwiegen. Sie ist nicht mit der ganzen Wahrheit rausgerückt, hat das Thema gemieden, so weit es nur ging. Sie blieb immer an der Oberfläche.«

»Soll ich nachhaken?«

»Genau das. Allerdings wird sie in der Anwesenheit ihrer Verwandten wohl auch weiterhin nichts sagen, und die hat sie die ganze Zeit über am Hals. Wir können aber nicht warten, bis sie abreisen, das dauert noch über einen Monat.«

»Sollen wir sie vorladen?«

»Das ist blöd. Auch wenn wir das natürlich könnten. So, wie ich das sehe, lassen sie sie nicht aus ihren Klauen, sie soll sich um sie kümmern und sie verhätscheln, die geben ihr keinen Moment Ruhe. Zum Henker, wozu sollen wir der Frau noch mehr Schwierigkeiten machen?«

Beide dachten einen weiteren, langen Augenblick nach.

»Wenn sie ihn nicht umgebracht hat, wird sie uns mehr erzählen, wenn wir sie zuvorkommend behandeln«, urteilte

Bieżan endlich. »Packen wir sie zu hart an, wird sie nichts sagen. Ich denke … Sie hat ein Handy. Ich habe die Nummer. Diese Verwandten werden doch wohl irgendwann mal schlafen.«

»Nachts!«, freute sich Robert. »Wir überreden sie zu einem nächtlichen Treffen!«

»Das werden wir. Aber vorher fahren wir in die Wohnung von der Kołek und schauen uns dort um, diskret müssen wir ja nicht mehr sein. Und dann machen wir uns über Dominiks Papiere her. Und freu dich bloß nicht zu sehr auf solche nächtlichen Termine, irgendwann wirst du die Nase voll haben von Überstunden.«

Zu meinem Erstaunen erwies sich Onkel Ignacy als der Neugierigste.

Aus mir unbekannten Gründen interessierte er sich hartnäckig für diese Doppelflinte mit dem abgesägten Lauf. Er wollte unbedingt unter vier Augen mit mir darüber sprechen, was ihm allerdings nicht gelang. Mein Wohnzimmer, das zugleich Esszimmer war, erlaubte es zwar, die darin schlafenden Personen optisch vom Rest des Hauses zu trennen, doch akustisch leider nicht. Man konnte sich zwar flüsternd unterhalten, insbesondere in der Küche, und man konnte auf Zehenspitzen über den Flur ins Bad, zur nach oben führenden Treppe und zu meinem Schlafzimmer gehen – nichts davon drang zu dem mächtigen, dreisitzigen Sofa durch. Doch ein mit normaler Stimme geführtes Gespräch war gut zu hören. Oben nicht, also stellten weder die Großtante noch Tante Iza und Onkel Filip eine Gefahr dar, doch Tante Olga hatte das Gehör einer Katze, eines Hundes, einer Schlange, einer Krähe, überhaupt – eines jeden wilden Tieres, das wachsam nach einem Geräusch lauscht. Eigentlich hatte sie sich ja schon schlafen gelegt, aber ihre Ohren blieben aktiv.

»Was sagst du da, Ignacy?«, erreichte uns ihre Stimme aus

dem Wohnzimmer. »Was für eine Schraube? Was kann dich denn jetzt eine Schraube interessieren, in einer solchen Situation?«

Der Onkel sprach nicht von einer Schraube, sondern von Schrot, doch er hatte geflüstert, und die Tante hatte es nicht genau vernommen. Ich hatte nichts dagegen, ihm eine Gefälligkeit zu erweisen. Wenn er sich mit mir unterhalten wollte, würde ich das tun, ich klammerte mich also an die Schraube wie an einen Rettungsring.

»Es ist nichts, Tante, der Onkel hat mir angeboten, die Schraube in meiner Lampe festzudrehen. Das Gelenk funktioniert nicht richtig. Das ist eine Kleinigkeit, ich habe nur nicht genug Kraft in den Händen. Bitte, Onkel ...«

»Ignacy, du darfst dich nicht überanstrengen!«

Der Onkel griff meine Geschichte auf, beruhigte die Tante, aber woher denn, er würde sich nicht anstrengen, nur eine winzige Kleinigkeit wollte er festdrehen. Eifrig ging er hinter mir her in mein Schlaf- und Arbeitszimmer.

Und tatsächlich stand dort eine Lampe, aber das war das einzig Wahre an der Geschichte. Sie hatte nicht einmal eine Schraube.

»Weil das, mein Kind, die Zielsicherheit verringert«, begann er gleich hinter der Türschwelle auf mich einzureden. »Man trifft ohnehin nicht aus großer Entfernung, und was ist schon Schrot? Schrot fliegt mit Streuung, wozu also? Warum dieser Lauf, zwei Läufe sogar, warum wurden sie abgesägt? Das ist suspekt, hat dich denn das nicht beunruhigt? Du solltest jedenfalls keinen Verdacht auf dich lenken, du darfst nicht Komplizin eines Verbrechens sein.«

Er war in höchster Unruhe, außerdem hatte ich den Eindruck, dass es nicht mehr lang dauerte und er würde mir den Mord an Dominik zuschreiben, ich versuchte also, ihn vom Thema abzubringen.

»Weißt du, Onkel, mich ging das doch alles überhaupt

nichts an. Und es geht mich immer noch nichts an. Und wenn jemand solche Dinge mag, seltsame Waffen zum Beispiel, und sie sammelt, dann kann er sie doch absägen, wie er will. Dieser Mann hatte eine Leidenschaft für so etwas. Er hatte die verschiedensten Erfindungen in seinem Haus.«

»Woher weißt du, was er in seinem Hause hatte? Du hast gesagt, du seist nie bei ihm in diesem Haus gewesen!«

»Bin ich ja auch nicht.«

Der Onkel sah sich misstrauisch zur geschlossenen Tür um und rückte etwas näher an mich heran.

»Mir kannst du die Wahrheit sagen«, flüsterte er besorgt. »Ich stehe auf deiner Seite, Filip auch, nur Iza ... Iza erzähl lieber nichts, sie verfolgt bestimmte Interessen. Wenn du jemanden umgebracht hast, werde ich dir dabei helfen, die Spuren zu beseitigen.«

Hatte ich es doch geahnt, unversehens waren wir beide an einem Mordkomplott beteiligt.

»Ich habe niemanden umgebracht, Onkel, Ehrenwort. Ich weiß nicht mal, wo das ist, dieses Haus von ihm. Und was meintest du damit, dass Tante Iza bestimmte Interessen verfolgt?«

Der Onkel wurde sichtlich verlegen und warf noch einmal einen Blick zur Tür.

»Na, du kannst es dir doch ausrechnen. Das Erbe. Du solltest es eigentlich nicht wissen ... Du hast hier eine sehr schöne Wohnung. Deine Großtante nörgelt zwar ein wenig herum, aber im Grunde genommen wäre alles in Ordnung, wenn nicht ... Na, das hätte nicht sein müssen. Ausgerechnet jetzt dieser Mord!«

»Das ist Pech, lieber Onkel. Einfach Pech. Und glaubst du nicht, dass ich bis zum Ende der Ferien gewartet hätte, um dann den Mord zu begehen? Irgendein Idiot hat Mist gebaut, aber dafür kann ich doch nichts!«

Der Onkel begann, sich auf dem Stuhl zu winden, kein

Wunder, der musste für jemanden mit seiner Leibesfülle auch unbequem sein.

»Ja, natürlich. Aber Iza … Wenn er, dieses Mordopfer, dir vielleicht irgendwie schaden konnte. Etwas ans Licht bringen, irgendein kompromittierendes Geheimnis. Vielleicht warst du also gezwungen …«

Das roch mir ganz deutlich nach Familienintrige, und in solchen Dingen war ich vollkommen unerfahren. Was fiel Tante Iza bloß ein? Aus welchem Grund hatte sie es auf mich abgesehen? Erstaunt blickte ich den Onkel an, der sich noch immer wand und versuchte, seinen Ellbogen auf dem kleinen Tischchen neben dem Stuhl abzustützen.

Möglicherweise hätte ich etwas mehr erfahren, wenn es in meinem Zimmer nicht so eng gewesen wäre. Bücher, fremde Manuskripte, Lexika, Atlanten, Computerausdrucke, Ordner und mein überaus üppiger Briefwechsel passten nicht mehr in die Schubladen und Regalfächer, und auch das Tischchen war voll. Prompt stieß der Onkel mit dem Ellbogen einen großen Stapel von Zier- und Heilpflanzenkatalogen herunter, und die Dinger fielen mit einem lauten Krach auf den Boden. Der wütende Schrei von Tante Olga erreichte uns sogar durch die geschlossene Tür, und der Onkel bekam Todesangst.

»Erzähl bloß nicht, dass ich dir irgendwas gesagt habe! Moment, ich helfe dir hier noch schnell …«

In Anbetracht dessen, dass er im nächsten Moment über den botanischen Geröllhaufen stolperte, mit seinem Hintern den Stuhl umkippte und beinahe die Lampe umgeworfen hätte, die uns als Vorwand gedient hatte, schien mir dieser Vorschlag nicht der allerbeste. Ich hielt das schwankende Tischchen fest und lehnte es nachdrücklich ab, sein Angebot anzunehmen. Ich erinnerte ihn an die wartende Tante, und nach einem kurzen Zögern kletterte er zwischen den Katalogen hervor und verließ eilig den unwirtlichen Raum.

Ich dachte mir, dass ich viel stärker vom Pech verfolgt wurde als Tante Iza. Ich hätte die Chance gehabt, hinter die Familiengeheimnisse zu kommen, aber es war wieder nichts daraus geworden …

Mein Handy klingelte gerade, als ich im Begriff war einzuschlafen.

»Entschuldigen Sie bitte, dass ich Sie zu so später Stunde noch störe«, sagte Major Bieżan, den ich nicht einmal an seiner Stimme zu erkennen brauchte, weil er sich sofort vorgestellt hatte, »aber ich hatte den Eindruck, dass bei Ihnen zu Hause zurzeit die Situation etwas kompliziert ist. Ich will sie Ihnen nicht noch erschweren. Wie könnten wir es anstellen, mit Ihnen unter vier Augen zu sprechen, ohne irgendwelche Reibereien zu verursachen?«

Mit einem Schlag war ich wach.

»Dazu, Herr Major, müsste ich mich wohl spät nachts aus dem Haus schleichen.«

»So wie jetzt?«

»Oder noch später. Aber mir wäre es lieber, mich mit Ihnen vorher zu verabreden, weil ich keine Lust habe, mich dreimal umzuziehen. Ich liege schon im Bett.«

»Können wir uns dann für morgen verabreden?«

»Meinetwegen. Ich werde mich um Mitternacht aus dem Haus stehlen, am besten unter dem Vorwand, das Auto in der Garage abzustellen. Wäre Ihnen das recht?«

»Natürlich. Dann bis morgen.«

Bieżan legte den Hörer in der Wohnung der verstorbenen Michalina Kołek wieder auf und blickte Robert Górski an.

»Dass diese Verwandten nicht früher ins Bett kommen«, murmelte er. »Allerdings ist es mir lieber, morgen mit ihr zu reden als heute, bis dahin werden wir schon mehr wissen.«

»Und das hier sieht nicht schlecht aus«, sagte Robert optimistisch, während er auf einen kleinen Haufen von Dokumenten zeigte. »Die Hälfte davon ist uralt, aber der Rest ist pures Gold.«

»Stimmt. Vier Tatverdächtige ...«

Sie waren direkt von Łukasz Darko zum Haus des Opfers gefahren, und es war kaum eine Stunde vergangen, da kannten sie schon alle ihre Geheimnisse, in der Wohnung herrschte nämlich peinliche Ordnung. Sie schien keine Freundin des geschriebenen Wortes gewesen zu sein, so dass das bisschen leicht zu finden war. Zwei Notizbücher mit Telefonnummern, Kalender aus den vergangenen fünf Jahren, ein paar ausgeschnittene Zeitungsartikel, die eine oder andere Illustrierte, einige Abschriften von Gerichtsakten, persönliche Dokumente, unter anderem ihre Geburtsurkunde, und ein paar Briefe, die sicherlich Erinnerungswert besaßen und ausschließlich von ihrem still Verehrten stammten. Außerdem zwei kleine Fotoalben und eine Schachtel mit Fotos. Kein einziges Buch, abgesehen von dem zwei Jahre alten Telefonbuch.

Aus den persönlichen Dokumenten war zu ersehen, dass Michalina Kołek die achtjährige Grundschule und danach einen geheimnisvollen Kurs absolviert hatte, der als Sonderstudium für den Parteiapparat bezeichnet wurde. Danach heiratete sie einen Mitarbeiter des Innenministeriums, wobei nicht klar wurde, was aus ihm wurde. Das Scheidungsurteil, das kurz vor der Systemwende ausgesprochen wurde, erkannte die völlige Zerrüttung der Ehe an, ohne Näheres zum Ehegatten zu erwähnen oder die Ursachen dieser Zerrüttung anzugeben. Zur selben Zeit wurde ihr eine Rente wegen einer schwereren Behinderung zuerkannt, was sowohl Bieżan als auch Górski mit tiefem Erstaunen erfüllte. Welches Leiden mochte, um Gottes willen, diese kraftstrotzende Brunhilde gequält haben?

Die Illustrierten enthielten hauptsächlich Mode- und Make-up-Tipps. Auf der Hälfte der Fotos war Michalina selbst zu sehen, zu verschiedenen Zeiten und Situationen ihres Lebens, die andere Hälfte zeigte fremde Personen, aber auf ein paar wenigen war Dominik, wenn auch nur undeutlich, zu erkennen. Die Presseartikel und Gerichtsakten betrafen ebenfalls fremde Personen, die zumindest auf den ersten Blick in keiner Weise mit Michalina in Verbindung zu stehen schienen. Die Notizbücher und Kalender dagegen waren voll gekritzelt und boten daher möglicherweise Informationen, die von unschätzbarem Wert waren.

Bieżan und Górski machten sich sofort daran, Wichtiges von Unwichtigem zu trennen, und nahmen sich als Erstes die Briefe vor. Viel zu lesen hatten sie nicht, ein Blick genügte.

»›Den kleinen Mariusz finden‹ …«, las Robert laut. »Ein schöner Brief: kurz, gehaltvoll, klar. Wer könnte das sein, der kleine Mariusz?«

»Das werden wir schon noch herausfinden«, versicherte ihn Bieżan. »›Lass dich bis Dienstag nicht sehen.‹ Auch nicht schlecht. Ah, und hier ist es noch besser. ›Wüter den ganzen Freitag.‹ Und ›den ganzen‹ ist unterstrichen. Scheint in der Rechtschreibung nicht besonders sicher gewesen zu sein. Vielleicht soll das aber auch getrennt geschrieben sein: Wüt er. Aber das ergäbe auch keinen Sinn.«

»Also Liebesbriefe sind es auf keinen Fall. Soll ich auf den kleinen Mariusz achten?«

»Stell keine dummen Fragen, wir haben wenig Zeit.«

Zwischen Gericht und Presse herrschte vollkommene Einigkeit, die meisten Akten und Zeitungsausschnitte betrafen die Kompromittierung von bereits abgehalfterten Partei- und Regierungsbonzen. Sechs Namen stachen besonders hervor, die immer noch aktuell waren. Diesen Sechsen hätte man mit ein wenig Hartnäckigkeit die Karriere zerstören können, sogar ihr Leben, wenn man sich dabei auf die Erinnerungsstücke von Michalina stützte. Bieżan hatte nicht den geringsten Zweifel daran, dass sie noch weiteres Material in den Papieren von Dominik fänden, zweifelte aber daran, dass einer dieser Leute sich selbst mit einem Mord die Hände schmutzig machen würde. Die gaben sich nicht körperlicher Arbeit hin, dafür hatten sie das entsprechende Personal.

Den geheimnisvollen kleinen Mariusz endeckte Robert auch. Das konnte man jedenfalls meinen. Eine sehr zerschlissene Abschrift einer Gerichtsakte über die Freilassung eines gewissen sechzehnjährigen Mariusz Szlepper aus dem Jugenderziehungsheim, wobei ihm ein Bewährungshelfer in der Person von ... gestellt werde. An dieser Stelle fehlte leider ein Fetzen Papier. Beide, Bieżan und Robert, stellten einvernehmlich die Vermutung an, dass der Bewährungshelfer Dominik Dominik sein konnte, aber vielleicht war das auch nur ein frommer Wunsch.

»Genauso gut könnte es Stephan Kołek gewesen sein, dieser geschiedene Mann von Michalina«, sagte Bieżan unzufrieden. »Eine sechzehn Jahre alte Angelegenheit. Möglich, dass wir den kleinen Mariusz haben, aber wozu, zum Teufel, brauchen wir ihn?«

»Iza Brant«, sagte Robert hilflos.

»Sie und Dominik haben sich doch erst vor elf Jahren kennen gelernt. Aber macht nichts, wir werden sie morgen fragen. Lass uns jetzt die Notizbücher ansehen, nur kurz, wir nehmen das sowieso alles mit.«

Ein paar Minuten lang herrschte Schweigen, während sie die dicht beschriebenen Notizbücher durchblätterten und gleich die Personen abhakten, die bereits im Jenseits waren. Sie saßen an einer Stehlampe, die schweren Vorhänge waren zugezogen, aber das hatten weder Bieżan noch Górski getan. Michalina Kołek war offenbar sehr daran gelegen gewesen, dass keiner von der Straße aus sehen konnte, was in ihrer Wohnung passierte. Nicht einmal der kleinste Lichtstrahl drang durch die Verdunkelung, die eines Krieges, Fliegerangriffs und Bombardements würdig gewesen wäre. Sie hatten nicht vor, zu beobachten, was auf der kleinen Rasenfläche vor dem Fenster geschah, also ließen sie die Vorhänge so, wie sie waren.

In der nächtlichen Stille drang plötzlich ein Geräusch von der Eingangstür zu ihnen vor. Gleichzeitig hoben sie den Kopf.

Jemand machte sich so vorsichtig wie nur möglich an dem Schloss zu schaffen.

Bieżan brauchte gar nicht den Finger an den Mund zu legen, er wurde ja von keinem Idioten begleitet, sondern von einem erprobten, scharfsinnigen, intelligenten Mitarbeiter. Auf dessen fragenden Blick hin antwortete er mit einem kurzen Nicken, was bedeutete, dass sie die Tür hinter sich geschlossen hatten. Während jemand von der anderen Seite aus einen Schlüssel ins Schloss steckte, erhoben sich die beiden von ihren Stühlen und näherten sich geräuschlos der Eingangstür, um sich rechts und links von ihr aufzustellen.

In diesem Moment trat das Pech in seiner ganzen Pracht zutage.

Keinem zwickte es in der Nase, keiner nieste, aber es konnte auch keiner von ihnen wissen, dass die überladene Anrichte von Michalina nicht ganz sicher stand. Einer der Füße dieses mächtigen Möbels verweigerte schon seit langem seinen Dienst und war im Grunde nur darunter geschoben, darüber hinaus hatte er die Form einer Kugel. Bieżan nun hatte sie aus dem Gleichgewicht gebracht, indem er, während er den Inhalt der Fächer überprüfte, leicht an sie gestoßen war. Die Kugel verhielt sich so, wie eine Kugel es eben tut, sie begann zu rollen und suchte sich dazu gerade diesen Augenblick aus.

Möglich, dass ein Flugzeug über das Viertel geflogen war. Das wäre keine übernatürliche Erscheinung.

Mit entsetzlichem Knirschen, Krachen und Klirren kippte die Anrichte nach einer Seite, wobei zahlreiche Gegenstände aus Glas, Porzellan und Metall herausstürzten, da die Tür dem Druck nicht standhielt. Das obere Scharnier riss heraus und schlug gegen die Wand.

Für zwei Sekunden erstarrte alles, Bieżan und Górski in der Wohnung und der geheimnisvolle Gast davor. Dann stürzten die beiden in der Wohnung zur Tür und der draußen stürzte anderswohin. Alles deutete darauf hin, dass es die Treppe war.

Obwohl die beiden Polizisten körperlich sehr fit waren, war der andere schneller. Als sie aus dem Gebäude rannten, war kein Mensch mehr zu sehen, abgesehen von einem älteren Herrn mit einem Hund. Der Herr schaute in Richtung des Treibens, und der Hund wedelte mit dem Schwanz.

Bieżan und Górski erfuhren, dass Boxer sehr freundliche Hunde wären und alle gerne haben, und dass irgendein Mensch, der gerade sehr eilig aus dem Haus gelaufen sei, im Wahnsinnstempo dort hinten zwischen den Autos verschwunden war. Vielleicht hätten sie sogar das Geräusch eines startenden Motors hören können, wenn nicht gerade eine Nachtstraßenbahn gekommen wäre und alles übertönte.

»Das war der Täter. Darauf könnte ich wetten«, sagte Robert, als er zu Michalinas Wohnung zurückging.

Bieżan nickte.

»Und falls nicht, dann garantiert einer, der alles weiß. Scheiße. Wer hätte gedacht, dass so etwas passiert! Wir müssen jemanden hier lassen.«

»Zabój?«

»Zabój. Ruf ihn an. Wir warten so lange, bis er kommt.«

Wachtmeister Zabój kam, Bieżan und Górski nahmen den bescheidenen Stapel Papiere von Michalina mit und fügten ihn dem von Dominik hinzu. Dann gingen sie schlafen. Die Lektüre konnte bis zum nächsten Morgen warten.

Wenn sich doch, zum Teufel noch mal, diese Dachbodenklappe wenigstens gestern oder gleich nach meinem Gespräch mit Onkel Ignacy geöffnet hätte!

Aber nein, woher denn, sie hat gewartet, bis genug Zeit vergangen war, damit ich in Ruhe die Kaltstellung der mir feindlich gesonnenen Tante Iza hätte organisieren können. Dass ich immer noch keine Ahnung hatte, was sie gegen mich haben könnte, wurde keinerlei Bedeutung beigemessen. Die Verdächtigungen gingen wie eine Lawine über mich herab.

Und dazu hatte sich dieses ekelhafte Ding gerade dann geöffnet, als die Tante und der Onkel schlafen gegangen waren, nachdem sie ungewöhnlich früh nach Hause gekommen waren. Möglicherweise in der Hoffnung, Zeugen der Szene zu werden, wie ich in Handschellen abgeführt werde. Na ja, aber wenn sie sich geöffnet hätte, bevor sie nach Hause kamen, hätte es vielleicht so ausgesehen, als trachtete ich nach dem Leben der Großtante? Nein, Unsinn, die Klappe befand sich über dem Zimmer von Tomek, das heißt, über dem jetzigen Zimmer von Tante Iza und Onkel Filip, von der Großtante konnte also keine Rede sein.

Ein unglaubliches Poltern erschütterte das Gebäude um dreiundzwanzig Uhr dreißig, das alle aufspringen ließ. Ich rannte nach oben, voll der schlimmsten Vorahnungen.

Das ganze Zeug war ihnen glücklicherweise auf die Füße gefallen, die Köpfe waren unberührt geblieben. Der Reifen eines Fahrrads, alte Rollschuhe, die Waggons einer kaputten elektrischen Eisenbahn, Unmengen von Turnschuhen, von denen zuweilen einer fehlte, Panzermodelle, Bücher, ein Schmetterlingsschaukasten, irgendwelche Blechteile, haufenweise Werkzeug, Alben mit Trockenblumen, die von Kasia stammten, das hätte ich schwören können, Metalldosen mit Angelhaken und Fischköder, ein großer Karton voller Kieselsteine, die wenig schmuckvoll waren, Porzellanstücke von weiß ich was ... Ich war fast stolz auf die breit gefächerten Interessen meiner Kinder.

Das war allerdings das einzig Positive an der ganzen Geschichte. Keiner sonst wusste den Sammeltrieb meiner Kinder zu schätzen, was meinen Beschluss, sie mir nach ihrer Rückkunft vorzuknöpfen, sofort aufweichte. Und was es mir nicht im Geringsten erleichterte, das Bett von Tante und Onkel wieder benutzbar zu machen.

Eine Viertelstunde nach Mitternacht, nachdem ich alles wieder einigermaßen verstaut hatte, fiel mir ein, dass ich mit dem Major verabredet war und bereits vor fünfzehn Minuten vor dem Haus in der Nähe der Garage hätte erscheinen sollen. Ich überlegte gerade, dass sich da wohl nichts machen ließe und dass ich am nächsten Tag Richie um Hilfe bitten würde, wenn der Major aber die Geduld verlieren und hier heraufkommen sollte, könnte gleich er mit anpacken – da klingelte das verdammte Handy.

Ich versteckte mich damit im Badezimmer.

»Gleich«, sagte ich mit möglichst gequälter Stimme. »Ich habe gerade ein Attentat auf das Leben einer meiner Tanten ausgeübt, lassen Sie mich erstmal wieder aus dem Schlamassel befreien. Noch fünfzehn Minuten. Ich komme runter, versprochen. Ich werde sogar mit Freuden runterkommen!«

Der Streit unter meinen Verwandten war offenbar sofort ausgebrochen, kaum dass ich aus ihrem Blick verschwunden war. Die paar Sätze, die ich mit dem Major ausgetauscht hatte, hatten ihnen gereicht. Ich hatte die Tür erst einen Spalt geöffnet, als mir schon die lauten Stimmen entgegenbrandeten, und ich hielt inne, weil mir der Gedanke gekommen war, sofort unauffällig zu fliehen.

»... woher hätte sie denn wissen sollen, dass gerade dir so viel daran liegt?«, sagte Tante Olga bissig und streitsüchtig. »Hat ihr das jemand gesagt? Du hältst doch selbst hinterm Berg damit!«

»Ich verbitte mir solche Anspielungen!«, verlangte Onkel Filip würdevoll.

»Ob ein Opfer oder zwei, das macht keinen großen Unterschied«, brach es aus Tante Iza heraus.

»… man sollte es eindringlich untersuchen«, erwog die Großtante. »Solche Neigungen sind in der Familie bislang noch nicht vorgekommen, aber möglich ist alles. Offensichtlich bestehen starke Verdachtsmomente …«

»Aber sie gehört doch zur Familie«, beharrte Onkel Ignacy verzweifelt. »Es ist unsere Pflicht! Auch wenn …«

»Auch wenn sich unsere Nichte als Mörderin erweisen sollte, sollen wir sie schützen?«, zischte Tante Iza.

»Die hiesigen Morde gehen uns doch gar nichts an … Vielleicht war es Notwehr …«

»Nichts ist sicher, nichts ist sicher«, murmelte Onkel Filip, immer noch würdevoll.

»Die Entscheidung treffe ich!«, stellte die Großtante mit Nachdruck fest. »Vieles deutet darauf hin. Ich werde den Fall persönlich untersuchen und bitte um Ruhe!«

Das Gespräch fesselte mich so sehr, dass ich meinen Gedanken an Flucht aufgab. Es passte zu den undeutlichen Aussagen von Onkel Ignacy. Diese Familie verbarg irgendwelche Geheimnisse vor mir, und Tante Iza hatte etwas gegen mich. Zweifellos hing die Erbschaft nicht nur davon ab, ob ich mich in lebenspraktischen Dingen als vernünftig erwies, sondern auch von meiner Moral, die gerade sehr in Frage gestellt worden war. Hatte etwa irgendjemand irgendwo, in irgendeinem Testament, eine Klausel untergebracht, in der es hieß, ich würde nur unter der Bedingung erben, dass ich kein Verbrechen begehe? Wie ist derjenige nur darauf gekommen, ich könnte ein Verbrechen begehen? Und woher kam die Verbissenheit von Tante Iza?

Sie bemerkten mich, wie ich in der halb geöffneten Tür stand. Ich konnte nicht so tun, als ob ich nichts von dem, was sie gesagt hatten, gehört hätte.

»Morgen werde ich den ganzen Krempel in die Garage schaffen«, versprach ich. »Oder in den Keller. Auf den Müll kann ich es nicht werfen, weil es die Schätze meiner Kinder sind, und ich fühle mich schließlich in einem gewissen Grade doch als Mutter. Vielleicht werde ich ihnen den Hintern versohlen, ich meine den Kindern, zumindest werde ich sie ausschimpfen. Was das Verbrechen angeht, so habe ich bisher keines begangen, also bitte rechnet nicht damit. Ich konnte der Tante und dem Onkel nicht nach dem Leben trachten, weil ich nicht wusste, wer wo schlafen würde, und was das Übrige betrifft, so soll doch die Großtante machen, was sie will.«

»Ich danke dir sehr für diese Erlaubnis, mein Kind«, sagte die Großtante in einem Ton, der einen zu Stein erstarren ließ, und bekundete mit einer Geste ihre Absicht, wieder ins Bett zu gehen. Gehorsam verzogen sich Tante Olga und Onkel Ignacy nach unten.

Es gelang mir, das Haus zehn Minuten später zu verlassen, weil keiner die geringste Neigung zeigte, mit mir zu reden.

Der Major und der Oberleutnant, deren Inspektoren- und Kommissarentitel ich sorgfältig aus meinem Gedächtnis gelöscht hatte, warteten in der Nähe meiner Garage in einem Auto auf mich. Ich stieg ein, und das nicht nur ohne jeden Widerstand, sondern mit deutlicher Erleichterung.

»Es ist schon möglich, Herr Major, dass es Menschen gibt, die die Polizei nicht mögen und ihr gegenüber Unwillen verspüren«, sagte ich munter und ohne Zurückhaltung. »Aber ich nicht. Für mich sind Sie der Inbegriff von Erholung, im Vergleich mit meinen Verwandten sind Sie engelgleiche Wesen. Ich weiß nicht, ob es mir nicht sogar lieber wäre, wenn Sie mich auf der Stelle verhaften würden.«

»Ich habe keinen Platz in der Arrestzelle«, erwiderte der Major höflich. »Und ich weiß gar nicht, ob das nötig ist. Wollen wir wie Menschen miteinander reden?«

»Das hoffe ich doch, dass wir wie Menschen reden!«

»Dann erzählen Sie doch mal gleich, was das mit dem Attentat auf Ihre Tante bedeuten sollte.«

Ich atmete tief ein und erzählte ihm alles, wobei ich mich möglichst kurz fasste. Den Major interessierte die Sache mit der Erbschaft.

»Ich habe keine Ahnung, wovon das abhängt«, gab ich mit einem Seufzer zu. »Wohl davon, ob ich mich allgemein bewähre. Außerdem weiß ich nicht, woher die Erbschaft kommt und wer eigentlich der Erblasser ist. Könnte sein, dass es die Großtante ist, aber meinen Kopf würde ich darauf nicht verwetten. Ich wäre keineswegs unglücklich, wenn meine Kinder irgendeine Absicherung für die Zukunft bekämen, ich habe schon mit der Gegenwart genug am Hals. Nun, was ich aber sicher weiß, ist, dass es nicht das ist, was Ihnen den Schlaf raubt. Selbst wenn wir uns alle gegenseitig umbringen würden, geht es für Sie doch gerade um einen anderen Fall, und da kommen Ihnen keine Erbschaften in die Quere. Also lassen wir das vorerst.«

»Sehr richtig«, sagte der Major. »Mich quält dieser Herr Dominik. Sie haben uns nicht alles über ihn erzählt, oder?«

»Natürlich nicht. Und ich bin immer noch durcheinander, weil ich nicht glauben kann, dass er tot ist. Vielleicht sollte ich mir die Leiche ansehen.«

»Das ließe sich machen, aber er liegt immer noch in Mława. Es wäre schade um die Zeit.«

»Können Sie mir schwören, dass er tatsächlich nicht mehr lebt?«

»Das können wir, wir schwören es«, versicherte mir feierlich der Major und fügte gleich hinzu: »Michalina Kołek lebt ebenfalls nicht mehr.«

Ich erstarrte. Im Auto brannte Licht, ich betrachtete ihre Gesichter und versuchte, in ihnen eine Andeutung zu finden, dass sie nur einen dummen Witz gemacht hatten. Dominik, Michalina ... Es war unfassbar!

»Hat sie aus Verzweiflung Selbstmord begangen?«, fragte ich verdattert, weil mir das als einzige Möglichkeit einfiel.

»Denken Sie, sie wäre dazu imstande gewesen?«, fragte der Major zurück.

Ich schwieg einen Moment lang, weil ich darüber nachdenken musste.

»Keine Ahnung. Ausschließen würde ich es nicht. Alles ist möglich, aber wenn sich herausstellen sollte, dass es tatsächlich so war, würde mich das doch sehr überraschen. Sie hat nicht gerade wie der Typ, der Selbstmord begeht, ausgesehen. Nein. Aber was soll das eigentlich, mich hier so zu überrumpeln?«

»Das ist ganz einfach. Entweder sind Sie die Täterin und dann werden Sie versuchen, sich herauszuwinden und mit der Behauptung zu schützen, dass Sie sich an nichts erinnern können und ahnungslos sind, oder Sie haben nichts damit zu tun und dann werden Sie uns helfen. Sie haben es geschafft, sich zur richtigen Zeit in der Nähe des Tatorts zu befinden. Ich könnte sofort einen Haftbefehl für Sie bekommen.«

»So ist es hier«, gab ich verbittert zurück. »Die wahren Verbrecher werden geschützt, aber Unschuldige, wie ich …«

»Werden Sie uns also helfen oder nicht?«

»Selbstverständlich werde ich Ihnen helfen, obwohl ich meine Zweifel habe, dass ich Ihnen von irgendeinem Nutzen sein kann. Aber bitte, fragen Sie.«

Der Major schnaufte, räusperte sich und seufzte.

»Hören Sie, ich weiß selbst nicht genau, wonach ich fragen soll. Nehmen wir einmal an, dass Sie es nicht gewesen sind. Irgendjemand muss doch einen gewichtigen Grund für die Tat gehabt haben, oder er muss den Toten gehasst haben, auch ohne gewichtigen Grund. Was meinen Sie?«

Ich dachte gründlich nach. Wenn ich ihm nicht die ganze Wahrheit sagte, würde er nichts verstehen, und ich würde den Verdacht gegen mich noch verstärken. Wenn ich die Wahrheit sagte, würde ich wie die blödeste Kuh aller Zeiten dastehen. Außerdem würde mir ein Mann sicher nicht glauben, anders als eine Frau. Sollte ich ihm meine eigene Dummheit unter Beweis stellen?

»Ich würde Ihnen gern alles, was ich weiß, erzählen, wenn mein Wissen über Dominik nicht aus Schlussfolgerungen, Verdächtigungen und Gefühlen bestehen würde«, gestand ich verlegen. »Die Schlussfolgerungen könnten fehlerhaft sein, die Verdächtigungen ungerecht und die Gefühle vollkommen hysterisch. Die Fakten darin kann man jedenfalls an den Fingern einer Hand abzählen.«

»Das macht überhaupt nichts«, tröstete mich der Major. »Wir werden das schon einzuordnen wissen, wir sind keine solchen Idioten, wie es allgemein behauptet wird. Wir sind zur Schule gegangen, und manchmal gelingt es uns sogar, die richtigen Gedanken zu fassen.«

»Na gut. Erstens ... Moment mal, das wird jetzt in keiner chronologischen Ordnung stehen, ich erzähle in der Reihenfolge, wie ich mich erinnere.«

»Das ist in Ordnung.«

Gott allein weiß, was mir wann als Erstes aufgefallen war; jedenfalls konnte ich mich sehr gut daran erinnern, wie Dominik mich überrascht hatte, als wir einmal im Wald einen Specht sahen, der so besessen auf einen Baumstamm klopfte, dass er die Außenwelt überhaupt nicht wahrnahm. Er wurde von der Sonne beschienen, es war Winter, alles um uns herum war schneebedeckt, und das rote Gefieder des Vogels stach von diesem Hintergrund grell hervor. Aber ich war es, die ihn bemerkt hatte, und nicht Dominik, der begnadete Naturfotograf. Ich zeigte ihm den Specht, er holte seinen Fotoapparat heraus und bereitete die Aufnahme vor – und er bereitete sie so lange vor, bis der Specht inzwischen weggeflogen war. Daraufhin rügte er mich, ich meine Dominik, nicht den Specht, obwohl ich wie versteinert dagestanden war und nicht einmal gewagt hatte zu atmen. Vielleicht lag ihm das Motiv nicht, und er hatte keine Eingebung, vielleicht hatte ich den Ausblick falsch gewählt, jedenfalls wurde ich ganz kleinlaut und schöpfte noch keinerlei Verdacht.

Dann ging es um ein kleines Schloss von einem Schränkchen, in dem ich Kleinigkeiten aufbewahrte; es war kaputtgegangen, und Dominik bot von sich aus an, es zu reparieren. Er hatte sogar sogleich damit angefangen, aber dann stellte sich heraus, dass ich nicht das entsprechende Werkzeug hatte. Es ging schief, er wurde wütend, nahm das Schränkchen mit und brachte es nach einer Woche wieder zurück, repariert, stolz auf sein Werk. Auch das ist eine unbedeutende Sache, und doch ... Er hat kein einziges Mal irgendetwas vor meinen Augen und in meiner Anwesenheit vollbracht, er zeigte immer nur das fertige Resultat und brüstete sich dann damit.

Einmal traf ich bei ihm einen Typen an, der gerade mit einem merkwürdigen Gesichtsausdruck zur Wohnung hinausging. Er schien zugleich düster und strahlend, wütend und voller Genugtuung, demütig und rebellisch, die Widersprüchlichkeit seiner Gefühle war nicht zu übersehen. Er hatte ein Paket dagelassen, darauf wies sein Blick, eine Geste. Das Paket verschwand zwar sogleich, doch ich war mir hundertprozentig sicher, dass er es gerade gebracht hatte. Dominik war wütend, dass ich dem jungen Mann in der Tür begegnet war, er versuchte mit aller Mühe, seine Wut zu verbergen, und doch entfuhr es ihm, dass dieser junge Mann von über zwanzig Jahren sein Zögling sei, von dem ich doch wusste. Ein Mariusz Zieher oder so ähnlich. Jedenfalls irgendein Name mit Ziehen oder Schleppen. Dominik hatte ihn vor zehn Jahren einmal aus einer Zwickmühle befreit, und dann sei aus dem Jungen dank seiner Fürsorge etwas geworden. Das erzählte er mir damals, und dann wechselte er das Thema.

Einmal war ich Zeugin von einer merkwürdigen Begegnung geworden. Wir aßen in einem eleganten Restaurant, es war Abend, da kam ein Typ mittleren Alters herein. Die Kellner verbeugten sich vor ihm, der Maître zeigte ihm einen Tisch, der Typ sah sich um, und als sein Blick an Dominik hängen blieb, erstarrte er für einen Moment. Auf der Stelle drehte er sich um und ging wieder hinaus, während ihm die Kellner erstaunt hinterhersahen. Dominik zuckte nicht mal mit der Wimper, aber einen Augenblick später stand er vom Tisch auf und tat, als ob er zur Toilette ginge. Die Toilette befand sich gleich neben der Eingangstür, und soviel ich mitbekam, betrat er sie nicht, sondern ging auf die Straße. Nach fünf Minuten kam er zurück, voller versteckter, hinterhältiger Genugtuung, die ich ihm ansah, da ich ihn damals bereits gut kannte.

Na und bei meinen Korrekturen von wissenschaftlichen Texten … Erst beim zweiten Mal ahnte ich etwas. Er prahlte mit seinem Wissen, mit einer Erfindung, einer Verbesserung, von der ich bereits in irgendwelchen Werken gelesen hatte, die ich auf Grammatik- und Rechtschreibfehler hin durchsah. Der Inhalt von Werken dieser Art interessierte mich eigentlich nicht, doch irgendetwas regte sich in meinem Gedächtnis, und es beschlich mich ein komisches Gefühl. Hatte der Autor von Dominik abgeschrieben? Oder Dominik vom Autor? Wenn Letzteres zutraf, woher hatte er es, wenn nicht von meinem Schreibtisch?

Bei dem Gedanken daran, welches Licht das auf mich werfen würde, wurde mir eiskalt, und die Knie begannen mir zu zittern. Eine Korrektorin, die fremden Personen einen noch nicht publizierten Text zugänglich macht und dabei das Vertrauen des Autors und des Verlegers enttäuscht?! Das war keine Korrektorin, das war eine hinterlistige Gedankendiebin!

Das alles erzählte ich dem Major und noch vieles mehr, wobei ich stets um Kürze bemüht war, denn sonst hätten wir noch bis zum frühen Morgen in dem Auto gesessen. Ich versuchte, mich mit eigenen Schlussfolgerungen zurückzuhalten, doch sie ergossen sich aus mir wie aus einem löchrigen Fass. Dominik hätte Leichen gefleddert, wenn es nötig gewesen wäre, und damals hatte ich den Verdacht gefasst, dass er dazu gegebenenfalls sogar welche produziert hätte.

Der Major zeigte ein gewisses Mitgefühl.

»Nun«, sagte er, »damit bestätigen Sie unsere Vermutungen. Aber ich hatte gehofft, dass Sie Konkreteres wissen, irgendwelche Namen?«

»Ich schnappte öfter mal einen Namen auf, aber ich habe sie mir nicht gemerkt. Einmal war ich bei ihm vorbeigekommen, ohne vorher Bescheid zu sagen, ich war gerade in der Gegend gewesen, na ja, und da lag ein Zettel mit einer Liste auf dem Tisch. Jemand hatte ihn zuerst zerknüllt und dann wieder glatt gestrichen, einen Namen habe ich mir gemerkt, den ersten. Wüstenau. Ich habe ihn mir gemerkt, weil ich ihn aus irgendeinem Grund mit Wüstenrose assoziierte. Mehr nicht, er steckte die Liste sofort weg. Und natürlich dieser Mariusz Szlepper. Ah! Und noch eine Frau, die ihn dringend telefonisch gesucht hatte, sie hat bei mir angerufen, wie hieß die bloß ... Ich weiß! Kaja Peszt. So hatte sie sich jedenfalls vorgestellt.«

»Ist das lange her?«

»Etwa ein Jahr, bevor wir uns getrennt haben. Fünf oder sechs Jahre also.«

»Und der Mann, der so rasch das Restaurant verlassen hatte – können Sie ihn beschreiben?«

»Leider nicht gut«, gab ich zu. »Ich erinnere mich, dass er angenehm und gepflegt wirkte. Kurzes Haar, nettes Gesicht, sanfte Gesichtszüge, nichts Hartes. Mittelgroß, sagen wir mal fünf Zentimeter größer als der Oberkellner. Nicht dick, nicht dünn, Alter ... so um die vierzig. Sein Verhalten stimmte dagegen überhaupt nicht mit seinem Aussehen überein.«

»Was wollen Sie damit sagen?«

»Er schien sympathisch und wohlerzogen, aber er drehte sich um und ist einfach rausgegangen, fast rüpelhaft. Vielleicht übertreibe ich ja, aber es muss etwas dran sein, wenn ich mich bis heute daran erinnern kann, ich sehe ihn noch regelrecht vor mir.«

Ich saß mit dem Major auf der Rückbank, der Oberleutnant saß auf dem Fahrersitz und hatte sich zu uns gedreht. Ich bemerkte, dass die beiden einen Blick tauschten.

»Einkünfte ...«, rutschte es dem Oberleutnant raus.

»Ja, genau«, sagte der Major. »Wissen Sie, woher Herr Dominik sein Einkommen bezog?«

»Ich habe so meine Vermutungen«, sagte ich. »Alles auf Grundlage von Schlussfolgerungen. Jetzt werde ich wahrscheinlich den Toten diffamieren. Ich kann mich aber auch irren.«

Ich bemühte mich nach Kräften, meine Ansichten nicht allzu barsch zu formulieren, aber Dominik gab trotzdem kein schönes Bild dabei ab. Ich kam der nächsten Frage des Majors zuvor.

»Und ich erkläre auch gleich, warum ich es so viele Jahre mit ihm ausgehalten habe, weil Sie sich das wahrscheinlich inzwischen fragen. Aus Dummheit. Ich hatte mich in ihn verliebt und glaubte an seine Vollkommenheit, und er umgab mich mit seiner Sorge. Zumindest glaubte ich das. Und ich zweifelte nicht an ihm, jeden Verdacht erstickte ich im Keim. So ging es eine Weile dahin. Aber dann hat er einen Fehler begangen, er sagte mir ganz unverblümt, dass er doch irgendeinen Nutzen von mir haben müsse. Und er fing an, mir Frau Kołek als Vorbild hinzustellen, und daran ging meine große Liebe letztlich zugrunde. Da fielen mir endlich die Schuppen von den Augen, und ich konnte wieder klar sehen. Wenn Sie das nicht nachvollziehen können, fragen Sie eine Frau, zum Beispiel Ihre eigene. Was die Liebe betrifft, sind wir Frauen unfassbar dumm.«

»Nein, ich verstehe das«, sagte der Major deutlich verlegen. »Das heißt wenigstens abstrakt, nicht vom Herzen her.«

»Vom Herzen her!«, schnaubte ich. »Kein Mann könnte so etwas empfinden, sonst wäre er kein Mann!«

»Da haben Sie Recht. Und was ist mit Frau Kołek? Von ihr haben Sie auch noch nicht alles berichtet.«

»Und dazu habe ich eigentlich immer noch keine Lust, weil es einen üblen Nachgeschmack bei mir hinterlässt. Aber ich werde es Ihnen erzählen, wenn's sein muss. Ich habe keine Ahnung, wo er sie kennen gelernt hatte, aber ... Moment mal, ich weiß gar nicht, ob das stimmt, ich habe das von Dominik, und er kann ja schließlich gelogen haben! Wie dem auch sei, sie soll mal die Ehefrau eines Parteibonzen gewesen sein, der soll sie als junges Mädchen geheiratet haben, da gab es das alte politische System noch. Sagen Sie mal, wenn Sie das alles aufnehmen, werden Sie als Gentleman und Ehrenmann doch hoffentlich meine persönlichen Bekenntnisse löschen?«

»Wenn sie sich für die Ermittlung als nicht notwendig erweisen, können Sie beruhigt sein. Wenn wir die privaten Angelegenheiten unschuldiger Menschen herausposaunten, dann würde keiner mehr mit uns reden wollen.«

»Das will auch sonst keiner«, murmelte der Oberleutnant.

»Ich schon«, protestierte ich. »Allerdings in bestimmten Grenzen.«

»Das kann ich Ihnen garantieren. Vertrauliche und unnötige Dinge gehen in die Akten, und die verschwinden im Archiv.«

»Ins Archiv!«, rutschte es mir höhnisch raus. »Ha, ha. Und wo hat Frau Kołek die verschiedenen Dokumente für Dominik herausgeholt? Aus dem Fahrplan vielleicht? Die junge Frau wurde von ihrem Mann misshandelt, der sie dazu zwang, anderen, befreundeten oder auch feindlichen Amtsinhabern zu Diensten zu sein, sie benutzten sie, irgendwie merkwürdig, weil ... Obwohl nein, es war nicht merkwürdig, in früheren Zeiten hielt man Dienstleute ja auch nicht für Menschen, und den Herrschaften wäre es nie im Leben eingefallen, dass diese Dienstboten auch Augen, Ohren und einen Mund hatten. *Quod licet Iovis non licet bovis.* Was dem Jupiter recht ist, ist dem Ochsen noch lange nicht billig. Ähnlich wurde meiner Meinung nach Frau Kołek behandelt, die dazu noch verstand, was hinter den Kulissen vor sich ging, worin sie mich um Längen überragte. Sie hielt enge Verbindungen von vor einem Vierteljahrhundert aufrecht. Während der Wende riss sie sich verschiedenes streng geheimes Material aus dem Archiv unter den Nagel und versteckte es, bis sie es ihrem neuen Abgott überreichte. Damit erwies sie sich als brauchbar. So viel konnte ich mir zusammenreimen aus dem, was Dominik am Rande erwähnte, wobei er nie gern etwas klar und direkt sagte. Ich weiß gar nicht, wie viel Wahrheit in all dem steckt. Er gab mir zu verstehen, dass er in ihr eine Art treue Bedienstete hätte. Überhaupt tauchte sie, zuerst sporadisch, später immer häufiger, erst in den letzten zwei Jahren unserer Beziehung auf. Vielleicht kannte er sie aber schon von klein auf, das weiß ich nicht. Ich glaube, dass sie irgendwelche Gerüchte über mich verbreitete, aber die waren so schrecklich dumm, dass ich sie immer gleich wieder vergessen habe.«

»Sie wissen kein einziges mehr?«

Ich überlegte einen Moment lang und gab mir Mühe, mich an all den Unsinn zu erinnern, mit dem mich Dominik zu manipulieren versucht hatte.

»Doch, tatsächlich. Ich hatte eine ziemlich schwierige Korrektur, aber sehr interessant, zum Thema Archäologie, eine Übersetzung aus dem Englischen, ich sollte sie auf die Bitte des Autors hin mit dem Original vergleichen, ich kann Englisch. Zweimal, nein, Entschuldigung, dreimal, einmal in einem anderen Zusammenhang, brachte mich der Autor mit dem ganzen Zeug nach Hause, Papier ist ja schwer. Und dann erfuhr ich plötzlich, dass ich einen Galan hätte, mit dem ich Dominik angeblich kompromittieren würde. Völliger Blödsinn. Und einmal sollte ich betrunken in einer Kneipe namens ›Lotos‹ einen Streit vom Zaun gebrochen und irgendwelche Beleidigungen über Frau Kołek und Dominik herumgebrüllt haben. Ich kenne nicht einmal diese Kneipe. Er hat mir Vorwürfe gemacht und sich nicht mal gewundert, dass ich überhaupt nicht verstand, was er sagte. Ich glaube, das war das Werk von Frau Kołek, aber warum sollte ich solche Dummheiten ernst nehmen? Die anderen sind mir entfallen. Schwach erinnere ich mich noch an das Gerücht, dass ich jemandem irgendwelche Geheimnisse von ihm verraten haben sollte, aber ich weiß wirklich nicht mehr, welche und an wen. Offen gestanden habe ich an all das seit vier Jahren nicht mehr gedacht.«

»Haben Sie Michalina Kołek gehasst?«

Ich sah ihn erstaunt an.

»Sind Sie verrückt? Entschuldigen Sie bitte, ich wollte nicht unhöflich sein. Sind Sie wirklich der Meinung, dass ich nichts Besseres zu tun habe, als mich mit Michalina Kołek zu beschäftigen?«

»Aber wenn sie nicht gewesen wäre, hätten Sie sich möglicherweise nicht von Herrn Dominik getrennt.«

»Welche Rolle soll sie denn bei der ganzen Sache gespielt haben? Ich hätte mich so oder so von ihm getrennt, nachdem ich festgestellt hatte, dass er mich belog. Möglich, dass er unter ihrem Einfluss mir gegenüber unangenehmer geworden war, aber das sagt doch nur über ihn Schlechtes aus, nicht über sie, nicht wahr?«

»Und Sie haben in den vergangenen vier Jahren weder ihn noch sie gesehen?«

Ich zuckte die Achseln, mittlerweile ein wenig verärgert.

»Nein. Das habe ich doch schon gesagt. Ich habe ihn gemieden, und von ihr lohnt es gar nicht zu reden. Sauer bin ich vor allem auf mich selbst. Denken Sie, dass es angenehm ist, sich über das Ausmaß der eigenen Dummheit bewusst zu werden? In meinem Alter?«

»Na, so alt sind Sie ja wohl noch nicht. Herr Dominik konnte, sagen Sie, selbst nichts und benutzte andere, damit sie ihm halfen. Bei den Fotos und den mechanischen Geräten. Fällt Ihnen irgendein Name dazu ein? Wer das hätte sein können, dieser Helfer?«

»Keine Ahnung. Das hat er doch vor mir geheim gehalten. Und ich interessiere mich auch mehr für amerikanische Idiome als für die Helfer von Dominik. Und mehr für sein Innenleben als für seine äußere Existenz.«

Der Major schwieg einen Moment lang und seufzte schwer.

»Entschuldigen Sie bitte auch diese Frage, aber ich muss sie stellen. Herr Dominik war ein reicher Mann. Hatte er Sie finanziell unterstützt?«

»Hat er. Einmal hatte er mir das Taxi bezahlt, er nahm mich auch auf eine kleine Reise an die polnische Ostsee mit, auf seine Kosten, und einmal für eine Woche nach Nizza. Er bezahlte in den Restaurants, doch das kam eher selten vor, wir führten kein aufregendes gesellschaftliches Leben. Ich ließ mir in den Restaurants nie die Essensreste für die Kinder einpacken, ich fütterte sie aus eigener Tasche. Er brachte mir Blumen. Ich habe von ihm einige Namenstags- und Weihnachtsgeschenke bekommen, das wertvollste darunter ist eine Flachzange multifunktionell, kombiniert mit einem Korkenzieher, der mit einem Hebel funktioniert, angeblich hatte er sie selber hergestellt. Heute glaube ich das nicht mehr. Das war eigentlich alles, vielleicht noch irgendwelche Kleinigkeiten, aber ich erinnere mich nicht.«

»Geld, Schmuck?«

»Also, wissen Sie! Ich bin ein arbeitender Mensch und keine Kurtisane des neunzehnten Jahrhunderts. Ich lebe von dem, was ich selbst verdiene, und lasse mich nicht aushalten. Es ging mir nicht um Materielles.«

»Wofür gab er denn so sein Geld aus?«

»Für Qualität. Wenn schon ein Restaurant, dann das beste, wenn Champagner, dann ein bestimmter Jahrgang vom Taittinger. Wenn er etwas zum Anziehen brauchte, dann musste das besser sein als das, was der gute, alte Prince of Wales trug. Wenn ein Auto, dann eines mit allen Schikanen, wenn Fliegen, dann nur Businessclass und so weiter. Manchmal hatte ich den Eindruck, dass das reine Angeberei war.«

»Wofür brauchte er aber diese Unmengen Gelder?«

»Weiß der Teufel. Geld bedeutet Macht. Er liebte die Macht. Obwohl er andererseits behauptete, dass Wissen Macht sei. Vielleicht hatte er für das Wissen bezahlt?«

»Und nach Ihrer Kenntnis? Ihren Ahnungen? Intuition? Wer hätte ihn umbringen können? Und warum?«

»Das habe ich mich auch schon gefragt«, entgegnete ich gedankenverloren. »Vielleicht jemand, der Karriere machen wollte und dem Dominik gefährlich war wegen seines Wissens über ihn? Ihm blieb nur, den Schuft umzubringen und mit ihm das Wissen zu vernichten. Und es müsste jemand sein, der hinterlistig und geschickt ist … Moment mal, wie ist er eigentlich ermordet worden? Er war ja beinahe krankhaft vorsichtig. Garantiert hätte er keinen Mörder an sich herangelassen. Wie ist es also abgelaufen?«

»Er hat ihn offensichtlich doch an sich herangelassen«, sagte der Major seufzend. »Er wurde aus der Nähe erschossen. Die Waffe wurde ihm nicht direkt an den Kopf gesetzt, aber aus einer Entfernung, die nicht größer war als ein drei viertel Meter.«

»Unmöglich«, sagte ich entgeistert.

»Vielleicht, aber es ist wahr. Was folgern Sie daraus?«

Das hatte mich völlig verdattert, ich musste nachdenken.

»Erst müssen Sie mir alles erzählen. Soweit ich weiß, ist

das in diesem Waldruhe passiert. Ich bin nie im Leben dort gewesen, wie hat es dort ausgesehen? Was ist es, ein Palast, eine Hütte? Ein normales Haus? Hatte er dort ein ganzes Waffenarsenal?«

»Nein. Ein Wohnzimmer. Ein Schlafzimmer. Ein Arbeitszimmer, für niemanden zugänglich, in dem sich die Waffen befanden. Er wurde in diesem Arbeitszimmer gefunden, die Waffe gehörte ihm selbst und wurde nach der Tat wieder an die Wand gehängt. Was sagen Sie dazu?«

Ich versuchte, mir das vorzustellen. Dominik hatte sich mit jemandem getroffen, ihm irgendwas angeboten, einen Drink, einen Tee oder Kaffee ...

»Was bedeutet das, dass das Arbeitszimmer für niemanden zugänglich war? Ging da keiner rein?«

»Keiner. Nicht mal die Putzfrau. Es war stets durch sehr ausgeklügelte Schlösser verriegelt.«

Ich begann, laut nachzudenken.

»Wenn die Waffen im Arbeitszimmer waren und der Gast im Wohnzimmer ... Er muss die Doppelflinte herausgebracht und sie diesem Jemand gezeigt haben. Aus zwei alternativen Gründen. Entweder um sich zu brüsten, vielleicht war sie ja auf originelle Weise abgesägt, oder um sich beraten zu lassen, weil irgendetwas daran nicht funktionierte. Vielleicht um etwas zu verbessern. Also entweder eine neue Bekanntschaft, die dressiert wurde für die Rolle des Bewunderers ... vielleicht eine Bewunderin, wir wollen uns hier nicht um das Geschlecht streiten. Oder dieser Typ, der das alles für ihn gemacht hat. Der Hintermann. Er sollte sich vielleicht was angucken, um es zu ändern, zu verbessern. Die Treffsicherheit betreffend oder die Art, das Gewehr zu laden. Ich kenne mich damit nicht aus, vielleicht wollte er es mit etwas anderem laden und hat es dem Hintermann gezeigt, ihm in die Hand gegeben, damit der sich eine ungewöhnliche Lösung ausdenkt. Und dann lief der Hintermann Amok.«

»Meinen Sie, dass ein plötzlicher Ausbruch in Frage kommt?«

Plötzlich sah ich das Bild von der anderen Seite aus vor mir.

»Moment mal«, sagte ich ungeduldig, mit den eigenen Gedanken beschäftigt. »Eine ganz neue Bekanntschaft kommt nicht in Frage, aber es könnte eine gewesen sein, die sich schon ein wenig bewährt hatte. Nehmen wir an, ich wäre es. Ich bin dümmer, war verbohrt bei Dominik geblieben, plötzlich wie vom Blitz getroffen, weil er sich von mir trennen will, wahnsinnig vor Hass und Rachegefühlen. Scheuklappen, kinderlos – Kinder wirken in einem solchen Falle sehr störend. Demut, Reue, Bewunderung simulierend – Frauen sind ja zu allem fähig. Sie flötet ihm Dummheiten über ihn vor, Dominik zeigt ihr seine Leistung, sie spielt die Ahnungslose, Naive, bis er ihr sogar erlaubt, das Gewehr zu laden, oder er lädt es selbst, weil die schwachen Händchen es doch nicht können. Da zeigt sie ihm endlich ihr wahres Gesicht, sie zielt auf ihn und drückt ab. Nur darum ging es ihr, endlich! Sie hat sich wegen der größten Niederlage ihres Lebens gerächt, und es tut ihr nur Leid, dass es schon vorbei ist, denn sie würde ihn gerne dreißig Mal so töten, nein, ich übertreibe, drei oder vier Mal. Dann kommt sie wieder zur Besinnung, sie hat ja viele Krimis gelesen, also wischt sie das Gewehr ab. War es abgewischt? Diese Doppelflinte, meine ich. Fingerabdrücke?«

»Nichts.«

»Also wischt sie es mit Genugtuung und Triumph ab, hängt es an die Wand. Und tschüss, sie haut ab. Flattert davon wie die Lerche am Himmelsgewölbe.«

»Vorher schließt sie noch alles hinter sich ab.«

»Was?«

»Sie schließt ab. Das komplizierte Schloss des Arbeitszimmers, die Außentür.«

Ich musste wieder nachdenken.

»Dieses Arbeitszimmerschloss wird ihm doch wohl keine Frau angefertigt haben! Es sei denn, dass es ganz einfach schloss, mit einer Bewegung?«

»Nein. Mit einem Schlüssel.«

»Und wo ist der Schlüssel?«

»Nirgendwo. Er ist weg.«

»Und es gab sicher nur einen einzigen. Wie ich Dominik kenne, hat er ihn wie seinen Augapfel gehütet. Nein, eine Frau kommt nicht in Frage. Einer von denen, die er auf diplomatische Weise erpresst hat, mit den Archivdokumenten, der Ernte von Frau Kołek. Oder vielleicht nicht nur von Frau Kołek, denn mein Riecher sagt mir, dass Dominik selbst an irgendwelches kompromittierendes Material herangekommen ist, nur bin ich unpolitisch, ich habe keine Ahnung, wen das betreffen könnte, vielleicht heutige Inhaber hoher Ämter? Oder Geschäftsleute? Die oberen Verwaltungsränge? Die Minister und Bürgermeister wechseln sich ja so schnell ab, dass einem ganz schwindlig wird, woher soll ich wissen, ob Dominik da nicht seine Finger mit im Spiel hatte? Einer von denen. Aber er hätte doch, um Gottes willen, keinem von denen eine Waffe in die Hand gegeben!«

Wahrscheinlich schaute ich sie fragend an, weil sie sich mit einem Blick verständigten. Der Major traf eine Entscheidung.

»In dem geheimen, mit zahlreichen Dokumenten gefüllten Arbeitszimmer von Herrn Dominik war die Hälfte der Papiere in Unordnung. Jemand hatte nach etwas gesucht. Wahrscheinlich hat er es auch gefunden, da er die andere Hälfte in Ruhe gelassen hat. Sagt Ihnen das was?«

»Na klar. Jemand, der nach seinen Papieren gesucht hat, hat ihn umgebracht. Nehmen wir einmal an, dass es derjenige war, der von seinem Dasein als Hintermann die Schnauze voll hatte. Er war aber nicht ohne Grund Hintermann gewesen. Erpressung. Dominik hatte ihn erpresst, und deshalb konnte der Typ nichts dagegen tun, dass man ihn ausbeutete, es gab etwas gegen ihn, irgendetwas Großes. Eine Lappalie, die nach drei Jahren nicht mehr aktuell ist, kann es jedenfalls nicht gewesen sein. Er hat ihn umgebracht, dann gesucht, gefunden, was er suchte, und sich anschließend vom Acker gemacht. Er muss große schauspielerische Fähigkeiten haben, wenn es ihm gelungen war, Dominik zu täuschen und bis zum letzten Moment den Bewunderer zu spielen. Und Dominik muss auch etwas simuliert haben, wahrscheinlich hätte er ohne diesen Typ etwas verloren. Den Ruf des genialen Mechanikers? Ein Stück Macht? Einkünfte von den Fotos? Das Letztere ist zweifelhaft, er hatte wohl auch ohne diese Fotos genug Geld, obwohl ich fünf Jahre lang daran geglaubt hatte, dass er davon lebt. Na gut, vier und ein bisschen.«

Ich sackte ein wenig zusammen, die Erinnerung an Dominik hatte den Adrenalinspiegel im Blut hochschnellen lassen, aber inzwischen war er wieder gefallen. Ich hatte genug, von dem Fall wie von ihm persönlich. Der Major und der Oberleutnant saßen einen Moment lang schweigend da, ich machte mir sogar ein bisschen Sorgen, ob sie nicht darüber nachdachten, die Handschellen herauszunehmen. Dabei tröstete mich wenigstens die Vorstellung, dass ich in Haft endlich von meinen Verwandten erlöst wäre. Dann fielen mir die Kinder ein.

»Meine Herren, ich bitte Sie, warten Sie noch damit«, sagte ich etwas nervös. »Ich werde nirgendwohin fliehen, von dem Erbe hängt die Zukunft meiner unschuldigen Kinder ab. Wenn meine Verwandten in der Überzeugung abreisen werden, ich sei ein redliches Individuum, können Sie mich verhaften, so viel Sie wollen, aber, um Gottes willen, bitte nicht jetzt!«

Leben kehrte in den Major zurück.

»Aber woher denn! Keiner will Sie verhaften, im Gegenteil, Sie haben uns sehr geholfen. Möglicherweise werden wir Ihnen später noch irgendwelche Fragen stellen müssen, wenn wir über all das nachgedacht haben. Für den Moment danken wir Ihnen jedenfalls ganz herzlich.«

Zu meinem Erstaunen fühlte ich mich ganz frei. Die Freunde und Helfer fuhren davon, ich stellte mein Auto in die Garage und kehrte nach Hause zurück, wobei ich vollkommen vergessen hatte, was mich da erwartete.

»Ich glaube ihr«, sagte Górski entschieden, während er in die Wilanowska-Allee einbog.

»Ich auch«, stimmte Bieżan ihm zu. »Diesmal hat sie die Wahrheit gesagt und nichts verschwiegen. Frauen sind wohl tatsächlich dumm.«

»Hängt ganz davon ab. Wenn eine von einem Typen um den Finger gewickelt wird, dann verliert sie tatsächlich den Verstand. Aber es kommt ja auch vor, dass eine den Typ um den Finger wickelt …«

»Und dann verliert der seinen Verstand. Na gut, über Gefühle reden wir ein anderes Mal. Jetzt sollte man diesen, wie hieß er noch mal, Mariusz Vertrieben finden.«

»Verschleppter …«

»Egal. Den Landstreicher eben. Ich könnte meine Hand dafür ins Feuer legen, dass Michalina Kołek ihn gekannt hat. Hej, Moment mal! Gab es da in Zusammenhang mit ihr nicht zufällig einen Mariusz?«

Robert kramte in seinem Gedächtnis.

»Es gab da einen, bestimmt! Aber der hieß nicht Zieher, wie hieß der bloß … Verdammt, ich kann mich nicht daran erinnern, mit diesem Zieher hat sie mich ganz durcheinander gebracht. Mariusz schon, ganz sicher! Mist, wir haben sie nicht richtig nach den Namen ausgefragt.«

»Ich wage zu bezweifeln, ob sie die Leute gekannt hat. Sie

hat sich insgesamt nur an drei erinnert. Wir werden ihn schon finden.«

»Fahren wir ins Präsidium?«

Bieżan tippte mit dem Zeigefinger an die Stirn.

»Jetzt? Hast du sie nicht mehr alle? Ich würde gerne ab und zu mal schlafen, und morgen ist auch noch ein Tag. Möglicherweise ein schwerer, weil die uns jeden Augenblick die Dokumente wegnehmen können, der Alte hat heute schon so etwas angedeutet. Und wir müssen uns die Fotos angucken, weil mir der Typ aus dem Restaurant nicht aus dem Kopf will, vielleicht erkennen wir ihn ja darauf.«

In der Wohnung herrschte Stille. Ich lauschte einen Moment lang und öffnete die Tür zum Flur, von dem aus die Türen zu den anderen Räumen führten. Und in dem Augenblick erklang mit durchdringendem Bimmeln die altmodische silberne Dienstbotenglocke, mit der ich sonst immer die Kinder von oben zum Essen rief.

Beinahe hätte mich der Schlag getroffen, denn wie, zum Teufel, war die Glocke hierher gekommen und warum klingelte sie von selbst? Sie hatte doch in der Anrichte gelegen, war es ihr dort etwa zu langweilig geworden? In dem Moment erblickte ich Onkel Filip, der mitten im Flur in einem großen Sessel saß und offensichtlich gerade aus dem Schlaf erwacht war. Die Glocke war an seine Hand gebunden und bimmelte wie verrückt.

Ich stürzte zu ihm und griff nach seiner Hand, aber es war schon zu spät. Schon hörte ich Bewegung im ganzen Haus, Gestöhne und Sich-im-Bett-Wälzen von Tante Olga und Onkel Ignacy im Wohnzimmer, Getrampel oben, irgendetwas schepperte und fiel um, vermutlich das Hab und Gut meiner Kinder.

Ein Stöhnen drang aus meiner Kehle.

»Onkel, um Gottes willen! Warum?!«

Onkel Filip versuchte, seine Hand mit der Glocke zu befreien, aber ich hielt sie mit ganzer Kraft fest, weil sie sonst wieder angefangen hätte zu läuten. Irgendwelche Schnüre verwickelten sich zwischen meinen Fingern, und ich schaute, wohin sie führten. Die eine ging zur Eingangstür, die zweite zur Türklinke von Onkel Filips Zimmer und die dritte verband den Onkel mit dem Instrument. Instrument war vielleicht nicht das richtige Wort, eher Höllenmaschine, denn es produzierte einen grässlichen Lärm. Ich sah mich nach einer Schere um, da die Knoten einen soliden Eindruck machten.

Der Onkel begann irgendwelche Erklärungen zu stottern.

»Weil, siehst du, mein Kind … So viele Verdächtigungen. Mir wäre es lieber gewesen, aber die Großtante … Man muss, also man muss …«

»Beweg doch bitte deine Hand einen Moment lang nicht, Onkel Filip«, bat ich verzweifelt. »Ich schneide die Schnüre gleich durch. Ich muss dich von der Türklinke losbekommen.«

Eine Schere im Flur war natürlich nirgends zu sehen. Mir fiel ein, dass ich im Arbeitszimmer eine hatte, die andere war sicherlich bei meinen Kindern irgendwo in dem Chaos begraben. Kaum hatte ich in der Schublade das einzige scharfe Messer gefunden, tauchte die gesamte Verwandtschaft auf.

Tante Olga war die Erste.

»Neeeein!!!«, schrie sie entsetzt, als sie sah, wie ich mit dem Messer in der Hand auf den Onkel zutrat, und streckte abwehrend die Arme vor. Der Onkel klingelte energisch.

»Nein!«, wiederholte sie, wenn auch in einem völlig anderen Ton. »Es ist nicht, wie du denkst. Sie will doch nur …«

Das scharfe Messer erwies sich als recht stumpf, die Sache ließ sich nicht mit einem Schnitt erledigen. Ich griff nach der Glocke und fing an, an der dicken Schnur herumzusägen. Wo hatten sie bloß diese dicken Schnüre gefunden? Mir fiel wieder ein, dass ich vor der Ankunft meiner Verwandten vorgehabt hatte, alle Messer zu schärfen. Genau genommen wollte ich Richie darum bitten, aber dann war es mir wieder entfallen.

An den übrigen Schnüren sägte ich schon weniger nervös, weil die Glocke, die ich in der Hand hielt, nicht mehr läuten konnte. Mittlerweile waren alle im Flur versammelt, die Großtante kam majestätisch als Letzte die Treppe heruntergeschwebt. Tante Olga hielt sich die Brust, heftig nach Luft schnappend, während Onkel Ignacy versuchte, sie zu beruhigen, allerdings auf eine ziemlich merkwürdige Weise, weil er sie abklopfte, wo es ihm gerade einfiel. Es zeigte Wirkung, als er auf ihre Hinterbacke traf. Tante Iza rief: »Also bitte!«, und erstarrte an der Wand in der Pose Napoleons. Onkel Filip wartete mittlerweile geduldig mein Sägen ab, bis schließlich die Großtante das Wort ergriff.

»Sie haben dich also wieder freigelassen«, sagte sie säuerlich. »Wir gingen davon aus, dass man dich vorgeladen hat, und hatten Angst vor einer Hausdurchsuchung, also wollten wir lieber vorbereitet sein. Filip hat sich selbst angeboten. Diese Sache muss geklärt werden, ich lasse keinen Aufschub mehr zu!«

Endlich hatte ich den Onkel von der Türklinke losgeschnitten.

»Aber es ist spät, Großtante«, bemerkte ich. »Morgen werden wir alle furchtbar müde sein ...«

»Heute«, korrigierte mich die Großtante. »Es ist bald halb drei. Aber das ist egal, wir sind ja im Urlaub. Und es ist unmöglich zu schlafen, wenn dieser Verdacht über uns schwebt.«

»Wenn es eine Party wäre ...«, begann Onkel Ignacy eifrig.

»Eine Party würde um diese Zeit noch in vollem Gange sein. Und es wäre höchste Zeit, eine heiße Suppe zu servieren.«

Da war nichts zu machen, ich musste einschreiten, damit sie sich keine zu großen Hoffnungen machten.

»Ich habe keine heiße Suppe, Großtante. Es tut mir sehr Leid, ich hatte nicht mit einer nächtlichen Party gerechnet. Salzstangen und Rotwein könnte ich anbieten. Ach ja, und Saubohnen. Aber die Bohnen dauern vierzig Minuten.«

»Das macht nichts. So lange dauert das Gespräch sicherlich.«

Aus der Traum. Dann werde ich eben ein anderes Mal ausschlafen.

Ich setzte Wasser auf und nahm die gefrorenen Saubohnen aus dem Tiefkühlfach und setzte mich mit einem Küchenwecker in der Hand ins Wohnzimmer. Die Großtante verlor keine Zeit.

»Warum hast du nicht geheiratet?«, fragte sie streng.

Mit dieser Frage hatte ich nicht gerechnet.

»Wie kommst du denn darauf? Ich habe doch geheiratet! Vor achtzehn Jahren, meine Kinder sind ehelich geboren!«

»Ein zweites Mal. Nach deiner Scheidung. Warum hast du nicht wieder geheiratet?«

Oje, was sollte ich ihr darauf bloß antworten? Warum hatte ich eigentlich kein zweites Mal geheiratet? Weil das keiner wollte. Dominik hatte nicht um meine Hand angehalten, er hatte sich offenbar nicht darum gerissen, mich zu heiraten, und ich vermied Komplikationen lieber. Die Ehe, ein gemeinsames Zuhause – und darin meine Kinder? Ein Mann erschwert die berufliche Arbeit, er verlangt nach regelmäßigen Mahlzeiten, und dann auch noch einer wie Dominik, ein Perfektionist und Pedant. Da würde es nur zu Reibereien und Streitereien kommen, wessen Haus wäre es überhaupt, seins oder meins? Wer würde für den Unterhalt sorgen? Hätte ich Dominik um Geld bitten sollen, mich von ihm gänzlich abhängig machen? Was für eine albtraumhafte Vorstellung!

Ich beschloss, die andere Hälfte der Wahrheit zu bekennen.

»Weil ich zu viel Arbeit hatte. Ein Ehemann zu Hause bedeutet eine riesige Verantwortung, mir war ein Lebensgefährte, der kommt und wieder geht, lieber. Dem braucht man keine Hemden zu waschen und keine Knöpfe anzunähen, der sitzt einem nicht ständig im Nacken und verlangt nicht nach Frühstück, Mittagessen und Abendessen.«

»Und die Kinder?«, fragte Tante Olga entrüstet.

»Was ist mit den Kindern?«

»Die müssen doch auch etwas zum Frühstück, Mittagessen und Abendessen bekommen.«

»Das ist kein Problem. Sie haben gesunde Hände, können sich selbst das Essen aus dem Kühlschrank nehmen und aufwärmen, Tomek kocht überhaupt sehr gern, die Wäsche machen sie mit links, und Bügeln ist für sie nicht so wichtig. Ein Mann dagegen möchte ständig bedient werden, und dazu habe ich keine Zeit. Und auch keinen Platz. Wo sollte er hier überhaupt unterkommen?«

Jetzt war die Großtante entrüstet.

»Ich verstehe dich nicht, Kind. Ein Mann kümmert sich doch um ein entsprechend großes Haus, er würde doch ausreichenden Platz schaffen können.«

»Ja und? Sollte ich dann bei ihm wohnen?«

»Ist das nicht selbstverständlich?«

»Nicht für jeden«, rutschte es mir heraus. »Wobei ich es ja auch mal, am Anfang, mit der ersten Ehe und den gemeinsamen Kindern probiert habe. Und es hat, wie man sieht, nicht geklappt. Das Haus gehörte mir, genauer gesagt meiner Mutter, also zog mein Mann ganz einfach aus, und ich und die Kinder blieben. Jetzt dagegen, falls etwas passieren würde, was wäre dann? Sollte ich mit meinen Kindern auf dem Zentralbahnhof leben?«

»Wenn was passieren würde?«, fragte Tante Iza mit Nachdruck.

»Na ja, wenn es zu Streitereien käme. Wenn der Mann es nicht mit mir aushalten würde. Mit mir und dem fremden Nachwuchs. Oder ich würde es mit ihm nicht aushalten.«

»Unsinn«, widersprach die Großtante scharf. »Man kann sich an jede Situation anpassen. Und außerdem kann man einen Mann dressieren.«

Ich stellte mir plötzlich einen dressierten Dominik vor. Ich glaube, mit der gleichen Aussicht auf Erfolg könnte man ein Nashorn oder eine Straßenwalze zu dressieren versuchen. Er war es, der mich dressiert hatte, was ihm am Ende aber auch nicht geholfen hat.

»Man muss nur den Richtigen finden«, setzte die Großtante in belehrendem Ton fort. »Ich fürchte, dass du eine schlechte Wahl getroffen hast. Jemand, der sich unter so suspekten Umständen ermorden lässt, kann kein anständiger und verantwortungsvoller Mensch sein. Darf man fragen, wovon du dich hattest leiten lassen?«

»Von Dummheit, Großtante«, gab ich zu. »Ich hatte mich von seinem Auftreten blenden lassen. Und wenn ich ihn geheiratet hätte, dann würde jetzt der Verdacht auf mich fallen!«

»Wie mir scheint, ist er sowieso auf dich gefallen«, mischte sich Tante Iza giftig ein.

»Das kommt nur davon, dass ich Pech hatte.«

»Eben«, setzte die Großtante fort. »Ich möchte jetzt wissen, was du damit zu tun hast. Du behauptest, ihn nicht umgebracht zu haben?«

»Wozu hätte ich ihn umbringen sollen? Nach vier Jahren?«

»Man könnte das als Daueraffekt klassifizieren«, mischte sich Onkel Filip mit besorgter Stimme ein.

Die Großtante ignorierte ihn und bedeutete, dass man ihr Wein nachschenken sollte. Der Onkel beeilte sich so eifrig, ihrer Forderung nachzukommen, dass ihr der nur locker im Flaschenhals sitzende Korken ins Glas schoss. Er hatte vergessen, ihn herauszunehmen. Der Wein ergoss sich nach allen Seiten. Ich stürzte los, um einen Lappen und ein zweites Glas zu holen, wobei mir wieder das Wasser für die Saubohnen einfiel. Es kochte sprudelnd und ich warf die gefrorenen Bohnen hinein, dann fiel mir ein, dass ich es noch nicht gesalzen hatte. Statt mich wie sonst des Salzfasses und eines Löffels zu bedienen, griff ich nach dem Salzstreuer und weil ich aufgeregt war, schüttelte ich ihn offenbar zu stark, denn der Deckel fiel herab.

Der Salzstreuer war groß, er fasste gut hundertfünfzig Gramm, und sein ganzer Inhalt geriet in den Topf. Bei dem Gedanken, dass es keine Suppe war, verspürte ich eine gewisse Erleichterung. Dafür fiel mir das Sieb aus den Händen, als ich das Wasser abzugießen versuchte. Ich setzte die verdammten Saubohnen wieder auf und maß das Salz mit einem Löffel ab.

Bewaffnet mit einer Rolle Küchenpapier und dem Glas für die Großtante ging ich zurück ins Wohnzimmer, zutiefst davon überzeugt, dass ein Fluch auf mir lag und ich es noch vor ihrer Abreise schaffen würde, das ganze Haus zu demolieren. Und die Erbschaft konnte ich abschreiben. Sie sollten also aufhören, mir auf den Geist zu gehen, und sich so schnell wie möglich zum Teufel scheren. Dann könnte ich mich an die Arbeit machen und meine Verluste wieder reinarbeiten.

Die Großtante blieb unnachgiebig.

»Ich wünsche zu wissen, warum du dich von ihm getrennt hast«, verkündete sie, während sie mit dem Küchenpapier an den Weinflecken auf ihrem Kleid herumtupfte. Besser hätte ich das Salz über sie ausgestreut. Es saugt doch Rotwein auf. »Von diesem Lebensgefährten, der sich, wenn ich das richtig verstanden habe, nicht für einen Ehemann eignete. Ich höre.«

Da mir ohnehin schon alles egal war, entschied ich mich, nichts zu beschönigen und frei von der Leber weg zu reden. Sollten sie doch von mir denken, was sie wollten!

»Weil ich mitgekriegt habe, dass er ein ganz gewöhnliches

Schwein war, liebe Großtante. Nein, das ist falsch, kein gewöhnliches, sondern ein außergewöhnliches. Er log, bis sich die Balken bogen, und aus reiner Blödheit glaubte ich ihm. Abgesehen davon duldete er auch keinen Widerspruch, er war despotisch, egozentrisch und gemein zu mir. Natürlich nicht von Anfang an. Am Anfang war er liebevoll, fürsorglich, dazu sah er noch sehr gut aus. Ich bin ihm einfach auf den Leim gegangen. Erst nach fünf Jahren offenbarte er sich in seiner ganzen Schlechtigkeit, und die Unannehmlichkeiten gewannen die Oberhand.«

»Kam er für deinen Lebensunterhalt auf?«

Ich fühlte mich von dieser dummen Frage nicht mehr beleidigt, ich kannte sie ja schon. Ich zuckte die Achseln.

»Nein, Großtante, keineswegs. Ich hatte mich daran gewöhnt, dass ich autark bin, mein Mann hatte mich ja auch nicht gerade mit Geld überschüttet, viel zu arbeiten war also nichts Neues für mich. Wenn er darauf bestanden hätte, meinen Lebensunterhalt zu bezahlen – ich weiß nicht, was ich gemacht hätte.«

»Ach ja?«, mischte sich Tante Iza bissig ein. »Du gehörst also zu denen, die Champagner in den Ausguss schütten?«

»Was für einen Champagner?«

»Den, den er dir nach Hause liefern ließ.«

»Aber woher denn, wo denkst du hin, Tante? So verschwenderisch bin ich gewiss nicht, Champagner würde ich mit Vergnügen trinken.«

»Iza, lenk bitte nicht vom Thema ab«, rügte die Großtante die Tante. »Das heißt, dass du nach der Trennung von ihm nicht in die Armut gestürzt bist?«

»Im Gegenteil, ich bin reicher geworden. Ich konnte mehr arbeiten, und ich hatte viele Aufträge. Es ist mir gelungen, diese Wohnung hier zu kaufen. Und ich habe bar bezahlt, nicht auf Raten.«

Die Großtante warf zu meinem Erstaunen einen triumphierenden Blick in die ganze Runde, wobei sie Onkel Filip ausließ. Onkel Filip sah in dem Moment aus wie ein unglaublich zufriedenes Mäuschen.

»Dieser Grund entfällt also«, sagte sie mit Würde. »Gehen wir zum nächsten über.«

In dem Moment sprang ich auf, weil eines meiner Ohren ein wohlbekanntes Geräusch vernommen hatte. Die Saubohnen waren übergekocht. Ich stürzte in die Küche.

»Noch zehn Minuten«, sagte ich, nachdem ich zurückgekommen war. »Sie sind bald gar.«

Einen Augenblick lang schauten sie mich an, als könnten sie sich nicht erinnern, was gar werden sollte, aber sie gingen nicht weiter darauf ein. Onkel Ignacy griff nach der nächsten Flasche Wein und fand auch sofort den Korkenzieher.

»Hast du gestohlen?«, fragte Großtante streng und stieß mich mit dieser Frage völlig vor den Kopf.

»Was, um Gottes willen, hätte ich denn stehlen sollen!«

»Irgendetwas. In diesem Land sollen ja alle stehlen, hauptsächlich Menschen in hohen Positionen.«

»Aber ich habe doch gar keine Position!«

»Andere Menschen allerdings auch nicht. Es ist uns zu Ohren gekommen, dass sogar solche Personen stehlen, die auf den ersten Blick vertrauenswürdig aussehen, irgendwelche Vorsitzende, Stadträte, Spediteure, Lagerhausleiter, Ärzte, Sekretärinnen.«

Ich versuchte, meine Gedanken zu sammeln.

»Moment mal, Großtante, eine Sekunde. Vor zwanzig Jahren traf das zu, Leute, die im Büro arbeiteten, mussten Papier klauen, weil sie es anders nicht bekommen konnten. Und die Ärzte auch – wenn sie einen Patienten zu Hause an den Tropf hängen wollten, dann mussten sie die entsprechenden Flüssigkeiten aus dem Krankenhaus mitgehen lassen, es gab keine andere Möglichkeit, für kein Geld der Welt. Ich weiß nicht, wie es jetzt ist, ich glaube, man kann inzwischen eigentlich alles kaufen. Die Vorsitzenden, nun, die klauen tatsächlich wie die Raben, aber ich doch nicht! Normale Diebe klauen auch, ohne bestraft zu werden.«

»Das heißt, dass du dein Geld durch ehrliche Arbeit verdient hast und von keinem Mann ausgehalten wurdest. Sehr gut. Hast du irgendein Auto kaputtgefahren?«

»Ich hatte keines, also hatte ich auch nichts zum Kaputtfahren. Nein, ich hatte einmal einen Volkswagen, aber der ist aus Altersgründen auseinander gefallen.«

»Und ein fremdes?«

Meine Verwirrung legte sich etwas.

»Ich bin mit keinem fremden Auto gefahren. Hier ist keiner scharf darauf, jemandem sein Auto zu leihen. Ich hatte keine Gelegenheit, eins kaputtzufahren.«

»Hast du Schulden?«

Ich dachte daran, dass ich welche nach ihrer Abreise haben würde.

»Nein. Vor langer Zeit hatte ich mal welche, aber ich habe alles zurückgezahlt.«

»Nimmst du Drogen?«

»Was für Drogen?«

»Marihuana, Heroin, LSD ...«

»Sehe ich vielleicht danach aus?«, staunte ich. »Ich müsste ja auf den Kopf gefallen sein, um so etwas auch nur zu probieren. Wie kommst du nur auf so entsetzliche Ideen, Großtante?«

»Die Welt ist klein geworden«, warf Onkel Filip entschuldigend ein.

»Nachrichten kommen sogar aus den entlegensten Ecken«, bestätigte die Großtante. »Anonyme Briefe kann man ablehnen, aber man soll sie nicht ganz abtun. Wenn sie auch kein Wort der Wahrheit enthalten, so bedeuten sie doch zumindest, dass man einen Feind hat.«

»Und einen Feind darf man gering schätzen, aber man

sollte doch über ihn Bescheid wissen«, belehrte uns Onkel Ignacy.

»Und?«, fragte Tante Iza spöttisch. »Welchen Feind hast du?«

»Ich persönlich weiß nur von einem«, mischte sich Tante Olga genüsslich ein und warf ihr einen Blick zu.

Ich hätte geistig behindert sein müssen, wenn ich immer noch nicht begriffen hätte. Welche Kanaille hatte mich bis nach Australien angeschwärzt, erstens, und zweitens, was wollte nur Tante Iza von mir? Sie mussten ganz schönen Unsinn in diesen Briefen gelesen haben, wenn sie gleich alle gekommen waren, um mich zu überprüfen. Nur gut, dass ich mich mit meinem Pech abgefunden und es akzeptiert hatte, sonst hätte ich mich jetzt mächtig aufgeregt, aber andererseits wäre es interessant gewesen, zu erfahren, was dahinter steckte.

»Ich weiß nicht, wer mir feindlich gesonnen ist«, sagte ich ungeduldig. »Wenn ich diese anonymen Briefe lesen könnte, mit denen ihr beglückt wurdet, wüsste ich vielleicht, wer sie geschrieben hat. Ein Idiot, das ist sicher. Ist darin von Rennen die Rede?«

»Von was für Rennen?«, fragte Onkel Ignacy misstrauisch, der in dem Maße, wie der Weinpegel in der Flasche sank, immer gesprächiger wurde.

»Pferderennen.«

»Pferderennen«, äffte die Großtante nach. »Und was kann man Falsches an Pferderennen finden?«

Was man Falsches an den hiesigen Pferderennen finden konnte, darüber hätte ich ihr eine Woche lang erzählen können, doch tat ich es lieber nicht, weil das nicht besonders patriotisch gewesen wäre.

»Nichts«, log ich mit schlechtem Gewissen. »Aber das ist das einzige tadelswerte Vergnügen, dem ich mich ab und zu hingebe.«

»Warum denn tadelswert?«, entrüstete sich Onkel Filip.

Onkel Ignacy brachte ebenfalls seine Entrüstung zum Ausdruck, beschränkte sich jedoch darauf, zu röcheln, zu husten, sich zu räuspern und mit der Hand zu wedeln, weil er sich vor lauter Aufregung verschluckt hatte. Beide Tanten und die Großtante betrachteten mich mit Erstaunen und Groll. Mir fiel plötzlich ein, dass Derby-Tage in Australien nationale Feiertage waren.

»Ich meinte das Wetten«, erklärte ich entschuldigend.

»Nicht doch!«, fuhr Tante Iza mich an. »Was für ein Unsinn!«

»Was soll man bei Pferderennen anderes machen als wetten?«, wunderte sich Tante Olga.

»Das Pferd, mein Kind, ist ein edles Tier«, begann die Großtante würdevoll. »Niemand bei gesundem Verstand ...«

Onkel Ignacy fand seine Sprache wieder.

»Nur ein Dummkopf!«, explodierte er. »Nur ein Dummkopf nutzt nicht die Chance! Versteht das nicht! Verliert! Der Kenner niemals! Der Kenner immer! Immer! Der Kenner!«

»Da haben wir ja einen schönen Kenner«, zischte Tante Iza verächtlich.

»Bitte, jetzt keine persönlichen Beleidigungen!«, warf sich Tante Olga ins Gefecht.

Die Großtante versuchte, ihren Faden weiterzuspinnen.

»Die Bedeutung der Zucht zu unterschätzen ...«

»Einmal kann jeder stolpern«, ging Onkel Filip zum Angriff über. »Das zeugt noch von gar nichts.«

»Einmal, meinetwegen, aber was ist mit dem elften Mal, hä?«

Zu meinem Erstaunen stritten plötzlich alle lauthals. Ich nutzte das momentan fehlende Interesse an meiner Person und servierte die etwas zu lange gekochten Saubohnen. Sie begannen zu essen, ohne wirklich zu merken, was sie taten.

Aus dem Streit zog ich die nächsten Schlussfolgerungen. Dieser mir feindlich gesonnene Verfasser der anonymen Briefe musste Ahnung von Australien haben, wenn er meine einzige, moralisch zweifelhafte Vorliebe unerwähnt ließ, denn dass er darüber nichts wissen sollte, war schier nicht möglich. Alle meine Bekannten und Freunde wussten, dass ich zu Pferderennen ging, wettete und mich mit Pferden auskannte. Manchmal fragten mich sogar befreundete Journalisten nach Tipps, und ich gab ihnen nicht die schlechtesten. Pferde kannte ich seit meiner Kindheit, als mageres, neunjähriges Mädchen ritt ich schon einjährige Fohlen bei einem Freund meines Vaters, der Pferdezüchter war und sich über meine Begeisterung freute, da ein Gewicht von fünfundzwanzig Kilo dem Fohlen nicht schadete, es aber an einen Reiter gewöhnte. Wir liebten einander, die Pferde und ich. So manche der Vorfahren von den Pferden, die nun auf der Pferderennbahn liefen, hatte ich persönlich gekannt.

Ich kehrte mit meinen Gedanken in die Gegenwart zurück. Der anonyme Briefeschreiber hatte sich also mit Informationen über die von mir gepflegte Wettleidenschaft zurückgehalten, wahrscheinlich mit blutendem Herzen. Er musste also wissen, dass Australier darin eine gute Eigenschaft sehen würden und keine verdammenswerte Charakterschwäche. Es war demnach kein Vollidiot. Na gut, aber wie war er bloß auf Drogen gekommen?

Meine Verwandten warfen sich gegenseitig irgendwelche Fehler und Irrtümer an den Kopf, unterdessen dachte ich intensiv nach. Was um alles in der Welt ...?

Beinahe hätte ich einen schrecklichen Schrei von mir gegeben, ein entsetztes »Aaaaaaah!!!«, weil es mir plötzlich wieder einfiel. Wie ein Blitz aus heiterem Himmel, verstärkt von einem Donner, der den ganzen Horizont erschütterte. Natürlich, Tomek hatte doch ...

Meine Kinder waren wirklich nicht dumm. Der damals

elfjährige Tomek hatte Kokain mit nach Hause gebracht und es mir gezeigt. Sehr stolz über sein gerade erworbenes Wissen informierte er mich, dass man daran riechen, das heißt, es durch die Nase einziehen müsse, keinerlei Spritzen oder andere Folterinstrumente, die reinste Freude, und nachher käme das wahre Paradies. Das haben sie ihm gesagt, die aus der höheren Klasse, und einer habe ein gutes Herz und ihm ein wenig davon gegeben. Nein, er selbst habe es noch nicht probiert, er habe Gerüchte gehört, dass es schädlich sei, also wolle er sichergehen. Und weil ich bisher immer die Wahrheit gesagt habe und sie nicht volllaberte, würde ich ihm sicherlich auch jetzt keinen Unsinn erzählen. Ich erklomm den Gipfel mütterlicher Vernunft, probierte ein wenig auf der Zunge, es war kein Puderzucker, auch kein Salz, ich zog auch Puder, Mehl oder eventuell Wandputz in Erwägung, war aber schließlich überzeugt, dass es Kokain war. Ich legte das Tütchen auf den Tisch, ging mit dem Kind zu dem Regal und griff nach einem gerichtsmedizinischen Werk und einem illustrierten Sonderband über Drogensucht, den ich erst vor kurzem gekauft hatte, da ich etwas zu diesem Thema korrigiert hatte. Mitleidslos zeigte ich ihm die Bilder. Sehr sachlich beschrieb ich die Folgen, wobei ich die Augenblicke der Euphorie nicht leugnete, und dann stellte ich ihn vor die Entscheidung: entweder fünf Prozent illusionäre Begeisterung und fünfundneunzig Prozent Qual, oder eine vollständige, langjährige menschliche Existenz. Er sollte selbst entscheiden, ob er ein Mensch oder ein Waschlappen sein wollte. Das Kind hatte Mathe gern, besonders die Prozentrechnung sprach es an. Mein Sohn beschloss, Willi aus der achten Klasse einzuladen, und bat mich, auch ihm all das zu erklären. Wie es scheint, war Willi noch nicht in die Klauen der Sucht geraten, also war er leicht von dem Zeug abzubringen.

Das war das einzige Mal, dass sich in meinem Haus Drogen befunden hatten. In kleiner Menge und nur kurze Zeit, weil Tomek und ich es gemeinsam im Klo runtergespült hatten, aber gerade in diesem Moment war Dominik aufgetaucht. Kasia hatte ihn reingelassen, als Tomek und ich noch in die Bücher vertieft waren. Er schaute sich das weiße Pulver an, sagte kein Wort, doch sein Gesichtsausdruck ließ mich in Grund und Boden sinken. Ich weiß nicht, was sich unter meinem Fußboden befand, vielleicht war es Isoliermaterial, vielleicht ein Hohlraum oder irgendwelche Balken, die es dort angeblich immer geben soll, ich hatte nie unter meinem nachgeguckt, aber sogar wenn ich auf einer geschlossenen Betondecke gestanden hätte, hätte mich mein natürlicher Anstand dort versinken lassen. Ich versuchte, ihm die Sache zu erklären, aber er hörte nicht zu und ging hinaus, ein Gefühl des Verdammtseins hinter sich lassend.

Und meine Verwandten in Australien erfuhren, dass ich eine Drogensüchtige sei.

Nein, das war nicht möglich. Sollte Dominik etwa anonyme Briefe geschrieben haben, die mich denunzierten? Aus welchem Grund hätte er das nötig gehabt, was hätte er dadurch erreichen wollen? Vielleicht um mich fertig zu machen, aber was hätte er davon gehabt?

Ich dachte darüber nach, wer sonst einen solchen Blödsinn angestellt haben könnte, aber es fiel mir niemand ein. Ich ließ das Rätselraten, weil meine Verwandten zu streiten aufgehört hatten und sich wieder mit mir beschäftigten.

»Also waren die Anspielungen unbegründet«, begann die Großtante wieder.

»Abstreiten kann man alles!«, zischte Tante Iza.

Tante Olga sprang auf, und der Sessel knarrte bedenklich.

»Du willst es doch nur alles für dein Söhnchen haben!«

»Olga!«, rügte Onkel Filip sie mit Empörung.

Die Großtante saß da wie ein Felsen in der Brandung.

»Was nicht bedeutet, dass dann alles in Ordnung wäre. Ich persönlich habe da zahlreiche Vorbehalte. Was weißt du von den Verhältnissen in unserer Familie?«, wandte sie sich plötzlich wieder an mich.

Schon wieder überrumpelte sie mich, aber ich war doch froh, dass ich vielleicht etwas Aufklärung erhielt.

»Überhaupt nichts. Ich weiß nicht einmal, aus wie vielen Mitgliedern die Familie besteht. Ich gebe zu, dass ich dich, Großtante, bei nächster Gelegenheit danach fragen wollte, weil es doch blöd ist, überhaupt keine Ahnung zu haben.«

»Ich werde dir jetzt gewiss nicht alle aufzählen. Wichtig ist die Tatsache, dass du, auch wenn du all die dir zugeschriebenen Taten nicht begangen hast, gleichzeitig auch unsere Erwartungen nicht erfüllst.«

Verdammt. Es wäre interessant zu erfahren, wie ihre Erwartungen aussahen. Sicherlich gehörte nicht dazu, Onkel Ignacy eine zerzauste Perücke ins Gesicht zu werfen.

»Dein Leben läuft nicht in ruhigen Bahnen. Man kann unmöglich die Verantwortung für ein ganzes Vermögen in deine Hände legen, bis der Junge einundzwanzig ist und das Mädchen achtzehn.«

»Zumal in Frage steht, ob sie es verdienen werden!«, höhnte Tante Iza.

»Deiner hat ja schon früher gezeigt, dass er es verdient!«, warf ihr Tante Olga mit giftiger Genugtuung vor.

»Eine Heirat mit Stefan kommt nicht in Frage«, fuhr die Großtante fort. »Ihr würdet ein absolut unmögliches Paar abgeben.«

Was für ein Stefan denn, um Himmels willen?!

»Darüber hinaus hat Stefan bereits bewiesen, dass es ihm an dem nötigen Anstand fehlt.«

Tante Iza gab ein langes, wortloses Zischen von sich.

»Also wird er nichts erben. Erste Bedingung ist natürlich, dass du von dem Mordverdacht völlig reingewaschen wirst. Diese Art von Verbrechen schließt deine Beteiligung am Erbe von vornherein aus.«

»Vielleicht sollten wir uns die Kinder erst einmal ansehen?« Tante Iza ließ nicht locker.

Damit hatte sie es endlich geschafft, mich wütend zu machen.

»Ich habe Fotos von ihnen. Sie stehen in meinem Schlafzimmer. Es sind ganz neue Fotos, vor zwei Monaten gemacht, ich kann sie dir zeigen, Tante.«

»So neugierig bin ich nun auch wieder nicht.«

»Aber ich würde sie gerne sehen«, platzte Onkel Ignacy heraus, während er eine weitere Flasche aufmachte, es war wohl die vierte oder fünfte.

»Übermorgen wünsche ich, dorthin zu fahren, wo sie sind«, verkündete die Großtante trocken. »Wir fahren alle hin. Ich hoffe, dass du eine Transportmöglichkeit für Iza und Filip besorgen kannst.«

Onkel Filip saß ganz still da, jetzt wie ein bekümmertes Mäuschen. Tante Iza schwieg endlich, Tante Olga gähnte. Die Konferenz ging zu Ende, die Gesellschaft löste sich auf, nur Onkel Ignacy erwies sich als standhaft.

»Bitte«, sagte er, während er sich mit einem Glas Wein in der Hand vom Stuhl erhob. »Zeig mir die Fotos von deinen Kindern, ich möchte sie gerne sehen. Bitte.«

In Ordnung, wenn er will, soll er sie doch sehen. Keiner protestierte und bald stellte sich heraus, dass er in Wirklichkeit unter vier Augen mit mir sprechen wollte. Das kam mir sehr entgegen.

»Da siehst du es«, flüsterte er gleich hinter der Tür zu meinem Zimmer. »Iza intrigiert.«

»Wer ist denn dieser Stefan, Onkel?«, unterbrach ich ihn leicht beunruhigt.

»Wie, das weißt du nicht? Ihr Sohn.«

»Wessen Sohn?«

Der Onkel wollte schon auf dem Stuhl Platz nehmen, erinnerte sich aber dann daran, wie unbequem er war, schaute sich um und setzte sich auf meine Couch. Die mit Sicherheit breiter war. Sein Weinglas stellte er griffbereit auf dem Nachtschränkchen ab.

»Izas Sohn. Ein Posthumus. Sie war damals siebzehn, drei Monate nach der Hochzeit wurde sie Witwe, er ist etwa so alt wie du.«

»Und der sollte mich heiraten?«

»Es gab solche Pläne. Dein Großonkel ... Augenblick mal. Das muss der Ehemann der Schwester deiner Großmutter gewesen sein.«

Da die Großtante die Schwester meiner Großmutter war, muss der dazugehörige Großvater mein Großonkel gewesen sein. Ich nickte.

Der Wein hatte dem Onkel die Zunge gelockert.

»Dein Großonkel fühlte sich für beide Schwestern verantwortlich, er schwor, auch für diejenige zu sorgen, die in dem kommunistischen Land zurückgeblieben war, also fiel die Hälfte seines Vermögens seiner Schwägerin zu, deiner Großmutter. Vorläufig aber Iza.«

Jetzt wusste ich endlich, dass der Erblasser mein sicherlich von Haus aus reicher Großonkel war. Er teilte das Vermögen, was sehr nett von ihm war. Das Weitere erschien mir verwirrend.

»Warum Iza?«

»Sie stammt aus der jüngeren Linie. Die Nichte der Frau des Bruders, seines jüngeren Bruders. Er hatte fast alles verloren, und bevor er alles verlieren konnte, kam ihm ein Hai in die Quere, als er gerade im Meer tauchen war. Nüchtern war er nicht gerade ...«

Ich strengte mich ein wenig an, um das Gehörte zu ordnen. Unsere Vorfahren müssen vermögend gewesen sein, der jüngere Bruder des Großonkels hat das Erbe verplempert, dann ging er betrunken tauchen und begegnete einem Hai. Und Tante Iza war die Nichte von dessen Frau, der Schwägerin des Großvaters, also keine Blutsverwandte, sondern nur indirekt verwandt. Ich war neugierig, wo ihre Eltern geblieben waren ...

Der Onkel goss Wein nach. Meine Gläser waren sehr groß.

»Iza hat leider einen, na ja, einen Parasiten geheiratet. In drei Monaten hatte er die Hälfte ihrer Mitgift durchgebracht. Sie selbst war damals auch ziemlich leichtsinnig, erst später kam sie zur Vernunft. Sie gebar einen Sohn, er wurde in die Familie aufgenommen, aber von klein auf zeigte er schlechte Neigungen, da gab es solche, nun, Vorkommnisse. Also ... Iza versuchte sie zu vertuschen und versprach Besserung. In der jüngeren Generation gibt es also nur zwei Kinder, weil Olga und ich leider keine haben, und die anderen sind auch kinderlos, also bleiben nur Stefan und du. Mary starb bei der Geburt, war selbst daran schuld, wer macht so etwas schon, in einem solchen Moment allein mit dem Wagen loszufahren, man weiß doch, dass es Komplikationen geben kann. Die Pferde haben sie nach Hause gebracht, sie fanden selbst zurück, aber es war bereits zu spät, und das Kind konnte auch nicht mehr gerettet werden. Zenobius und Beatrice überlebten natürlich, aber es sind nicht ihre eigenen Kinder, sondern die von Verwandten von Beatrice, einer sehr entfernten Verwandtschaft, Filip ist zwar der Bruder von Beatrice, aber die Kinder stammen von ihren Vettern.«

Ich versuchte, bei all dem nicht den Faden zu verlieren. Ich erinnerte mich verschwommen daran, dass Mary mit den Pferden die Tochter der Großtante war und Zenobius ihr Sohn, mein Pate dagegen natürlich der Bruder der Schwiegertochter. Bei dem Rest geriet ich vollkommen durcheinander, genauso gut hätte ich mir eine einzelne Folge einer australischen Vorabendserie angucken können. Jedenfalls kam es mir so vor, als habe der Onkel das Interesse von Tante Iza an den Bedingungen des Testaments des Großonkels noch nicht erklärt.

Ich glaube, der Onkel war der gleichen Meinung, weil er das Thema nun gleich aufnahm. Der Wein in seinem Glas ging langsam zur Neige.

»Und überhaupt ist Mary weggefahren, weil sie Streit mit ihrem Mann hatte. Es gab viele ähnliche Unannehmlichkeiten, mal diese, mal jene, Iza bestand persönlich darauf, dass Vater, das heißt der Schwiegervater, das heißt dein Großvater, also dein Großonkel, im Testament den Charakter und die Lebensführung berücksichtigt, weil sie hoffte, dass Stefan sich mäßigen würde, und man wusste ja, dass deine Eltern, entschuldige bitte, mein Kind, nicht besonders clever waren. Und deine Mutter war eigensinnig. Du bist es ja auch, so ein bisschen leichtsinnig. Zu lebenslustig. Und diese Scheidungen. Deshalb entstand der Gedanke, die Kinder einfach miteinander zu verheiraten, Stefan und dich, aber es schien unsicher, ob das auch klappen würde. Also fügte Vater eine Klausel hinzu, wobei er eigentlich die Entscheidung Mama überließ, sie solle selbst entscheiden, wer was bekommen sollte. Iza steht natürlich auf der Seite von Stefan, ihr wäre es lieber, wenn er alles bekäme, insbesondere, weil die anonymen Briefe davon gesprochen hatten …«

»Hat es viele von diesen anonymen Briefen gegeben?«

»Drei oder vier. Ist nicht noch ein bisschen Wein in der Flasche übrig?«

Ich brachte dem Onkel die Flasche, die noch zu einem Viertel voll war, und versuchte gleichzeitig, Ordnung in das Durcheinander in meinem Kopf zu schaffen. Der Großonkel war für Onkel Ignacy der Schwiegervater, also war die Großtante seine Schwiegermutter, somit war Tante Olga ihre Tochter. Kam nicht gerade nach der Familie, sah ihnen nicht ähnlich. Und kein Wunder, dass diese Tante Iza hetzt, denn wenn ich es nicht werde, dann wird es ihr Stefan. Aber ich war auch nicht wichtig, meine Kinder allerdings schon.

»Gut, dass du nicht in diese Extreme verfallen bist«, nahm

der Onkel das Thema unvermittelt wieder auf. »Von niemandem Unterhalt bekommst und nicht mit irgendeinem Hochstapler zusammen bist. Weil Papa so etwas nach Izas und Marys Ehemännern kategorisch ausgeschlossen hat. Iza war voller Hoffnung, und hier bitte, du hast ihn umgebracht ...«

Ich glaube, es war ein Fehler gewesen, ihm die Flasche zu bringen. Ich hätte sagen sollen, sie sei leer.

»Aber Onkel, ich habe ihn nicht umgebracht!«

»Nein? Das ist schade. Und Iza?«

»Iza auch nicht«, erklärte ich geduldig, wenn auch mit Nachdruck. »Sie schläft oben, gesund und munter.«

»Sie intrigiert. Redet immerzu von den anonymen Briefen. Denn da stand geschrieben, also zwischen den Zeilen, dass man dir kein Geld geben soll, weil du es vergeuden würdest. Eigenwillig seist du. Und drogensüchtig. Aber so siehst du gar nicht aus.«

Ich versicherte ihm, dass ich tatsächlich nicht so aussähe.

»Angeblich wärst du keinen Deut besser als Stefan, aber der gibt sein Geld aus für Nutt..., nein, das heißt anders: für Kurtisanen gibt er es aus. Aber du wohl nicht?«

Kurtisanen? Hilfe!

»Nein, ich nicht. Auf keinen Fall.«

»Na und diese Spielsucht. Iza spielt, aber es ist ja Filips Geld, soll er sich deswegen Sorgen machen. Bloß keine Pferde!«, brach es plötzlich aus ihm heraus. »Pferde sind etwas anderes. Spielcasinos, Roulette, Poker ... Du spielst doch nicht etwa?«

Ich konnte ganz gut Poker spielen, Roulette war mir auch nicht fremd, aber ich dachte nicht, dass ich ausgerechnet jetzt damit prahlen sollte. Ich spielte unglaublich selten, aber nur weil ich keine Zeit hatte und nicht etwa, weil mir diese Vergnügen an sich tadelnswert vorkamen. Aber ich war keine Spielernatur. Die Erinnerung schoss mir durch den Kopf, dass diese Vorlieben und Fähigkeiten von mir während der sieben Jahre meiner Beziehung zu Dominik kein einziges Mal zur Sprache gekommen waren. Noch eine Bestätigung der Autorenschaft der anonymen Briefe.

Ich beschloss, später darüber nachzudenken, weil der Onkel langsam zu einem Problem wurde. Er hatte sich die letzten Tropfen Wein ins Glas eingeschenkt, wobei er nichts verschüttete, aber abgesehen davon schien er unfähig, irgendwelche Bewegungen auszuführen. Trotz allem hoffte ich, dass er noch etwas sagen würde, auch wenn ich nicht wusste, was das sein könnte.

»Olga ist«, sagte der Onkel traurig, »neidisch auf sie. Sie konnte niemals Kinder haben. Wir wollten welche, aber dann hatte sie diese Operation …«

Ich brachte ihm mein Mitgefühl zum Ausdruck. Man bedenke bloß, dass Tante Iza mir zuerst sympathischer erschienen war als Tante Olga!

Ein letzter Lebensfunke blitzte in dem Onkel auf.

»Und deine Kinder? Sind sie auch anständig?«

Die Antwort bekam er nicht mehr mit, ich konnte ihn also darüber informieren, dass ich zwei Ungeheuer in meinem Haus großzog, verkommen und zurückgeblieben, was übrigens nicht der Wahrheit entspreche. Er hatte das leere Glas sorgfältig abgestellt, und dann war er auf meiner Couch zusammengesunken und schnarchte selig. Einen Moment saß ich so da, betrachtete ihn nachdenklich und versuchte, sein Gewicht zu schätzen. Nein, ich würde es niemals schaffen, die hundertzwanzig Kilo Lebendgewicht ins Wohnzimmer zu schleppen. Totes auch nicht.

Ohne Zeit und Kraft daran zu verschwenden, an ihm herumzuzerren, stellte ich mir in der Küche das Klappbett auf.

»Mariusz Szlepper!«, sagte Robert Górski in einem Ton, der eine breite Skala von Gefühlen aufwies. »Verdammt noch mal, aber sollte der nicht Vertrieben heißen!«

»Zieher«, korrigierte ihn Bieżan. »Oder Szlepper. Beschäftige dich doch nicht mit solchen Details. Wir haben Wüstenau, und ich muss dir ehrlich sagen, dass ich nicht weiß, was ich mit ihm machen soll.«

»Einsperren«, knurrte Robert.

»Für achtundvierzig Stunden. Hast du irgendeinen anderen Job in Aussicht? Dass wir beide hier rausfliegen, ist dann nämlich sicher. Mit Karacho.«

»Der Typ ist ein Strippenzieher. Die lassen uns tanzen wie die Marionetten.«

»Ja, natürlich. Was hast du denn gedacht? Also, diese sechs sind uns noch geblieben, lass uns über sie nachdenken.«

So, wie sie erwartet hatten, hatte man ihnen den ganzen Kram des Opfers weggenommen. Mit steinernem Gesichtsausdruck hatte der Kommandant den entsprechenden Befehl erteilt, und so kam die Staatsanwaltschaft in den Besitz der Dokumente des seligen Dominik. Theoretisch. In der Praxis landeten sie bei weiß der Teufel wem.

Bieżan war jedoch vorausschauend genug gewesen, um Kopien von allen Dokumenten zu machen, und jetzt untersuchte er eingehend die Fehler und Fehltritte von sechs sehr hochgestellten Geschäftsleuten, deren Telefonnummern seltsamerweise auch in Michalina Kołeks Notizbuch auftauchten. Er zweifelte zwar daran, ob irgendeiner von ihnen eigenhändig seinen persönlichen Feind umbringen würde, aber jeder hätte durchaus einen willigen Vollstrecker beauftragen können. Irgendein Typ war mit einem Taxi in der Nähe des Tatorts herumgekurvt, und Bieżan lechzte förmlich danach, über diesen Typen etwas zu erfahren.

»Dieser Darko«, sagte er leicht irritiert. »Das ist doch seltsam, dass er uns so gar nichts über einen Fahrgast sagen kann, den er den ganzen Tag durch die Gegend kutschiert hat. Wenigstens eine Personenbeschreibung. Ein Phantombild.«

Górski kam dagegen von Mariusz Szlepper nicht los. Es regte ihn maßlos auf, dass er in den Papieren von Dominik keine einzige verräterische Information über ihn gefunden hatte, abgesehen natürlich von dem Jugenderziehungsheim. In einer der Mappen lagen zusammengeklammert: die Geburtsurkunde von Mariusz, eine Polizeinotiz über eine Schlägerei, in der der zwölfjährige Hosenscheißer mit einem Messer herumgefuchtelt hatte, eine zweite Notiz, in der kurz festgestellt wurde, dass der Vater des Hosenscheißers nicht mehr lebte und die Mutter Alkoholikerin war, die Auflistung mehrerer Diebstähle, darunter eines Raubüberfalls, und schließlich die Entscheidung des Jugendgerichts, die den angehenden Verbrecher in einem Erziehungsheim unterbrachte. Nichts weiter. Die zerknitterte Abschrift der Entlassung von Szlepper und dass er einen Bewährungshelfer bekommen würde, die man bei Michalina Kołek gefunden hatte, deuteten darauf hin, dass sich der junge Mann gebessert und an das Leben in einer rechtsstaatlichen Gesellschaft angepasst hatte. Es gab jedenfalls keine polizeilichen Aktenvermerke mehr über ihn.

»Wenn der irgendwas gegen ihn in der Hand hat, und er hat das mitgenommen, warum hat er nicht auch gleich das mitgenommen?«, fragte Robert wütend, wobei er sich nicht gerade präzis ausdrückte. »Wenn er alles gegen alle dahatte, was ist dann schon so etwas? Nichts. Null. Ich habe mich auch mit meinen Kumpels geprügelt, als ich zwölf war. Na und?«

Bieżan erriet, was sein Untergebener meinte.

»Aber du bist nicht mit einem Messer rumgelaufen, hast nicht gestohlen, und soviel ich weiß, war deine Mutter keine Alkoholikerin. Also erzähl keinen Unsinn. Abgesehen davon, dass du Recht hast, bringt uns das nicht weiter. Überprüfe doch einfach, was er jetzt macht, dieser Szlepper, und mach dir ansonsten keinen Kopf um ihn.«

»Aber vielleicht war da ja was Schlimmeres und er hat das betreffende Dokument mitgenommen?«

»Dann hätte er das hier sicher nicht dagelassen. Das lag ja fast obenauf.«

»Dominik hatte Kontakt zu ihm. Er hat die Kołek nach dem kleinen Mariusz suchen lassen.«

»Na dann such du eben auch. Der Name ist ja nicht sehr verbreitet. Hol doch der Teufel diese Kołek, es gibt niemanden, der Dominik näher stand.«

»Ich finde, Iza Brant passt am besten. Sie fällt ins Auge.«

»Zu sehr. An so etwas zweifle ich grundsätzlich. Ich werde mir jedenfalls noch mal diesen Darko vornehmen.«

»Na gut, dann erledige ich den Szlepper.«

Und dann überstürzten sich die Ereignisse.

Robert fand Mariusz Szlepper in einer kleinen Schlosserwerkstatt, die Schlüssel nachmachte und verschiedene altmodische Geräte reparierte, wie Fleischwölfe, Blumensprühflaschen, Küchenwaagen mit Gewichten, Bügeleisen und ähnlichen Kram. Der Besitzer, der zugleich das gesamte Personal darstellte, machte einen ganz sympathischen Eindruck.

Robert brauchte sein Alter nicht zu schätzen, er hatte nämlich vor einer Stunde erst Szleppers Geburtsurkunde in der Hand gehabt. Er sah nach seinen zweiunddreißig Jahren aus, war höflich und entgegenkommend, er strahlte Freundlichkeit und Optimismus aus, aber irgendein früherer Kummer hatte Falten in das schmale Gesicht gegraben, und aus seinen Augen sah eine seltsame Mischung von Empfindungen: Unruhe und Erleichterung, Niedergeschlagenheit und Triumph, aber alles so zurückhaltend, dass Robert es nicht bemerkt hätte, wenn er nicht bei Bieżan in die Schule gegangen wäre. Der Mann stimmte ihn nachdenklich.

»Haben Sie einen gewissen Dominik Dominik gekannt?«, fragte er geradeheraus, nachdem er sich vorgestellt hatte.

»Ob ich ihn gekannt habe?«, wunderte sich jener Mariusz. »Ich kenne ihn immer noch.«

»Seit wann?«

Szlepper blickte ihn aufmerksam und nachdenklich an.

»Ach, was soll's! Wenn Sie von der Polizei sind, dann kriegen Sie es sowieso raus. Seit der Zeit, als er mich aus dem Erziehungsheim rausgeholt hatte. Wie lange ist das her? Sechzehn Jahre.«

»Wofür haben Sie gesessen?«

»Wegen Dummer-Jungen-Streiche. Ich bin auf der Straße aufgewachsen, wissen Sie, und da gerät man nicht in die beste Gesellschaft. Ich wollte der Schrecken von Czerniaków sein, und wie ich das heute sehe, nicht ohne Grund. Ich war ziemlich groß, ein Klappergestell, jeder, der es wollte, konnte mich verprügeln. Na und als ich zwölf war, war mein Traum, es ihnen heimzuzahlen. Später ging das vorbei.«

Robert blickte Mariusz prüfend an.

»Das haben Sie ja wohl auch nicht mehr nötig, einen schwächlichen Eindruck machen Sie jedenfalls nicht.«

Szlepper zuckte die Achseln.

»Bessere Ernährung, Sport ... Ich hatte in meiner Kindheit immer Hunger. Wissen Sie, ich erinnere mich bis heute daran, wie überrascht und erfreut ich war, dass man im Erziehungsheim jeden Tag was zu essen bekommen hat. Ich habe das natürlich keinem gesagt, klar, aber es hat mir geholfen, die erste Zeit dort zu überstehen.«

Er verstummte und starrte nachdenklich vor sich hin. Robert entschied sich, gleich weiterzumachen.

»Soweit ich weiß, haben Sie fast vier Jahre gesessen. Und Dominik hat Sie da rausgeholt. Warum eigentlich? Kannte er Sie von früher?«

»Ob er mich kannte? Flüchtig. Er hatte mich wohl zweimal gesehen. Wissen Sie, da war was mit meiner Mutter, nein, keine Affäre, meine Mutter war damals über so etwas schon hinaus. Sie wollten sie in Behandlung schicken, ich glaube, das Sozialamt, und Dominik war da aktiv. Keine Ahnung, um was es ging, es interessierte mich nicht. Wissen Sie, ich wollte Mafioso werden, aber gleichzeitig wollte ich lernen. Ich hatte keine Schwierigkeiten in der Schule, abgesehen von den Schlägereien. Ich habe immer gern gelernt, auch im Erziehungsheim. Irgendwie ist ihm das zu Ohren gekommen, er hatte mal später erwähnt, dass man Kindern, die lernen wollen, die Chance dazu geben muss.«

Plötzlich schien er wie aus einem Traum aufzuwachen und sah Robert aufmerksam an.

»Moment mal, warum fragen Sie mich überhaupt nach all dem? Leugnet Dominik etwa, dass er mich kennt? Ich bringe ihm doch keine Schande!«

»Ich werde es Ihnen gleich erklären. Arbeiten Sie allein hier?«

»Nein, da ist noch ein Helfer, aber ich habe ihm zwei Wochen Urlaub gegeben, ist ja schließlich auch ein Mensch.«

»Wie heißt er?«

»Kalasanty Paluch. Aber alle nennen ihn Kalas, weil er sich für den Vornamen schämt, angeblich soll sich der Priester den bei seiner Taufe ausgedacht haben, und keiner hatte sich zu protestieren getraut. Er stammt aus Mogielnica, das liegt irgendwo hinter Grójec. Ein anständiger Junge, fleißig und nicht dumm. Er kommt am Montag wieder.«

Robert hatte genug Erfahrung in seinem Beruf gesammelt, um Verdacht zu schöpfen. Das Gespräch mit diesem Mariusz lief zu gut, zu glatt. Gegenüber der Polizei sind die allermeisten Leute auf der Hut oder hüllen sich in Schweigen. Und der hier unterhielt sich mit ihm, als ob sie sich seit langem kennen und gerade ein Bier zusammen trinken würden. Ob er einsam war? Ob er niemanden zum Reden hatte? Er erinnerte ihn an Iza Brant und war doch irgendwie anders.

Bevor er die nächste Frage stellen konnte, betrat eine Frau mittleren Alters die Werkstatt, korpulent, laut, so voller Leben, dass sie einen Toten hätte wecken können.

»Mein Lieber!«, rief sie schon von der Schwelle aus. »Mal wieder die beiden Sägen! Und die Baumschere! Am besten vorgestern!«

Robert wartete geduldig die Verhandlungen über das Schärfen der Gartenwerkzeuge in einer Ecke stehend ab. Bei der Gelegenheit konnte er sich ein wenig umschauen, hinter die halb geöffnete Tür, hinter der eine Art Lagerraum lag, der zugleich Wohnzimmer war. Dann bemerkte er zwei große Fotos an der Wand. Darauf waren eine Art Zahnräder zu sehen, in riesiger Vergrößerung, auf dem einen waren sie verrostet und augenscheinlich stumpf, auf dem anderen glänzten sie mörderisch scharf.

»Was ist das?«, fragte er neugierig, als die Kundin wieder weg war.

Mariusz Szlepper drehte sich um.

»Ach, das. Nichts, Werbung. Stumpf und geschärft. Worum geht es eigentlich, Sie haben es mir immer noch nicht gesagt.«

»Gleich. Einen Moment. Wohnen Sie hier?«

Mariusz zögerte nur einen Sekundenbruchteil, aber lange genug, damit Robert es bemerkte.

»Ja. Es ist bescheiden, aber ich stelle keine hohen Ansprüche.«

»Na gut. Sie kannten also Dominik …«

»Wieso sprechen Sie von ihm in der Vergangenheitsform? Ich habe doch seit gestern nicht aufgehört, ihn zu kennen.«

»Stimmt. Und wann haben Sie ihn zuletzt gesehen?«

»Zuletzt?«, überlegte Szlepper, und das war ein richtiges, echtes Nachdenken, so redlich, dass Robert unvermittelt die letzte Bemerkung von Bieżan in den Sinn kam – darüber, dass Iza Brant zu sehr ins Auge stach. Irgendetwas war hier zu viel. »Warten Sie, ich glaube, ich erinnere mich … Ja, genau, es war kurz vor dem Urlaub von Kalas, das heißt Kalasanty. Vor zehn, elf Tagen. Ich habe ihm einen kleinen Mixer gebracht, eher einen Zerkleinerer, für Pfeffer, Wacholder ... ich weiß nicht, was noch, er mochte Gewürze.«

»Das heißt, Sie wissen, wo er gewohnt hat?«

»Er hatte mehrere Wohnungen. Persönlich kenne ich zwei. Aber warum sagen Sie: gewohnt hat? Da wohnt er doch immer noch!«

»Nicht mehr, dazu später. Tut mir Leid, zuerst bin ich mit dem Fragen dran, dann Sie. Wohin haben Sie ihm das Ding gebracht?«

»Nach Waldruhe. So heißt sein Anwesen, es liegt in der Nähe von Mława. Dort hielt er sich die meiste Zeit auf.«

»Na bitte, jetzt sprechen Sie auch schon in der Vergangenheitsform.«

»Muss ansteckend sein. Was ist passiert? Ist er weggefahren? Gestorben?«

»Gestorben. Genau genommen wurde er ermordet. Sie haben eine Schlosserwerkstatt, Sie kennen sich mit solchen Dingen aus. Haben Sie jemals seine Waffensammlung gesehen?

Mariusz Szlepper stand einen Moment wie versteinert da und glotzte Górski mit stierem Blick an.

»Um Gottes willen«, sagte er entsetzt. »Das kann nicht sein!«

»Hören Sie, die Polizei macht keine Witze, nicht mal am ersten April. Kannten Sie Michalina Kołek?«

»Kołek? Moment, da soll doch ... Kołek – klar kenne ich Michalina. Das ist die Haushaltshilfe von ihm, sie betet ihn an. Eine treue Seele.«

»Und wen kannten Sie noch aus seinem Kreis? Irgendwelche Bekannte, Freunde?«

Mariusz Szlepper rieb sich übers Gesicht, schüttelte den Kopf, so als versuchte er, eine Betäubung loszuwerden.

»Das ist ja schrecklich ... Einen Moment, ich werde Ihnen gleich all diese Fragen beantworten, aber erst einmal muss ich wieder zu mir kommen. Was hat Michalina damit zu tun? Wie konnte das überhaupt passieren?! Und wann?«

»Vor genau neun Tagen. Was haben Sie am Dreizehnten gemacht?«

»Was ich am Dreizehnten gemacht habe? Hören Sie, woher soll ich wissen, was ich ausgerechnet am Dreizehnten gemacht habe? Nichts, dasselbe wie immer, ich habe hier gesessen und was repariert. Oder vielleicht war ich in der Stadt und habe nach Blindschlüsseln gesucht. Ich würde nicht meine Hand dafür ins Feuer legen, ich wüsste allerdings nicht, was ich sonst gemacht haben sollte. Ach nein, da fällt es mir ein. Am Dreizehnten abends – um welche Uhrzeit handelt es sich denn?«

»Von morgens bis in die Nacht.«

»Also am Dreizehnten abends war ich im Spielkasino. Im Kulturpalast. Ich dachte mir, dass der Dreizehnte vielleicht Glück bringen würde, daher bin ich mir sicher, dass es an diesem Tag war. Und er brachte mir Glück. Ich habe über tausend Złoty gewonnen, vor Mitternacht bin ich wieder gegangen, war ja auch nicht der Dreizehnte.«

»Und davor?«

»Was davor?«

»Vor dem Besuch im Spielkasino.«

»Ach so, ja, ich war beim Einkaufen, bin durch die halbe Stadt geirrt. Jetzt erinnere ich mich, ich dachte mir, wenn ich sowieso schon unterwegs bin, nutze ich das aus. Ich habe irgendetwas gegessen und bin dann ins Kasino.«

»Gut. Und jetzt beantworten Sie bitte noch meine Frage von vorhin. Haben Sie mal Dominiks Waffensammlung gesehen?«

»Habe ich«, gab Szlepper mit leichtem Zögern zu. »Er hat sie mir gezeigt. Ein paar Mal. Das ist aber wohl kein Verbrechen?«

»Wo hat er sie Ihnen gezeigt? Im Arbeitszimmer?«

»In was für einem Arbeitszimmer?«

Nach dieser letzten Frage herrschte in der kleinen Schlosserwerkstatt Schweigen, das ziemlich lange andauerte. Robert hatte einiges in Erfahrung gebracht. Er war seiner Eingebung folgend vorgegangen, wie es sich gehörte, sinnvoll und effektiv, obwohl äußerst unwillig und mit sehr gemischten Gefühlen, weil ihm dieser Szlepper vom ersten Augenblick an gefallen hatte.

Bieżan hatte genauso wenig Probleme, Łukasz Darko zu finden.

Er erreichte ihn übers Handy und erfuhr, dass er gerade einen Fahrgast von Tarczyn abholte. Nein, den Namen des Fahrgastes kenne er nicht, und er würde ihn auch nicht danach fragen.

»Was?«, hörte Bieżan am anderen Ende. »Ah, mein Fahrgast sagt, er könnte Ihnen seinen Namen durchaus nennen. Stanisław Mikulski.«

»Was?«, staunte Bieżan. »Wer?«

»Stanisław Mikulski.«

»Nein, wirklich? Haben Sie denn Mikulski nicht wiedererkannt? Aus der Fernsehserie? *Kapitän Kloß!*«

»Wie?«, wunderte sich wiederum Darko. »Ja, Sie haben Recht. Aber das ist er nicht. Sie heißen nur gleich.«

»Und wohin bringen Sie ihn?«

»Nach Warschau.«

»Das heißt, Sie werden in etwa einer Dreiviertelstunde hier sein.«

»In zwei Stunden. Ich bin für zwei Stunden bestellt. Der Kunde kann unterwegs erledigen, was ihm einfällt, und wenn er auf dem Feld sitzt und Put Put zu den Hühnern ruft. Das geht mich nichts an. Aber in zwei Stunden habe ich Zeit, rufen Sie mich übers Handy an. Dann komme ich, wohin Sie wollen.«

»Falls sich irgendetwas an Ihrer Zeitplanung ändern sollte, rufen Sie mich bitte an.«

»Unter welcher Nummer?«

Bieżan gab ihm seine Handynummer, was er sehr selten tat. Später überlegte er, dass Roberts Eingebung ansteckend gewesen und gerade in dem Moment über ihn gekommen war.

Zwanzig Minuten später klingelte das Handy, und aus dem Mund des bislang so höflichen Łukasz Darko ergoss sich ein Schwall der ausgefallensten Schimpfwörter. Bevor der überrumpelte Major etwas erwidern konnte, erklärte der Taxifahrer den Grund für seine üble Laune.

»Schicken Sie mir einen Funkwagen her, oder soll ich einen Kollegen holen?«, fragte er düster, während er wieder in das Register der polnischen Sprache zurückfiel, das auch in vornehmer Gesellschaft gebraucht werden konnte. »Die Karre ist Schrott. Nicht, dass ich etwas dafür konnte. Der hat mir eine Sprengstoffladung reingelegt, dieses gottverdammte Arschloch, und ich wollte den Hurensohn auch noch decken. Was geschieht nun?«

»Wo sind Sie denn?«

»Weiß der Teufel. Auf einem Feldweg, westlich von der Warschauer Landstraße, zwischen irgendwelchen Dörfern. Hier ist nicht mal ein Wegweiser in der Nähe. Ich bin nach seiner Anweisung gefahren, erst links, dann rechts ... Ich sehe einen kleinen Fluss in der Nähe, ganz zugewachsen. Moment mal, da kommen Leute angerannt. Vielleicht können die mir sagen, wo ich hier bin.«

»Halten Sie sie fern!«, schrie Bieżan. »Die sollen nicht zu nah kommen, sonst trampeln sie alles nieder! Gleich wird jemand von uns da sein! Fragen Sie die Leute nur, wo Sie sind!«

»Hier in der Nähe befindet sich irgendein Przypki«, sagte Łukasz Darko einen Moment später. »Es liegt offenbar zwischen zwei Orten namens Wola. Wola Krowieńska und Wola

Papkowska. Na ja, vielleicht heißen sie auch ein bisschen anders …«

Mit Blaulicht und in imponierendem Tempo verließ Bieżan die Stadt und kam innerhalb von vierunddreißig Minuten an der angegebenen Stelle an. Der Funkwagen aus Grójec war vor ihm eingetroffen, er hatte es ja auch nicht so weit.

Der PKW von Łukasz bestand nur noch aus verkohlten Überresten, unter denen sich der Kofferraum und die Räder am einfachsten identifizieren ließen. Alles Übrige lag verstreut über das Weißkohlfeld. Ein Teil war bis zu einem in über zehn Meter Entfernung stehenden Gebüsch geflogen und glühte dort nun fröhlich vor sich hin. Der Feldweg hatte ein neues großes Loch dazubekommen.

»Gott sei Dank habe ich alle möglichen Zusatzversicherungen«, sagte Darko zu Bieżan zur Begrüßung, immer noch düsterer Stimmung, doch offenbar versuchte er nun, tröstliche Gedanken zu finden. »Und warum musste ich zu allem Überfluss auch noch tanken? Ich wäre ohne weiteres bis nach Warschau gekommen, aber nein, der Kerl bestand darauf, dass ich tanke.«

»Wer war es?«

»Ein Kunde, dem sollte eins übergebraten werden. Ein Fahrgast. Ich glaube, der hat sich vorher noch ein Alibi besorgt. Wenn die mich umlegen werden, sollen die nicht so leicht davonkommen – fragen Sie also, ich werde Ihnen alles erzählen.«

»Und wo ist er jetzt, Ihr Kunde? Aber warten Sie: Durch welches Wunder sind Sie überhaupt heil geblieben? Woher wissen Sie, dass es eine Sprengstoffladung war?«

Łukasz Darko warf ihm einen seltsamen Blick zu, Bieżan biss sich auf die Zunge und unterbrach seine fast hysterische Fragerei. Schließlich war nicht er der Geschädigte, sondern Darko, und er hatte begonnen, dem Grundprinzip bei einer Befragung zuwider zu handeln: niemals zwei Fragen auf einmal zu stellen. Wahrscheinlich hatte er sogar vier gestellt. Er musste sich unbedingt am Riemen reißen.

»Ich bin widerstandsfähig«, informierte ihn Łukasz. »Das Schlimmste ist vorbei, obwohl es schon möglich ist, dass ich erst ein bisschen gezittert habe. Der Typ ist da langgegangen …«

Er zeigte mit dem Finger auf eine etwa zweihundert Meter entfernte baufällige Scheune. Sie war dem Einsturz nahe, einzelne Bretter fehlten, das halb geöffnete Tor hing nur noch an einem Scharnier, das Dach bestand nur noch zur Hälfte. Die Explosion hatte ihr jedenfalls nicht mehr viel Schaden zufügen können.

»Er hat gesagt, ich soll hier auf der Straße warten, er hätte in der Scheune dort etwas zu erledigen, er würde gleich wieder zurück sein.«

»Was, verdammt noch mal, sollte er in einer solchen Ruine zu erledigen haben?« Bieżan starrte ihn befremdet an.

»Weiß der Teufel. Hören Sie, Herr Major, die Leute haben Ideen, die Ihnen nie im Leben einfallen würden. Ich habe schon so manches im Leben gesehen! Vielleicht hat er da mal was eingegraben, er oder ein Vorfahre? Wie sie aussieht, ist die Scheune älter als wir beide zusammen. Vielleicht hat er auch jemanden dort getroffen, oder sie ist so etwas wie ein toter Briefkasten und er wollte etwas hinterlassen? Ich habe mir nicht die Mühe gemacht, darüber nachzudenken, soll er doch hingehen, wohin er will, mir ist das egal, ich kann warten. Und ich hätte das auch getan und wäre jetzt in einer besseren Welt, wenn ich mich nicht entschieden hätte, mal im Gebüsch zu verschwinden, um … wie sagt man bloß, ich habe ja schon genug hässliche Wörter gebraucht, also um mich zu entwässern. Irgendwie kam ich mir blöd dabei vor, wie auf einem Präsentierteller, hier hat man gute Sicht nach allen Seiten, wer weiß, ob nicht ein hübsches Mädchen dort am Fluss saß und Blumenkränze geflochten hat.«

Bieżan merkte plötzlich, dass Darko seine stoische Ruhe nur spielte, es muss ihn doch ganz schön erschüttert haben. Äußerlich tat er zwar ganz beherrscht, aber sein Inneres war noch nicht wieder ins Gleichgewicht gekommen. Bieżan verspürte Verständnis für ihn.

»Gut, das Mädchen flicht, Sie sind hin auf einen Sprung und was dann?«

»Nichts. Plötzlich hat es hinter meinem Rücken gekracht. Es war kaum eine Minute vergangen. Ich erstarrte zu einer Salzsäule, ein Stück der Karosserie meines Autos ist mir fast auf die Füße gefallen ... Dann setzte ich mich in Bewegung, fast wie ferngesteuert, die Gedanken schossen durch meinen Kopf, ich rannte dem Kunden nicht in die Scheune nach, weil ich ein Auto gehört hatte und dann auch gesehen, es raste vorbei. Ich weiß nicht, was für eines es war, da wachsen Büsche. Neben der Scheune ist ein Stück Wiese und ein Beet mit Mohrrüben oder so und im Gras sind Fahrrinnen, scheint als Straße benutzt zu werden. Ich bin überzeugt, dass er dort langgefahren ist. Während ich hier auf Sie gewartet habe, hatte ich ja Zeit, mich umzuschauen.«

»Und die Gedanken?«

»Welche Gedanken?«

»Die Sie in Bewegung gesetzt haben.«

»Ach so! Die haben mich veranlasst, das Handy zu nehmen und Sie anzurufen. Das fiel mir als Erstes ein. Als ich das letzte Mal mit Ihnen gesprochen habe ... schneiden Sie eigentlich mit?«

»Was?«

»Das, was ich sage.«

»Wie sollte ich? Ich habe nichts zum Aufnehmen dabei!«

»Sonst würde ich es auch später leugnen. Ich hatte während der Fahrt mit Ihnen telefoniert, das ist eigentlich eine Ordnungswidrigkeit. Er hat hinter mir gesessen, ich hatte nicht besonders darauf geachtet, aber er hat sich vorgebeugt, dessen bin ich mir ganz sicher. Nur kurz. Bestimmt hat er mir eine kleine Bombe unter den Sitz gelegt, nachdem er die Zeit präzise ausgerechnet hatte. Sie muss getickt haben, aber obwohl der Motor sehr ruhig läuft, war sie nicht zu hören, außerdem hat das Radio gespielt. Dieser widerliche Aasgeier hatte sich Musik gewünscht!«

»Und sogar bei ausgeschaltetem Motor, während Sie auf ihn warteten, haben Sie das Ticken nicht gehört?«

»Offensichtlich. Und ich wäre in die Luft gegangen, in Stücke gerissen.«

»Sind Sie sicher, dass es eine kleine Bombe war? Woher wissen Sie über so etwas Bescheid?«

Łukasz Darko seufzte tief, klopfte sich auf den Oberarm, zog seine Zigaretten heraus und zündete sich eine an.

»Es ist das reinste Glück, dass ich alles in meinen Taschen mithabe. Die Papiere, das Geld, das Handy, die Schlüssel ... Die Straßenkarten und der Stadtplan von Warschau sind hin, aber die kann man Gott sei Dank überall kaufen. Wissen Sie, Herr Major, ich war ein ganz normaler Junge und meine Mutter war tolerant – welcher normale Junge interessiert sich nicht für explosives Zeug? Später wollte ich es genauer wissen, auf dem Basar können Sie alles kaufen, was Sie wollen, sogar ich könnte so etwas zusammenbasteln. Und abgesehen davon: Was kann in einem gut gepflegten Auto sonst noch plötzlich in die Luft gehen?«

Nach kurzer Bedenkzeit gab Bieżan zu, dass die Auswahl nicht besonders groß war. Im äußersten Notfall ein Reifen, aber wegen eines Reifens flog doch nicht das ganze Auto in die Luft, und hier hatte ja nicht einmal das Bäumchen am Straßenrand die Chance bekommen, groß zu werden. Dieser Darko hatte Recht.

»Stimmt, ich bin auch etwas durcheinander«, sagte Bieżan und kehrte zum ursprünglichen Thema zurück. »Aber mein Gedächtnis funktioniert dennoch ganz gut. Was haben

Sie da von einem Alibi erzählt? Über Ihren Kunden müssen wir auch sonst noch ausführlich sprechen, aber was war das mit dem Alibi?«

»Ich würde mich gern irgendwo hinsetzen«, erklärte Łukasz, zwischen den Kohlköpfen stehend. »Haben Sie vielleicht zufällig ein Fläschchen dabei? Schade.«

»Sie haben Recht, entschuldigen Sie bitte, setzen wir uns doch in mein Auto.«

Auf der Rückbank des Funkwagens ging das Gespräch weiter. Der Polizeitechniker bestätigte die Ansicht des Taxifahrers. Es war mit Sicherheit eine Sprengstoffladung gewesen, eine primitive Zeitbombe mit verhältnismäßig kleiner Sprengkraft. Wenn sie auf einer Straße in der Stadt explodiert wäre, wären wahrscheinlich nur die Fensterscheiben im nächsten Geschäft rausgeflogen und sonst nichts.

»Na sehen Sie«, hielt ihm Łukasz vor. »Gut, dann also zu diesem Alibi. Es hat mich nicht einmal gewundert, den Leuten fallen ja die seltsamsten Dinge ein. Er stieg am Taxistand bei mir ein, sagte, ich soll vor der Bank an Nowy Świat vorfahren. Dort stieg er aus, wobei er so tat, als ob er stark hinken würde, Massen von Leuten haben ihn gesehen und auch eine Politesse, die dort stand, hat ihn angestarrt. Dann forderte er mich auf, eine Runde zu drehen und an der Mysia auf ihn zu warten. Er ging in die Bank rein, das habe ich gesehen, da hat er sich sicher nur gezeigt, damit er möglichst viele Zeugen hat. Ich wartete etwa eine Viertelstunde an der Mysia auf ihn, da tauchte er plötzlich auf, stieg schnell ein und weiter ging's. Und was haben die Leute gesehen? Er ist ausgestiegen, das Taxi ist weggefahren, und das war es. Und ich hatte mir nicht mal Gedanken darüber gemacht, was das Ganze sollte, obwohl doch vor der Bank freie Parkplätze waren und ich ohne weiteres dort hätte parken können.«

Während er zuhörte, dachte Bieżan über die Sache nach.

Doch, das Alibi war nicht schlecht, die Abfahrt des Taxis hätte die Politesse bestätigt, in der Bank reichte irgendeine Transaktion, damit der Computer den Kunden registrierte, und an der Mysia hatte der Typ sicherlich dafür gesorgt, dass keiner auf ihn aufmerksam wurde. Was der Taxifahrer danach gemacht hatte und wohin er gefahren war, konnte ein zufälliger Fahrgast, der vor der Bank ausgestiegen war, natürlich nicht wissen.

»Und wer war der Mann? Kennen Sie ihn vielleicht?«

»Na sicher. Er nennt sich Różycki, aber das ist ein Tarnname, mit seinem richtigen Namen geht der nicht hausieren. Und mit dem Mikulski hat er sich einen Witz erlaubt, in Wirklichkeit heißt er Wüstenau, komischer Name. Sigismund Wüstenau. Und falls es Sie interessiert: Er ist es auch gewesen, den ich zu diesem Waldruhe kutschiert habe, nicht zum ersten Mal übrigens.«

»Interessant. Warum er sich wohl von Ihnen fahren lässt? Hat er kein eigenes Auto?«

»Hat er, klar. Ich glaube, sogar zwei. Aber ein Auto hat Kennzeichen, und er hatte wohl keine Lust, falsche anzuschrauben. Ein Taxi ist ein anonymes Gefährt, und auch wenn ich den Typen hundert Mal gefahren hätte, heißt das nicht, dass ich ihn kenne und etwas von ihm weiß. Aber einmal kramte er während der Fahrt in seiner Brieftasche, stieg aus und ließ die Brieftasche auf dem Sitz liegen. Ich sah sie dort liegen, und da sie meiner zum Verwechseln ähnlich war, dachte ich, ich gucke besser rein. Der Ausweis lag ganz oben, aber die unterscheiden sich ja auch kaum, und bevor ich weiter darüber nachdachte, hatte ich schon draufgeguckt. Es war nicht meiner, sondern seiner, mit Foto. Gleich darauf kam er angerannt und nahm die Brieftasche mit.«

»Konnte er annehmen, dass Sie Bescheid wissen?«

»Ich glaube nicht, weil ich die Brieftasche zurück auf den Sitz geworfen hatte und mich umsah, ob er nicht irgendwo zu sehen war. Ich wollte sie ihm schließlich nicht klauen, sondern zurückgeben. Und da kam er auch schon.«

»Das heißt, der Kerl hatte Pech.«

»Na klar! Doppeltes. Wenn ich nicht in die Büsche gegangen wäre …«

Da sie gleich zu Beginn ihres Gesprächs losgefahren waren, weil sich Bieżan nicht mit den technischen Fragen am Tatort beschäftigen musste, hatten sie es nicht mehr weit bis nach Warschau. Das Handy von Łukasz klingelte. Bieżan bekam mit, dass Iza Brant am Apparat war, aber er bremste seine Neugier.

»Wir fahren zum Polizeipräsidium, was meinen Sie? Verletzt sind Sie nicht, etwas zur Stärkung wird sich wohl finden, wir besprechen den ganzen Rest, und bei der Gelegenheit wird gleich das Protokoll über die Zerstörung des Fahrzeugs aufgenommen. Bevorzugt und ohne Anstehen.«

»Ist in Ordnung«, willigte Łukasz ein. »Ich bin raus aus dem Geschäft, ich komme auch ohne diese Seilschaft zurecht … und so viel auf dem Gewissen habe ich auch wieder nicht. Im Falle eines Falles leugne ich einfach, das sage ich Ihnen gleich, persönliche Bekenntnisse sind das eine und offizielle Aussagen was anderes. Was Sie daraus machen, ist Ihre Sache.«

Bieżan erklärte sich mit dieser Vereinbarung einverstanden und so begannen sich alle neuen Entwicklungen auf das Polizeipräsidium zu konzentrieren.

Ins Polizeipräsidium kam nämlich auch der sehr aufgeregte Wachtmeister Zabój, der aus der gut bewachten Wohnung von Michalina Kołek übers Telefon mit großem Nachdruck nach einer Ablösung verlangt hatte. Er behauptete, bahnbrechende Neuigkeiten zu haben, die er nicht übers Telefon übermitteln könne, er müsse sie persönlich überbringen. Weil diese Wohnung bereits von einer höchst verdächtigen Gestalt aufgesucht worden war, erfüllte man seinen Wunsch.

Wachtmeister Zabój hatte still und ruhig in der Wohnung der Toten gesessen, als plötzlich jemand an der Tür klingelte. Ganz normal, mit der elektrischen Klingel, die sehr schrill war.

Wenn man berücksichtigte, dass dieser Jemand sich keineswegs bemühte, leise zu sein, die Nase hochzog, hustete, mit den Füßen scharrte und einem anderen offenbar sogar etwas zurief, bestand wohl nicht der Verdacht, dass er etwas im Schilde führte. Also öffnete der Wachtmeister die Tür.

»Michalinchen, warum dauert das denn so lange …«, begann der Gast an der Schwelle, ohne die Person hinter der Tür zu sehen. »Ich klingle und klingle …«

Der Redeschwall versiegte plötzlich. Der Wachtmeister trat vor und sah eine Blondine vor sich. Aus dem, was er über Michalina Kołek gehört hatte, zog er den Schluss, dass beide eine ähnliche Figur hatten – für beide wäre es kein Problem gewesen, einen Sack Kartoffeln zu stemmen. Für ihn selbst zum Glück auch nicht. Die graublauen Äuglein blickten ihn misstrauisch an.

»Wer sind Sie denn?«

»Bitte, bitte«, lud der Wachtmeister sie eifrig ein und machte sogar eine Verbeugung.

Die Blondine zeigte keine Ängstlichkeit, kühn drang sie ins Innere der Wohnung.

»Hier wohnt Michalina Kołek, meine Freundin. Was machen Sie hier? Wo ist Michalinchen? Sind Sie vielleicht ein Verwandter?«

Plötzlich bemerkte sie die Uniform des Wachtmeisters.

»Ey! Was hat denn die Polizei mit Michalina zu schaffen? Hat man sie bestohlen, wurde eingebrochen? Wo ist sie denn? Ich bin gestern gerade erst zurückgekommen, ich bin nicht auf dem Laufenden, ist etwas passiert?«

Einen Moment lang schwankte der Wachtmeister, ob er ihr die Wahrheit sagen sollte. Schweigsam war sie ja nicht, das hatte er bereits bemerkt, aber würde sie mehr von der lebenden oder von der toten Michalina erzählen? Das Misstrauen strömte aus ihr wie aus einem lecken Wasserrohr, es war besser, sich an die Tatsachen zu halten. Der Schock könnte das Weib erweichen, und Verdächtigungen würden ihr den Mund für alle Zeit verschließen.

Er schloss hinter dem Gast die Tür und verriegelte sie auch noch, für alle Fälle.

»Sie sind, wie ich höre, eine Freundin von Frau Kołek?«

»Ja. Sogar ihre beste. Ist das etwa verboten? Wo ist sie? Woher soll ich wissen, ob Sie nicht ein verkleideter Polizist sind?«

»Bitte sehr, hier ist mein Dienstausweis. Und wären Sie so nett, mir auch einen Ausweis zu zeigen?«

Mit der einen Hand riss das imponierende Weib dem Wachtmeister das Dienstpapier aus den Fingern, mit der anderen kramte sie ihren Personalausweis aus der Handtasche hervor. Fast gleichzeitig überprüften sie die Personalien des anderen, nur war der Wachtmeister schneller und hatte, nachdem er mit geübtem Blick die gewünschten Informationen erhalten hatte, wie mit einer Zange nach der Ecke seines Dienstausweises gegriffen und hielt sie fest, weil er dieser Harpyie nicht traute.

»Anastazja Ryksa«, las er. »Verheiratet, geborene Wieńczyk, wohnhaft in Warschau, Sieleckastraße drei.«

»Ich weiß, wo ich wohne«, unterbrach ihn Frau Ryksa aufgebracht. »Aber wo Michalina ist, weiß ich immer noch nicht. Sagen Sie es mir nun endlich oder nicht?!«

»Natürlich sage ich es Ihnen. In der Leichenhalle.«

»Wo?«

»In der Leichenhalle.«

»Sie machen Spaß, oder?«

»Nein, leider nicht, so witzig bin ich nicht. Frau Kołek ist tot, und da das Begräbnis noch nicht stattgefunden hat, müsste sie noch in der Leichenhalle sein.«

Anastazja Ryksa schien es für einen Moment die Sprache verschlagen zu haben. Sie machte zwei Schritte nach vorne und ließ sich auf einen Stuhl fallen, der sehr solide sein musste, weil er kaum unter ihrem Gewicht stöhnte. Sie stützte den Ellbogen auf den Tisch und hielt sich die Stirn, die andere Hand drückte sie an ihre Brust.

»Sie meinen das wirklich ernst?«

»Mein Wort darauf.«

»Schwören Sie!«

Der Wachtmeister überlegte schnell, worauf er schwören könnte, damit sie ihm Glauben schenkte. Auf etwas Menschliches – genau!

»Dass ich sonst meine Rente nicht erleben soll, so wahr mir Gott helfe!«

»O Jesus Maria und Josef …«

»Denken Sie doch mal nach, was würde ich sonst hier machen?«

Anastazja Ryksa holte tief Luft, dann zeigte sie mit der Hand auf die Standuhr in der Zimmerecke.

»Dort«, sagte sie mit erstickter Stimme, »dort unten hat Michalina ihren Cognac … hatte. Sehen Sie doch mal nach. Er ist echt. Ich glaube, ich brauche jetzt einen Schluck.«

Der Wachtmeister griff gehorsam rein und fand eine Flasche und Gläser. Das deutete darauf hin, dass Anastazja und Michalina gut miteinander befreundet gewesen sein mussten. Sie kannte ihre geheimen Verstecke. Er schenkte ihr ein, bedachte sich selbst auch recht großzügig, und dann schaltete er heimlich das kleine Aufnahmegerät in seiner Tasche ein.

»Sie sind eben erst zurückgekommen, sagten Sie«, meinte er in freundlichem Ton. »Von wo? Wo sind Sie gewesen?«

»In Dresden, bei meiner Tochter«, antwortete Anastazja. »Die hat ’nen Deutschen geheiratet. Und hier so ein Unglück! Was ist denn bloß passiert, Jesus Maria, sie war doch kerngesund! Ein Unfall?«

»Wenn Sie so wollen: Sie ist ermordet worden.«

Anastazja fiel beinahe das Glas aus der Hand.

»Hab ich's nicht gesagt!«, stöhnte sie entsetzt auf. »Hab ich's nicht gesagt, wozu hat sie zu diesem Banditen gehalten? Angeblich hatte sie jeden in der Hand, und jetzt haben wir den Salat! Habe ich ihr nicht gesagt, halt dich da raus? Und der Kerl, was ist mit dem? Tat immer so fürsorglich, dabei hat er nur für sich selbst gesorgt, nicht für sie! Die andere hatte Verstand genug gehabt, ihn zu verlassen, aber Michalina natürlich nicht! Und wo ist er jetzt, wo war er, als man sie ermordet hat, na, frage ich, wo?«

»Wer denn?« Der Wachtmeister zeigte wachsendes Interesse.

»Was heißt hier wer? Dieser Dominik natürlich! Hab ich's nicht gesagt, das ist für sie eine Nummer zu groß? Das war doch eine einzige Mafia, die hatten Angst vor ihr, und der Dominik saß denen wie ein Splitter im Hintern! Vor ihm haben sie noch mehr Angst, sagte ich. Wie sollte sie an diese Millionen, an die Chinchillas und Brillanten heranreichen! Und sie? Nichts, sie wusste es besser, sie hat sie insgeheim bewundert. Und der Dominik schwebte als der Herrgott über ihnen allen! Gießen Sie mir noch einen ein!«

Der Wachtmeister führte die Anweisung mit solcher Eilfertigkeit aus, dass er beinahe die Flasche hätte fallen lassen. Sich selbst vernachlässigte er diesmal. Vorerst versuchte er nicht, das Informationsknäuel zu entwirren.

»Und was sagt Dominik dazu?«, fragte Anastazja zugleich neugierig und abweisend.

»Nichts.«

»Was heißt hier nichts?«

»Na, nichts. Er kann nichts dazu sagen.«

»Warum denn das?«

»Weil er auch tot ist.«

»WAAS?«

»Er ist tot. Er wurde noch vor ihr ermordet.«

»Darauf brauche ich noch einen Schluck«, sagte Anastazja nach mindestens drei Sekunden Schweigen mit schwacher Stimme.

Unsicher, was nun zu tun sei, ob er nachhaken oder eher still sitzen sollte, wartete der Wachtmeister. Anastazja schwoll, unter dem Einfluss des Schocks und des Cognacs, deutlich an. Als ob sie sich mit flüssigem Beton füllen würde.

»Wann war das?«, fragte sie sachlich. »Wurden sie zusammen um die Ecke gebracht?«

»Nein. Jeder für sich.«

»Könnten Sie mir das bitte eins nach dem anderen erzählen, weil ich mich sonst aufregen muss. Wer, wann und wo. Und gießen Sie mir noch was ein. Sich selbst auch.«

In vollem Bewusstsein dessen, dass er als Beamter im Dienst alle Ordnungswidrigkeiten beging, die in dieser Situation nur möglich waren, riskierte es der Wachtmeister. Einen Schritt weiter, und er hätte die Seite gewechselt und wäre bei den Verbrechern gelandet. Er fasste also die Todesumstände des trauten Paares zusammen.

Anastazja vergoss beim Zuhören eine Träne. Nur eine, mehr nicht, weil der Wachtmeister so sachlich wie möglich berichtete.

»Sie hat ihn geliebt«, sagte sie dumpf. »Und er sie nicht. Wenn er überhaupt jemanden geliebt hat, dann seine frühere Schlampe, aber die hat er vielleicht auch nicht geliebt. Ich hatte es ihr immer wieder gesagt! Was heißt das, sie hat ihn gefunden und es gemeldet? Na, doch nicht irgendjemandem, sondern einem dieser Ehemaligen, die konnten alles. Die halten sich an kein Gesetz, früher nicht und heute auch nicht. Dominik war also tot, da blieb nur noch Michalina. Und so etwas gibt's ja nicht, dass man jemandem die Erinnerungen einzeln aus dem Kopf schneiden kann. Da muss man schon den ganzen Kopf ... Gießen Sie mir noch etwas ein.«

»Sie haben ihren Bekanntenkreis gekannt …«, setzte der Wachtmeister zaghaft an.

»Ach was, Bekanntschaften. Ich habe geheiratet, weil das alles langsam auseinander fiel, und Michalina hatte ich auch dazu geraten, aber sie wollte nicht. Na ja, ich bin ja älter, warten Sie, lassen Sie mich rechnen – vor zweiundzwanzig Jahren, da war sie siebzehn und ich schon einundzwanzig. Fünf Jahre hatte ich ihnen gedient, und da wurde mir schon mulmig. Mein Mann war ein einfacher Mensch, er hatte eine Autowerkstatt, er kam da leicht raus. Und sie machte weiter mit, in dieser Seilschaft, ja, die waren scharf auf sie, sie hatte einen wichtigen Posten, Sekretärin und Vertraute, na und dann lief ihr Dominik über den Weg.«

»Und was dann?«

»Nichts weiter. Alles eitel Sonnenschein. Es hatte fast so ausgesehen, als ob sie ihn einfangen würde. Seit fünf Jahren war scheinbar Ruhe, nur dass ihn immer noch alte Bekannte umschwirrten, die Hälfte davon waren allerdings schon die Kinder von denen. Oder irgendwelche weit entfernten Verwandten. Gießen Sie mir noch was ein.«

»Und die heutigen Bekannten?«

»Bekannte! Die haben sich alle bei ihr angebiedert, um etwas über Dominik zu erfahren. Aber Michalina war verschwiegen wie ein Grab, und am meisten hatte so einer … ach was, einer, es waren mindestens drei, zu verlieren … Der ist mal Senator, mal sitzt er im Parlament oder ist Vorstandsvorsitzender, hier Präsident, dort Minister, stellvertretender Ministerpräsident, wer weiß, was er sich da noch alles ausgedacht hat, ich kann mir das alles gar nicht merken. Wenn dann auch noch die Gaunereien von seinem Papa herauskommen würden …«

»Haben die auch Namen?«

»Was fragen Sie mich das? Oder, warten Sie, einer war in letzter Zeit zweimal da gewesen. Michalina hat erzählt, dass

Dominik durch ihn am meisten gewinnen würde. Wüstenberg … Nein. Wüstenmann. Irgendwie so. Und diesen Wüterich kannte ich sogar in meinen jungen Jahren selbst, der flog auf mich. Aber ich sage Ihnen, diesem Dominik habe ich nicht getraut.«

»Inwiefern?«

»Na, das war ein großer Geschäftsmann, hat in der ganzen Welt Geschäfte gemacht, ein Künstler, weiß Gott. Mir stank das aber. Ständig kam irgendein Martin, nein, Mariusz, den hat er richtig ausgebeutet, und einmal ist Michalina rausgerutscht, dass er es war, der die Fotos gemacht hat. Und auch die Schlösser, Pistolen, Gewehre – die ganzen Erfindungen. Mariusz war ein Zögling von Dominik, das hat sie mir anvertraut, er liebe ihn fast so sehr, wie sie ihn liebe, aber er sei in letzter Zeit etwas nörgelig geworden … Gießen Sie mir doch noch was ein …«

Die Fortsetzung des Gesprächs schrieb sich der Wachtmeister auf alle Fälle unter dem Tisch mit, da er Sorge hatte, dass das Aufnahmegerät nicht mitspielte. Er kannte die Hinterhältigkeit unbelebter Gegenstände.

Dieses ganz zufällige Zusammentreffen führte jedenfalls schließlich zu dem Anruf im Polizeipräsidium, in dem der Wachtmeister fieberhaft um eine Ablösung bat.

Genau zur gleichen Zeit durchlebte ich schwere Momente, als ich versuchte, die Forderungen meiner Familie zu erfüllen.

Wenn die Großtante wünschte, dass alle ans Meer reisten, musste ich mir tatsächlich eine Transportmöglichkeit für Tante Iza und Onkel Filip einfallen lassen. Natürlich dachte ich sofort an Richie, aber Richie verfügte diesmal über ein noch langsameres Gefährt als den Kran, eine Straßenwalze oder etwas in der Art, eine hochkomplizierte Multifunktionsmaschine, die für weite Reisen wenig brauchbar war. Ich war voller Sorge, Richie auch, aber dann fiel ihm sein Kumpel Marian ein, der mit den Fremdsprachen.

Wir riefen ihn an, und es stellte sich heraus, dass Marian sich gerade in London befand, gemeinsam mit einem Kunden, der ihn für eine einmonatige Reise durch Europa gebucht hatte. Der Kunde selbst könne nicht fahren, weil er bei dieser Reise dienstlich Alkohol konsumieren müsse und ständig betrunken sei, und Marian sei auf das Angebot eingegangen, um seine Aussprache zu verbessern.

»Pech«, seufzte Richie traurig.

»Ich fange langsam an, mich an mein Pech zu gewöhnen«, tröstete ich ihn. »Aber wir müssen etwas unternehmen. Ich kann sie doch nicht mit dem Zug dorthin schicken, denn was sollten wir dann dort oben machen?«

»Ein Taxi wird Sie teuer zu stehen kommen. Besser wäre ein Bekannter. Genau, mir fällt auch schon einer ein … Obwohl doch nicht, der fährt einen kleinen Fiat.«

»Da wäre ja deine Straßenwalze noch besser.«

»Trotzdem schade«, setzte Richie fort. »Er kutschiert gern Leute durchs Land und mag das Reisen, und er ist billig, nur die Spesen und ein kleines Taschengeld, basta. Früher hatte er einen Volkswagen.«

»Und?«, fragte ich neugierig.

»Na ja, Pech gehabt. Er hat ihn vor gut zwei Jahren verloren. Er ist auch Automechaniker und hat mal am Flughafen verschiedene Reparaturen durchgeführt. Ist aus Jux mit seinem Auto auf ein unbenutztes Rollfeld raufgefahren. Und blieb da wie festgeklebt stehen.«

»Was erzählst du mir da für komische Geschichten, Richie. Soll das vielleicht metaphorisch zu verstehen sein?«

»Wie, metaphorisch?«, schnaufte Richie unwillig. »Tatsache. Der hat nicht mal eine Entschädigung bekommen, weil da ein riesiges Schild stand, dass man nicht auf das Rollfeld fahren dürfe. Er durfte es nicht einmal zugeben, ich habe ihn selbst hochgehievt. Der obere Teil kam auch hoch, aber das Fahrgestell blieb kleben. Ich hatte damals eine gute Hebemaschine.«

Wir saßen bei diesem Gespräch in Richies Wohnung, weil seine Schwester mit den Zwillingen spazieren gegangen war und bei mir meine unausgeschlafene Familie herumrumorte. Ich war ebenfalls unausgeschlafen, und das war wahrscheinlich der Grund dafür, weshalb ich so überhaupt nicht begriff, was er mir erzählte.

»Ich versteh kein Wort. Auf welchem Flughafen war das?«

»Auf unserem. Dem internationalen. In Okęcie.«

»Der ist doch längst fertig!«

»Na und? Aber irgend so ein Holzkopf hat ein Produkt für die Straßenbefestigung importieren lassen. Bei den Tschechen hatte es funktioniert, bei uns aber nicht. Na und dieser Wüterich ...«

Irgendetwas blinkte in meinem Gedächtnis.

»Welcher Wüterich?«

»Dieser Holzkopf. So haben ihn alle genannt, weil er immerzu wütend dreinschaute und den entsprechenden Charakter hat. Ein randalierender Despot. Genau genommen ein technischer Direktor, ein ziemlich hohes Tier. Der hat dieses Zeug importieren lassen und anstatt es auf einigen Quadratmetern auszuprobieren, ob sich das mit unserem Asphalt bindet, ließ er gleich ein ganzes Rollfeld ausgießen. Und das haben sie getan. Es war so glatt, dass man nicht mal darauf gehen konnte, ganz zu schweigen davon, mit einem Auto darauf zu fahren. Und ein Flugzeug wäre erst vor dem Kulturpalast zum Stehen gekommen. Die haben verschiedene Tricks ausprobiert, es mit Sand bestreut, mit Salz, mit kochendem Wasser, sie haben versucht, es wegzuschrubben, und dazu zwei Tonnen Geschirrspülmittel verbraucht, nichts, alles ohne Erfolg. Also hat er wieder etwas importieren lassen, und als sie das auf das Rollfeld gegossen haben, natürlich auf das ganze, verwandelte es sich in ein riesiges tödlich klebriges Fliegenpapier. Und daran ist mein Freund kleben geblieben.«

»Und jetzt? Ist es immer noch so klebrig?«

»Nein. Der Wüterich wollte dieses Bindemittel abschlagen lassen, aber das war nicht möglich, denn wie hätte man das anstellen sollen? Schließlich gab ihm irgendein vernünftiger Mensch einen Tipp, und Wüterich ließ ein österreichisches Mittel kommen, wahnsinnig teuer, so winzige kleine Kügelchen. Und damit haben sie es endlich geschafft, aber wie viel das alles gekostet hat, das können Sie sich nicht vorstellen. Hunderte Millionen von Dollar. Fast ein ganzes Jahr war das eine Rollfeld außer Betrieb. Der Generaldirektor hatte nichts davon gewusst, er erfuhr es erst, als die Fluggesellschaften Krach schlugen, weil die Piloten protestierten.«

Ich war empört.

»Und? Wurde ihm ein Prozess gemacht, ist dieser Wüterich ins Kittchen gekommen?«

»Wo denken Sie hin? Die haben die Sache vertuscht, und alles war wieder gut. Wüterich hat die normale Prämie bekommen. Aber er ist dann doch rausgeflogen, jedenfalls ist er nicht mehr da. Ich glaube, dass der Direktor auch rausgeflogen ist, da hat sich personell was geändert. Na, und mein Freund hat sein Auto verloren, deshalb fährt er jetzt einen kleinen Fiat.«

»War er denn nicht versichert?«

»Nicht vollkasko. Und sein Fahrgestell musste man in einer Nacht-und-Nebel-Aktion heraushauen, damit's keiner sieht, weil er sonst bestimmt einen Strafzettel bekommen hätte.«

»Ich würde ja gerne wissen, was der Wüterich jetzt macht«, sagte ich aufgebracht, wobei ich gleichzeitig versuchte, mich daran zu erinnern, wieso mir der Name so vertraut vorkam, »und welchen Schaden er seither angerichtet hat. Der Teufel soll ihn holen!«

»Da sind Sie nicht die Einzige, die ihm das wünscht.«

»Aber das löst mein Problem nicht. Soll ich vielleicht einen Mietwagen von einer der Autovermietungen nehmen, die überall für sich werben?«

»Das könnte schwierig werden, schließlich haben wir gerade Ferienzeit und bestimmt sind schon andere Leute auf diese Idee gekommen. Und haben Sie nicht etwas von einem Automatikgetriebe gesagt? Ich weiß nicht, ob die überhaupt solche Autos haben.«

»Aber du würdest doch mit einem normalen Getriebe fahren können?«

»Ich würde von Herzen gern mitfahren, kann aber nicht. Wir haben Urlaubszeit, ich vertrete zwei Kumpel und muss für drei arbeiten. Einen halben Tag könnte ich weg, das ginge noch, aber nicht länger. Und überhaupt muss ich mein Gerät in der Nähe von Posen testen und bin da jede Nacht. Bei Sonnenaufgang kommt man schnell durch.«

»Mit der Straßenwalze?«

»Nein, die Walze ist auf einem LKW dorthin gebracht worden. Mit einem kleinen Fiat.«

»So ein Mist.«

In meiner Verzweiflung fiel mir Łukasz Darko ein. Er fuhr lange Strecken, war allerdings sicherlich nicht billig. Früher hätte ich ihn mir nicht leisten können, aber vielleicht würden ja auch meine Verwandten zahlen? Wobei – damit hätte ich wahrscheinlich ausgespielt bei ihnen, aber ich war davon überzeugt, ohnehin schon ausgespielt zu haben, was machte es also. Fragen konnte nicht schaden.

Richies Schwester war mit den Kindern zurückgekommen, wir setzten unser Gespräch also im Treppenhaus fort. Über die Funktaxifirma bekam ich die Handynummer von Łukasz Darko. Er meldete sich sofort.

»Ganz kurz, weil ich keine Zeit habe«, sagte ich ohne einleitende Höflichkeitsfloskeln. »Hier ist Iza Brant. Was würde es kosten, wenn Sie für drei Tage in die Gegend von Danzig fahren würden?«

»Ich werde nirgendwohin fahren, weil ich nichts habe, womit ich fahren könnte«, antwortete er mit verärgerter Stimme. »Es sei denn, Sie besorgen mir ein Auto. Dann einen Hunderter für mich pro Tag netto.«

»Ich habe doch eben kein Auto. Was haben Sie denn mit Ihrem gemacht?«

»Ich nichts. Ein anderer hat sich die Mühe gemacht, es …«

Ich hörte am anderen Ende eine Stimme dazwischenreden.

»Ich sage doch gar nichts«, sagte er irritiert. »Mein Wagen hatte eine Panne und Schluss. Und ich weiß vorerst nicht, ob ich in nächster Zeit überhaupt über meine Zeit frei verfügen kann. Was? Ah, doch.«

»Reden Sie mit mir oder mit jemand anderem?« Ich wurde ungeduldig.

»Grundsätzlich mit Ihnen. Wenn Sie ein Auto besorgen, kann ich fahren.«

Ich war nicht imstande, so plötzlich eine Entscheidung zu treffen.

»Dann werde ich Sie wieder anrufen. Heute noch. Bald.«

»Wie Sie wollen.«

Ich hatte den Eindruck, dass er während des Gesprächs mit mir in einem Auto gesessen hatte, ich hatte im Hintergrund Motorengeräusche gehört. Ich dachte nicht zu lange darüber nach. Ich blickte den besorgten und verlegenen Richie an, der die Treppe lieber hatte als seine Neffen.

»Ich scheine mich einer Lösung anzunähern«, verkündete ich nachdenklich. »Es wird zwar teuer …«

»Wenn Sie wollen, erkundige ich mich, was ein Mietwagen kostet«, versprach Richie.

»Ja, bitte. Ich muss zu meinen Verwandten zurück.«

Kaum war ich über die Schwelle meiner Wohnung getreten, lief ich Onkel Filip in die Arme. Offenbar hatte er mir aufgelauert, simulierte irgendwelche Beschäftigungen in der Küche, die einem Mann angemessen waren. Er brühte Kaffee auf und mischte Säfte, alles im Zeitlupentempo.

»Die Großtante ist zu streng«, tuschelte er mir konspirativ zu, wobei er seine Besorgnis nicht verbarg. »Und ich weiß, mein Kind, dass du kein Geld hast, denn wie hätte man in dem ehemaligen politischen System zu Geld kommen können?«

»Manche haben es geschafft«, rutschte es mir in meiner Verbitterung raus.

»Aber du nicht, du hast nicht gestohlen. So etwas ist erblich. Ich weiß, dass wir dir Scherereien bereiten. Ich zweifle nicht daran, dass du imstande bist, alles zu organisieren, aber notfalls werde ich dafür aufkommen. Persönlich. Wende dich wegen deiner Ausgaben also bitte an mich, bloß so, dass es keiner mitbekommt.«

Hoffnung stieg in mir auf.

»Meinst du das ernst, Onkel?«

»Ganz ernst! Ich habe sonst doch keine Patentochter ...«

»Filip?«

In der Küchentür erschien vom Wohnzimmer her plötzlich Tante Iza. Sie hatte die Stimme eines Eisbergs, falls ein Eisberg auf die Idee käme, einen Ton von sich zu geben.

Ich empfand sofort heftigen Widerstand.

»Bin schon fertig, Liebling«, versicherte Onkel Filip eifrig. »Ich habe den Saft so gemischt, wie du ihn magst, nur Grenadine konnte ich nicht finden. Iza hat mir geholfen.«

Hinter Tante Iza stand die Großtante. Jesus Maria, ließen sie einander denn nie aus den Augen? Und mussten sie sich unbedingt alle in meine Küche drängen?

»Sei schon still, Iza, Filip trödelt herum, aber das ist normal«, sagte die Großtante. »Wann hast du nun unsere Fahrt an die Ostsee eingeplant?«

Das war natürlich an mich gerichtet und nicht an Tante

Iza. Ich nahm meinen ganzen Mut zusammen. Wer nicht wagt, der nicht gewinnt!

»Morgen, Großtante. Nicht zu früh, ich denke, so gegen Mittag.«

»Und Iza und Filip?«

»Wir werden einen zweiten Wagen zur Verfügung haben. Mit Fahrer.«

Nur der Teufel wusste, was wir morgen zur Verfügung haben würden, aber ich hatte genug von dem Hin und Her, und ich wollte nicht auch noch die Großtante im Nacken haben. Ich dachte mir, wenn es irgendwelche Komplikationen geben würde, würde ich mir schon etwas einfallen lassen. Vielleicht würde Richie mir dabei helfen, das Haus in Brand zu setzen, und alle würden eine Weile damit beschäftigt sein, das Feuer zu löschen.

Vorerst gelang es mir jedenfalls, die Familie mit einer Mahlzeit zu beschäftigen, die, gemessen an der Uhrzeit, ein Frühstück war. Ich verzichtete darauf mitzuessen und rief das Hotel in Danzig an. Eleonora hatte ganze Arbeit geleistet, man teilte mir mit, ich könne die reservierten Zimmer bekommen, wenn ich am Tag zuvor Bescheid gebe. Ich bestellte sie für den nächsten Tag und versicherte, auch bei Verspätung garantiert zu bezahlen.

Dann rief Richie an, um mir mitzuteilen, dass es kein Problem sei, ein Auto zu mieten, aber Automatikgetriebe gäbe es momentan nicht. Sie hätten insgesamt nur zwei zur Verfügung, und die seien gerade unterwegs. Die Amerikaner hätten sie gern. Ich brauchte also Łukasz Darko, weil ich auf keinen Fall mit zwei Autos gleichzeitig fahren konnte.

Ich wählte die Nummer von Łukasz.

Es war mir allerdings nicht gegeben, die organisatorischen Fragen zu erledigen, ich wurde in den Schoß der Familie zurückgerufen. Tante Iza präsentierte triumphierend irgendeinen Gegenstand, in dem ich mit großer Mühe eine der Erfindungen meines eigenen Sohnes wiedererkannte. Es war eine Art kleine Schiffsschraube, die sich von selbst bewegte, wenn man sie kräftig schüttelte. Vielleicht wurde sie auch von einer Batterie betrieben. Die Flügelchen hatten jedenfalls Zähne und blitzten mörderisch, wenn sie sich drehten. War sie von der Decke auf die Tante herabgefallen, um Gottes willen? Und ist sie von selbst angegangen? Tante Iza behauptete, es sei so gewesen und dass sie sie ohne weiteres hätte umbringen können.

Ja und warum hat sie sie dann nicht umgebracht?

Schnell versuchte ich mich zu erinnern, ob irgendwelche Bettfedern oder zumindest Stofffetzen herumgeflogen waren. Wenn das Ding losgegangen war, dann muss es sich in der Bettwäsche festgehakt und sie geschreddert haben, aber da war nichts, keine Spur. Die Tante log, sie war bestimmt verrückt geworden, wie hätte ich denn diese Ventilatorfalle aufstellen sollen? Ich hatte doch selbst Angst davor!

»Ich möchte doch sehr darum bitten, mir keine weiteren Mordabsichten zu unterstellen«, sagte ich entschieden. »Ich weiß nur das von den familiären Konflikten, was die Großtante mir gestern erzählt hat. Die Großtante denkt logisch, also soll sie mir erklären, warum ich mir im Vorhinein irgendwelche Fallen ausdenken und ausgerechnet nach deinem Leben trachten sollte? Ich hatte ja keine Ahnung, dass du gegen mich bist.«

»Wer hat dir denn gesagt, dass ich gegen dich bin?« Tante Iza war beleidigt.

»Vielleicht bin ich ja blöd, aber doch nicht so sehr, dass ich keine Schlüsse ziehen könnte. Ich hatte bei dem gestrigen Gespräch den Eindruck, dass du alles für diesen Stefan haben willst, den ich nicht einmal kenne.«

»Doch, du kennst ihn.«

Ich sah sie erstaunt an.

»Ich soll ihn kennen? Woher denn?!«

»Er ist doch vor fast zehn Jahren hier gewesen. Er war nicht gerade der besten Meinung über dich nach diesem Besuch.«

Heftig begann ich in meinem Gedächtnis zu kramen. Ich konnte mich nicht erinnern, vielleicht ist er tatsächlich hier gewesen, aber doch nicht bei mir! Ah, Moment mal … Da war jemand für ein paar Stunden aus London gekommen, aber es war ein Mädchen und kein Mann.

»Erzähl mir doch ein paar Einzelheiten von dem Besuch, ich erinnere mich nicht mehr.«

»Wie soll ich dir von Einzelheiten dieses Besuchs erzählen, wenn ich nicht dabei gewesen war!«

»Aber er hat doch sicher nach seiner Rückkehr nach Australien davon berichtet. Du sagst schließlich, dass er einen schlechten Eindruck hatte. Das muss er doch irgendwie erklärt haben.«

»Du wolltest ihn nicht einmal empfangen. Dein Bekannter musste sich um ihn kümmern, du hast Termindruck vorgetäuscht. Und dazu dein Lebenswandel, vollkommen inakzeptabel für anständige Leute! Verschwendungssucht, Leichtsinn …«

Vor zehn Jahren hatte ich eigentlich nichts zum Verschwenden gehabt, außerdem begann ich damals gerade jeden Groschen für die Wohnung zu sparen. Was erzählte die Tante nur für einen Blödsinn? Wie kam dieser idiotische Stefan nur darauf? Und wieder irgendein ominöser Bekannter.

Und plötzlich durchzuckte mich eine Erinnerung. Da war etwas gewesen … Es war in der Frühphase meiner, Gott behüte, Liebesaffäre mit Dominik, der Zeit der Bewunderung für diesen Halbgott, meiner blinden Ergebenheit. Und da hatte ich unerwartet einen Auftrag bekommen, eine Korrektur, die vorgestern hätte fertig sein sollen, ein langer Text, ich musste ihn einfach annehmen! Es war das erste Mal, dass ich ihn in verzweifelter Entschlossenheit und Tränen des Leids vergießend aus dem Haus geworfen hatte. Ach was, rausgeworfen! Ich hatte ihn um Verzeihung angefleht, ihm zu erklären versucht, dass ich arbeiten müsse …

Er tat so, als habe er Verständnis dafür, aber insgeheim ärgerte er sich fürchterlich und ging sofort, tief beleidigt und starrsinnig. Ich rannte hinter ihm her, im Flur hielt ich inne, stützte mich gegen die geschlossene Eingangstür, war hin- und hergerissen, bis mein Pflichtgefühl siegte. Ich hatte kaum bemerkt, dass draußen auf der anderen Seite gesprochen wurde, obwohl es mir so vorkam, als ob ich Dominiks Stimme wiedererkannte. Er unterhielt sich mit jemandem. Ich guckte nicht raus, damit es nicht so aussah, als ob ich hinter ihm herspionierte, außerdem sagten mir die traurigen Reste meiner Vernunft, dass ich dann meine Arbeit vergessen könnte.

Ein Arbeitstier, verdammt …

Und am Abend des übernächsten Tags, nachdem ich sechshundert Seiten Text innerhalb von sechsundzwanzig Stunden korrigiert hatte, ohne zu schlafen, erzählte er mir, dass er als mein Bodyguard aufgetreten sei. Er habe einen aufdringlichen Gast vor meiner Tür abgewimmelt, der mich sicher gestört hätte, und habe sich selbst um ihn gekümmert. Bei der Gelegenheit habe er ein wenig über meine Familie erfahren. Er war bester Laune, keine Spur mehr beleidigt oder verärgert. Er verhielt sich ausgesprochen huldvoll, und ich war so erleichtert darüber, dass ich mich nicht einmal nach dem weggescheuchten Gast und der Familie erkundigte.

Der Teufel soll mich holen, wenn dieser unbekannte Besuch nicht gerade mein Cousin Stefan gewesen ist!

Und natürlich hatte Dominik nur Schlechtes von mir erzählt.

»Es ging um abenteuerliche Bekanntschaften«, setzte Tante Iza fort. »Ein merkwürdiges Milieu, ein Mann, der sich wie ein wild gewordener Wahnsinniger benahm, soll ein ganzes Restaurant terrorisiert haben. Stefan erzählte, du würdest in solchen Kreisen verkehren!«

Nun löste sich die Blockade in meinem Gedächtnis, dieser Wüterich, von dem Richie berichtet hat. Verdammter Mist, das war doch auch ein Bekannter von Dominik, nein, Blödsinn, der war kein Bekannter, sondern ein Feind. Dominik hatte getan, was er konnte, um mich zu diffamieren.

»Ich erinnere mich wieder«, sagte ich düster zu Tante Iza, die mich mit siegesgewissem Blick anstarrte. »Es war mein ehemaliger Lebensgefährte. Ich wundere mich inzwischen, dass ich ihn nicht tatsächlich umgebracht habe. Kannst du dich daran erinnern, was Stefan sagte, was er ihm gesagt hatte? Nicht was er sagte, sondern was Stefan sagte?«

Tante Iza sah mich verwirrt an. Für einen Moment verlor sie die Kontrolle, aber das durfte nicht sein.

»Stefan hat garantiert die Wahrheit gesagt. Er hat ihm von der Situation allgemein erzählt und von deinem Verhalten … Von den Verwicklungen …«

Sie biss sich auf die Zunge, aber ich zweifelte keine Sekunde daran, dass Dominik über die Verwicklungen besser orientiert war als ich. Und er sagte keinen Mucks, stumm wie eine Auster. Dafür versuchte er, mich hinter meinem Rücken zu diffamieren. Wieso hatte er das bloß getan? – Aber natürlich! Ich sollte doch Geld erben, und das wollte er nicht, weil ich dann finanziell unabhängig geworden wäre, von ihm unabhängig, irgendeine mikroskopisch kleine Menge an Macht würde in meine Hände gelangen! Und das wollte er nicht, er hatte andere Pläne mit mir.

Es war ihm nicht einmal in den Sinn gekommen, dass mich Macht, in welcher Menge auch immer, gar nicht interessierte.

Ich zwang mich dazu, wieder zum Thema zurückzukehren.

»Ich glaube, ich weiß, was damals los war. Aber wie gesagt, ich mache dir keine Vorwürfe, dass du das Erbe für Stefan haben willst, Tante, an deiner Stelle würde ich es auch wollen, weil ich es ja an meiner eigenen Stelle gern für meine Kinder hätte. Wenn die Kinder nicht wären, würde ich allerdings sofort auf meinen Teil verzichten. Ich arbeite, ich verdiene Geld und komme schon zurecht. Ich habe niemanden umgebracht und habe es auch nicht vor, und diese ganze Munition vom Dachgeschoss werde ich bald besser verstauen.«

Zwischen dem einen und dem anderen Wort kam mir ein Gedanke. Ich würde Richie die Schlüssel geben, vielleicht schaffte er es, das Hab und Gut meiner Kinder während unserer Abwesenheit sicher auf dem Dachboden unterzubringen. Apropos Abwesenheit, dieser Darko, die Autovermietung, denken die wirklich, dass ich mich zweiteilen kann?

»Und jetzt muss ich leider ein paar Kleinigkeiten erledigen. Zuerst Anrufe. Und dann, bitte sehr, können wir fahren, wohin du nur wünschst, Großtante.«

Die Großtante hatte die ganze Zeit über kein Wort gesagt. Erst jetzt hob sie an zu sprechen.

»Ich fange an, in dir die gewünschten Eigenschaften zu erkennen. Bitte besorg uns jemanden, der uns gleich nach Konstancin bringt. Dort lebt eine alte Freundin von mir. Iza und Filip werden wie immer tun, was sie wollen, bestelle ihnen ein Taxi. Ich hoffe, dass du die nötigen Vorbereitungen für alles treffen kannst.«

Die nötigen Vorbereitungen sahen wie folgt aus:

Ich bestellte ein Taxi für Iza und Filip, um wenigstens zwei Leute loszuwerden.

Ich rief Richie an, der mich daran erinnerte, dass er die Nacht in Posen sein müsse und gleich losfahre.

Ich knirschte ein wenig mit den Zähnen.

Ich rief Łukasz Darko an, der sich sogar ziemlich schnell meldete. Ich bat ihn darum, zu kommen, und sagte ihm, weswegen. Er erklärte sich einverstanden und erinnerte an die Kosten. Onkel Filip war nicht mehr da, also übernahm ich die Kosten fürs Erste.

Ich rief die Autovermietung an und versprach, in einer Stunde vorbeizukommen.

Dann rief ich wieder Łukasz an, sagte ihm, er solle mit einem Taxi herfahren, woraufhin er fragte, ob ich tatsächlich gedacht hätte, er würde zu Fuß kommen, und dann erklärte er sich damit einverstanden, das Taxi auf mich warten zu lassen.

Ich wurde mein eigenes Auto los, in dem alle zusammen wegfuhren: Łukasz, die Großtante, Tante Olga und Onkel Ignacy.

Ich fuhr mit dem wartenden Taxi zur Autovermietung und kehrte mit einem Ford zurück, der gar nicht mal so schlecht war und der mir auf seinem Bordcomputer beharrlich den aktuellen Benzinverbrauch anzeigte. Als ich die Anzeige umstellen wollte, weil ich die Uhr und die Temperatur sehen wollte, da ich an diese Informationen gewöhnt war, schaltete sich das Radio ein, eine Anzeige über die aktuelle Geschwindigkeit, die Umdrehungszahl des Motors und den Ölverbrauch. Dann tauchten irgendwelche technische Daten auf, und dann gab ich es auf.

Ich rief Eleonora an und setzte sie über das glückliche Schicksal in Kenntnis, das morgen über sie hereinbrechen würde. Ich flehte sie an, meine Kinder, die gerade draußen waren, darauf vorzubereiten.

Ich sank in den Sessel und wischte mir den Schweiß von der Stirn. Aber im nächsten Augenblick sprang ich schon wieder auf und fing an, meine Sachen für morgen zu packen, da ich mir ausrechnete, dass ich nach der Rückkehr der australischen Gesellschaft in meine Wohnung keine Zeit für mich haben würde.

Ich bereitete das Abendessen vor.

Nachdem ich festgestellt hatte, dass ich noch etwas Zeit hatte, rief ich die Polizei an und verlangte, Major Bieżan zu sprechen, an dessen Namen ich mich erstaunlicherweise erinnern konnte. Gleich darauf meldete er sich.

»Herr Major«, sagte ich, wahrscheinlich mit matter und gequälter Stimme. »Sie wollten etwas über Dominiks Bekannte erfahren. Gerade ist mir eine dieser Blindschleichen eingefallen. Ich habe keine Ahnung, wie er wirklich hieß, aber er wurde Wüterich genannt, einmal habe ich ihn gesehen, Verpackung und Inhalt passten zum Namen. Ich habe viel von ihm gehört. Er hat in Zusammenhang mit dem Bau des Flughafens unglaubliche Verluste verursacht, das ist nicht lange her, um die zwei Jahre, was er vorher angestellt hat, weiß ich nicht. Aber ich habe irgendwo gehört, dass er ein ganz besonderer Mistkerl sein muss, für diese Information übernehme ich allerdings keine Gewähr. Dominik hat, soweit ich mich erinnere, irgendwie versucht, an ihn heranzukommen. Mehr weiß ich nicht. Und da meine Familie jeden Augenblick zurück sein wird, muss ich jetzt in die Küche verschwinden …«

Damit kehrte endlich Ruhe ein.

Bieżan hatte da schon längst Łukasz Darko entlassen. Wie angekündigt, hatte er Klartext geredet. Er hat seinen Kunden verpfiffen.

»In Załęże haben wir tatsächlich ziemlich lange gestanden, Wüstenau wartete auf irgendwas, er sagte nicht, worauf, aber er guckte seltsamerweise gar nicht auf die Uhr, sondern starrte immer nur auf die Straße. In Richtung Wald. Offenbar stellte sich ein, auf was er gewartet hatte, weil er mir plötzlich die Anweisung gab, weiterzufahren, nach Waldruhe. Ich hatte ihn schon drei oder vier Mal dorthin gefahren, daher kannte ich den Weg. Vor der Einfahrt zum Haus ließ er mich wieder warten, er war sechsunddreißig Minuten weg, ich hatte auf die Uhr am Armaturenbrett geschaut. Er kam beinahe angerannt, hatte drei prall gefüllte Mappen unter dem Arm, aus denen er ein Blatt verlor, das er wieder aufsammelte. Dann sind wir weitergefahren, nach Władysławowo, obwohl vorher die Rede davon gewesen war, dass wir nach Warschau zurückkehren sollten, und er hat mich angetrieben, als ob die zehn Höllenhunde hinter uns her wären. Die Adresse in Władysławowo kenne ich nicht, genauer gesagt, erinnere ich mich nicht mehr an den Namen der Straße. Er hat mir gesagt, wie ich fahren soll, also musste ich mich auch nicht darum kümmern, ich weiß aber, dass er zu einem gewissen Artischocke gegangen ist. Komischer Name, vielleicht nur ein Spitzname, er stand aber auch an dem Briefkasten am Gartentor. Er saß dort ewig herum, es war todlangweilig, dauerte fast bis Mitternacht. Und er ist ohne die Mappe, mit der er reingegangen war, wieder rausgekommen. Dann sind wir nach Warschau zurückgefahren. Das ist alles.«

»Und die anderen Mappen? Sie haben gesagt, es seien drei gewesen.«

»Die hat er wohl im Auto gelassen, aus dem Fenster hat er sie jedenfalls nicht geworfen. Ich habe nicht darauf geachtet, es ist ja oft so, dass ein Fahrgast etwas liegen lässt.«

»Haben Sie diesen Artischocke gesehen?«

»Ja. Ich vermute zumindest, dass er es war. Er hatte rausgeguckt, als der Toyota von Iza Brant zu jaulen angefangen hatte. Ich hatte den Typen schon früher in Warschau ein paar Mal gesehen und habe ihn wiedererkannt, weil er ein auffälliges Gesicht hat.«

»Beschreiben Sie ihn.«

»Groß, breitschultrig, um die sechzig, graue Haare. Das Gesicht ist ... ja genau, wie das einer Bulldogge. Oder eines Mopses. Durchfurcht von waagrechten Falten, es macht den Eindruck, als ob er wütend wäre.«

»Wo haben Sie ihn gesehen und wann?«

»In der Stadt, da sind Wüstenau und dieser Artischocke aus der Kneipe rausgekommen. Aus dem ›Adria‹. Ich stand gerade im Stau und hab zu ihnen rübergesehen, sie sind zum Parkplatz des Lokals gegangen. Ich weiß nicht mehr, wann das war, ist wohl ziemlich lange her, ich glaube, letztes Jahr im Herbst. Außerdem war er dieser Severin, den ich aus Mława gefahren habe.«

»Warum haben Sie das alles nicht gleich erzählt?«

»Weil ich mich dazu verpflichtet hatte, nicht zu reden. Wüstenau war ein alter Kunde von mir.«

»War? Ist er das denn nicht mehr?«

»Ganz sicher nicht, aus verständlichen Gründen, wie ich denke. Ich hatte ihn mehrere Jahre chauffiert, wohl sechs, am Anfang selten, dann häufiger, er zahlte gut und suchte sich immer schöne Strecken aus. Gleich beim ersten Mal galt zwischen uns die Abmachung: Er zahlt und ich schweige, es ist seine Sache, wann er wohin fährt und wozu. Mit Drogen, sagte er, handle er nicht, also könne ich mich beruhigt an die Abmachung halten.«

»Und wohin fuhren Sie ihn?«

»Zu den merkwürdigsten Orten. Zu Pferdegestüten beispielsweise. Zu irgendwelchen Krähwinkeln im ganzen Lande, ich hab's mir nicht aufgeschrieben, aber vielleicht fiele mir der eine oder andere Name wieder ein. Zwischen uns war beinahe eine Art Freundschaft entstanden.«

»Hat er Ihnen erzählt, warum er mit Ihnen fährt und nicht in einem eigenen Auto?«

»Hat er; warum auch nicht? Er habe eine krankhaft eifersüchtige Frau, die hinter allen seinen Terminen Frauengeschichten wittere und sein Auto verfolgen lasse. Sie mache ihm Szenen und dadurch erfahre die ganze Welt, wo er gewesen sei, dabei lauere die Konkurrenz doch nur darauf, ihm seine Kunden wegzuschnappen. Außerdem werde bei Geschäftsabschlüssen meistens getrunken, und er würde sich nie ans Steuer setzen, wenn er zu viel intus habe. Meiner Meinung nach liegt die Wahrheit genau in der Mitte.«

»Und warum hat er das mit den Drogen gesagt?«

»Das ist wohl recht verbreitet, also hat er sich von Anfang an dagegen verwahrt. Außerdem hat er angedeutet, dass er glaubte, ich wäre vorher für die Drogenmafia gefahren und hätte viel Geld damit gemacht. Was natürlich eine beschissene Lüge ist. Waffen, Drogen, gefälschte Dollarnoten, ich habe möglicherweise all das transportiert, aber ich weiß nichts davon, ich gucke dem Fahrgast doch nicht in die Tasche. In die Koffer auch nicht. Woher soll ich denn wissen, ob die Aktenmappe von dem Typen, der nach Swinemünde will, voll mit Heroin ist? Ich fahre doch den Menschen und nicht die Ware. Wüstenau hat mich mit seinen blöden Unterstellungen vielleicht zu erpressen versucht, aber das ist mir erst in letzter Zeit in den Sinn gekommen.«

»Sie erinnern sich jedenfalls noch daran, was auf der Straße nach Załęże war. Was hat den Fahrgast dazu veranlasst, weiterfahren zu wollen?«

»Ich habe keine Ahnung. Es war nichts Besonderes passiert.«

»Versuchen Sie sich trotzdem zu erinnern.«

Łukasz Darko legte seine Stirn in Falten, überlegte einen Moment lang und zögerte.

»Ich würde ihm ja gern eins auswischen, dieser widerlichen Laus, aber ...«

»Aber was?«

»Was weiß ich. Soll ich einen unschuldigen Jungen etwa da mit hineinziehen?«

»Ich gebe Ihnen mein Ehrenwort, dass wir keinem Unschuldigen irgendwas anhängen werden.«

Major Bieżan hatte etwas an sich, das bewirkte, dass der gemeinste Verbrecher bei seinem Anblick das Bedürfnis verspürte, sich ihm anzuvertrauen. Er strahlte Menschenfreundlichkeit und Sorge um das Wohl des anderen aus. Łukasz vertraute ihm.

»Ein Motorrad ist vor uns gefahren. Gleich von Warschau an, ich habe es auf der Landstraße eingeholt. Ein ganz normales Motorrad, ich hätte es überholt, obwohl der ganz schön angezogen hat.«

»Was für ein Motorrad?«

»Eine Honda zweihundertfünfzig, glaube ich. Wie gesagt, ich hätte es überholt, was geht mich denn ein Motorrad an, aber Wüstenau hat plötzlich gesagt, ich sollte langsamer fahren. Er hat gesagt, wir wären zu schnell, er hätte noch keine Gelegenheit gehabt, sein Geschäft zu überdenken, also sollte ich mir Zeit lassen. Ich bin langsamer geworden, dann sollte ich wieder schneller fahren, und das Ende vom Lied war, dass ich immer hinter dem Motorrad herfuhr. Bis nach Mława, bis zu der Abbiegung nach Załęże. Die hat das Motorrad auch genommen, und dann habe ich es aus den Augen verloren. Wir blieben in Załęże stehen.«

»Und was war dann?«

»Dann starrte ich vor mich hin, genau wie Wüstenau, weil ich nichts Besseres zu tun hatte. Vom Wald her kamen Frauen mit Körben, Kinder. Zwei Traktoren und ein Laster. Ein paar Radfahrer. Irgendwelche Motorräder sind vorbeigezischt, wovon eines mit Sicherheit ein Crossmotorrad war und das andere mindestens hundert Jahre alt, eine echte Schrottmühle, es ist aber erstaunlich schnell gefahren. Autos fuhren nur ziemlich selten und mit großen Pausen dazwischen an uns vorbei, ich glaube, es waren drei, alles Fiats. Ich zähle das übrigens nicht der Reihe nach auf, sondern so, wie es mir gerade einfällt. Ja, und dann war da noch ein Kleintransporter. Irgendwann schoss ein Motorrad auf uns zu, in dem ich das von der Landstraße wiederzuerkennen glaubte. Und da merkte Wüstenau auf, als ob er darauf gewartet hätte. Ich weiß nicht, ob das alles einen Sinn ergibt, ich erzähle nur, was ich gesehen habe.«

»Hatte es ein Warschauer Kennzeichen?«

»Das ganz sicher, aber die Nummer habe ich mir nicht gemerkt. Hat mich nicht interessiert.«

»Und ist in diesem Moment sonst noch etwas passiert?«

Łukasz dachte wieder kurz nach.

»Irgendein Junge ist aus dem Gebüsch auf die Landstraße gesprungen. Fast wäre er unters Motorrad geraten. Ein Hosenscheißer, der war vielleicht zwölf.«

»Und?«

»Nichts. Er blieb stehen und guckte. In dem Moment fuhren wir los.«

»Würden Sie ihn wiedererkennen?«

»Kaum. Ein Junge wie jeder andere. In der Hand hat er irgendetwas gehalten. Sah aus wie kurze Angeln.«

Bieżan beendete die Befragung, weil seine beiden Mitarbeiter aufgetaucht waren, zuerst Wachtmeister Zabój und dann Oberleutnant Górski. Sie machten einen sehr aufgeregten Eindruck, obwohl man sehen konnte, dass sie versuchten, sich zusammenzureißen. Nachdem er Łukasz gesagt hatte, dass er noch einmal mit ihm reden müsse, entließ er ihn.

Wachtmeister Zabój legte triumphierend ein kleines Aufnahmegerät auf den Tisch, während Górski aus einem Briefumschlag einen ganzen Stapel Polaroidfotos schüttelte. Wie auf einen Startschuss, begannen beide gleichzeitig zu reden.

»Die beste Freundin von dieser Kołek …«

»Der Szlepper hat gelogen wie der Teufel …«

»Moment mal«, unterbrach sie Bieżan, »nicht beide auf einmal. Beherrscht euch bitte. Zuerst Ireneusz, weil er zurück auf seinen Posten muss. Aber freut mich, dass ihr was habt.«

Wachtmeister Zabój versuchte, alles gleichzeitig zu erzählen. Den nicht aufgenommenen Anfang des höflichen Gesprächs zusammenzufassen, seine Notizen vorzulesen, das Aufnahmegerät einzuschalten und seine Schlussfolgerungen zu präsentieren. Bieżan ordnete dieses ganze Durcheinander, indem er seine Untergebenen dazu zwang, sich mit ihm in aller Ruhe das Tonband anzuhören, das seltsamerweise das Gespräch bis zum Schluss aufgenommen hatte. Der Wachtmeister konnte seine Notizen zur Seite legen. Trost schenkte der offiziell gebrachte Kaffee und das heimlich aus der Tiefe des Schreibtisches geholte Bier.

»Anastazja Ryksa ist eine wahre Goldgrube«, urteilte der Major, nachdem er sich das Band bis zum Schluss angehört hatte. »Nachdem uns die Person an der Tür entwischt war, hatte ich den Fall schon fast abgeschrieben. Von der Überwachung der Wohnung hatte ich mir, ehrlich gesagt, nicht viel erhofft. Es muss gleich eine Abschrift von der Aufnahme gemacht werden. Auch hier wieder die Namen von Wüterich, Wüstenau und Szlepper!«

»Genau, eben!«, rutschte es dem aufgeregten Robert raus.

»Ganz ruhig. Kaja Peszt, nicht Prusz oder Pryszcza, ich vertraue hier eher Iza Brant. Die Namen müssen wir korrigieren, aber die Korrespondenz an die Kołek wird langsam verständlich. Diese Anastazja müssen wir noch ein wenig ausfragen.«

»Sie verdächtigt jeden, Herr Inspektor, ich glaube, sie ist sehr aufgebracht wegen des Mordes an Michalina. Aber eigentlich tippt sie nur auf die beiden.«

»Sehr gut, fahrt dorthin zurück, vielleicht kommt ja noch jemand vorbei. Auf den Täter hoffe ich nicht, der hat wohl inzwischen mitbekommen, dass die Wohnung durchsucht worden ist, aber andere Leute können uns wenigstens weiterhelfen. Jetzt du, Robert.«

Oberleutnant Górski kam endlich zu Wort.

»Ich hätte ihm sogar geglaubt«, setzte er etwas verbittert

fort, nachdem er über den ersten Teil des Gesprächs mit Mariusz Szlepper berichtet hatte, »verdammt, er war mir sympahisch … wenn dieses Arbeitszimmer nicht gewesen wäre. Das kam ihm einfach so über die Lippen, er hat nicht mal gezwinkert dabei. Alles hat er gewusst, nur das von Dominiks heiligem Arbeitszimmer angeblich nicht! Er besuchte Waldruhe regelmäßig, er kannte Michalina, er muss auch das Haus gekannt haben und die Gewohnheiten seines Beschützers! Die Lüge stand ihm ins Gesicht geschrieben, und wie glatt sie ihm über die Lippen gekommen war …«

»Hast du ihn unter Druck gesetzt?« Bieżan wurde unruhig.

»Aber nein!«, triumphierte Robert. »Ich bin es ganz vorsichtig angegangen. Ach ja, Dominik hat dort ein Arbeitszimmer, das heißt er hatte eins, aber da durfte er, Mariusz, nicht rein. Wie es scheint, hat Dominik dort keinen reingelassen – wie es scheint, ha ha. Dann hat er sich noch einmal versprochen, er hat erklärt, dass er nie zu Besuch eingeladen wurde, er kam immer nur, um etwas zu bringen, das bei ihm bestellt worden war, manchmal bekam er einen Kaffee oder einen Tee, aber wenn es einen Dienstboteneingang gegeben hätte, hätte er diesen benutzt. Für Dominik sei er ein Stück Dreck gewesen. Ein Stück Dreck, ausgerechnet. Zuerst Freundschaft, Protektion, Fürsorge und dann plötzlich Dreck, warum eigentlich? Der Junge war anständig geworden, hatte mit irgendwelchen Verbrechern nichts mehr zu tun, hat die Schule absolviert, was sage ich, die Technische Hochschule sogar! Aus ihm ist etwas geworden, er arbeitet, warum also ein Stück Dreck?«

»Aus den verschiedenen Zeugenaussagen könnte man die Schlussfolgerung ziehen, dass für den Ermordeten der ganze Rest der Gesellschaft, abgesehen von ihm selbst, Dreck war …«

»Das war aber noch nicht alles! Ich bin gegangen und

habe um die Ecke gewartet, weil mir das Ganze keine Ruhe ließ. Kaum war eine Viertelstunde vergangen, da hat er seine Werkstatt geschlossen, ist zum Parkplatz nebenan gelaufen, und wissen Sie, in was er eingestiegen ist? In einen Mercedes. Genau so einen, wie Dominik ihn hatte. Falls wir nicht Dominiks Wagen sichergestellt hätten, hätte ich gedacht, dass er ihn geklaut hat. Es war genau der gleiche! Ich fuhr ihm also hinterher. Mir hat er erzählt, er haust da hinter dem Laden, dabei hat er ein richtiges Haus, eine Villa am Kabacki-Wäldchen, ganz bescheiden. Ich habe sie mir näher angeguckt, alles nur vom Feinsten. Eine Garage für zwei Autos, ein eleganter Anbau, sieht wie eine Werkstatt oder ein Atelier aus, im Haus eine Blondine, absolut umwerfend, möglicherweise die Ehefrau. Er ist für einen Moment reingegangen, und dann hat er ein paar seltsame Dinge gemacht. Ich habe die ganze Zeit über gewartet.«

»Ja und?«, fragte Bieżan ungeduldig, weil Górski Atem schöpfen musste.

»Er ist wieder herausgekommen, mit dem Mercedes ein Stück aus der Ausfahrt gefahren und hat ihn gleich um die Ecke hinter dem Gebüsch versteckt. Dann kam er zurück zum Haus, aber diesmal schlich er sich heran. Ganz leise hat er ein Motorrad aus dem Anbau geholt, es bis zur Ecke geschoben und erst dort gestartet. Ich bin ihm hinterhergefahren, bis zur Sasanki-Straße, wo die Schrebergärten sind. Dort hat er das Motorrad, wieder ganz leise, reingeschoben. Er hatte einen Schlüssel vom Seitentor, brachte die Honda in einem alten Gartenhäuschen unter, für das er auch einen Schlüssel hatte. Für das Vorhängeschloss. Auf alle Fälle habe ich mir die Nummer des Schrebergartens aufgeschrieben. Dann ist er mit dem Bus bis zur Wołoska-Straße gefahren, hat ein Taxi angehalten und ist wieder zurück zum Kabacki-Wäldchen. Er ist vor irgendeinem Nachbarhaus ausgestiegen, das Taxi ist weggefahren, er ist zu seinem Mercedes geschlendert, eingestiegen und in seine Werkstatt zurück. Alles in allem hat das knapp zwei Stunden gedauert. Ich bin dann wieder zum Kabacki-Wäldchen zurückgefahren …«

»Wozu?«

»Ich weiß nicht. Wohl um zu überprüfen, ob er dort tatsächlich wohnt oder nur die Frau besucht hat.«

»Du bist verrückt geworden.«

»Mit Sicherheit«, bestätigte Górski voller Überzeugung. »Aber ich war so wütend, weil ich am Anfang auf ihn reingefallen war. Ich war bereit, sogar irgendeine Dummheit zu begehen, wäre über den Zaun geklettert oder hätte durch die Fenster reingespäht, wie ein Dieb hätte ich dagestanden, aber Gott sei Dank ist mir der Briefträger über den Weg gelaufen. Ich habe ihn bequatscht.«

»Wie denn?«, interessierte sich Bieżan.

Górski seufzte tief.

»Ich wäre scharf auf die Frau, die hier wohnt, wäre ganz verrückt nach ihr, und ich müsste unbedingt wissen, wer sie ist und ob sie verheiratet ist oder so. Er hat mir geglaubt. Die Briefe sind an zwei verschiedene Namen adressiert, Mariusz Szlepper und Barbara Bukowska. Sie züchtet Kakteen, hat einen Blumenladen, diese Kakteen blühen, einmal hat er sie gesehen, sie hat sie ihm gezeigt. Und er hat irgendetwas mit Schlössern zu tun. So viel habe ich erfahren.«

In dem Moment wurde ihnen, wie auf Bestellung, die vom Band abgeschriebene Aussage von Anastazja Ryksa gebracht. Mit rotem Stift unterstrich Bieżan alle von ihr erwähnten Namen und stieß bald auf Kaja Prusz. Er nahm jedenfalls an, dass es Kaja Peszt war. Durch den Tod ihrer Freundin eher wütend als gerührt, gab Anastazja an, dass Dominik diese Kaja vor langer Zeit aus der Gosse gezogen und sogar ihrer Schwester geholfen hätte, sich einzurichten, was Michalina mit größtem Argwohn erfüllte. Die Schwestern hätten gemeinsam eine Gärtnerei oder einen Blumenladen oder ein Grundstück, etwas in der Art, aber diese dämliche Zicke, das heißt diese Kaja, habe sich wieder in etwas reinziehen lassen und mache ständig Schwierigkeiten. Ihre Schwester nicht. Sie hieß anders, Barbara vermutlich. Frau Barbara hätte Dominik sie jedenfalls angeredet, als sie einmal bei ihm in Waldruhe gewesen sei, um sich für ihre Schwester zu entschuldigen und sich in ihrem Namen zu bedanken. Michalina sei sauer auf die Frau gewesen, sie sei zufällig an diesem Tag auch dort gewesen, und dann vertraute sie Anastazja an, dass sie ein Stechen im Herzen gespürt hatte, weil die Blondine wie eine aufgeblühte Rose ausgesehen habe und sie Angst bekam, dass Dominik sich in sie verlieben würde. Aber das dann doch nicht, sei wohl nicht sein Typ gewesen. Vor der Kaja habe sie keine Angst gehabt, für Dominik sei sie eine Null und eine Schlampe gewesen, und es sei vorgekommen, dass sie Michalina ihr Leid klagte.

Diese Aussage mussten sie aus ganz unterschiedlichen Sätzen zusammenbasteln. Anastazja hielt sich nämlich nicht über längere Zeit an ein Thema, sie griff es auf und ließ es wieder fallen, geleitet von ihrer Wut, die in dem Maße wuchs, wie die Flüssigkeit in der Flasche abnahm. Ab und zu versicherte sie dem Wachtmeister, wenn Michalina noch lebte, würde keiner, selbst bei Androhung von Prügeln, auch nur ein Wort aus ihr herauskriegen, aber wenn irgendein Mistkerl sie umgebracht hatte, dann hätte er es nicht besser verdient. Sie würde alles sagen, und dann würde man ihn vielleicht finden.

In Anbetracht der Übereinstimmung der Namen in der Aussage der äußerst gesprächigen Anastazja und der neuesten Entdeckungen von Górski konnte es nicht wundern, dass der Oberleutnant sich große Hoffnungen machte. Bald verblassten seine Hoffnungen jedoch, weil sich herausstellte, dass er die Information über den Eigentümer des Grundstücks Nummer hundertneunundvierzig in keinem Wohnkomplex und in keinem Bezirk telefonisch ermitteln konnte. Es sah so aus, als ob es das am sorgfältigsten gehütete Geheimnis der Welt sei, das er so einfach und auf so einfältigem Wege hatte lüften wollen.

»Einen Spezialermittler!«, knurrte er verzweifelt. »Geben sie uns irgendwann einen oder bleibt uns nur Ireneusz Zabój?«

»Für einen Tag. Für konkrete Fragen.«

»Wir haben konkrete Fragen!«

»Und eine zarte Anspielung von oben, wir sollen uns nicht zu viel Mühe geben. Es sei denn, sie wollen sich um die Dokumente, die Dominik hinterlassen hat, prügeln.«

»Was ist das nur für eine Welt!«

»Hast du dich noch nicht daran gewöhnt? Jedenfalls wird alles, was wir erreichen, unsere Leistung sein. Notfalls wirst du mit Zabój eben mal ein bisschen im Gebüsch sitzen müssen.«

Ihre kleine Konferenz wurde durch einen Anruf von Iza Brant unterbrochen, die sie über die strafbaren Handlungen eines gewissen Wüterichs informierte, übrigens auch ziemlich nebulös, aber sie präzisierte wenigstens sein Wirkungsfeld. Ein Licht war am Ende des Tunnels zu erkennen, und Robert Górski freute sich, weil sie zum Glück über Artischocke, der diesen viel sagenden Beinamen trug, alles kopiert hatten.

»Wir haben jedenfalls etwas zum Nachprüfen und zum Nachdenken«, urteilte Bieżan. »Lass uns jetzt alles, was wir haben, sammeln und Ordnung reinbringen.«

Łukasz Darko ließ mich wie ein echter Gentleman vorausfahren, die Verkehrspolizei hatte uns nicht aufgehalten, und somit konnte ich schon am frühen Nachmittag die ganze Gesellschaft im Hotel einquartieren. Gleich danach führte ich, von allen einstimmig dazu aufgefordert, die Exkursion nach Władysławowo an.

Und hier trat mein Pech wieder einmal zutage.

Die Ostsee, wie es die Ostsee eben tut, schafft in unserem Land ein ganz besonderes Klima. In Warschau war wunderschönes Wetter gewesen, pralle Sonne und Hitze, aber als wir uns Władysławowo näherten, musste ich die Heizung anstellen. Ich hielt vor Eleonoras Haus, Łukasz Stoßstange an Stoßstange hinter mir, und die Fahrgäste begannen alle gleichzeitig auszusteigen. Im nächsten Moment riss eine heftige Böe Tante Olga den Hut vom Kopf.

Sie hatte den Hut mit breiter Krempe gegen die Sonne aufgesetzt, da sie fürchtete, die Sonne würde ihr schaden. Zwar konnte man in diesem Augenblick kaum glauben, dass es überhaupt eine Sonne gab, denn aus schwarzen Wolken ergoss sich der Regen in die trübe Landschaft, aber nichtsdestoweniger fuhr Tante Olga bereits seit Warschau mit Hut und hatte ihn auch in Danzig nicht abgenommen. Wahrscheinlich hatte sie die Wetteränderung nicht bemerkt. Und nun flog dieser hinterhältige Hut ungestüm davon, wie ein großer Vogel, und landete zwei Grundstücke von Eleonora entfernt.

Die Tante gab einen Schreckensschrei von sich. Ich stürzte los, hinter dem Hut her und gleich hinter mir Łukasz. Łukasz, der wie jeder normale Mann reflexartig einer Frau zur Hilfe kommt, und danach, es war nicht wirklich klar, weshalb, Onkel Ignacy, Onkel Filip, Tante Iza und die sich den zerzausten Kopf haltende Tante Olga. Genau in dieser Reihenfolge.

Natürlich war ich die Erste, aber bevor ich das Eingangstor gefunden hatte und in die Büsche drang, die den Hut festhielten, kamen schon die anderen angerannt, und aus dem Haus sprang ein Mann heraus. Da ich eine Tür knallen hörte, drehte ich mich um. Und erstarrte für einen Moment, meine Entschuldigung blieb mir im Hals stecken.

»Verpiss dich!«, brüllte er mit einer entsetzlichen Stimme und einem Zischen, das Tante Izas würdig war.

Mein Gedächtnis hatte offenbar nichts zu tun, weil es sich

sofort meldete. Dieses Gesicht, mit den tiefen Falten, mit dem Ausdruck hündischer Wut! Natürlich, es war Dominiks Wüterich.

Die Entschuldigung musste wohl schon Anlauf genommen haben, ich konnte sie nicht zurückhalten.

»Verzeihung«, begann ich, »aber unser Hut ist hier ...«

Er hörte gar nicht zu.

»Raus! Verschwindet! Du kannst mich mal mit deinen Erpressungen, du Nachgeburt eines Riesenschweins! Lauf hin, zeig mich nur an, das ist mir scheißegal!«

»Das habe ich keineswegs vor«, rutschte es mir seltsam bestimmt raus.

Der Wüterich schimpfte weiter, wobei er lauthals auf meine Bekanntschaft und jeden Kontakt mit mir verzichtete. Zu beiden Seiten des Gebäudes, vor den Büschen, tauchten zwei Typen auf, die offensichtlich mehr Muskeln als Intellekt hatten. Ich konnte es kaum glauben – Leibwächter!

»Seien Sie gegrüßt, Herr Artischocke«, sagte Łukasz Darko plötzlich hinter meinem Rücken mit einer Stimme, die an einen Paukenschlag erinnerte. »Wir kennen uns doch?«

»An den Erzählungen von meinem kleinen Stefan war wohl doch etwas dran«, hörte ich im Hintergrund Tante Iza sagen, die Bissigkeit ihres Tones war unübertroffen.

Der Wüterich verstummte schlagartig und sah sich um.

»Was denn?«, fragte er höchst unwillig, aber schon viel leiser.

»Nichts. Aus irgendeinem Grund scheinen Sie nervös zu sein. Dabei geht es hier doch nur um ein Detail meiner Garderobe.«

In dem Moment entschied sich unser heimatlicher Wind dafür, so zu tun, als sei er ein exotischer Taifun und stürmte los. Er trieb den Regen vor sich her und riss zugleich Tante Olgas Hut vom Gebüsch los, um ihn mir direkt in die Arme zu werfen. Nachdem ich die ersehnte Beute erobert hatte,

hatte ich dort nichts mehr zu tun. Ich sagte noch schnell »Danke schön, auf Wiedersehen«, was allerdings in dem Sturm vermutlich nicht zu hören war, und zog mich aus den ungastlichen Gefilden zurück, mich heftig gegen den Wind anstemmend.

Als ich bei Eleonoras Haus angekommen war, wurde es stiller, und es stellte sich heraus, dass es der letzte mächtige Windstoß gewesen war. Die Böen waren sicherlich extra für mich bestellt worden. Eleonora hatte an der Nordseite des Hauses eine große Glasveranda, wo sie im Sommer überzählige Gäste unterbrachte. In ihrem Esswohnzimmer hatten acht Personen Platz, und wir waren elf, da Stanislaus mittlerweile schon von der Arbeit heimgekehrt war. In größter Gelassenheit versorgte sie uns dort mit den verschiedensten Getränken und Unmengen von Fisch.

Zur Besänftigung der Stimmung trugen hauptsächlich die frisch gebackenen Schollenfilets und der kalte Aal in Aspik bei. Erst als ich am Tisch saß, fing ich an, mich darüber zu wundern, dass meine Kinder nicht an der Jagd nach Tante Olgas Hut teilgenommen hatten. Ich betrachtete sie.

Sie sahen gesund aus, braun gebrannt, vor Leben sprühend, waren aber so gespenstisch artig, dass mich Unruhe erfasste. Mein Gott, war ihnen etwas passiert?

Sie unterhielten sich mit der Großtante, die Einzige, die den Verlust ihrer Tochter und unsere sportlichen Übungen nicht ernst genommen hatte und gleich ins Haus gegangen war, wodurch sie sowohl den Kindern als auch Eleonora die Teilnahme daran unmöglich gemacht hatte. Sie war einfach gemein. Kasia und Tomek waren die reinsten Engel, keine Spur von Aufsässigkeit. Sie beantworteten um die Wette ihre Fragen in einer nahezu literarischen Sprache und in ganzen Sätzen. Jesus Maria!

Viel später erklärte mir Tomek die ganze Sache.

»Ich hatte ganz einfach Angst, dass du uns aus dem Zimmer schmeißen würdest und ich die Show des Jahrhunderts verpassen würde, wenn ich mich nicht gut benehmen würde. O Mann, das war ja echt krass! Kasia erging es, glaube ich, genauso. Nie im Leben wird mir jemand glauben, dass ich das erlebt habe!«

Die Mühe lohnte sich für sie. Der Rest der Familie war so mit sich beschäftigt, dass die Anwesenheit der jüngeren Generation gar nicht beachtet wurde, und Tante Iza machte da weiter, wo sie unterbrochen worden war.

»Was man auch immer über Stefan sagen kann, solche Bekanntschaften hatte er nie. Es scheint, als stecke sogar in verabscheuungswürdigen anonymen Machwerken ein Körnchen Wahrheit. Keiner kann mir einreden, dass dieser Mensch zum geachteten Teil der Gesellschaft zählt. Und was sollte diese Frage nach der Erpressung? Außerordentlich interessant.«

»Aber Izalein, das kann eine falsche Anschuldigung gewesen sein, ein Irrtum ...«, versuchte Onkel Filip sie zu besänftigen.

»Ich erinnere mich, dass es da eine Klausel gibt, die die Demoralisierung beider Seiten berücksichtigt«, mischte sich Tante Olga beleidigt ein, die zwar ihren Hut zurückbekommen hatte, aber in einem recht desolaten Zustand. Die Büsche des Wüterichs hatten wohl ein paar Stacheln zu viel. »In einem solchen Fall ...«

»Fällt alles zur Familie zurück«, ergänzte eifrig Onkel Ignacy. »Ich fürchte, dass sich die Zweifel mehren ...«

»Du fürchtest es nicht, sondern du hoffst. Aber daraus wird nichts.«

»Das muss einfach untersucht werden. Vielleicht in einer direkten Konfrontation ...«

Die Großtante war ganz offensichtlich taub geworden, sie reagierte jedenfalls nicht auf das Gerede der anderen, aber keiner traute sich, sie anzusprechen. Beharrlich fragte sie meine Kinder nach dem Unterricht in der Schule aus, nach den Freizeitbeschäftigungen der Jugendlichen, danach, wie sie ihre Ferien verbrachten, und sie versuchte auch herauszufinden, wozu sie die Pflastersteine bräuchten, die aus der Dachluke auf Tante Iza und Onkel Filip gefallen waren. Sie hörte sich geduldig einen ganzen Vortrag über Geologie an, wobei ich nicht mitbekam, welches von beiden Kindern eigentlich diese Begeisterung für Geologie besaß, ob Kasia oder Tomek. Und dann fingen sie an, über Kochrezepte zu diskutieren.

Neben mir saß Łukasz Darko am Tisch, der von Eleonora beinahe wie ihr bester Freund behandelt wurde. Sicherlich hat sich ihr die Lautstärke der Alarmanlage meines Wagens für immer ins Gedächtnis gegraben, und sie hatte beschlossen, ihrem Befreier bis zu ihrem Tode dankbar zu sein. Ich nutzte die Gelegenheit.

»Ich danke Ihnen«, sagte ich.

Er begriff sofort, was ich meinte.

»Ach, das war doch nichts. Ich hatte nur Sorge, dass dieser Hysteriker die Leibwächter auf Sie hetzen würde. Meistens schießen die ganz gut, aber ihre Hand hätte ja auch zittern können, und da ich gleich hinter Ihnen stand, habe ich also nur aus reinem Eigennutz gehandelt.«

»Kennen Sie ihn tatsächlich?«

»Ich ihn schon. Ich habe ihn ein paarmal auf der Straße gesehen und ihn auch gefahren. Ein solches Gesicht kann man einfach nicht vergessen. Er schien mich dagegen nicht wiederzuerkennen. Und Sie?«

»Was ich?«

»Kennen Sie ihn?«

»Kaum. Ich habe ihn zwei Mal gesehen, das hier war das zweite Mal. Woher wissen Sie, dass er Artischocke heißt? Ist das sein richtiger Name?«

»Weiß der Teufel. Dieser Name steht am Briefkasten. Was kann er denn von Ihnen gewollt haben?«

Ich konnte mir durchaus denken, was der Wüterich alias Artischocke von mir wollte beziehungsweise was er nicht wollte. Ich hatte schon längst erraten, dass die Bekannten von Dominik mehr von mir wussten als ich von ihnen, und jetzt vermuteten sie offensichtlich, dass ich das Erbe dieses Despoten übernommen habe. Wenn alle über ein ebenso herausragendes geistiges Niveau verfügten wie der hier, könnten sie im Grunde genommen jeden Blödsinn vermuten.

Ich wollte das alles unbekümmert Łukasz offenbaren und hatte schon die ersten Sätze gesprochen, aber gegen meine Familie kam ich nicht an. Tomek redete immer lauter, als er der Großtante sehr anschaulich die Gründe beschrieb, warum er zu kochen angefangen hatte, während die Großtante mit einem Ohr den Streit unter den Tanten und Onkeln zuzuhören begann. Tante Iza war plötzlich zu dem Schluss gekommen, dass sie sofort mit meinem Verhör beginnen könnte, wenn ich schon hier zur Hand wäre, und sie ging zum Angriff über, wurde aber ein wenig von dem bekümmert dreinblickenden Onkel Filip gemäßigt. Er hatte mich gern, wollte aber auch nicht bei seiner Frau anecken. Tante Olga und Onkel Ignacy wechselten plötzlich die Front, und obwohl sie weiterhin gegen Stefan waren, hatten sie inzwischen bemerkt, welchen Nutzen die allseitige Demoralisierung für sie hatte. Denn vielleicht würde dann das Vermögen im engsten Familienkreis bleiben.

Ich wurde gezwungen, ihre Fragen zu beantworten.

Nein, ich war keine Erpresserin und war es nie gewesen. Ich wusste nicht, ob mein Lebensgefährte einer gewesen war, ich wollte das nicht ausschließen, aber ich hatte mich doch schon vor vier Jahren von ihm getrennt! Doch, einmal hatte ich in seiner Gesellschaft diesen Steinzeitmenschen gesehen, der sich furchtbar aufgeführt hatte, möglich, dass mich der Steinzeitmensch häufiger gesehen hatte, möglich aber auch, dass er etwas durcheinander brachte. Ich hatte jedenfalls nichts damit zu tun und hätte auch nicht vor, nähere Bekanntschaft mit ihm zu schließen. Ich zweifelte daran, dass Eleonora ihn persönlich kannte.

»Kennst du ihn persönlich?«, schaltete sich misstrauisch Stanislaus ein, während er strengen Auges seine Frau anstarrte, zum Glück weit davon entfernt, eine Szene zu machen, weil ich eine Menge Wein aus Warschau mitgebracht hatte.

»Natürlich nicht«, antwortete Eleonora, die mit Mühe ernst blieb. »Nur vom Sehen. Und auch das kaum.«

»Wie kommt das, wenn ihr doch fast Nachbarn seid?«, wunderte sich Tante Olga.

»Wegen der hohen Hecke. Und er geht nicht zu Fuß einkaufen. Wenn er das täte, hätte ich ihn öfter gesehen. Er müsste dann an unserem Haus vorbeilaufen.«

»Und wie kauft er dann ein?«

»Ich weiß es nicht. Ehrenwort. Ich beobachte ihn nicht.«

»Wann siehst du ihn dann überhaupt?« Stanislaus machte weiter Druck, wobei aus seiner Stimme der erste Anflug von Eifersucht zu hören war. Daraus konnte man nur folgern, dass er den Wüterich nie im Leben gesehen hatte.

Meine Verwandten verstummten vorübergehend und lauschten begierig dem ehelichen Dialog.

»Einmal habe ich ihn gesehen, als ich selbst vom Einkaufen zurückgekommen bin«, begann Eleonora aufzuzählen, wobei sie ihre Heiterkeit mit immer schlechterem Ergebnis unterdrückte. »Er ist vor seinem Haus aus dem Auto gestiegen. Beim zweiten Mal, als ich unsere Hecke geschnitten hatte und nur Kwiecińskis Grundstück zwischen uns lag. Er war an den Zaun der Kwiecińskis getreten, und da hatte ich Gelegenheit, ihn mir anzugucken. Er hat Krach geschlagen, dass die Brombeerranken aus ihrem Garten zu ihm rüberwachsen würden. Das hat er sich verbeten. Und einmal ...«

Ich hielt es nicht mehr aus.

»Stanisläuschen, sag doch gleich, wessen du deine Frau

bezichtigst. Wegen krummer Geschäfte mit diesem Artischocke oder wegen einer Liebesaffäre? Wenn sie eine Affäre mit ihm hat, kannst du sie genauso gut gleich in die Psychiatrie einweisen lassen.«

»Warum?«

»Schau ihn dir an! Jede Frau, die eine Affäre mit ihm anfängt, muss den Verstand verloren haben. Oder ihr Sehvermögen, und Eleonora trägt noch nicht mal eine Brille. Ein Blick in den Spiegel verrät dir, dass dieser wütende Affe niemals dem Vergleich mit dir standhielte.«

»Stimmt«, rutschte es Tante Iza heraus.

Stanisläuschen hatte zwar keinen besonders anziehenden Charakter, aber durch sein Äußeres konnte er Sympathie erwecken. Ein schlanker blonder Mann mit fein geschnittenen Zügen, vielleicht etwas schmächtig, doch er erweckte den Eindruck, ein melancholischer Ritter zu sein, der vorübergehend seine Rüstung abgelegt hatte. Mütterliche Frauen könnten sich sogar spontan in ihn verlieben.

»Wie sieht er denn aus?«, fragte er misstrauisch.

»Wie eine wütende Bulldogge«, entgegnete Eleonora charmant.

»Riesig, stiernackig, stumpfsinnig«, ergänzte ich. »Rotgesichtig, eine Affenstirn und mindestens zwanzig Jahre älter als du. Würde dich so jemand anmachen?«

Ohne den insgesamt fehlenden Sinn in dieser Frage zu beachten, zwinkerte mich Stanisläuschen plötzlich mit seinen hübschen Äuglein an. Plötzlich schien ihm etwas einzufallen.

»Moment mal. Unser Nachbar? Herr Artischocke?«

»Oh Gott ...«, murmelte Łukasz neben mir.

»Ja?«, spornte ihn Tante Olga an.

»Ich kenne ihn«, sagte Stanisläuschen verwundert. »Wir haben uns einmal unterhalten, am Strand. Ja tatsächlich, äußerlich ist er nicht sehr attraktiv. Und er hat mir auch sonst nicht behagt.«

»Wieso?«

»Ich hatte den Eindruck, dass er mir ein krummes Geschäft vorschlagen wollte. Irgendeine illegale Transaktion. Vielleicht auch einfach eine Umgehung der Vorschriften, er wollte sich das ganze Grundstück dort hinten, hinter Cetniewo, unter den Nagel reißen. Ich bin nicht dumm, ich verstehe auch, was man mir zwischen den Zeilen sagen will. Die Sache wäre im Grunde möglich gewesen, aber nicht so …«

Eleonoras Fröhlichkeit war mit einem Mal verschwunden.

»Du warst hoffentlich nicht einverstanden?«

»Ich habe ihm gesagt, ich würde es mir überlegen. Er nannte irgendeine Summe. Zehntausend Dollar. Ein verführerischer Vorschlag, aber ich mag solche Geschichten nicht.«

»Na bitte«, rief ich triumphierend. »Da habt ihr einen unvoreingenommenen Zeugen. Wenn dieser Wüte… dieser Artischocke solche Geschäfte macht, kein Wunder, dass er Angst davor hat, erpresst zu werden und jeden deswegen bezichtigt. Stanisläuschen ist ein redlicher Mann. Aber was habe ich damit zu tun? Auch wenn mein Herz mich einmal fehlgeleitet hat, bin ich doch längst wieder auf dem rechten Weg, und für dumme Anschuldigungen von Hochstaplern kann ich nichts!«

»Aber gekannt hast du ihn!«, ließ Tante Iza nicht locker. »Und du wirst wegen Mordes verdächtigt!«

Meine Kinder wurden ganz still. Tomek unterließ es nun plötzlich, die Großtante mit Kochrezepten zu beglücken. Kasias Ohren waren auf die dreifache Größe angewachsen. Ich freute mich sogar darüber, sie sollten bloß nicht denken, dass der Kampf um das Erbe ein Kinderspiel war. Von dem Verbrechen hörten sie vermutlich zum ersten Mal, und ich war mir sicher, dass sich das in ihrem Gedächtnis einbrennen würde, schließlich hatte nicht jeder eine Mörderin als Mutter. Möglicherweise hätten sie mich dafür bewundert, wenn ich Dominik tatsächlich um die Ecke gebracht hätte, man müsste sich nur noch ein plausibles Motiv ausdenken.

Tante Iza hatte nicht vor, nachzugeben. Ihr kleiner Stefan musste bis zum Hals in Schulden stecken. Tante Olga schwankte, Onkel Ignacy war wieder auf meine Seite übergegangen, sie analysierten die ganze Situation bis ins allerkleinste Detail hinein, wobei sie sich gegenseitig irgendwelche australischen Eigenheiten vorwarfen. Stanisläuschen mischte sich ein und verwies auf die hohe Kriminalität in unserem Land. Łukasz Darko neigte sich zu meinem Ohr vor.

»Wir müssen miteinander reden«, sagte er halblaut, obwohl er ebenso gut Trompete hätte spielen können, das hätte auch keiner bemerkt. »Hier ist das wohl kaum möglich. Fällt Ihnen ein, wann und wo wir das tun können?«

Ich überlegte.

»Ab und zu habe auch ich das Recht zu schlafen, oder? Der Sturm ist vorbei, aber der Wind ist noch stark, also werden wir uns wohl kaum draußen treffen können. Vielleicht im Hotel?«

»Fahren wir heute noch zurück?«

»Was denn sonst? Eleonora hat nicht genug Platz für so viele Gäste. Warum fragen Sie? Ist etwas mit dem Wagen?«

»Nein. Aber sagen Sie: Handelt es sich um einen gewissen Dominik Dominik?«

»O verdammt ... Gut, dann im Hotel. Wenn die anderen schlafen gegangen sind. Auch wenn noch nicht alle ...«

Da mischte sich endlich die Großtante ein.

»Das reicht jetzt«, sagte sie mit ihrer hölzernen Stimme, gar nicht laut, aber so, dass alle aufmerkten. »Zu meinem Entsetzen muss ich feststellen, dass ihr euch vergesst. Wir sind hergekommen, um Izas Kinder kennen zu lernen, und keiner von euch hat ihnen auch nur ein bisschen Aufmerksamkeit geschenkt. Ich dagegen durfte mich davon überzeugen, dass Tomek weiß, wie man Kartoffelpuffer macht, und

Kasia das Verfahren kennt, wie man Opale gewinnt und welche Arten es von ihnen gibt.«

Wann, um Gottes willen, hatte Kasia es geschafft, das alles der Großtante zu erzählen? Ich hatte nicht mitbekommen, dass sie überhaupt etwas gesagt hatte!

»Darüber hinaus verfügen beide über ein bemerkenswertes Wissen über Pferde. Ich sehe keinerlei Demoralisierung in ihnen. Ich übergehe dabei natürlich den merkwürdigen Umstand, dass sie offenbar ihre Pflichten und Vorlieben vertauscht haben, aber in der heutigen Zeit hat das wohl keine Bedeutung. Trotz meines hohen Alters bin ich schließlich nicht rückständig. Wie wäre es also, wenn ihr jetzt diese skandalöse Diskussion beendet und euch selbst über ihr Betragen kundig macht.«

Da ich deutlich sah, dass meine Kinder sich bestens amüsierten, sagte ich kein einziges Wort. Kasia sagte auf Wunsch von Onkel Ignacy wie bei einem Schauspielerwettbewerb das Gedicht »Vaters Rückkehr« auf, und Tomek legte fehlerfrei eine Geographieprüfung ab. Ich wunderte mich selbst über ihre Kenntnisse und ihre Allgemeinbildung, inbesondere, als die Frage der Schädlichkeit von Drogen ins Spiel kam. Ich dachte mir sogar, dass sie vielleicht Vorträge an Schulen halten sollten, die von dieser Plage betroffen waren.

»Du hast gesagt, du würdest sie mir an den Hals hetzen und dass das eine furchtbare Drohung sei«, flüsterte Eleonora mir zu, als sich alle zur Haustür bewegten. »Nie im Leben habe ich mich so amüsiert.«

Ich traf Łukasz in der Hotelbar.

»Drei schlafen schon«, erzählte ich ihm erleichtert. »Zwei sind im Casino, und da sind sie gut aufgehoben. Mein Gott, schenk mir einen Moment der Ruhe!«

Łukasz bestellte ein stärkendes Getränk für mich und für sich. Dann kam er gleich zur Sache.

»Jetzt verstehe ich, warum Sie so unter Ihren Verwandten leiden, Sie haben mein tiefstes Mitgefühl. Soweit ich mitbekommen habe, stehen wir beide unter Verdacht, diesen Angeber … ich wollte sagen, Ihren ehemaligen Lebensgefährten, umgebracht zu haben … Wobei Sie ihn selbst einmal Angeber genannt haben.«

Ich nickte zustimmend.

»Wie hätte ich ihn denn sonst bezeichnen sollen?«

»Ich glaube, am zutreffendsten wäre Galan.«

»Galan trifft nun am allerwenigsten zu.«

»Auch dafür mein Mitgefühl. Nach dem Gespräch, von dem ich aus mir unverständlichen Gründen nicht ausgeschlossen wurde, brauche ich mich nicht mehr mit diplomatischen Feinheiten aufzuhalten?«

»Nein. Überhaupt nicht. Legen Sie einfach los.«

»Es sieht also so aus, als wären wir beide zur selben Zeit am Tatort gewesen. Den Angeber … 'tschuldigung … das Opfer habe ich persönlich nicht gekannt, ich habe ihn nur einmal gesehen, Sie wissen, wann. Aber seinen Namen, vielleicht war es auch sein Vorname, habe ich sehr oft gehört, einige meiner Fahrgäste haben über ihn gesprochen, natürlich nicht mit mir. Ich bin nach Waldruhe gefahren. Hat er da wirklich gewohnt?«

»Angeblich ja.«

»Warum angeblich? Sind Sie nicht sicher?«

»Wie soll ich mir dessen sicher sein? Von Waldruhe habe ich zum ersten Mal von diesem Major gehört, wie heißt der bloß, Bieżan! Mir war so, als hätte er irgendwo ein Anwesen auf dem Land, aber ich sah keinen Anlass, dem nachzugehen.«

»Und warum?«

Diese einfache Frage erstaunte mich zutiefst.

»Warum, zum Kuckuck, hätte ich das wissen wollen sollen?«

Jetzt war es an Łukasz, erstaunt zu sein.

»Das kann nicht sein! Ich lebe nun schon seit einigen Jahren auf dieser Welt, aber noch nie habe ich eine Frau getroffen, die sich nicht dafür interessiert, wo ihr Liebhaber wohnt. Allein aus reiner Neugierde. Wie lange hatten Sie ihn, um es so zu sagen, an Ihrer Seite?«

»Sieben Jahre.«

»Unglaublich. Und er hat Sie nie in sein romantisches Liebesnest eingeladen?«

»Der und romantisch? Nein. Wobei er sich in Waldruhe, glaube ich, erst später eingenistet hat. Nach der Trennung von mir. Obwohl ... Weiß der Teufel, er hatte verschiedene Asyle, aber ich kannte nur die eine Wohnung und habe nicht weiter nachgehakt. Wenn Sie's genau wissen wollen – er tat gern geheimnisvoll, er hasste Aufdringlichkeit, und über Frauen dachte er so wie Sie: dass sie dumm, neugierig und machtgierig sind. Er war vor ihnen auf der Hut, ich war die löbliche Ausnahme. Das personifizierte Taktgefühl. Und ich drängte nicht weiter.«

»Unbegreiflich. Und wie haben Sie das ausgehalten?«

»Das war ein Kinderspiel. Ich hatte Unmengen von Arbeit und verdammt wenig Zeit. Außerdem war ich verliebt und habe Rücksicht auf seine Empfindlichkeiten genommen. Das war erst zum Schluss anders, dafür hat er selbst gesorgt. Und später ging mich das alles nichts mehr an. Ich hatte nicht vor, mein Leben zu vergeuden, um Rache zu nehmen. Ich hatte also keine Ahnung von seinen Besitztümern und was er so trieb. Das mit dem Mord kam wie ein Blitz aus heiterem Himmel. Und ich muss sagen, dass ich eine sehr gute Verdächtige abgebe, ich wundere mich eigentlich selbst, dass ich den Mord nicht begangen habe. Aber was haben Sie eigentlich mit der ganzen Geschichte zu tun?«

»Weiß ich selbst nicht. Na ja, Tatsache ist, dass ich dort war ...«

In mir erwachten plötzlich Gewissensbisse.

»Um Gottes willen, habe ich Sie da zufällig reingeritten? Ich habe aus freien Stücken erzählt, dass Sie die Alarmanlage in meinem Auto abgeschaltet hatten.«

»Nein, nein«, beruhigte mich Łukasz rasch. »Man hat mich dort gesehen, irgendwelche Nachbarn, und den Wagen auch, jemand hatte sich sogar das Kennzeichen gemerkt. Ich habe mittlerweile der Polizei alles erzählt, was ich über diese Ganoven weiß, weil ich es nicht mag, wenn man mir ans Leben will. Ich habe so ein merkwürdiges Gefühl.«

»Was denn?«, fragte ich. »„Haben die einen Anschlag auf Sie ausgeübt?«

Ruhig und ohne zu zögern beschrieb er mir die Ereignisse von vor anderthalb Tagen. Der Täter … Er gab mir eine Personenbeschreibung.

»Stimmt, den kenne ich auch, sogar seinen Namen. Wüstenau. Ich wusste doch, dass bei diesem Rosshandel ganz besonders üble Gangster zugange sind.«

»Soweit ich das beurteilen kann, nicht nur dort«, bemerkte Łukasz trocken. »Von den Ämtern und Posten, die er bekleidet, wissen Sie nichts?«

Ich geriet in Verlegenheit, unsicher, ob ich ihm die Wahrheit sagen sollte. Ich wollte aus unerfindlichen Gründen nicht den Eindruck einer kompletten Vollidiotin auf ihn machen. Mir wurde bewusst, dass ich wünschte, wenigstens einen Moment lang, gut, mehrere Momente lang, intelligent, scharfsinnig und in den Nuancen unserer komplizierten Welt hervorragend bewandert zu sein. Weit davon entfernt, Parteisekretär Bierut mit Präsident Johnson zu verwechseln …

»Ehrlich gesagt, bekomme ich von solchen Dingen nicht viel mit«, gab ich trotzdem zu. »Ich bringe sie alle durcheinander. Ich weiß nur von einigen dieser Leute, und Wüstenau gehört dazu. Außerdem so etwas wie der Parteigenosse Cyrankiewicz, der hat alle Wenden und Kehren des politischen

Systems überdauert, alle Parteisekretäre, unser Fels in der Brandung.«

Łukasz betrachtete mich aufmerksam.

»Das kann doch nicht sein, dass Sie nach einem Glas Cognac einen sitzen haben! Was erzählen Sie denn da? Was hat Cyrankiewicz mit der Sache zu tun?«

»Vergleichsmaterial. Wüstenau stützt sich auch auf einen solchen Felsen, bloß ist der weiblich. Das habe ich zufällig mitbekommen.«

»Könnten Sie das vielleicht näher erklären?«

»Kann ich. Das ist ein ganzer Sektor. Er fängt mit Pferderennen an und endet mit dem Export von Pferden. Ein großes internationales Geschäft, von dem Otto Normalverbraucher nichts weiß, weil er Pferderennen für bloße Ausschweifung und das Pferd für ein Nutztier hält, das kaum mehr Verwendung findet. Wir haben dadurch in den vergangenen Jahren Milliarden verloren, durch Leute wie Wüstenau, die sich auf eine solche Eiterbeule stützen, auf einen unzerstörbaren Felsen, der größer als Cyrankiewicz ist, und in den Jahren davor durch verschiedene Parteiläuse, die heimlich gearbeitet haben. Alle gestützt auf denselben Felsen.«

»Und wer ist das, dieser Fels?«

Ich seufzte schwer.

»Eine gewisse Kazimiera Domagradzka. Ich kenne die Frau nicht persönlich und habe keine Ahnung, wie sie aussieht, aber ich weiß, was sie macht. Die reine Seuche!«

Einen Moment sah mich Łukasz überrascht an. Dann fing er an, in seinem Gedächtnis zu kramen.

»Domagradzka ... Moment mal. Domagradzka ... Ich habe den Namen schon mal gehört, irgendwie bringe ich ihn mit Brandgeruch in Verbindung ...«

»Brandgeruch«, sagte ich verächtlich. »Das ist noch viel zu nett ... Ekliger Gestank und Pestgeruch!«

»Still! Lassen Sie mich nachdenken.«

Schwermütig in den Spiegel über der Bar starrend, in dem eines meiner Augen größer und das andere kleiner erschien, die Stirn merkwürdig knotig und die eine Gesichtshälfte aufgedunsen, bis ich beides beunruhigt abtastete, wartete ich schweigend sein Nachdenken ab.

»Ich weiß es«, sagte er endlich. »Es ist mir wieder eingefallen. Haben Sie mal den Namen Kaja Peszt gehört?«

»Habe ich. Am Telefon. Dominik hatte bestätigt, dass er sie kennt.«

»Die gab es, ganz real. Einmal habe ich sie gefahren ...«

»Moment mal. Hat sie denn aufgehört zu existieren? Oder warum sprechen Sie in der Vergangenheitsform von ihr?«

»Davon weiß ich nichts, ich bezog mich nur auf ein konkretes Ereignis. Wüstenau fing mich ab, ausnahmsweise mal übers Handy. Er war ein alter Kunde, im Grunde genommen war ich sein persönlicher Chauffeur. Die Fahrt ging nach Zegrze oder noch ein Stück weiter, ich sollte dort drei Personen abholen, die ganz ordentlich einen in der Krone hatten, Wüstenau, ein anderer Typ und ein junges Mädchen. Gut, so jung war sie nicht mehr, um die dreißig. Wüstenau war von ihnen der nüchternste und unwahrscheinlich wütend. Der andere war so besoffen, dass er darauf bestand, alle einander vorzustellen, aber seine Energie reichte nur für das Mädchen aus. Kaja Peszt. Später haben sie im Auto geredet, man könnte sagen, an meinem Ohr vorbei, insofern Wüstenau vorne saß. Und sie haben ihr gedroht, sie direkt zu ihrer Tante zu bringen, da fiel der Name Domagradzka, und sie protestierte verzweifelt, aber umsonst. Ich brachte sie nach Służewiec, sie sind ihre Last losgeworden, und dann fuhr ich die beiden anderen nach Hause. Am nächsten Tag holte Wüstenau mit mir zusammen sein Auto. Was sagen Sie dazu?«

Das sagte mir nur, dass nach diesen nebulösen Informationen Frau Domagradzka angeblich in Służewiec wohnte. Und dass Wüstenau sie kannte.

»Wenn jetzt noch herauskommt, dass Dominik bei diesen Pferdeschweinereien seine Finger im Spiel hatte, bringe ich ihn um!«, rief ich Unheil verkündend. »Jetzt begreife ich langsam!«

»Umbringen entfällt, da kommen Sie zu spät«, erinnerte mich Łukasz. »Was begreifen Sie?«

»Warum er meine Besuche bei den Pferderennen so verdammt! Er hatte mich dazu gezwungen, fast aufzuhören. Er hasste es, wenn ich etwas über Pferde sagte. Verdammt. Wenn ich das gewusst hätte!«

»Was hätten Sie dann getan? Na? Nichts. Es sollte Ihnen nicht Leid tun.«

Eigentlich hatte er Recht. Vielleicht hätte ich mich mit Dominik gestritten, Druck ausgeübt, er hätte das nicht ertragen und mich früher verlassen. Auf eine gewisse Weise wäre das auch von Vorteil gewesen, ganz persönlich betrachtet.

Łukasz erwog die Sache.

»Wüstenau haben sie im Visier, weil ich entgegen seinen Hoffnungen am Leben bin. Obwohl er natürlich behaupten kann, dass ich selbst die Bombe gelegt hätte, um ihn anzuschwärzen, aber ob sie ihm das glauben? Und jetzt fällt mir ein, dass ich der einzige Zeuge gegen ihn bin. Es sei denn, dass Sie auch etwas gegen ihn in der Hand haben?«

»Nein, nichts. Ich habe ihn einmal im Leben gesehen. Aber wenn sich jemand Mühe geben würde, kommt er der Sache schon durch gründliches Nachdenken auf den Grund. Dominik, Kaja Peszt, Wüstenau, Domagradzka ... Die Leute bei den Pferderennen wissen viel, aber sie schweigen, weil Frau Domagradzka einen Schwätzer im Nu loswerden kann. Aber wer hält die Hand über sie, verdammt? Warum ist klar: Das Weib macht schließlich jede Schweinerei mit.«

»Lassen Sie die Pferde mal beiseite, das ist nur ein winziger Teil des Puzzles. Was wissen wir noch? Wüstenau ist mit diesem Artischocke verbandelt ... bitte sehr, wieder ich!

Sieht so aus, als ob ich der Kronzeuge wäre, und das will ich gar nicht sein. Helfen Sie mir doch.«

Ich begann, laut nachzudenken, obwohl ich sicher war, dass ich mehr von ihm als er von mir erfahren könnte.

»Ich werde Ihnen wohl kaum eine Hilfe sein. Entweder hat ihn jemand aus persönlichen Gründen um die Ecke gebracht oder sozusagen dienstlich. Die ganzen Machenschaften kriege ich nie im Leben raus, dazu weiß ich viel zu wenig von solchen Dingen, da kenne ich mich ja noch besser mit antiken Uhren aus, schließlich habe ich gerade ein Manuskript darüber korrigiert. Bei persönlichen Gründen würde ich auf eine Frau setzen. Dominik versuchte, jeden fertig zu machen, aber Frauen wohl am meisten, und eine von ihnen hätte sich rächen können. Ich hätte mich ja selbst gerne gerächt, wenn es mir nicht zu schade um die Zeit gewesen wäre. Also irgend so eine wie ich ... Kaja Peszt würde passen.«

»Warum ausgerechnet die?«

»Ich weiß es nicht. Ich erinnere mich an meinen Eindruck, dass Dominik sich über sie ärgerte. Sie war aufdringlich. Widerspenstig. Sie machte Schwierigkeiten. Als sie ihn telefonisch bei mir gesucht hat, wurde er wütend. Moment mal, die haben doch auch die Michalina Kołek um die Ecke gebracht, seine große Bewunderin! Haben Sie Michalina Kołek nicht gekannt?«

»Nein. Ich möchte Sie daran erinnern, dass ich nicht einmal diesen Dominik gekannt habe.«

»Michalina war in vieles eingeweiht. Diese Informationsquelle musste also ausgeschaltet werden. Aber es passt nicht zusammen, weil ich nicht daran glauben kann, dass Kaja der Michalina den Kopf zertrümmert hat. Die Sache ist hoffnungslos. Ich befürchte langsam, dass die Bullen auch zu nichts kommen werden und sich schließlich auf mich kaprizieren. Sie haben es besser, Sie sind nur Zeuge, ich dagegen ...«

Ungefähr gegen zwei Uhr nachts stellte ich fest, dass Dominik samt Mörder in Vergessenheit geraten waren und dass wir über ganz andere Themen redeten. Łukasz gefiel mir immer besser. Wenn man berücksichtigt, dass ich mein ganzes Leben lang Pech mit Männern hatte, so müsste er sich zumindest als einer dieser Verbrecher offenbaren und jetzt überprüfen wollen, ob ich über ein so gefährliches Wissen verfügte, dass man mich umbringen müsste. Wie Michalina. Ach, ich würde in der nächsten Zeit einfach keine Friedhöfe mehr besuchen …

Da meine Familie nicht nur meine Kinder, sondern auch Danzig sehen wollte, verbrachten wir zwei Nächte in diesem Hotel. Die zweite war reich an unerwarteten Begebenheiten.

Man hatte aufgehört, die lasterhafte Leidenschaft Tante Izas für das Spiel sorgfältig zu verbergen, sie war von selbst ans Tageslicht getreten, nur sollte nicht offen darüber geredet werden. Die Verdammung sollte schweigend vonstatten gehen. Ein Geheimnis gab es an ganz anderer Stelle: Onkel Filip bezahlte heimlich für alles – für das Hotel, das Essen, den zweiten Wagen und was sonst noch so anfiel. Die Großtante mischte sich überhaupt nicht in die Frage der Bezahlung ein, und Tante Olga und Onkel Ignacy taten so, als ob sie von einer Sache wie Geld noch nie im Leben gehört hätten. Interessant, was ich alles hätte verkaufen müssen, um genügend Geld für diesen Besuch zu haben, wahrscheinlich meine Wohnung.

Tante Iza und Onkel Filip blieben also im Hotelcasino hängen und weckten in mir die Hoffnung, die Lokalität nicht mehr wechseln zu wollen. Der Rest ruhte sich aus, jeder auf seine Art, wir konnten also aufatmen, Łukasz und ich. Keiner hatte ihm gesagt, er solle mir Gesellschaft leisten. Er konnte hingehen, wohin er wollte, aber er ging nirgendwohin. Wieder nisteten wir uns in der gemütlichen Ecke der Hotelbar ein.

Kaum hatten wir ein paar Sätze miteinander gewechselt, als in der sonst fast leeren Bar ein Mädchen auftauchte. Sie zog einen Mann an der Hand hinter sich her. Die beiden tranken etwas, dann rief sie noch einen zweiten Mann, fröhlich und lachend, zu sich, rutschte vom Barhocker und ging mit den beiden zurück ins Restaurant. Ich beobachtete sie interessiert, als ich plötzlich merkte, dass Łukasz verstummt war.

Er sagte erst wieder etwas, als das Mädchen verschwunden war.

»Lass uns ins Restaurant gucken«, sagte er mit seltsamem Nachdruck. »Möglichst unauffällig. Schau dich um und such nach bekannten Gesichtern.«

Gehorsam blickte ich mich im Restaurant um, halb von der Flügeltür verdeckt. Aber ja, zwei bekannte Gesichter fielen mir auf. Das eine gehörte dem Autor von halbwegs populären Büchern, bei dem es mit der Grammatik haperte, und das andere war ein Relikt aus der Dominik-Ära. Eben jener gut aussehende, sympathische, kultivierte Kerl, den ich dem Major zum Fraß vorgeworfen hatte – Wüstenau. Wie war er bloß hierher gekommen? Er hätte doch in Warschau sein müssen.

Ich erstattete Łukasz' Bericht.

»Beobachte sie noch ein bisschen«, befahl er. »Der Autor interessiert uns nicht, aber Wüstenau. Er hat mich noch nicht entdeckt, warten wir ab, was passiert, wenn er mich sieht. Er denkt, dass ich tot bin. Den hatte ich hier nicht erwartet, das ist der reine Zufall, damit hätte ich niemals gerechnet. Schau dich noch mal ein bisschen um.«

»Sag mir doch besser gleich, was ich eigentlich beobachten soll«, riet ich ihm. »Sonst bemerke ich sicher etwas, was ich nicht bemerken soll. Dieser Schuft sitzt da mit einem Pärchen, die gehören eindeutig zusammen. Ob er wohl versuchen wird, die Frau anzumachen?«

»Vermutlich nicht. Aber vielleicht wird er sich ja für jemand anderen interessieren …«

»Für jemand anderen interessiert sich der mit der Frau. Wenn das seine Frau ist, kriegt er im trauten Heim von ihr ganz schön was zu hören!«

»Und sonst?«

Aus seiner Stimme klang so viel Nachdruck, dass ich genauer zu beobachten begann. Der Typ mit der Frau musste jeden Augenblick Genickstarre bekommen. Er konnte seine Augen nicht von dem Mädchen an der Bar lassen, das ich wiederum ohne besonderes Vergnügen anguckte, weil ich demselben Geschlecht angehörte.

Sie strotzte vor überschüssiger Energie, aber auch ohne das würde sie auffallen. Es war nicht ihre Schönheit, sondern ihr Sex-Appeal. Sie strahlte puren Sex aus, und obwohl mich ihr Sex mal kreuzweise konnte, bemerkte das sogar ich, was sollte man da erst von den Männern sagen. Jeder blieb mit seinem Blick an ihr hängen, und man konnte förmlich spüren, wie sich die Atmosphäre in dem Raum erhitzte, kaum einer konnte das Funkeln in seinen Augen unterdrücken und hielt seinen Kopf geradeaus. Einzig Wüstenau schien sie nicht zu sehen und nicht vom Kellner oder der Topfpalme unterscheiden zu können.

»Wieso ist er denn so zurückhaltend?«, fragte ich erstaunt. »Da läuft ihm ein solches Püppchen vor der Nase herum und er reagiert nicht einmal. Will er etwa der Welt demonstrieren, dass er keine Augen für fremde schöne Frauen hat?«

»Die Sache ist die, dass sie ihm nicht ganz fremd ist.«

»Wer ist denn das?«

»Kaja Peszt.«

Es verschlug mir fast die Sprache. Ich betrachtete sie nun mit größerer Neugier.

»Tja. Ich hatte gehört, dass sie sehr schön sein soll, aber das ist nicht der Punkt. Ist sie wirklich so sexy, oder kommt mir das nur so vor?«

»Das kommt dir nicht nur so vor.«

»Und verhält sie sich immer so? Alle schauen sie an, dabei tut sie gar nichts Besonderes. Aber, Moment mal … war sie so auch in Dominiks Gegenwart?«

Łukasz zog mich zurück zur Bar.

»Ich weiß nicht, wie sie in Gesellschaft von diesem Dominik war, weil ich die beiden nie zusammen gesehen habe. Und da liegt auch nicht der Hund begraben. Meinst du nicht, dass Wüstenau übertreibt?«

»Wenn sie sich wirklich kennen, dann übertreibt er unglaublich und auf eine sehr suspekte Art. Er hat sie nie im Leben gesehen, er interessiert sich nicht für sie und will sie nicht kennen. Und sie meidet ihn sorgfältig. Was hat das zu bedeuten?«

»Ich vermute, sie haben sich zufällig hier getroffen und dummerweise können weder er noch sie von hier weg. Und sie kennen sich gut, das weiß ich ganz genau, schließlich habe ich sie gefahren, außerdem wurde von ihr gesprochen, wenn Wüstenau mit jemand anderem fuhr. Selten zwar, aber in den paar Jahren hat er sie mehrmals erwähnt. Jetzt tut er so, als würden sie sich nicht kennen, und hofft wahrscheinlich, dass niemand über sie beide Bescheid weiß. Sie ist bestimmt auch nicht scharf darauf, mit ihm zu reden.«

»Na, dann ist er ein Idiot, es wird doch keiner glauben, dass er ohne Grund eine solche Frau nicht einmal anguckt.«

»Stimmt. Interessant …«

Kaja Peszt ließ sich nicht mehr in der Bar blicken. Mir fiel wieder ein, dass Dominik sie, nachdem er sie aus der Gosse gerettet hatte, zu einem tugendhaften Fräulein erziehen wollte. Aber er war doch nicht blind und hatte gesunde männliche Reaktionen, und wenn er sie sich nicht selbst unter den Nagel gerissen hat, nicht monopolisiert hat, dann musste etwas dahinter stecken.

»Überhaupt scheint sie auch sonst einiges auf dem Kasten

zu haben«, rutschte es mir in meiner Gedankenverlorenheit heraus.

»Stimmt«, bestätigte Łukasz kalt. »Das sage ich nicht aus eigener Erfahrung. Aber ich habe oft davon gehört. Hinterhältig, mitleidslos, habgierig, verlogen, ein Blutegel. Ich würde ihr nicht mal fünfzig Groschen anvertrauen, ich würde ihr nicht erlauben, mir einen Splitter aus dem Finger zu ziehen, ich würde ihr nicht verraten, welchen Wochentag wir haben, um keinen Preis würde ich ihr mein Geburtsdatum und meinen Geburtsort nennen. Einen Typen fertig zu machen und ihn in den Selbstmord zu treiben bedeutet ihr nichts. Angeblich gab es nur einen Mann, den sie nicht herumgekriegt hat und vor dem sie Angst hatte. Könnte dein Dominik gewesen sein.«

Ich nickte nachdenklich.

»Charakterlich würde sie passen, aber ich bin mir sicher, dass Dominik ihr nie im Leben eine Waffe in die Hand gedrückt hätte, so dumm war er nicht. Nein, ich bin noch immer die geeignetste Verdächtige …«

Ich vertiefte mich so in meine Grübelei über Kaja Peszt, dass ich für einen Moment die Welt aus den Augen verlor. Als ich wieder zu mir kam, guckte Łukasz mit großem Interesse zum Ende der Bar hin.

»Hol mich der Teufel, das ist ja das reinste Staraufgebot hier«, sagte er leise. »Dreh dich jetzt nicht um.«

Ich zwang mich dazu, weiter geradeaus zu sehen.

»Wieso?«

»An der Bar steht der Leibwächter von dieser Mafia und starrt blöd in die Gegend. Ich kenne ihn. Der lange Arm der illegalen Gerechtigkeit.«

»Eine schöne Bezeichnung«, lobte ich ihn. »Ist es einer der beiden, die dort in Władysławowo waren?«

»Nein, ein dritter. Der ist besser.«

»Ein Vollstrecker?«

»Man kann ihn anheuern. Er schießt, ohne auf Kollateralschäden zu achten. Die können den Armen aber nicht ins Kittchen bringen, weil der Staatsanwaltschaft immer die Beweise fehlen.«

Ich war beunruhigt. Wir saßen in einer Ecke und wurden von den Kübelpflanzen verdeckt, aber im Falle eines Falles hätten wir keine Fluchtmöglichkeit.

»Ich hoffe, dass er nicht gerade hinter mir her ist?«

»Das wäre doch völlig idiotisch ... Ich bin doch garantiert nicht der einzige Zeuge, oder?«

»Vielleicht haben sie ja noch jemanden in die Luft jagen wollen?«

Wir schauten uns an. Verdammt, wenn dieser Major Bieżan bisher keine weiteren Entdeckungen gemacht und schlagenden Beweise gefunden haben sollte, würden diese Handlanger von Dominik volle Handlungsfreiheit haben. Sie könnten tatsächlich der Meinung sein, dass ihnen die Liquidierung des Chauffeurs, der sich nicht irgendwo auf weiter Flur hat umbringen lassen, von Nutzen sein könnte. Ich hatte schon mitbekommen, dass Łukasz mehr als ich von Dominiks Kontakten wusste, die man als zwischenmenschlich bezeichnen könnte, auch wenn er ihn gar nicht persönlich gekannt hatte. Er hatte doch hoffentlich eine umfassende Zeugenaussage gemacht!

»Wäre es nicht zu spät ...«, begann ich zögernd und unterbrach mich gleich wieder.

Ein lautes Klirren und Poltern an der Bar erlaubte mir endlich, den Kopf zu drehen und in jene Richtung zu schauen. Ein großes rothaariges Mädchen lag neben einem Barhocker auf dem Fußboden unter einem Metalltablett und den Resten von Geschirr. Über sie beugte sich, mit dem Rücken zu mir, ein stiernackiger Typ. Der Barkeeper kam gerade hinter seiner Bar hervor. Aber es ging noch weiter, denn dem Barkeeper kam eine kräftig gebaute Frau zuvor, die sich auf den

Stiernacken stürzte und ihn mit voller Wucht mit dem Absatz ihres Schuhs, den sie fest in ihrer Hand hielt, auf den Rücken schlug. Der Absatz war zum Glück ziemlich breit, wie es gerade der Mode entsprach. Wäre es ein Bleistiftabsatz gewesen, hätte sie wohl seinen Rücken durchstoßen. Der Typ sprang auf, ließ das rothaarige Mädchen los, das stellte ihm hinterrücks ein Bein, er rutschte auf den Scherben aus und plumpste hin. Zwei weitere Personen mischten sich in das Handgemenge ein, der Barkeeper und ein Gast, der offenbar zu der Frau mit dem Schuh gehörte.

Łukasz verlor keine Zeit.

»Lass uns abhauen!«, befahl er. »Hauptsache, wir kommen aus dieser Falle hier raus, wir gucken uns von draußen an, was weiter passiert.«

Das Durcheinander dauerte an, nahm aber einen seltsamen Verlauf. Statt auf Rache zu sinnen, begannen alle Beteiligten plötzlich, sich untereinander mit einer solchen Heftigkeit zu entschuldigen, dass sie sich fast darum geschlagen hätten, wer es als Erster tun durfte. Die Frau mit dem Schuh flehte mit Tränen in den Augen um Verzeihung, der Stiernacken zeigte tiefe Reue, wobei er der Rothaarigen beim Aufstehen half, der Rothaarigen tat es Leid, dass sie ihn gegen den Knöchel getreten hatte, der Barkeeper entschuldigte sich für etwas, von dem keiner wusste, und der Typ von der Frau mit dem Schuh entschuldigte seine Bekannte, die den Stiernacken von hinten für den eigenen Ehemann gehalten und daher beschlossen hatte, ihn zu bestrafen. Die etwas verspätet eingetroffenen Sicherheitsleute des Hotels konnten unverrichteter Dinge wieder abziehen.

Daraufhin erschien eine neue Gestalt. Na ja, neu war sie nicht gerade, eher bekannt. Aus der Richtung der Toilette kam ein wutschnaubender, aufgebrachter Mensch mit dem bezaubernden Gesicht einer rasenden Bulldogge. Der Wüterich!

»Oh Mist«, staunte Łukasz.

»Himmel, Arsch und Zwirn, man kann ja nicht mal 'ne Minute aufs Klo gehen, ohne dass hier der Teufel losbricht!«, zischte er entweder in Richtung der Rothaarigen oder des Stiernacken, man konnte es nicht genau sagen, weil sie gerade dicht nebeneinander standen, wie in einer Umarmung. »Die ist es doch nicht, du Affe!«

Die Rothaarige und der Stiernacken stießen sich gegenseitig angeekelt zurück.

»Ich bin es nicht?«, zischte die Rothaarige wild. »Mit wem bist du denn hier, hä?«

»Mit dir, erzähl keinen Scheiß! Aber er nicht mit dir!«

Der Stiernacken schwieg. Die Frau mit dem Schuh hielt beim Schuhanziehen inne, gestützt auf die Schulter ihres Typen, neugierig den neuen Konfliktherd anstarrend. Der Barkeeper versuchte, die Situation zu entschärfen, indem er eifrig erklärte, dass es hier zu einem unglücklichen Zufall gekommen sei.

»Scheiß auf dein unglücklicher Zufall«, äußerte der Wüterich, die Grammatik völlig außer Acht lassend. »Schau dorthin! Guck doch mit deinen blöden Glubschaugen hin!«

Mit ausgestrecktem Daumen zeigte er hinter seinen Rücken. Der Stiernacken folgte dem Daumen mit seinem Blick, wie alle anderen auch, die Sicherheitsleute vom Hotel eingeschlossen, und natürlich waren wir gemeint, Łukasz und ich. Sowie Tante Iza mit Onkel Filip, die gerade in die Bar kamen.

Wenn das neue Paar nicht gekommen wäre, wären wir rausgegangen, ohne den weiteren Verlauf der Ereignisse abzuwarten. Łukasz hatte schon seinen Arm um meine Schultern gelegt. Mensch, hätten die nicht ein wenig länger im Casino bleiben können?

Sogar Tante Iza blieb stehen. Sieben Augenpaare – zwar hatte der Wüterich uns seinen Rücken zugedreht, dafür starrte uns aber irgendein zusätzlicher Gast an, der etwas weiter hinten an der Bar saß – müssen eine gewaltige Wirkung gehabt haben. Wie der Blick einer Gorgone, der Menschen zu Stein verwandelte. Das lebendige Bild verharrte regungslos, bis sich der Wüterich umdrehte und genauso erstarrte wie der Rest. Nur ihre Augäpfel bewegten sich in Richtung von mir zu Tante Iza und von Łukasz zu Onkel Filip. Mir schoss der Gedanke durch den Kopf, dass nicht einmal die englische Königin mit ihrem ganzen Hofstaat einen solchen Eindruck gemacht hätte, Tante Iza konnte wirklich stolz sein.

Die entsetzliche Stille wurde von der Rothaarigen unterbrochen.

»Auf wen zeigst du da eigentlich, hä? Und wem? Mir oder deinem Laufburschen? Mir persönlich wäre der Jüngere lieber.«

»Halt die Klappe«, knurrte der Wüterich mit zornbebender Stimme. »Barkeeper!«

Der Barkeeper setzte sich in Bewegung, blitzschnell fand er sich auf der anderen Seite des Tresens wieder. Der Stiernacken glotzte weiter, nur dass er jetzt nur noch das männliche Geschlecht anstarrte, das weibliche war ihm auf einmal egal. Weder ich noch Tante Iza interessierten ihn, sondern ausschließlich Łukasz und Onkel Filip. Tante Iza schwebte würdig in Richtung Bar davon, Onkel Filip eilte hinter ihr her. Łukasz steuerte mich mit leichtem Druck zum Ausgang, und fast tat es mir Leid, dass er gleich seinen Arm von meiner Schulter nehmen würde. Obwohl ich weniger öffentliche Umstände ohnehin lieber gehabt hätte.

»Es war also nicht Wüstenau, sondern dieser Vollidiot«, sagte er vor den Fahrstühlen. »Ich hoffe, dass er nicht durcheinander kommt und deinen Onkel mit mir verwechselt. Ich glaube, ich gehe noch mal zurück.«

»O nein!«, rief ich spontan. »Wenn du gehst, dann gehe auch ich.«

»Mach keinen Quatsch, es ist doch gar nicht gesagt, dass der mich ausschalten will.«

»Sondern was? Will er dir vielleicht einen Strauß Rosen schenken? Soviel ich gehört habe, ist er nicht gerade vertrauenswürdig.«

»Stimmt. Und ein Mundwerk hat er wie ein Riesenlautsprecher. Der brüllt alles raus, was er auf dem Herzen hat, vielleicht werde ich also etwas erfahren. Außerdem wollen wir mal nicht übertreiben, der wird mich doch nicht in Gegenwart so vieler Zeugen umbringen, eher wird er einen kleinen Unfall organisieren.«

»Darin sehe ich keinen Trost.«

»Trotzdem werde ich da jetzt mal zuhören. Vielleicht sagt er ja etwas, was uns nützen kann.«

Zu guter Letzt kehrten wir beide zurück und erblickten sofort den Wüterich mit dem Stiernacken. Sie betraten gerade die Männertoilette. Łukasz folgte ihnen wortlos, und mir blieb nichts anderes übrig, als in die Damentoilette zu gehen.

Darin befand sich die Rothaarige. Sie stand vor dem Spiegel, besserte ihr Make-up aus und warf mir einen Blick zu, der mich dazu veranlasste, eine Erklärung abzugeben.

»Nein«, sagte ich beruhigend. »Ich habe mit Ihrem Verehrer nichts am Hut. Ich sehe ihn zum dritten Mal in meinem Leben und habe ihn nie gesprochen ... Doch, Entschuldigung, einmal habe ich mit ihm gesprochen.«

»Dürfte ich wissen, was das Thema war?«, fragte sie.

»Schwer zu sagen, ich bin mir nicht sicher, ob man das überhaupt als Thema bezeichnen kann. Ich habe mich bei ihm entschuldigt, weil ich auf sein Grundstück eingedrungen war, und er beschimpfte mich. Alles in allem beschränkte sich unsere Plauderei auf etwa dreißig Sekunden.«

Die Rothaarige zeigte sich plötzlich interessiert.

»Und weshalb sind Sie auf sein Grundstück eingedrungen?«

»Um den Hut meiner Tante zu holen. Der hatte sich in den Büschen dort verheddert.«

»Und?«

»Nichts. Ich habe den Hut mitgenommen und bin wieder gegangen.«

»Hat er Sie nicht angemacht?«

»Eher das Gegenteil. Er hat mir lauter Unannehmlichkeiten versprochen.«

»Oje! Sie sind ihm doch nicht etwa zu nahe getreten?«

»Ausschließlich mit diesem Hut. Sonst nie mit irgendwas. Zumindest weiß ich von nichts.«

Die Rothaarige hörte auf, sich für ihr Gesicht zu interessieren, und schaute mich mit einer Mischung aus Misstrauen, Erstaunen und Tadel im Spiegel an.

»Warum streuen Sie mir hier Sand in die Augen, ich weiß doch, dass Sie schon seit ein paar Jährchen hinter ihm her sind. Das hat er mir gestanden. Aber ich dachte, Sie hätten mehr Sex-Appeal. Was sehen die alle bloß in Ihnen?«

Das Kompliment bezauberte mich nicht gerade. Ich ließ meinen Blick im Spiegel von ihrem Gesicht zu meinem schweifen und betrachtete mich kritisch. Kein Wunder. Die Wimperntusche am linken Auge war ein bisschen verwischt, der Lippenstift verschwunden, und Sex-Appeal konnte ich bei mir nicht die Spur entdecken. Nur dass ich keine Falten hatte, aber das war allein ein Geschenk der Natur.

Die Rothaarige fuhr fort.

»Angeblich sollen Sie wie höchstens fünfundzwanzig aussehen, und ich sehe hier hundertprozentige dreißig ...«

»Siebenunddreißig«, korrigierte ich.

»Was sagen Sie da?«

»Siebenunddreißig, was sollen wir uns hier vormachen.«

»Danach sehen Sie nicht aus ... Aber warten Sie! So alt können Sie überhaupt nicht sein! Sie müssen zweiunddreißig sein und jünger aussehen!«

»Zweiunddreißig war ich schon vor fünf Jahren, warum sollte ich es heute immer noch sein? Ist das ein Muss? Werden Ältere nicht in die Bar reingelassen?«

Die Rothaarige schien ein bisschen durcheinander.

»Dann muss ich mich irren. Ich habe so viel von der Frau gehört ... Ich dachte, Sie wären das. Eine richtige Schlampe, macht sich an jeden Mann ran, verdreht ihm den Kopf, dann melkt sie ihn. Severin ist schon ganz nervös, und dann tauchen Sie auf ...«

»Was finden Sie eigentlich an ihm?«, unterbrach ich sie unvermittelt.

»Was für eine blöde Frage!«, sagte die Rothaarige entrüstet. »Natürlich die Knete! Im Überschwang rückt er alles raus, was er in den Taschen hat, der ist nicht schlecht. Ist zwar ein Widerling, aber nicht pervers, und er zahlt.«

Das waren nicht gerade die Informationen über den Wüterich, die mich am meisten interessierten.

»Na gut, aber wieso sollte er meinetwegen nervös sein? Und was macht er hier, ich habe ihn nicht hergebeten. Überhaupt habe ich gedacht, dass er an der Küste wohnt und sich im Moment in Warschau aufhält?«

»Der hält sich überall auf«, erklärte die Rothaarige freimütig. »Macht aber immer ein Geheimnis daraus, als ob es sonst was wäre. Der gehört zu der Regierungsmischpoke, dieser erbärmliche Mafioso, meines Erachtens hätten sie ihn längst kaltgemacht, wenn er nicht irgendwelche Informationen hätte, sich abgesichert hätte, ach, ich kenne mich da nicht aus, eine Hand wäscht die andere, die hängen doch alle miteinander zusammen. Soweit ich mitgekriegt habe, ist da irgendwie eine Lücke entstanden, die sie wieder zukleistern wollen. Haben wohl einen um die Ecke gebracht oder so? Das hat der mir zwei Abende lang vorgeschwafelt, weil ich ja zum Relaxen da bin. Er soll irgendeinen Zeugen fertig machen, deswegen hat er seine Leibwächter mitgebracht und ihnen den Typen gezeigt, aber mir kommt es so vor, als ob's eine Frau wäre. Ich dachte, Sie wären das. Der hat Angst vor ihr, weil die ein ausgesprochenes Miststück sein soll, die alles weiß. Wenn sie reden will, dann tut sie es, und wenn nicht, dann nicht. Wie es ihr gerade passt. Wissen Sie, wer das ist?«

Ich war sicher, dass ich es wusste. Kaja Peszt. Wo ist sie eigentlich hin? Sie war doch vorhin hier …

»Na, so eine Frau eben«, erklärte ich zurückhaltend. »Hab ab und zu mal was von ihr gehört und sie einmal gesehen. Wirklich ein Klasseweib. Ich glaube, dass die ihr ganzes Leben lang, seit ihrer frühesten Jugend, irgendwelche Typen an der Nase herumführt. Sie kennt kein Mitleid mit ihnen.«

»Nicht dumm«, sagte die Rothaarige ein wenig neidisch.

»Und begabt. Aber ich habe nichts mit ihr zu tun. Ich sage Ihnen die Wahrheit, was soll's: Früher, vor ein paar Jahren, hatte ich einen Kerl, der mit denen zu tun hatte, der hielt die Mischpoke an der Kandare und hat Munition gegen sie gesammelt. Ich hatte allerdings keine Ahnung davon und nichts damit zu tun. Außerdem habe ich mich vor über vier Jahren von ihm getrennt, aber die verdächtigen mich wohl, ich hätte irgendwelche Informationen und Dokumente von ihm geerbt. Das stimmt aber nicht, ich weiß von nichts und mich geht das alles nichts an. Mir scheint, dass hier ein Irrtum vorliegt, ich kutschiere meine australischen Verwandten durchs Land und sonst nichts. Ihr Verehrer dagegen verdächtigt mich irgendwelcher Macchiavellismen. Er soll mich endlich in Ruhe lassen und mir nicht mehr damit auf den Wecker fallen.«

Die Rothaarige sah aus, als ob sie mir glaubte. Sie wandte sich vom Spiegel ab.

»Das heißt, Sie können es nicht sein. Die andere, die in die Bar gekommen war, auch nicht, war ja eine alte Schachtel. Ich sage Ihnen eins, Severin will sie umlegen, aber in Wirklichkeit weiß er selbst nicht, ob es notwendig ist. Der ist schon ganz irre im Kopf. Ich bin nicht so blöd, dass ich nichts verstehen würde, obwohl er das denkt, und mir scheint, dass er einen Riesenfehler macht.«

»Mir auch.«

»Der hat einfach keinen Verstand, aber mich stört das nicht, ich bin ja nicht mit ihm verheiratet, und das werde ich auch nie sein. Da gibt es angeblich noch etwas gegen ihn, was er gar nicht gemacht hat, und da geht's auch um eine Frau …«

Ich beruhigte mich ein wenig, weil es, soweit ich das beurteilen konnte, so aussah, als würden Łukasz und ich nicht ins Spiel kommen. Dem Wüterich ging es um Kaja. Und die Geschichte mit der anderen Frau, für die er angeblich nicht verantwortlich ist – ob damit vielleicht Michalina gemeint ist?

Ich hatte Zeit, ein bisschen darüber nachzudenken, weil es dauerte, bis Łukasz die Herrentoilette verließ. Zum Glück lebendig und in bestem Zustand. Wir schauten in der Bar vorbei, wo immer noch Tante Iza in Begleitung von Onkel Filip saß. Von unseren Feinden keine Spur.

»Und?«, fragte ich ungeduldig.

»Nichts«, erwiderte Łukasz erschöpfend und fand einen Platz auf einem der Sessel in der Empfangshalle, von wo aus wir einen guten Blick nach allen Seiten hatten. »Die werden doch wohl Onkel Filip nicht mit mir verwechseln?«

»Glaube ich nicht«, bezeugte ich. »Dafür wurde ich mit Kaja Peszt verwechselt.«

Ich fasste ihm eilig mein Gespräch mit der Rothaarigen zusammen und verlangte nach einem Bericht aus der Nachbartoilette. Es hatte sich gezeigt, dass Łukasz Recht hatte, der Wüterich hatte in seiner Wut so laut gebrüllt, dass er es ohne Probleme hören konnte, es hatte sich offenbar gelohnt, zuzuhören.

»Der ist fuchsteufelswild, soweit ich verstanden habe, hat weder er noch Wüstenau Dominik umgelegt«, berichtete er. »Dieser Mord passte ihnen überhaupt nicht in den Kram. Die haben zwar irgendwelche kompromittierenden Papiere wiederbekommen, mussten aber dafür einen Zeugen loswerden. Der Wüterich war sehr verärgert – immer würde alles auf ihn zurückfallen, er mochte ja nervös sein, aber ausgerechnet in diesem Fall wäre er unschuldig wie ein Neugeborenes, die Michalina hätte er nicht angerührt, sie ihn auch nicht, aber diese Nutte hätte ja kein Gewissen und hätte das überall herumerzählt. Und Wüstenau wäre völlig vernarrt in sie, und er müsse also einen traurigen Unfall organisieren. Dass ich noch lebe, hat er überhaupt nicht beachtet, es kann daher sein, dass Wüstenau mich in Eigenregie ins Jenseits befördern wollte. Mehr habe ich nicht mitbekommen, Namen sind leider fast keine gefallen. Verstehst du das alles?«

Ich versuchte, während des Zuhörens nachzudenken.

»Eins mit Sicherheit. An deiner Stelle sollte der Major hier sitzen, der würde mehr verstehen. Schade, dass du das nicht aufnehmen konntest ... Jedenfalls würde ich gern dabei sein, wenn Wüstenau dich erblickt. Wir werden das irgendwie organisieren, ja? Ich habe ja sonst gar keinen Spaß mehr im Leben, mit dieser Familie am Hals.«

Tatsächlich, mir wurde sogar die Gelegenheit genommen, umarmt zu werden ...

Als ich die Familie zurück nach Warschau brachte, wartete bereits der Sergeant, der meine Tante und mich verwechselt hatte, vor meinem Haus. Er gab sich sehr offiziell, und ich hatte den Eindruck, dass er mich nicht mochte.

»Ich habe die Anweisung, ein paar Worte mit Ihnen zu wechseln«, verkündete er in dem Moment, als ich aus dem Auto stieg.

Ich hatte nichts dagegen, nicht einmal gegen sehr zahlreiche Worte, aber doch nicht jetzt! Alle stiegen aus und hievten das Gepäck aus den Autos. Wir hatten einen kleinen Abstecher nach Marienburg gemacht und die Burg besichtigt, und jetzt wollten sie nur noch einen Tee trinken und alle viere von sich strecken. Aber jemand musste noch dieses verdammte Gepäck in den ersten Stock bringen!

Die letzte Frage entschied die Großtante.

»Der junge Mann hier mit seiner hervorragenden Kondition«, sagte sie mit einer Stimme, die sogar eine Windhose gebändigt hätte, »sollte Menschen helfen, die älter sind als er. Nehmen Sie bitte die Hälfte des Gepäcks, und lassen Sie es im Flur stehen.«

Und der steife Sergeant, vollkommen verdutzt, nahm es. Den Rest brachte Łukasz nach oben, die Rolle des fürsorglichen Chauffeurs bereitete ihm größtes Vergnügen.

Der im Flur von seiner Last befreite Sergeant kam wieder zu sich.

»Es wird nicht lange dauern«, teilte er mit. »Sie besitzen einen Schrebergarten in der Sasanki-Straße.«

Ich war gerade mit dem Teekessel, Tee, Teegläsern und Weingläsern beschäftigt, darüber hinaus besaß ich keinen Schrebergarten, daher glaubte ich, es würde tatsächlich ein kurzes Gespräch werden.

»Nein«, erwiderte ich höflich, aber entschieden.

»Doch«, der Sergeant gab nicht nach. »Ihr Mädchenname ist Godlewska.«

»Ja, das stimmt. Aber ich habe keinen Schrebergarten.«

»Haben Sie doch. Im Jahre einundsechzig wurde Stanisław Godlewski eine Parzelle zugeteilt, die Adresse stimmt, und das ist Ihre letzte Adresse.«

Ich machte mich für einen Moment vom Teekessel los.

»Hören Sie, im Jahr einundsechzig war ich ja noch nicht mal auf der Welt. Ich bin erst vierundsechzig geboren, und da Sie meine Adresse kennen, sollten Sie doch auch mein Geburtsdatum kennen.«

»Ihr Geburtsdatum hat damit nichts zu tun.«

»Gütiger Gott, Sie wollen doch nicht etwa behaupten, dass ich schon im Säuglingsalter den Boden bestellt habe!«

»Den Nachlass der Eltern erben die Nachkommen. Der Schrebergarten Ihres Vaters ist auf Sie übergegangen. Sie leugnen doch nicht, dass Stanisław Godlewski Ihr Vater gewesen ist?«

»Nein. Das leugne ich nicht.«

Meine Verwandten verloren ihr Interesse an ihrem Gepäck und versammelten sich nach und nach in der Küche. Sogar die Großtante blieb im Flur nahe der Küchentür stehen. Ihre Ohren wurden zusehends größer.

»Also gehört der Schrebergarten Ihnen«, setzte der Sergeant fort. »Was sagen Sie dazu?«

»Nichts.«

»Wie denn: nichts? Wissen Sie denn etwa nicht, dass sich ein Schrebergarten im Besitz Ihrer Familie befindet?«

Ich überbrühte den Tee mit kochendem Wasser und nahm verschiedene Getränke aus dem Küchenschrank in der Hoffnung, dass die durstige Gesellschaft zumindest zu einem gewissen Grade davon abgelenkt sein würde. Zugleich fiel mir plötzlich ein, was er meinte.

»Ah, jetzt weiß ich! Den gibt es nicht mehr, aber es gab ihn. Tatsache. Nach dem Tod von Oma und dem Tod von Vater hatte keiner mehr Lust auf den Schrebergarten und meine Mutter hat ihn an irgendjemanden weitergegeben.«

»An wen?«

»Moment mal. Ich versuche, mich gerade daran zu erinnern, wie die Frau hieß. Eine Frau in mittleren Jahren, sie hatte nichts zu tun und liebte Pflanzen, ich habe sie kaum gekannt. Ich glaube, die hatte irgendwelche Kinder … Müssen Sie es denn so genau wissen?«

»Deswegen bin ich doch hergekommen.«

»Na, dann muss ich mal in die alten Papiere reingucken, vielleicht lässt sich da etwas finden. Erlauben Sie, dass ich zuerst den Tee serviere und das Notwendigste erledige, weil ich, wie Sie selbst gesehen haben, gerade erst zurückgekommen bin.«

Es war deutlich zu spüren, dass dem Sergeant das überhaupt nicht passte, aber es blieb ihm nichts anderes übrig. Die Großtante übernahm das Regiment, und er musste sich schließlich mit einem Glas Tee vor der Nase an den Tisch setzen. Ich glaube, er hätte sich genauso gern vor einen Schierlingsbecher gesetzt.

Aus dem untersten Teil des Schrankes grub ich eine Schachtel mit Dokumenten hervor und brachte sie ins Esszimmer, um keinen dummen Verdacht zu erregen. Dass ich etwas verbergen oder vernichten wollte ... Ich fing mit den zuunterst liegenden Papieren an.

Irgendwo in der Mitte fand ich eine Zuweisung für diesen Schrebergarten und Quittungen für irgendwelche Gebühren. Das brachte mir nichts. Ich fand ein altes Notizbuch meiner Mutter, von vor dreißig Jahren, in das sie die verschiedensten Sachen notiert hatte, und meinem Riecher gehorchend öffnete ich es beim Buchstaben G. Tatsächlich. Garten, Nummer 149, Gärtner, Name und Telefon, alles schon lange nicht mehr aktuell. Anton, wieder eine Telefonnummer, von Ferne erinnerte ich mich daran, dass nebenan irgendein Anton einen Garten hatte, den meine Mutter nicht ausstehen konnte. Und dann stand da noch Hedwig Stępkowa, Spartanska-Straße 4, Wohnung Nummer 2. Ohne Telefon, offensichtlich hatte sie keins.

Triumphierend zeigte ich es dem Sergeanten.

»Jetzt erinnere ich mich! Frau Stępkowa! Damals bin ich noch zur Schule gegangen, als es hieß, dass die Stępkowa die ganze Arbeit im Garten macht. Und dann trat ihr meine

Mutter den Garten ganz ab, aus Gutherzigkeit und weil sie keine Zeit mehr hatte. Wann war das bloß? Es muss mehr als zwanzig Jahre her sein. Die Rechnungen hat fortan die Stępkowa übernommen. Ich habe keine Ahnung, was sie weiter mit dem Garten gemacht hat, daher brauchen Sie mich gar nicht mehr weiter dazu befragen.«

»In den Dokumenten des Vorstands steht der Name Godlewski.«

»Was kann ich denn dafür? Soll er da stehen. Meine Mutter wollte ihr das alles überschreiben, aber offensichtlich hat sie es dann doch nicht gemacht.«

»Aus welchem Grund könnte der Schrebergarten des Schwiegersohns meiner Schwester die Polizei interessieren?«, fragte die Großtante streng und mit großer Würde.

Ehrlich gesagt hätte ich das selbst gern gewusst.

Der Sergeant gab nach, er schaffte es vermutlich nicht, seine Widerstandskräfte zu mobilisieren. »Einer der Verdächtigten benutzt ihn. Moment mal. Mariusz Szlepper, Sie kennen ihn doch?«

»Oh verdammt … Sie haben Recht, nicht Zieher, sondern Szlepper. Was soll's, ich habe mich einfach geirrt. Könnten Sie den Major bitte in meinem Namen um Entschuldigung bitten?«

»Das ist im Moment nicht so wichtig …«

»Junger Mann!«, schalt die Großtante den unglückseligen Sergeanten. »Gute Erziehung ist stets wichtig. Tun Sie, um was meine Enkelin Sie gebeten hat!«

Ich dachte, dass der Sergeant beim nächsten Mal, wenn er die Anweisung bekäme, mich und meine Familie zu befragen, sich ein Bein brechen würde. Oder sich allein auf sechs Banditen in der Hoffnung stürzen würde, sich zumindest einen Kieferbruch zuzuziehen.

Er gab erneut nach.

»Ja, natürlich«, versicherte er eilig. »Ich möchte Sie nur

noch um die Adresse und den Namen bitten, erlauben Sie bitte, dass ich es abschreibe … Stępkowa Hedwig. Das heißt wie? Stępkowa, das ist wohl die weibliche Form vom Namen des Ehemanns, heißt dann der eigentliche Familienname Stępek? Oder Stępko? Das ist für uns ein großer Unterschied.«

»Können Sie nicht einfach hinfahren und gucken, wer in diesem Garten arbeitet?«, mischte sich Łukasz ein, der die ganze Zeit über still in der Ecke gesessen war, obwohl er schon längst hätte nach Hause fahren können. »Und fragen?«

Der Sergeant riss seinen Kopf hoch, blickte ihn an und in seinen Augen blitzte es.

»Wir kennen uns, wir kennen uns«, beruhigte ihn Łukasz sofort. »Ich stecke mitten in dieser Affäre, ich habe bei Ihnen ausgesagt. Mir liegt auch daran, dass der Fall geklärt wird.«

»Aha«, bemerkte Tante Iza. »Eine Komplizenschaft.«

Den Rest sagte sie ohne Worte, während sie ihren Blick von Łukasz zu mir und wieder zurück wandern ließ.

»Und warum nicht Stępak?«, platzte Onkel Ignacy unvermittelt heraus.

»Stępak heißt auf Polnisch ein Pferdetyp«, erinnerte ihn Onkel Filip.

Der Sergeant wollte sich nicht überzeugen lassen.

»Wenn der Stępak heißt, wissen Sie, dann müsste sie Stępakowa heißen. So werden die Namen dekliniert, und ich sehe hier Stępkowa. Sparen Sie sich bitte solche wenig hilfreichen Vorschläge. Wann waren Sie zum letzten Mal in diesem Garten?«

»Soweit ich mich erinnere, muss ich vierzehn gewesen sein«, antwortete ich sorglos. »Ich habe Birnen gesammelt und musste sie dann schälen, davon bekam ich Blasen an den Fingern. Die waren hart. Die Birnen meine ich, nicht die Blasen. Später musste ich das dann, Gott sei Dank, nicht mehr machen.«

»Und die Schlüssel?«

»Was für Schlüssel?«

»Zu solchen Gärten gibt es Schlüssel, für das Gartentor, für die Laube … Wo sind die Schlüssel?«

»Woher soll ich denn das wissen? Die hat sicher die Stępkowa bekommen. Wenn Sie möchten, können Sie meine Wohnung durchsuchen, sogar ohne Hausdurchsuchungsbefehl, hier liegen eine Menge Schlüssel herum, weil ich, wissen Sie, Kinder habe. Aber falls Sie diese alten Gartenschlüssel finden sollten, dann werden sie sicher nicht mehr passen, nachdem solche Schlösser so leicht rosten, sind sie garantiert ausgewechselt worden. Finden Sie lieber die Frau Stępkowa, die war gar nicht so alt, mir als Mädchen erschien sie alt, aber sie hatte kleine Kinder, die viel jünger als ich waren.«

»Woher wissen Sie das?«

»Ich weiß nicht, woher ich das weiß, ich erinnere mich einfach daran. Sie verlieren Ihre Zeit. Mangelndes Wissen über Hedwig Stępek ist gewiss nicht strafbar. Sie können mich dafür gewiss nicht einsperren.«

»Es gibt Zeugen …«, begann der Sergeant aufgebracht und biss sich dann schnell auf die Zunge. Er dachte einen Moment lang nach. »Wenn Sie sich an irgendetwas erinnern, was mit den Schlüsseln für das Gartentor und die Gartenlaube zusammenhängt, irgendetwas zu diesem Thema, egal was, dann seien Sie so gut und benachrichtigen uns.«

»Ich werde so gut sein. Sehr gern. Ich möchte Sie darauf aufmerksam machen, dass ich Sie über den Wüterich gleich benachrichtigt habe.«

»Vielleicht gibt es mehr Dinge, über die unsere Nichte Sie benachrichtigen sollte«, mischte sich Tante Iza gifttriefend ein. »Ich würde Ihnen raten …«

Der Rat wurde nicht präzisiert, da sich der Sergeant in ungewöhnlicher Geschwindigkeit verabschiedete und floh.

Die Diskussion über den Zusammenhang zwischen dem

Schrebergarten und dem mir zugeschriebenen Verbrechen zog sich ins Unendliche. Tante Iza, stur und unnachgiebig, hatte schon eine ganze Bande geschaffen, die aus mir, Łukasz, Mariusz Szlepper und der Frau Stępkowa bestand. Sie erwähnte dabei irgendwelche anstößigen Szenen in der Hotelbar, wobei sie mir zu verstehen gab, dass sie vorhabe, die Behörden darüber zu informieren. Zum Schluss hatte Onkel Ignacy eine Eingebung, die besagte, dass man in diesem Schrebergarten mit Sicherheit eine Leiche vergraben habe, womit ich doch nichts zu tun haben könnte, da ich nicht dort gewesen sei. Die Leiche gefiel nun aus unerfindlichen Gründen der Großtante nicht, und sie beendete die Diskussion, die mittlerweile vollkommen eines Sinnes entbehrte.

Łukasz, der im Begriff war, zu gehen, blieb in der Tür stehen.

»Du tust mir wirklich Leid, auch wenn ich das jetzt zum x-ten Mal sage. Das Ganze gefällt mir immer weniger, Zeit, dass irgendetwas passiert.«

»Nimm diese gemietete Kiste«, riet ich ihm, wobei ich die Frage, was man unternehmen müsste, mit Bedacht umging. »Du wirst ja nicht zu Fuß nach Hause laufen wollen, und ich kann ohnehin nicht mit zwei Autos auf einmal fahren. Morgen bringe ich sie zurück. Lass uns telefonieren.«

»... und Bekannte hat sie ausschließlich in kriminellen Kreisen ...«, hörte ich noch Tante Iza sagen, die gerade die Treppe zu meinem oberen Stockwerk betrat.

»Hedwig Stępek ist vor acht Jahren gestorben«, berichtete Robert Górski Bieżan, nachdem er mehrere Stunden damit verbracht hatte, die Archive zu durchstöbern, »und sie hat tatsächlich in der Spartanska-Straße gewohnt. Sie hatte zwei Töchter, und beide haben sehr jung geheiratet. Die eine einen gewissen Jaroslaw Bukowski, die andere einen Walter Peszt.«

»Wie bitte?« Dass Górski auf ein solches Interesse bei Bieżan stieß, stellte ihn äußerst zufrieden.

»Beide haben sich scheiden lassen, aber sie haben die Namen ihrer Ehemänner behalten. Jarosław Bukowski ist Rechtsanwalt in Elbing und erfreut sich des allerschlimmsten Rufes, Walter Peszt lebt mittlerweile irgendwo in Deutschland. Seine Adresse habe ich noch nicht, und ich weiß auch gar nicht, ob wir sie brauchen werden. Barbara Bukowska besitzt eine Villa an der Żołna-Straße. Sie hat schon immer Blumen geliebt und in ihrer Kindheit der Mutter dauernd im Schrebergarten geholfen. Sie ist die Jüngere, Kaja ist zwei Jahre älter. Über diese Kaja Peszt sind ziemlich üble Gerüchte im Umlauf. Herumtreiberin, Säuferin, Junkie und ansonsten eine Nutte, aber nicht blöd, sie gibt sich nicht mit dem Erstbesten ab.«

»Mein Sohn, mit wem hast du denn geredet?«

»Mit wem nicht! Ich habe zwei Mädels in den Ämtern rumgekriegt, sogar zweieinhalb … Dann habe ich die Nachbarn in der Spartanska-Straße aufgesucht und drei Frauen in den Schrebergärten gefunden, darunter einen Mann … Ich meine, abgesehen von den Frauen auch einen Mann. Ein ekelhafter alter Knacker, der hatte ein Auge auf die Barbara geworfen, dem läuft jetzt noch der Sabber aus dem Mund …«

»Warte mal«, unterbrach ihn Bieżan, weil der mit Bescheidenheit vermischte Triumph Robert dazu brachte, seine ganze Beute gleichzeitig auf den Schreibtisch seines Vorgesetzten auszubreiten. »Sie bilden keine Einheit, es sind zwei. Erzähl mir nacheinander von ihnen. Dem Alter nach, sagen wir mal.«

»Kaja Peszt. Hat sich seit frühester Jugend mit Ganoven abgegeben – ich erzähle das jetzt so, wie ich es gehört habe, ja? Mit fünfzehn hat sie angefangen. Kam betrunken nach Hause, hat die Schule geschmissen, ihre Mutter hatte sie schon abgeschrieben, weil sie keine Kraft mehr hatte. Sie wurde mit Autos wie aus amerikanischen Filmen abgeholt und wieder nach Hause gebracht. Das war vor zwölf bis vierzehn Jahren, da sind noch andere Fahrzeuge durch unser Land gefahren ... Sie wurde drogensüchtig, man hat den Krankenwagen gerufen, die Polizei kam und fragte nach ihr, dann hat sie geheiratet, der Mann war auch seltsam, schien aber solide, die wohnten kurz alle zusammen, und dann zogen sie aus, Kaja und Gatte, weil sie angeblich einen Gönner gefunden hatte. Und es vergingen kaum zwei Jahre, da war sie schon geschieden. Die Mutter hat sich bei einer Nachbarin darüber ausgeweint, dass sie, Gott behüte, nach Hause zurückkehren könnte. Aber nein, sie ist nicht zurückgekommen.«

»Einen Gönner ...«, murmelte Bieżan nachdenklich. »Und was macht sie jetzt?«

»Sie soll mit einem holländischen Diplomaten zusammenleben. Das habe ich noch nicht überprüft, Olek hat es mir gesagt.«

»Dein Kumpel vom Revier?«

»Genau der. Aber sie hat ihre eigene Wohnung. Das heißt, keine Eigentumswohnung, eine Mietwohnung, und raten Sie: Der Vermieter ist ein gewisser Dominik Dominik. Ein Fotograf.«

»Er war es.«

»Er war es. Sein Sohn und Erbe wird seinen Spaß mit dem Erbe haben. So viel erst mal zu Kaja Peszt. Jetzt die Bukowska. Nach der Scheidung von diesem Jarosław hat sie ein Grundstück in der Żołny-Straße gekauft, es hat zwei Jahre gedauert, bis das Haus stand. Die ganze Zeit über hat sie mit Blumen gearbeitet und sich dann auf Kakteen spezialisiert. Überhaupt war sie anständiger als ihre Schwester, hat die Schule beendet und keine besonderen Gründe für Klatsch geliefert. Sie hat sogar versucht, die Kaja aus der Gosse zu ziehen, mehr als ihre Mutter, wobei man bei solchen amerikanischen Schlitten gar nicht von Gosse reden kann. Ich habe gesagt, dass ich es so erzähle, wie ich's gehört habe! Sie soll einiges Geld mit diesen Blumen verdienen.«

»Und sie wohnt mit Mariusz Szlepper zusammen.«

»Ja. Sie könnten heiraten, tun es aber nicht – warum, weiß ich noch nicht. Den Kleingarten hat sie nach dem Tod der Mutter vernachlässigt, kein Wunder, sie hat ja mittlerweile einen eigenen Garten. Sie behauptet, dass sie nichts weiß und dass sie das nichts angeht, der Schrebergarten von irgendeinem Godlewski …«

»Aber wenn irgendjemand die Schlüssel dafür hat, dann kann es doch nur sie sein?«

»Darauf läuft es meiner Meinung nach hinaus.«

»Und Szlepper hat dort sein Motorrad versteckt …«

»Eine Gegenüberstellung«, schlug Robert nach kurzem Schweigen vor. »Er soll sich anziehen, aufs Motorrad steigen, und Darko soll ihn sich angucken.«

Bieżan schüttelte schwermütig den Kopf, was Robert sofort verstand, er sackte in sich zusammen.

»Na ja. Die Staatsanwaltschaft wird gleich sagen, dass das noch lange kein Beweis ist …«

Ihr nun folgendes finsteres Schweigen wurde vom Klingeln des Telefons unterbrochen. Sergeant Wilczyński rief aus Wieczfnia Kościelna an.

»Ich glaube, ich habe da was«, verkündete er unsicher. »Der Junge aus Załęże hat es nicht ausgehalten und bekennt Farbe. Der hat verdammten Schiss. Was soll ich tun?«

»Nichts«, entschied Bieżan sofort. »Wir kommen zu dir …«

Ich befand mich ohnehin schon am Rande eines Nervenzusammenbruchs, und das Mittagessen gab mir den Rest.

Tag um Tag tischte ich meinen Gästen zwei komplette

Mahlzeiten auf, ein Frühstück und ein Abendessen. Nur durch ein Wunder reichten meine Vorräte und heimlichen Einkäufe dafür aus. Aber auch noch das Mittagessen war einfach zu viel. Wie sollte ich denn, zum Kuckuck noch mal, ein Mittagessen zubereiten, während ich mich gleichzeitig in der Stadt befand?

Hinzu kam, dass Tante Olga herumnörgelte, sie würde nicht jeden Tag dasselbe essen wollen. Wenn ihre blöden Flausen nicht gewesen wären, hätte ich einfach irgendwas gemacht, ein paar Gerichte zum Aufwärmen, alles in größeren Mengen, die sich im Kühlschrank lagern ließen. Das hätte ich nachts erledigen können. Ich habe so meine Spezialitäten, mit denen meine Kinder jahrelang vollauf zufrieden waren, Kartoffelsuppe mit Mehlklößchen, Zwiebelsuppe, das einfachste Gericht der ganzen Welt, mit geröstetem Weißbrot und Käse, den geriebenen Käse gab es fertig zu kaufen, Weißbrot auch … Gedünstetes Hähnchen, einen Riesentopf, das man sich portionsweise aufwärmen kann, zum Schluss Sahne dazugeben, Dill und fertig. Mit Reis, sagen wir mal. Dann Rindfleisch in ähnlicher Form.

Aber nein. Tante Olga verlangte mit dem Nachdruck einer Hydraulikpresse nach gegrilltem Geflügel, Schweinekoteletts, gebratener Leber, Rinderrouladen, Borschtsch mit Maultaschen und weiß der Teufel was noch alles. Dazu verschiedene Salate. Ich hatte schnell überschlagen, dass allein das Kleinschneiden von Stangensellerie, Radieschen, Gürkchen, Paprika, Tomätchen, die natürlich überbrüht und gehäutet sein mussten, Champignons, hart gekochten Eiern, Dill, Petersilie, Melone, Zwiebeln sowie gemischtem grünen Salat zwei Stunden am Tag in Anspruch nähme. Zusätzlich zu allem anderen.

Die übrigen Familienmitglieder unterstützten sie stillschweigend oder etwas lauter. Verdammt noch mal, führte ich etwa ein Restaurant?

Wenn sie mir wenigstens diese zwei Stunden lassen würden!

Ich erreichte Richie. Seine Straßenwalze war getestet worden, und ein anderer bediente sie nun in der Gegend von Posen. Richie war zu seinen Kränen zurückgekehrt. Jetzt modernisierte er irgendeine geheimnisvolle Kreuzung zwischen Leiter und Hebebühne, zum Glück in Warschau. Das Ding war für die Feuerrettung vorgesehen. Brände in höheren Etagen brechen nämlich eher in der Großstadt aus, nicht zwischen Auen und Brachland. Auch nicht in Dörfern, wo die Kühe nur selten höher als im Erdgeschoss wohnen.

Mit Hilfe des Telefons lockte ich ihn ins Treppenhaus.

»Richie«, sagte ich ächzend. »Fahr bitte in einen Supermarkt, einen großen, und kauf alles, was auf dieser Liste steht. Berechne bitte, was eine Stunde Arbeit von dir kostet, ich werde es dir zahlen, ich bin kein Ausbeuter, ich will dich hier nicht umsonst für mich schuften lassen.«

»Also wissen Sie«, Richie war empört. »Und alle Stunden, die ich bei Ihnen verbracht habe und mich dabei wie im Paradies fühlte, was ist mit denen? Ist das etwa nichts? Sie haben damit Leben gerettet, wenn nicht meins, dann das meiner Neffen. Ich hätte diese Hosenscheißer doch sonst erwürgt! Und dann hätte meine Schwester mich umgebracht.«

»Na gut, wie du willst, okay, ich habe keine Kraft, mit dir zu streiten. Warte mal, das ist noch nicht alles. Kocht deine Schwester jeden Tag Mittagessen?«

»Was soll sie denn sonst tun? Die Kinder sind verfressen, und mein Schwager auch.«

Trotz aller Müdigkeit war ich doch sehr erstaunt.

»Der ist doch so mager!«

»Liegt am Stoffwechsel. Könnte wie nichts einen ganzen Elefanten verputzen.«

Ohne auf die Schmackhaftigkeit von Elefanten einzugehen, wandte ich mich wieder dem Geschäftlichen zu.

»Könnte sie nicht …? Du verstehst, weshalb ich danach

frage? Ich kann mich nicht zweiteilen, auch wenn ich sterben würde!«

»Ich weiß, ich weiß«, beruhigte mich Richie. »Ich frage mich schon die ganze Zeit, wie Sie das alles schaffen.«

»Tu ich ja nicht. Könnte sie denn nicht im selben … na ja, nicht im selben, in einem etwas größeren. Wenn sie keinen hat, kann ich ihr den leihen. Einen Topf, meine ich. Irgendwas kochen, Moment mal, ich rechne mal nach, ihr seid vier, bei mir sind es fünf … also etwa doppelt so viel? Ich gebe ihr das Rezept, du bringst die Lebensmittel, fertig. Welchen Unterschied macht es schon für sie? Alles gesund, und ich gebe dir mein Wort, gar nicht schlecht. Die Kinder sind schon fast zwei, die können es auch essen, ohne dass ihre Gesundheit davon Schaden nimmt.«

»Die Zwillinge könnten Steine fressen, Abfall und Rattengift, denen würde nichts schaden«, sagte Richie mit tiefster Überzeugung und leichtem Schauder. »Vor kurzem haben sie Holzkohle verzehrt, einen lebenden Regenwurm, eine ganze Kerze mit Docht und ein bisschen Kalk von der Wand. Ist nichts passiert. Nicht dass meine Schwester ihnen das geben würde, die essen es von sich aus.«

Da war ich aber erleichtert.

»Na, dann werden sie auch meine Rezepte mögen. Was meinst du? Ich zahle die Lebensmittel für alle, allerdings muss sie nach meinem Rezept kochen, weil ich meine Familie kenne, und sie nicht. Und ihre Arbeit soll sie einfach berechnen.«

»Was soll sie denn noch berechnen, wenn Sie schon die Lebensmittel bezahlen?«

»Ihre Arbeitszeit, Richie. Doppelt so viel ist doppelt so viel. Um eine Zwiebel zu schneiden, brauchst du mindestens …«

Plötzlich wurde mir bewusst, dass ich nie nachgeprüft hatte, wie lange ich brauchte, um eine Zwiebel zu schneiden. Verdammt. Eine Minute? Eine halbe? Oder zwei?

Einen Moment lang glotzten Richie und ich uns fragend an. Richie ergriff als Erster wieder das Wort.

»Wissen Sie was? Ich sage ihr, sie soll mal eine Zwiebel schneiden. Die wird schon nicht weggeschmissen, für irgendetwas kann man die bestimmt brauchen.«

Fünfzehn Sekunden später stellte sich heraus, dass Richies Schwester keine einzige Zwiebel im Haus hatte, heute Morgen hatte sie die letzte verbraucht, und gerade wollte sie welche kaufen gehen. Warum sollte ich auch plötzlich kein Pech mehr haben?

»Richie«, sagte ich niedergeschlagen. »Vielleicht hat sie irgendetwas anderes zu Hause? Eine Tomate zum Beispiel?«

Nach weiteren fünfzehn Sekunden stellte sich heraus, dass Richies Schwester sogar vier Tomaten hatte. Zwei hatte sie soeben überbrüht, gehäutet und geschnitten, und die Zwillinge waren gerade dabei, sie aufzuessen. Was die beiden anderen betraf, so würde sie die gerne zubereiten, weil sie sowieso bald aufgegessen werden mussten, nur nicht jetzt.

»Und?«, sagte Richie wie aus einem Abgrund der Unsicherheit.

Ich stellte mir die Tätigkeit vor, während ich auf die Uhr guckte. Gott allein weiß, warum ich meinte, das tun zu müssen.

»Höchstens eine pro Minute«, urteilte ich entschieden. »Vielleicht auch etwas weniger, weil ich davon ausgegangen bin, dass die erste Schicht schwer abgeht.«

»Aber sie kann doch auch leicht abgehen?«

»Das kann sie. Eine Minute. Also das Doppelte, was für euch ist, ist für euch, und was für mich ist, ist für mich, mindestens zwei Minuten mehr.«

Ich starrte noch einmal auf die Uhr und stellte mir diese verdammten Tomaten vor, das Überbrühen, das Häuten, das Kleinschneiden …

Richie beobachtete mich zweifelnd.

»Vergessen Sie auch das Reinschütten von Nudeln oder Reis nicht! Und das Salzen und Pfeffern!«

»Mein Gott, nein. Aber das ist alles so umständlich – die Frage ist doch nur, wird deine Schwester damit einverstanden sein, diese grauenvollen Mittagessen für mich mitzukochen? Gegen Geld, Jesus Maria, damit sich das für sie lohnt. Wir werden alle dasselbe essen, nur gute Sachen. Übrigens muss das geheim laufen, sie wird das Essen erst bei sich aufbewahren müssen, dann wird sie es heimlich zu mir schaffen.«

Richie bewies Geistesgegenwart.

»Wissen Sie was, gehen wir doch rein und fragen sie. Die Gören brüllen im Moment nicht, voll gefressen sitzen sie immer ruhig da, und ich glaube, sie haben gerade etwas gegessen. Sonst kommt meine Schwester hier raus.«

Richies Schwester erwies sich als echte Perle. Mit großer Begeisterung erklärte sie sich damit einverstanden, mich als Köchin zu vertreten, die Rezepte begrüßte sie enthusiastisch, als Allererstes gab sie zu, kein anständiges Rezept für jungen Spitzkohl zu haben, womit sie mir gleich eine Eingebung einflößte, natürlich, junger Spitzkohl, ich sah schon diesen jungen Spitzkohl und Tante Olga in Australien, ich würde es ihr, dieser Kuh, zeigen ... Wir wurden uns schnell einig, auch was das Finanzielle anging. Ich wunderte mich eigentlich, dass die junge Frau nicht mehr verlangte, aber sie gab mir gleich zu verstehen, dass sie ihre Familie einen Monat lang von dem Geld ernähren könne, also sei es für sie die reinste Freude. Mir schoss sogar durch den Kopf, dass ich an ihrer Stelle derselben Ansicht wäre, doch ich musste sofort wieder meinen Pflichten nachkommen, und mir verging jeder Gedanke an Freude.

Richie brachte die Lebensmittel mit seinem Testkran nach Hause. Ich tat so, als sähe ich ihn nicht – ein schlechtes Gewissen hatte ich bei alledem doch – und schaute demonstrativ zur Seite, was uns beinahe die Stoßstange gekostet hätte, mussten diese blöden Betonpfeiler aber auch überall herumstehen?

Dafür kam das Mittagessen pünktlich auf den Tisch.

Die Vorschläge prasselten von allen Seiten auf mich nieder. Die Großtante äußerte den Wunsch, in die Oper zu gehen, noch heute, ich solle telefonisch in Erfahrung bingen, ob es noch Karten gebe und dann alle ins Theater fahren. Tante Olga war begeistert von der Idee, Onkel Ignacy ebenfalls, beide waren offensichtlich ausgehungert nach Kultur. Tante Iza und Onkel Filip hatten wie immer ihre eigenen Pläne. Bevor ich noch das Handy berühren konnte, rief Łukasz an, der Izas und Filips Pläne schon kannte. Er machte den Vorschlag, dass wir beide uns am Abend treffen sollten, falls es mir gelang, die übrige Familie abzuschütteln. Über zwei wisse er Bescheid, die seien versorgt, also sollte ich noch versuchen, die übrigen drei loszuwerden. Gleich nach ihm rief ein Verleger an, der mich bat, ein bedeutendes Werk über die Fotografie zu korrigieren, ich sollte es am besten sofort oder spätestens am kommenden Morgen persönlich abholen.

Dem musste ich einen vierten Vorschlag entgegensetzen. Ich würde die Großtante mit Tante und Onkel ins Theater bringen und von dort wieder abholen und in der Zwischenzeit ein wenig aufräumen und schnell Wäsche waschen, was in jedem Haushalt manchmal nötig sei.

Obwohl Richies Schwester mir deutliche Erleichterung verschafft hatte, war ich immer noch ein einziges Nervenbündel, und ich hatte langsam genug von meinen lieben Gästen. Wenn sie mir nur mit einem Wort widersprochen hätten, hätte ich ihnen einiges um die Ohren geknallt. Beispielsweise ob die Haushalte in Australien automatisch funktionierten, ohne menschliches Zutun? Ich besäße jedenfalls keinen Roboter. Schon bei dem Gedanken an einen möglichen Widerspruch fing ich an zu kochen.

Aber keiner hatte etwas einzuwenden.

Ich rief im Theater an, es gab noch Karten, sie wurden an der Kasse hinterlegt. Łukasz hatte früher Dienstschluss und wartete auf dem Parkplatz vor dem Theatereingang schon auf mich.

»Lass uns fahren«, ordnete er an, als mein lebender Ballast im Inneren des Gebäudes entschwand.

»Wohin denn?«, rief ich. »Doch, ich weiß, wir fahren zu mir nach Hause.«

»Nein …«

»Und zuerst muss ich einen Text bei einem Verlag abholen! Und dann muss ich aufräumen!«

»Hast du sie nicht alle? Ein Verbrechen am Hals, und du willst aufräumen? Das kannst du ein anderes Mal machen. Ich will dir etwas zeigen. Den Text können wir auf dem Weg dorthin abholen. Wo ist denn dieser Verlag?«

»In der Wawelska-Straße.«

»Und dort liegt der Text abholbereit?«

»Ja.«

»Gut, dann lass uns fahren.«

»Aber mit meinem Wagen! Auf alle Fälle! Damit er nicht hier vor dem Theater rumsteht!«

Wir fuhren mit meinem Auto. Bevor ich in der Wawelska-Straße angekommen war, informierte mich Łukasz darüber, dass er vorhabe, vor Wüstenau zu erscheinen. In einem Restaurant. Und zwar in dem vom Grand Hotel. Ich regte mich schon wieder auf.

In meiner Aufregung nahm ich kaum wahr, dass mich im Verlag zusammen mit dem Text, einer dicken Schwarte, nicht der Pförtner im Pförtnerhäuschen erwartete, sondern der Redakteur des Werkes persönlich. Er überreichte mir das kostbare Gut in einer Aktentasche von der Größe eines Reisekoffers.

»Ich wollte noch kurz mit Ihnen sprechen«, sagte er verlegen. »Ich will Ihnen nichts suggerieren, also vielleicht sollte ich nicht … Aber … Sie haben doch einmal die Korrektur eines Bandes über Farne gemacht … Es geht mir um die Bildunterschriften …«

Da ich nicht begriff, wieso ein bisher ganz normaler Typ plötzlich anfing herumzustottern, sah ich ihn fragend an.

»Also ich habe da … ich habe da so eine Befürchtung … Na, kurz gesagt, achten Sie bitte darauf … Achten Sie bitte darauf, ob nicht irgendetwas Ihre Aufmerksamkeit erweckt …«

»Können Sie nicht ein bisschen deutlicher werden? Aber ich ahne, worauf Sie hinauswollen. Ein Plagiat?«

Er wies es entrüstet zurück.

»Nehmen Sie dieses Wort bitte nicht in den Mund, das ist entschieden zu viel gesagt! Das bleibt unter uns, ich habe nichts gesagt!«

Äußerst neugierig und interessiert brachte ich den Koffer ins Auto und beschloss, möglichst schnell einen Blick auf das Werk zu werfen. Was kann er bloß darin entdeckt haben? Farne … Ich habe schon einmal etwas über Farne korrigiert, stimmt, vor langer Zeit, es waren tolle Fotos von Dominik dabei …

Von Dominik, ausgerechnet.

»Das verwickelt sich immer mehr«, sagte ich beim Einsteigen zu Łukasz. »Diese Geschichte stinkt ganz einfach. Und das meiste hat irgendwie mit mir zu tun. Was war das bloß für ein Idiot, der Dominik ausgerechnet jetzt um die Ecke bringen musste? Mein persönlicher Feind, oder was?«

»Ich glaube, eher sein Feind. Komm. Vielleicht wird's ja lustig.«

Und wieder befanden wir uns an einer Bar, diesmal aber mit einem ausgezeichneten Ausblick auf das Restaurant, und der Saal hatte einen Ausblick auf uns. Wüstenau saß mit zwei anderen Männern in ein Gespräch vertieft an einem Tisch, seitlich zu uns gewandt. Sehr komisch war, dass sich auch Kaja Peszt hier befand, in einer mehrsprachigen Gesellschaft, soweit ich es mitbekommen konnte. Wieder war sie sehr lebhaft, wieder machte sie alle auf sich aufmerksam, mit einer Ausnahme. Wüstenau kannte und sah sie nicht. Seine Gesprächspartner dagegen konnten kaum die Augen von ihr lassen und drehten ständig ihre Köpfe zu ihr hin.

Irgendwann wandte sich Wüstenau nach dem Kellner um, und dabei fiel sein Blick auf Łukasz. Er erstarrte für einen Moment. Auf seinem Gesicht erschien ein Ausdruck vollkommenen Erstaunens und gleichzeitig des Entsetzens. Das Erstaunen wechselte zu plötzlicher Panik. Er öffnete seinen Mund und schloss ihn wieder, dann zwinkerte er.

»Da guckst du, was?«, murmelte Łukasz und verbeugte sich höflich in seine Richtung.

Wüstenau drehte sich abrupt zum Tisch zurück, und man sah, wie er mit größter Anstrengung versuchte, seine Haltung wiederzuerlangen. Rein zufällig streifte ich mit meinem Blick Kaja Peszt, die gerade zwischen den Tischen vorbeitänzelte und in diesem Moment gerade Wüstenau ansah. Ganz kurz runzelte sie ihre Augenbrauen, und dann blickte sie blitzschnell zu Łukasz. Sie verzog keine Miene und blieb auch nicht stehen.

»Jetzt werden sie wohl noch ganz andere Geschütze auffahren, um dich fertig zu machen«, sagte ich verdrießlich.

Łukasz zuckte die Achseln.

»Es ist zu spät, weil ich sie schon denunziert habe, was sollen sie schon tun? Ich weiß zu viel über diese Frau. Ich gebe zu, dass ich Angst vor ihr habe, aber doch nicht so sehr, dass ich jetzt kneifen würde!«

»Na, dann bin ich mal gespannt, was jetzt kommt. Wenn meine Familie nicht wäre, hätte ich ja Zeit, die Entwicklung der Ereignisse zu genießen … Gesetzt den Fall natürlich, dass ich nicht mehr länger selbst verdächtigt werde!«

Genau zu diesem Zeitpunkt schied Iza Brant endgültig als Verdächtige aus.

Der Junge aus Załęże erlag dem Charme von Major Bieżan und fing an zu reden. Er forderte nur, dass sie sich an einem Ort trafen, wo sie keiner sehen würde, um nachher stolz behaupten zu können, er hätte keinen Pieps gesagt.

Dieser abgelegene Ort entpuppte sich als ein alter, verwahrloster Bus, der seit zwanzig Jahren zwischen den Gewächshäusern einer alten Gärtnerei stand und den herumstreunenden Katzen als Schlafstätte diente. Bieżan kletterte ganz normal über die Fahrertür in dieses Wrack, der Junge dagegen schlüpfte wie eine Schlange durch ein Loch im Fußboden hinein. Sergeant Wilczyński kontrollierte unauffällig, aber aufmerksam das umliegende Gelände. Weil er genau wusste, dass es in unserem Land keinen so abgelegenen Ort gab, dass nicht mindestens ein unerwünschter Zeuge auftauchte.

Die Aussagen des Jungen bestätigten seine Erkenntnisse voll und ganz.

Waldruhe, das Anwesen des Opfers, stand abgeschieden von anderen Häusern, mitten in der Wildnis. Und doch ...

Der Junge war in den Wald gelaufen, um Haselnusszweige für Angelruten zu schneiden. Es musste ein alter Haselnussstrauch sein, dick und verzweigt, und natürlich wuchs das größte Dickicht gleich neben Dominiks Haus. Der Junge wusste wohl, dass nur ein Mann in diesem Haus wohnte, dass der sich für nichts um ihn herum interessierte und sich auch nicht an fünf Plätzen gleichzeitig aufhalten konnte. Der Junge schlich am Gartentor vorbei und bezwang ohne Probleme den Zaun. Er kletterte über einen Eichenast, und schon war er im Garten. Soweit man diesen Park als Garten bezeichnen konnte.

Bieżan unterbrach ihn.

»Aber der Mann soll sich immer regelrecht verbarrikadiert haben. Und da war es so leicht, reinzukommen?«

»Manchen fällt's leicht, anderen nicht. Da gibt es nur eine solche Stelle, der Ast ist dünn. Mich hält er aus, aber unter dem Gewicht eines erwachsenen Mannes würde er abbrechen. Bald werden sie ihn sicher abschneiden.«

»Verstehe. Erzähl weiter.«

Der Junge nahm seinen Bericht wieder auf.

Zuerst habe er natürlich ins Innere des Hauses geguckt, um zu überprüfen, wo sich der Eigentümer befand und was er tat. Der hätte eine Macke gehabt, wenn es um seine eigenen Pflanzen ging, man durfte nicht das kleinste Blatt abreißen, von ganzen Haselnussruten ganz zu schweigen!

»Wachsen sonst nirgends im ganzen Wald solche Haselnussbüsche?«, fragte Bieżan mit leichtem Erstaunen. »Ich dachte, es gäbe welche?«

Der Junge wurde ein bisschen verlegen.

»Doch, aber dort sind die besten. Und es sind ganz viele, er verliert doch nichts wegen dieser paar Äste?«

Bieżan begriff, dass der Junge nicht nur nach Angelruten gesucht hatte, sondern auch nach einem kleinen Abenteuer. Angelruten und Abenteuer, das war was! Er nickte und hörte dem weiteren Teil des Berichts zu.

Der Junge hatte also reingeguckt, so erzählte er, und festgestellt, dass der Hausherr einen Gast hatte und ihn im Wohnzimmer empfing. Sie hatten zusammen an einem kleinen Tisch gesessen, Kaffee und noch irgendwas in Gläsern getrunken, geredet, waren ganz ins Gespräch vertieft gewesen, daher, so schloss der Junge, würden sie auf das Rascheln im Haselnussstrauch, der auf der anderen Seite des Hauses wuchs, nicht aufmerksam werden. Er hatte sich zurückgezogen und war zu dem ersehnten Dickicht auf die andere, die Vorderseite gelaufen, weil in dem Wohnzimmer die Fenster bis zum Boden gingen und sie ihn hätten sehen können. Und unterwegs war er dann an einem Motorrad vorbeigekommen, das hinter einem Busch gestanden hatte, eine Honda mit Warschauer Kennzeichen. Er hatte überlegt, dass der Gast mit dem Motorrad gekommen sein musste, aber dann nicht weiter darüber nachgedacht. Er hatte sich an seine Angelruten gemacht, ganz leise, ohne Lärm zu veranstalten, kein Brechen, wer würde abgesehen davon Haselnüsse brechen können? Er hatte die Ruten mit einem scharfen Messer geschnitten.

Nachdem er schon ein paar herausgeschnitten und zur Seite gelegt hatte, hatte es im Haus plötzlich zweimal gekracht. Die vielen Bäume und Büsche hatten das Geräusch gedämpft, aber er hatte es genau gehört. Es muss ein doppelläufiges Gewehr gewesen sein, erzählte er, wenn es etwas anderes gewesen wäre, hätte es anders geklungen.

»Kennst du dich denn mit solchen Geräuschen aus?«, fragte Bieżan zweifelnd.

»Na klar! Hier wird doch viel gejagt – Rebhühner, Hasen, Wildschweine ... Und einmal gab's eine Party, da haben die mit Kalaschnikows und Gewehren mit abgesägten Läufen geschossen, und im Fernsehen ballern sie auch ständig.«

»Es war also eine doppelläufige Flinte. Sehr gut. Was weiter?«

Der Junge war natürlich neugierig geworden und ist wieder hingerannt, um nachzuschauen. Und jetzt hatte er diesen Typen allein gesehen, der Hausherr war nicht mehr im Wohnzimmer gewesen. Der Gast war von irgendwoher gekommen, hatte das Geschirr vom Tisch zusammengesammelt und es in die Küche gebracht, seine Hände hatten gezittert und er hatte irgendwie komisch ausgesehen, verbissen und so, als ob er ganz angespannt gewesen wäre. Wie ein Wahnsinniger. Der Junge hatte Angst bekommen, weil ihm eingefallen war, wo das Motorrad von dem Mann stand, gleich neben dem Haselnussstrauch, und er hatte seine Ruten so hingelegt, dass sie gleich zu sehen waren, also hatte er sich aus dem Staub gemacht, seine Ruten genommen, war über die Eiche geklettert und in den Wald gerannt, quer durch. Ganz außer Atem war er auf der Straße rausgekommen, und da wäre er fast mit diesem Wahnsinnigen zusammengestoßen, weil der gerade auf seiner Honda vorbeifuhr. Er hatte ihn erkannt, natürlich, sowohl an dem Motorrad als auch an seinem Anzug, selbst das Gesicht hatte er hinter dem Visier des Motorradhelms sehen können.

»Und dann … na ja«, erzählte der Junge weiter, »ich hatte doch nur so wenig Ruten geschnitten und hätte gut noch zwei größere gebrauchen können, also bin ich zurückgekehrt. Ich hab mir das Fahrrad von meinem Bruder geliehen, in ein paar Minuten war ich zurück. Aber ich bin nicht bis vor das Haus gefahren, sondern lieber durch den Wald. Und tatsächlich, an der Straße vor der Einfahrt stand ein Auto. Ein Taxi. Der Fahrer war drin, aber kein Fahrgast. Ich bin schnell in den Garten und hab mich zum Haus geschlichen, und plötzlich tauchte da so ein Typ mit einem Handy am Ohr auf der Terrasse auf und hat gebrüllt, dass er keinen Empfang habe. Ich dachte, der will nach dem Geknalle sicher die Polizei rufen, aber nein, er hat mit jemand anderem geredet, mit einer Frau. Auf jeden Fall hat er sie mit einem Frauennamen angesprochen, aber den hab ich vergessen, und hat sie gefragt, wo sie gewesen ist und ob sie was gesehen hat. Und dann hat er noch gesagt, dass das ganze Haus offen gestanden war und dass vielleicht der mit der Honda nicht hinter sich abgeschlossen hat, aber er würde es abschließen …«

»Würdest du ihn wiedererkennen?«, fragte der Major.

»Na klar, der war ganz anders als der erste, ein bisschen älter, so ein aalglatter Typ, elegant, mit Anzug … Dann ist er ins Haus zurück, und ich konnte hören, wie er da alles auf den Kopf gestellt hat. Vom Hausbesitzer war immer noch nichts zu sehen.«

Er habe nirgendwo mehr reingeguckt, weil er Angst bekommen habe, er habe befürchtet, dass gleich die Polizei ankommen und ihn sich vorknöpfen würde. Er sei nach Hause zurückgekommen und habe niemandem etwas erzählt, habe ja auch gar nicht gwusst, dass da ein Verbrechen passiert war, das sei erst später bekannt geworden. Und jetzt mache er sich Sorgen, dass er ein schlimmes Schicksal erleiden werde, wenn er die Männer identifizierte. Also werde er seine Aussage nicht in der Öffentlichkeit wiederholen, um nichts in der Welt, und wenn er sie sich anschauen sollte, dann nur aus einem Versteck.

»Also jetzt noch mal der Reihe nach«, bat Bieżan nach seiner Gewohnheit. »Stand die Terrassentür offen?«

»Ja.«

»Hast du irgendetwas davon verstanden, was die da am Tisch geredet haben?«

Der Junge dachte einen Moment sehr konzentriert nach, und dann schüttelte er seinen Kopf.

»Nur eins. Der Besitzer hat gesagt, als er sein Glas erhoben hat: ›Na, dann wollen wir uns wieder vertragen‹, und der andere hat sich verbeugt. Nichts sonst.«

»Gut. Und der aus dem Taxi, was hat er ins Handy gesagt? Wenn möglich, den genauen Wortlaut.«

»Dass er keinen Empfang hat: ›Moment, hier höre ich dich‹, und dann ist er über die Terrasse gelaufen. Und da hat er irgendetwas gemurmelt, ziemlich kurz, und am Schluss hat er noch geknurrt: ›Denk daran, kein Wort zu niemandem.‹ So viel.«

»Sehr gut«, lobte Bieżan »Und denk daran: auch du kein Wort zu niemandem. Du wirst nicht zu sehen sein bei der Gegenüberstellung und erst später als Zeuge aussagen, wenn sie schon in Haft sind.«

»Ich soll Zeuge sein?«, fragte der Junge beunruhigt.

»Ja.«

»Dann bringen sie mich doch um!«

»Keine Sorge, es gibt bestimmt noch ein Dutzend Zeugen,

und so viele umzubringen schaffen die nicht. Und überhaupt: Solche, die schon alles gesagt haben, die werden nicht umgebracht, dafür wäre es zu spät.«

Das schien dem Jungen plausibel, und er kroch, viel beruhigter, wieder aus dem Bus.

»Dann können wir Iza Brant also als Verdächtige streichen, und Darko hat die Wahrheit gesagt«, urteilte Robert Górski, nachdem er den Bericht seines Vorgesetzten gehört hatte. »Er hat sogar selbst von dem Jungen mit den Angelruten erzählt. Und der Junge hätte sich einen solchen Krimi auch nicht allein ausgedacht, sonst würde er schon Bücher schreiben und als Wunderkind gefeiert werden.«

»Die Frage ist nur, mit wem er am Telefon gesprochen hat«, überlegte Bieżan. »Wir brauchen noch ein paar Leute, und dann können wir uns die beiden vornehmen.«

»Eine Gegenüberstellung?«

»Was für eine Gegenüberstellung? Wir werden ihnen Fotos zeigen.«

Wie durch ein Wunder gelang es mir, die gerade in Auftrag gegebene Korrektur kurz durchzusehen.

Vermutlich wäre ich auch selbst darauf aufmerksam geworden, wenn der Redakteur nicht ohnehin meinen Blick darauf gelenkt hätte. Eines der abgebildeten Fotos kannte ich. In den letzten Wochen unserer Bekanntschaft hatte sich Dominik damit gebrüstet, es war ein wunderschönes Bild, das einen Marder und zwei Marderbabys auf einem dicken, verzweigten Ast zeigte. Damals dachte ich, dass ich an Stelle des Marders Angst gehabt hätte, dass meine Jungen runterfallen könnten, doch der schien ganz gelassen zu sein. Dominik wollte mir keinen Abzug von dem Foto geben, obwohl mir das Foto so gut gefiel und ich ihn darum gebeten hatte. Ich konnte mich gut daran erinnern.

Aber Dominik wurde nicht in den Bildunterschriften als

Fotograf genannt. Er versah seine Arbeiten mit der Abkürzung »Dom«, und hier stand Szlemar. Ein ganz normaler Name. Wenn der Marder nicht wäre, hätte ich denken können, dass dieser Gezmar einen identischen Stil hatte, eine identische Art, ein Thema zu erfassen, und dass er dieselben Effekte benutzt. Aber ja, so etwas gab es, doch in dem Fall kam einem sofort das Wort Plagiat in den Sinn. Gezmar hatte Dominik plagiiert.

Glaubte ich das etwa selbst?

Nein, ich war fast bereit, meinen Kopf darauf zu verwetten, dass Szlemar alle Fotos gemacht hatte, die Dominik als die seinen ausgab. Der Text beschäftigte sich mit den Geheimnissen der Fotokunst und hatte weder mit Mardern noch mit Plagiaten etwas zu tun.

Zum Korrigieren war ich im Moment natürlich nicht fähig, die Familie hatte mich total fertig gemacht.

Ich fragte den Major höflich, ob ich nach Krakau fahren dürfe, wo das Hotel bereits für die ganze Woche reserviert war. Ich hatte insgeheim gehofft, er würde nein sagen und ich könnte ihnen für das Geld von Onkel Filip jemanden anderen mitschicken. Richie würde vielleicht jemanden wissen, oder Łukasz. Leider meldete der Major zu meinem Erstaunen und Leidwesen keinerlei Widerspruch an.

In Krakau herrschte Ruhe, abgesehen davon, dass in der ersten Nacht gerade junge Wehrpflichtige, die den Wehrdienst hinter sich gebracht hatten, johlend durch die Straßen zogen, in der zweiten war es eine Gruppe norwegischer Teenager, die Assoziationen mit einer Horde rasender Bisons weckte und kurz vor Mitternacht das Hotel stürmte. In der dritten wurde im Hotelrestaurant bis zum Morgengrauen eine rauschende Hochzeit gefeiert, und in der vierten galoppierte die Polizei durch die Korridore, die unter wütendem Geschrei irgendeinem Verbrecherpaar, angeblich Hoteldieben, nachjagte, wobei ich einen grauenvollen Augenblick dachte, dass Tante Iza und Onkel Filip, die gerade aus dem Spielcasino zurückkamen, für das Verbrecherpaar gehalten wurden. Sonst geschah nichts Fürchterliches, vielleicht weil ich gänzlich auf meine Vernunft und Voraussicht verzichtet hatte und vollkommen spontan handelte.

Man könnte sogar sagen, sehr spontan.

Als ich mich am Tag nach meiner Rückkehr aus Krakau mit Łukasz in einem Nachtlokal in der Nähe meiner Wohnung traf, hatte ich keine Lust, ihm meine Überlegungen hinsichtlich der Autorenschaft der Fotos zu offenbaren, die Dominik meiner Meinung nach diesem Szlemar gestohlen hatte. Ich hatte überhaupt genug von Dominik, ich kam mir, wenn ich an meine Beziehung zu ihm dachte, immer dümmer vor und beabsichtigte nicht, die ganze Welt über meine Dummheit aufzuklären. Doch das Thema drängte sich fast mit Gewalt auf. Wir waren wohl beide zu sehr in dieses idiotische Verbrechen verwickelt.

»Dieselben Tricks?«, interessierte sich Łukasz, nachdem ich ihm entgegen meiner Absicht meine Überlegungen verraten hatte. »Welche zum Beispiel?«

»Spiegelungen«, entgegnete ich. »Er setzte sie immerzu ein – Spiegel, Scheiben, Wasser, jede schwarze, glatte Fläche. Jedes Objekt, sei es ein Tier oder eine Pflanze, spiegelt sich und ist zugleich von vorne und von hinten zu sehen. Das ergibt oft gute Effekte.«

»Und Menschen?«

»Was ist mit Menschen?«

»Hat er Menschen auch so fotografiert? Models zum Beispiel. Schauspieler … Egal welchen Geschlechts. Es gibt viele Leute, die sich gern von zwei Seiten gleichzeitig sehen würden.«

Er verblüffte mich mit dieser Frage, und für einen Moment hörte ich auf, mit dem Strohhalm in meinem Jack Daniels mit Wasser und Eis zu rühren. Ich trank ihn immer durch einen Strohhalm, ich mochte das. Heute hatte ich nur ein Quentchen Whisky darin, weil ich einen klaren Kopf bewahren wollte.

»Weißt du, das ist interessant ... Er hat nie Fotos von Menschen gemacht, das wird mir erst jetzt bewusst.«

Łukasz verzog das Gesicht.

»Hätte mich gewundert, wenn es anders wäre. Ein Mensch merkt meist, wer ihn fotografiert. Im Gegensatz zu Tieren oder Pflanzen, von Gegenständen ganz zu schweigen. Verstehst du, was ich meine?«

»Das bestätigt nur meine Ansicht«, sagte ich wütend. »Dass ich die Idiotin des Jahrhunderts gewesen bin. Ich hätte viel früher darauf kommen müssen.«

»Dieser Dominik muss eine verdammt starke Persönlichkeit gehabt haben.«

»Ich weiß nicht, ob er es musste, aber er hatte sie. Und Szlemar macht mich neugierig. Ob er ihm freiwillig gedient hat? Was meinst du, wer das ist?«

Łukasz schwieg einen Moment.

»Ich habe nachgedacht«, sagte er zögernd. »Und die Ergebnisse, zu denen ich komme, ekeln mich an. Ich glaube, Major Bieżan zieht die gleichen Schlüsse. Der Mörder ... Nein, verdammt, das will mir nicht über die Lippen. Im Vergleich mit diesen ganzen Wüstenaus und Artischocken ist er für mich ein wahres Unschuldslamm. Er tut mir Leid.«

»Mir persönlich würde im Vergleich zu den Wüstenaus und Artischocken auch jeder Leid tun. Aber mir geht es im Moment gar nicht um den Mord, sondern um rein professionelle Fragen. Kannst du dir denken, wer Szlemar ist?«

»Vielleicht, aber ich kann mich irren.«

»Das kann jeder«, gab ich eilfertig zu. »Im Falle eines Falles werde ich deinen Irrtum nicht in der Presse veröffentlichen. Ich möchte nur deine Meinung hören. Sagst du es nun?«

»Ich sage es dir, weil ich auch nur ein Mann bin und mich in dich verliebt habe.«

Mir verschlug es die Sprache. Sicherheitshalber fragte ich noch einmal nach.

»Was hast du, bitteschön, eben gesagt?«

Łukasz betrachtete mich mit großen Augen.

»Ich habe mich in dich verliebt. Hast du es etwa nicht bemerkt? Angeblich wissen Frauen diese Dinge immer früher als der betreffende Mann. Es ist einfach so gekommen.«

Tatsächlich, es war einfach so gekommen, es können ja verschiedene Dinge kommen, diese eine Nacht in Krakau, vielleicht ist Krakau wirklich eine romantische Stadt, wie es immer heißt, obwohl ich dachte, das wären eher Verona oder Paris ... Es war also einfach so über uns gekommen, ich war doch scharf auf ihn, warum sollte er da nicht auch diesen winzigen Augenblick scharf auf mich sein? Na ja, ganz winzig war er nicht gewesen. Aber das musste noch lange nichts bedeuten, angesichts meines momentanen Pechs. Es musste auf jeden Fall nicht bedeuten, dass es mich, wie soll ich sagen, auf Gegenseitigkeit erwischt hatte ...

Ich zwang mich mit aller Kraft, ruhig zu bleiben.

»Vielleicht hat mich verwirrt, dass die Familie in dieser Nacht nicht an die Tür geklopft hat«, sagte ich. »Das war zu viel des Guten ... Wenn sie eingebrochen wären, dann würde ich meinen, dass alles in Ordnung ist. Aber dass sie das nicht gemacht hat und du dich gleichzeitig in mich verliebt hast ...«

»Bisher hast du den Eindruck einer intelligenten Frau gemacht, warum wundert dich das so?«

»Verlang nicht zu viel von mir!« Ich wurde richtig wütend. »Schließlich habe ich mich auch in dich verliebt, möglicherweise war ich noch vor dir dran. Und welche verliebte Frau würde auch nur einen Schatten von Intelligenz behalten?! Wer ist Szlemar?!«

»Na bitte, du hast sie doch behal... Gut, denk nach. Szlemar. Die Anfangsbuchstaben des Vor- und Nachnamens. SZLEpper MARiusz. SZLE-MAR. Dieser Typ schwirrt in der ganzen Ermittlung herum …«

Ja, tatsächlich, das gefiel mir in keiner Hinsicht.

Major Bieżan muss wohl Angst vor der Großtante bekommen haben, weil er mich nicht ins Polizeipräsidium vorlud, sondern mit einer Unmenge von Fotos persönlich kam und mich höflich bat, sie sich mit ihm zusammen anzusehen. Er erwischte einen Moment, als sich alle gerade in der Wohnung versammelt hatten. Tante Iza hätte doch früher ins Spielkasino fahren können, oder? Aber nein, ausgerechnet an diesem Abend hatte sie getrödelt und machte dem Major persönlich die Tür auf. Łukasz saß noch im Wohnzimmer und wartete darauf, sie herumzukutschieren.

»Ich freue mich, Sie zu sehen«, begann sie gleich. »Ich fürchte, meine Nichte hat zahlreiche Beobachtungen, vielleicht auch Bekanntschaften, vor Ihnen geheim gehalten, und wir alle, sämtliche Familienmitglieder, sind der Meinung, dass das alles endlich auf den Tisch kommen sollte.«

Der Major musste sich fast gewaltsam Einlass verschaffen, weil Tante Iza bereits an der Schwelle zu reden begonnen hatte und offensichtlich nicht weichen wollte, bis sie alles gepetzt hat. Als er sich schließlich hineingedrängt hatte, hatte sie beim Schließen der Tür nicht einmal den Riegel vorgeschoben, worum die Australier sonst immer sehr besorgt waren, in dem Bewusstsein, sich in einem Land voller Verbrecher aufzuhalten. Sie rannte hinter ihm her ins Wohnzimmer.

»Dieser Verbrecher hat sich sogar für mich interessiert, auf so vertrautem Fuße stehen sie! Er hat mir düstere Blicke zugeworfen, fast Drohungen!«

Was? Hat es dieser Wüterich nur dabei belassen?

»Und was hast du in der Gesellschaft von Verbrechern gemacht?«, fragte Tante Olga boshaft.

»Erlauben Sie, dass ich die Aufmerksamkeit von Frau Brant für einen Moment auf einige Fotos lenke?«, fragte der Major höflich. »Oh, und bei der Gelegenheit auch gleich die von Herrn Darko.«

»Ich verbitte mir ...!«, begann Tante Iza heftig.

»Bitte«, sagte ich gleichzeitig.

»Wir sehen uns gerne an, was Sie zu zeigen haben«, unterstützte mich die Großtante mit ihrer Stimme, die diesmal zu Stein gefroren schien. »Iza, es ist wohl leicht zu erraten, dass es nicht um dich geht, sondern um Iza. Kommen Sie bitte zur Sache.«

Ohne ein Wort kam der Major zur Sache. Er schüttete massenhaft Fotos auf den Tisch, unterschiedlich groß und auch sonst ganz verschieden, und lud mich mit einer höflichen Geste ein, sie mir anzusehen. Łukasz stand neben mir, und meine Verwandten drängelten sich um uns herum. Nur die Großtante setzte sich auf einen Stuhl.

Ich sah einen kunterbunten Haufen vor mir, was mich riesig wunderte, weil ich immer der Meinung gewesen war, die Polizei zeige Zeugen immer einzelne, ausgewählte Fotos. Nur Gesichter, nur Landschaften, nur Gegenstände oder irgendetwas anderes, und hier lag alles durcheinander. Gehorsam begann ich, sie durchzusehen.

Łukasz erwies sich als besser bewandert als ich. Schweigend deutete er auf eine mir fremde, von Grün umgebene Residenz und schob das Foto zur Seite, dann fischte er mehrere Bilder von Wüstenau heraus, ein Porträt von Kaja Peszt, charmante Bildnisse vom Wüterich, dazu Gesichter, die ich nicht kannte, und schließlich eines, das mir in letzter Zeit dank dieser Korrektur und des ganzen Geredes über die Fotokunst ständig im Kopf herumschwirrte. Insbesondere, weil auf diesem Tisch zumindest ein Dutzend großer Abzüge lagen, die mir in ihrer besonderen Art wohl bekannt waren. Würmer, Pflanzen, Tiere und einige tote Gegenstände.

Auf das letzte Foto klopfte er mit dem Finger.

»Gezmar. Erinnerst du dich an ihn?«

»Hol's der Teufel«, murmelte ich.

»Und kennen Sie das?«, fragte der Major und schob mir das Foto der Residenz zu.

»Nein. Was ist das?«

»Waldruhe.«

»Ah, da haben wir ihn ja!«, mischte sich Tante Iza in die Besichtigung ein und griff nach dem Wüterich. »Das ist die Gesellschaft meiner Nichte, ein streitsüchtiges Individuum unterhalb jedweden Niveaus!«

»Dieses Waldruhe kenne ich tatsächlich nicht«, erklärte ich. »Oh, ein Garten, das ist wohl der Schrebergarten? Weiß Gott, ob das unser alter Garten ist oder ein anderer, Gärten verändern sich …«

»Izalein, das war doch ein Irrtum, in jeder Bar kann man über solche Typen stolpern«, versuchte Onkel Filip die Tante zu mäßigen.

»Und diese Kreatur, die er dabeihatte, diese falsche Blondine? Merkwürdig, dass ich die hier nicht in dieser Verbrechergesellschaft sehe!«

»Ist das der Tatort?«, fragte Tante Olga neugierig und versuchte, dem Major Waldruhe aus der Hand zu reißen. »Wo ist denn die Leiche? Ich dachte, man würde immer auch die Leiche fotografieren.«

Onkel Ignacy entdeckte Kaja Peszt.

»Ich finde sie schön, kommt mir auch gar nicht blondiert vor …«

»Ignacy, lass das!«

»Wären Sie, meine Herrschaften, so freundlich, eine Identifizierung vorzunehmen?«

»Dieses Individuum ist zweifellos ein Choleriker …«

»Wüstenau, ich bin sicher, ich habe ihn kürzlich zum zweiten Mal gesehen.«

»Sehen Sie! Sie kennt sie alle!«

»Dein eigener Hut ist zu ihm hingeflogen ...«

»Was fängst du denn jetzt von meinem Hut an ...?!«

Ein enormer Streit entbrandete, weil die Großtante zu beschäftigt mit dem Ansehen der Fotos war, um deutlich genug nach Ruhe zu verlangen. Sie kommentierte sie kurz und tadelte von Fall zu Fall das zu Sehende. Dem Major fing es wohl an Leid zu tun, dass er mit der ganzen Munition zu mir gekommen war, statt die Sache ohne all diese willigen Helfer im Präsidium zu erledigen.

Und inmitten dieses tobenden Streits kam Richie hereingeschlichen.

»Ich habe Piroggen mitgebracht und ein Frikassee in einer großen Thermoskanne«, flüsterte er mir ins Ohr. »Ich habe es Ihnen in den Kühlschrank gestellt, das heißt die Piroggen, die Thermoskanne nicht. Dazu wird es noch Salat geben.«

Der Major bemerkte ihn.

»Oh, der Nachbar aus dem Erdgeschoss.«

»Ich habe geklopft«, entschuldigte sich Richie sofort. »Aber die Tür stand offen. Ist das Schloss kaputt?«

Ich versuchte, ihn mit einem Blick zum Schweigen zu bringen, aber es wollte mir nicht gelingen. Ich selbst hatte fintenreich das Schnappschloss blockiert, nachdem ich einmal ohne Schlüssel rausgegangen war, so dass ich von nun an immer in die Wohnung kam, und es war mir lieber, wenn die Familie nichts davon erfuhr. Da Richie aber, gebannt von den Streithähnen, nicht mich, sondern die anderen ansah, konnte mein Blick wohl nichts ausrichten, und er wollte schon weitersprechen, da entdeckte er die Fotos auf dem Tisch.

»Um Himmels willen!«, stöhnte er plötzlich. »Dieser Mistkerl!

Er griff nach einem Foto im Postkartenformat, das von meiner Familie vernachlässigt worden war und etwas abseits lag. Es stellte etwas überaus Seltsames dar. Ich riss es Richie aus den Händen. Nach kurzem Nachdenken erkannte ich etwas wie das Fahrgestell eines Autos, das irgendwo eingemauert war und keine Karosserie hatte. Auf einmal dämmerte mir, was ich da sah.

»Richie, habt ihr etwa damals Fotos gemacht?«

»Wir?«, rief Richie empört. »Dieser verdammte Vollidiot, dabei sah er gar nicht aus wie einer dieser bösartigen Lackaffen. Da, bitte! Da ist er! Der ist es!«

In der Hand hielt Richie das Foto eines Mannes. Alle sahen ihn an, und in diesem Moment wurde ihm die Anwesenheit des Majors bewusst, und er wurde furchtbar verlegen.

»Oh, verdammt … Aber … Vielleicht ist es ja schon verjährt? Eine Ordnungswidrigkeit, wobei keiner davon gewusst hatte! Soll ich es leugnen?«

Die letzte Frage war an mich gerichtet, und ich wusste, dass ich richtig geraten hatte.

»Es ist zweifellos verjährt«, versicherte ich ihm nachdrücklich. »Herr Major, es war in einem gewissen Sinne eine Verkehrsordnungswidrigkeit, jemand ist irrtümlich auf das Rollfeld gefahren, hat, sagen wir, das Verkehrszeichen nicht beachtet …«

»Da war kein Verkehrszeichen«, korrigierte Richie aufgebracht, aber ehrlich.

»Sehen Sie? Es stand nicht einmal ein Verkehrszeichen da. Niemand hatte ihn dabei gesehen, er hat keinen Strafzettel bekommen, und als er seinen Fehler bemerkte, ist er sofort wieder weggefahren.«

»Sofort?«, wunderte sich der Major, der das schöne Bild der im Asphalt festsitzenden Ruine betrachtete.

»Natürlich, er verließ sofort …«

»Nur zum Teil«, rutschte es Richie heraus. »Seine Schuhe sind dageblieben.«

»Und die Socken?«

»Die Socken hat er zur Hälfte gerettet.«

»Wo und wann ist das gewesen?«, fragte der Major sachlich, die Einzelheiten der Garderobe übergehend.

Ich erklärte es ihm, weil Richie wie blockiert war. Ich klopfte auf das Foto von Wüterich.

»Und bitte sehr, da ist er, ich habe es Ihnen erzählt, der hat eine Landebahn und Milliarden von Złoty verplempert. Es war verboten, auf das Rollfeld zu fahren, und der Junge hat es trotzdem gemacht und wurde dafür schwer bestraft. Im Grunde genommen war es eine Verkehrswidrigkeit. Verjährt so etwas nicht recht schnell?«

»Wissen Sie, ich bin nicht von der Verkehrspolizei …«

»Und müssen Sie bei denen Anzeige erstatten?«

»Ich sehe keinen Grund dafür und habe eigentlich auch zu wenig Zeit für solche Sachen.«

»Da siehst du's, Richie, es ist verjährt. Du kannst deine Stimme wiederfinden.«

»Das wäre nicht schlecht«, sagte der Major. »Wer hat das Foto gemacht?«

»Na eben«, regte sich sofort der wieder entblockierte Richie auf. »So ein Typ, einer von außerhalb, der lungerte da herum, schien aber eine Erlaubnis zu haben. Als wir gesehen haben, dass er Fotos macht, hat Mundek Angst bekommen. Wäre ja ein Beweismittel gewesen. Er hat ihn höflich gebeten, ihm das Foto zu geben, aber das war erst ein paar Tage später, und dann entstand eine ganze Affäre darum, weil der Fotograf abgehauen war und ein Kumpel von uns ihn in der ganzen Stadt gesucht hat. Schließlich hat er ihn in einem kleinen Laden gefunden. Ich bin erst später dazugekommen, ich konnte nicht gleich, weil ich mit dem Kran unterwegs war, aber dann bin ich in einen kleinen Fiat 126 umgestiegen, und Mundek und ich sind zu ihm nach Hause gefahren, bis zum Kabacki-Wald.«

»In die Żołna-Straße?«

»In die Żołna-Straße, stimmt.«

»Und war das sein Haus?«

»Woher soll ich denn wissen, ob es ihm gehört hat, jedenfalls hat er da gewohnt. Und er hatte da sein Studio, eine Dunkelkammer, ein Labor, alles, was man braucht. Er hieß Mariusz Szlepper. Machte Fotokunst, wie sich später herausgestellt hat. Wir haben ihm erklärt, dass Mundek seinen Job verlieren und noch eine Geldstrafe bekommen könnte, da war er sehr besorgt, tatsächlich. Er machte eigentlich einen ganz anständigen Eindruck, aber das Foto wollte er nicht vernichten. Er sagte, dass es auch für ihn ein Beweismittel sei, aber in einer ganz anderen Angelegenheit. Er wirkte irgendwie niedergeschlagen und schwermütig. Zu guter Letzt erklärte er sich doch einverstanden, er hat Mundek den Abzug und das Negativ gegeben. Aber da haben wir die Schweinerei – entweder hat er einen Abzug behalten und der liegt hier oder er hat vom zweiten Abzug ein Negativ gemacht und kann beliebig viele Abzüge herstellen. Aber wenn Sie sagen, dass es verjährt ist …«

»Garantiert«, bestätigte der Major. »Mich interessiert dieser Mariusz Szlepper. Waren Sie bei ihm?«

»Ich sag doch, dass ich bei ihm gewesen bin. Zusammen mit Mundek war ich da.«

»Haben Sie viele Fotos dort gesehen?«

»Ja, und was für welche!«, begeisterte sich der inzwischen beruhigte Richie. »Wahre Wunderwerke! Als wir da waren, hat er gerade eine Vergrößerung gemacht, und wissen Sie, was das war? Ein Fliegenbein! Super! Nie im Leben hätte ich das erraten. Es war behaart, müssen Sie wissen, und seltsam beleuchtet, ich glaube, von der Sonne, oder vielleicht hatte die Fliege auch auf einer Lampe gesessen …«

Meine Familie war bereits zu Beginn des Berichts verstummt. Der Major ging nicht weiter auf die Beleuchtung der Fliege ein.

»Hatte er eine entsprechende Ausrüstung?«

»Megastark. Mundek hat ein bisschen Ahnung davon, er hat gesagt, für dieses Atelier könnte man zwei Rolls-Royce kaufen und dann würde man immer noch genug Geld übrig haben. Er hat ihn sogar gefragt, was er damit macht, er könnte doch mit solchen Bildern ein Schweinegeld verdienen, und der hat halbherzig geantwortet, das sei nur ein Hobby, und hat schnell das Thema gewechselt.«

»Hat er erzählt, was er so macht? Ich meine, beruflich.«

»Der war Mechaniker. Für Kleinzeug. Das stimmte aber nicht, das mit dem Kleinzeug, ich kenne mich ein bisschen damit aus. Elektromechanik, verstehen Sie, aber keine Telekommunikation oder Computer. Man drückt eine Taste, und die Maschine fängt an zu bohren, hebt etwas an, passt es ein, was Sie wollen. Ich hab's mir angeguckt, einfach märchenhaft! Echte Sciencefiction!«

»Ein begabter Junge.«

»Ja, das stimmt. Aber so, als ob er verspielt hätte.«

»Hat er etwas über sich erzählt?«

»Über sich selbst nicht. Nur über die Technik.«

»Er soll eine Frau haben. Haben Sie sie gesehen?«

»Sie ist einmal kurz vorbeigehuscht. Falls es seine Frau war. So eine Blondine, die die Blicke auf sich zieht. Aber sie hat sich nicht am Gespräch beteiligt.«

»So, so ...«

Richie war für ihn ein echter Glücksfall. Łukasz und ich schwiegen beide wie ein Grab. Um nichts in der Welt hätte ich den Bullen etwas über meinen Verdacht verraten. Ach was, Verdacht! Die Sicherheit, die in mir aufgekeimt war. Dass Łukasz, verdammt noch mal, diesen Motorradfahrer aber auch nicht überholt hatte ...

»Ich hatte ja echtes Glück, dass ich mit den Fotos zu Ihnen gekommen bin«, sagte der Major freundlich.

»Oh, und das ist sein Haus!«, gab Richie noch eins drauf, während er auf ein anderes Bild zeigte.

»Für den einen Glück, für den anderen Pech«, murmelte ich düster.

»Stimmt. Sie hatten sicher gehofft, dass es dieser Artischocke war.«

»Nein, Wüstenau.«

»Da kann ich Sie beruhigen. Natürlich ohne Details zu verraten. Herr Wüstenau wurde von einem Zeugen identifiziert und wir können ihn festnageln.«

»Ganz fest, hoffe ich«, sagte Łukasz.

Der Major hatte bereits begonnen, seine Fotos vom Tisch aufzusammeln. Er blieb stehen und blickte ihn an.

»Wollen Sie einen Zivilprozess gegen ihn anstrengen?«

»Denken Sie, ich bin verrückt geworden?«

»Das war nur so eine Überlegung, entschuldigen Sie. Auf alle Fälle würde ich an Ihrer Stelle besser auf mich selbst aufpassen. Schade, dass Sie nicht schneller gefahren sind.«

Da hatten wir es, der Vertreter der Behörde und ich dachten genau dasselbe …

»Du bringst ein Arschloch um und musst wegen eines Menschen sitzen«, sagte Robert Górski düster zu Bieżan. »Ich weiß nicht, wer sich diesen Satz ausgedacht hat, aber er hatte völlig Recht.«

»So lange wird er schon nicht sitzen, es werden ihm bestimmt mildernde Umstände zugestanden«, tröstete ihn Bieżan. »Ich werde sicher nicht versuchen, ihn wegen vorsätzlicher Tötung dranzukriegen.«

Sie befanden sich gerade auf dem Rückweg zum Polizeipräsidium von der schönen Villa am Kabacki-Wald, wo das zweite Verhör von Mariusz Szlepper stattgefunden hatte. Bieżan hatte ihn bewusst nicht vorgeladen, er wollte ihn lieber überraschen. Höflich hatte er ihn gefragt, ob er die kleine Werkstatt für ein, zwei Stunden schließen könne, dann bat er ihn um seinen Mercedesschlüssel und darum, ihn auf der kurzen Fahrt zur Żołny-Straße zu begleiten. Im Polizeiwagen. Górski fuhr den Mercedes.

Mariusz Szlepper brach sofort zusammen, als man ihm das Bild gezeigt hatte, wie er die Honda in die alte Gartenlaube schiebt. Man brauchte ihm nicht einmal seinen Reichtum vorzuhalten, die luxuriöse Ausstattung seines Fotostudios und der Werkstatt, den Mercedes, all die Geräte … Den Augenzeugen akzeptierte er sofort und fragte nicht einmal, wer es gewesen sei.

»Ich konnte nicht mehr, wissen Sie«, sagte er bedrückt und resigniert. »Vierzehn Jahre! Seit vierzehn Jahren ist mir so, als ob ich nicht mehr leben würde, als ob ich gar nicht auf der Welt wäre. Dass ich gewisse Talente habe, weiß ich schon lange, aber ich durfte sie niemals, kein einziges Mal, zeigen. Nur, was beim Studium nötig war und keinen Deut mehr! Die Lorbeeren hat er bekommen. Dabei habe ich die ganze Arbeit für ihn gemacht, er konnte doch selbst nichts, er hatte zwei linke Hände, dafür eine Unzahl blöder Ideen. Und die musste ich alle realisieren!«

»Und warum?«, fragte Bieżan sanft. »Hatte er etwas gegen Sie in der Hand? Hat er Sie erpresst?«

»Ich weiß nicht, ob man das als Erpressung bezeichnen kann. Obwohl … Vielleicht. Er konnte uns das alles hier jederzeit wegnehmen, theoretisch gehörte es Barbara, aber in Wirklichkeit ihm, er hatte Wechsel von uns, er konnte uns von Rechts wegen alles nehmen … Aber das war gar nicht das Schlimmste.«

»Sondern?«

»Er selbst, als Mensch«, entgegnete Mariusz Szlepper mit verhaltener Wut und schaute in die Ferne.

Sie saßen zu dritt an einem Campingtisch hinter dem Anbau, in dem sich die Werkstatt befand. Von dort aus sah man das Gewächshaus, in dem in den leuchtendsten Farben blühende Kakteen standen. Die Atmosphäre war beinahe vertraut, was dem Major sehr entgegenkam. Dabei war er aus welchen Gründen auch immer sicher, dass der Täter nicht vorhatte zu fliehen. Er hatte sich restlos ergeben.

»Wir wissen, wie er gewesen ist«, brummte Robert.

»Nein. Gar nichts wissen Sie. Von weitem konnte man sehen, dass er ein böser Mensch war, man spürte, dass er Druck ausübte, die Leute nötigte. Wenn man in seiner Nähe war, war das wie weggewischt, er war dann kein Mensch, sondern ein Gott, der konnte die Tatsachen so verdrehen, dass man nicht mehr wusste, wo vorne und wo hinten war. Ich muss das wissen, ich hatte ihn doch jahrelang vergöttert, glaubte an seinen Edelmut, an seine Klugheit, was Sie wollen. Ich glaubte daran, dass er für soziale Gerechtigkeit kämpfte, schlechten Menschen den Garaus machte, den Anständigen und Guten half, ein Robin Hood des zwanzigsten Jahrhunderts. Dass er Geld und Macht nur wollte, um diesen Kampf zu gewinnen. Ich habe mit eigenen Augen gesehen, wie er Menschen aus dem Dreck gezogen hat. Dabei war das alles eine Scheißlüge. Er liebte die Macht um der Macht willen, er wollte alles und jeden beherrschen, er hatte uns nicht einmal erlaubt, zu heiraten, wir leben in einer Lebensgemeinschaft, weil er das so gewollt hatte …«

»Warum denn das?«, staunte Robert.

»Weiß der Teufel warum. Das muss für ihn aus irgendeinem Grund vorteilhafter gewesen sein.«

»Und Sie haben nicht rebelliert?«, fragte Bieżan.

»Doch. Später. Am Anfang nicht, das wäre mir gar nicht in den Sinn gekommen, als treuem Diener. Erst nach und nach gingen mir die Augen auf. Es passte mir nicht mehr, dass ich kein eigenes Leben hatte. Ich wollte Erfolg haben, stolz auf mich sein. Ich gab mir wie verrückt Mühe, und er lobte mich nicht einmal. Hat immer nur rumgemäkelt. Ein berühmter Fotograf, ein großer Künstler, aber ich war angeblich noch nicht reif für den Ruhm, also tat er so, als wäre es sein Werk, und ich, Gott sei mein Zeuge, glaubte, dass das alles zu meinem Wohl geschehe. Wie ein Vollidiot. Die Knete nahm er auch an sich, ich hatte nur so viel, wie er mir großzügigerweise gab. Dann fing ich schließlich an, Druck zu machen. Ich wollte etwas Eigenes, wollte etwas unter meinem Namen veröffentlichen, einen kleinen Fotoband über den Schnee. Ein wunderbares Thema! Er gab nach, und dann – wieder nichts, er hat die Fotos unter seinem Namen veröffentlicht. Ich wurde wütend. Zumindest aus der Ferne. Ein Treffen genügte, damit ich wieder den Schwanz einzog und vor ihm buckelte. Einmal habe ich auf meinen Forderungen bestanden, aber er hat mich nur an der Nase herumgeführt. Schlimmer noch. Ich hatte meinen ganzen Mut zusammengenommen und bin ohne ihn zu einem Verlag gegangen. Sie wollten drei Fotos von mir haben, und dann wollten sie sie plötzlich nicht mehr. Durch Zufall habe ich erfahren, dass er die Sache persönlich vereitelt hat. Er erlaubte mir nicht, selbstständig zu werden. Er hat mir die Luft abgedrückt.«

»Und die Waffen?«

»Welche Waffen?«

»Haben Sie Waffen für ihn gemacht beziehungsweie umgebaut?«

»Ich habe alles für ihn gemacht. Waffen habe ich auch für ihn umgebaut, der hatte so seine Phantasien, sie sollten möglichst ungewöhnlich sein, Schlösser hat er auch von mir bekommen. In sein Haus wäre kein Einbrecher reingekommen. Und irgendwann konnte ich nicht mehr, etwas hatte sich in mir verändert. Als ich das letzte Mal zu ihm gefahren bin, wollte ich ihm das ein für alle Mal klar machen. Ich war wütend, weil er mir wieder eine eigene Publikation erlaubt hatte und erneut nichts daraus geworden war. Den ganzen Weg zu ihm hin habe ich geschimpft, dass ich genug davon hätte, das Land verlassen würde, emigrieren, ich hätte zwei Berufe, mit denen ich auch im Ausland etwas anfangen könnte, ich würde mich nicht länger erdrücken lassen. Na, und wie immer hat er mich geprellt, er hat mir ganz sachlich auseinander gesetzt, dass es so sein musste, und ich wurde wieder ganz demütig, er schmierte mir Honig ums Maul und versprach mir eine Partnerschaft …«

Mariusz Szlepper unterbrach plötzlich. Aus seinem Gesicht sprachen zugleich Wut und Niedergeschlagenheit.

»War das im Wohnzimmer, bei den Drinks?«, fragte Bieżan feinfühlig.

»Ja. Dort hat er mich empfangen. Wie einen Gast, dem man Respekt schuldet!«

»Ich kann es mir vorstellen. Und was geschah dann?«

»Dann verlangte er, ich solle für ihn etwas austüfteln, es ging um die Doppelflinte mit dem gekürzten Lauf …«

»Hat er Sie ins Arbeitszimmer gelassen?«

»Na klar! Ich war der Einzige, den er reingelassen hat, ich hatte es ihm doch selbst alles eingerichtet, in aller Heimlichkeit. Nicht einmal seine Michalina hatte eine Ahnung davon, dass ich mich manchmal an diesem heiligen Ort aufhielt.«

»Und was weiter?«

»Ich weiß es nicht.«

»Aber nicht doch, erzählen Sie keinen Blödsinn. Sie müssen sich doch an irgendetwas erinnern?«

»Ich erinnere mich, ja. Aber ich kann es nicht erklären. Etwas war mit mir passiert. Ich hatte wohl einen Rest Verstand behalten. Vielleicht hat er auch zu schnell nach einer neuen Arbeit verlangt, mit der er sich dann wieder brüsten konnte … Ich weiß nicht. Er hat mir gezeigt, worum es ihm geht, ich habe das Brennecke-Gewehr geladen … Derweil hatte es wieder in mir zu rumoren begonnen, ein Gedanke schoss mir durch den Kopf, o Gott, wenn es ihn nicht mehr gäbe, und ich … Ich erinnere mich, auf ihn gezielt zu haben, ich habe zweimal geschossen … Und war sofort ernüchtert, um Gottes willen, was hatte ich getan … Da war er aber schon tot, es war zu spät, ich hatte zu gut gezielt.«

»Sie geben also zu, Dominik Dominik ermordet zu haben?«

»Was bleibt mir denn anderes übig? Ich gebe es zu. Und ich werde das Geständnis auch nicht widerrufen. Erst hatte ich gedacht, ich würde nicht zulassen, dass er mich noch nach seinem Tod fertig macht, deshalb habe ich die Spuren verwischt und und bin geflohen … Ich habe das Gewehr abgewischt, es an die Wand gehängt, das Geschirr gespült … Und dann bin ich weg.«

»Haben Sie alles hinter sich abgeschlossen?«

Mariusz Szlepper schaute Bieżan erstaunt an.

»Ich weiß nicht. War es denn abgeschlossen?«

»Das frage ich Sie. Haben Sie abgeschlossen?«

»Keine Ahnung. Ich weiß es nicht. Ich kann mich nicht daran erinnern. Ich war vollkommen aufgelöst.«

»Das kann ich mir vorstellen.«

Die beiden versuchten noch, verschiedene andere Fragen zu klären, aber zumeist vergeblich. Von allen finanziellen Dingen hatte Dominik Mariusz Szlepper fern gehalten. Die im Arbeitszimmer gesammelten Dokumente hatte er natürlich gesehen, sich aber nicht weiter dafür interessiert. Die Bekanntschaften von Michalina Kołek gingen ihn nichts an, was Kaja Peszt so trieb, wusste er nur über Barbara Bukowska. Vor Barbara hatte er den Mord verborgen, erzählte er, obwohl sie Dominik schon seit langer Zeit nicht mehr verehrte. Nach dem Besuch von Górski in der Werkstatt hatte er Angst bekommen, er hatte ihr die Schlüssel zum alten Schrebergarten geklaut und versucht, das Motorrad loszuwerden, was ihm, wie man sieht, nicht besonders gut gelungen war. Aber er hatte es geschafft, ein Buch über Fotografie unter seinem eigenen Namen herauszubringen. Dominik konnte ihm nicht mehr in die Quere kommen.

»Ein ausgesprochen seltsamer und komplizierter Fall«, verkündete die Großtante am nächsten Tag. »Ich habe seit gestern darüber nachgedacht und es mir in etwa zusammengereimt. Mit meinem Kopf ist noch alles in Ordnung und ich bin auch nicht meines Seh- und Gehörsinnes beraubt, deshalb möchte ich wissen, aus welchem Grund dieser Mariusz mit dem merkwürdigen Namen von zwei Personen geschont wird, die ihn allem Anschein nach gar nicht kennen. Sowohl meine Großnichte als auch Sie …«, hier machte sie eine Geste in Richtung Łukasz, wobei sie ihn nicht ansah, »belasten ihn mit deutlichem Unwillen. Meiner Meinung nach ist er die Schlüsselfigur. Worum geht's eigentlich bei diesen Fotos und den Mechanikerarbeiten? Was hat das mit dem Verbrechen zu tun, das an Izas ehemaligem Lebensgefährten begangen wurde?«

»Na?«, nahm Tante Iza begierig auf. »Sagt schon.«

»Nichts«, murmelte ich wütend.

»Sehr viel«, sagte Łukasz, der wieder bei uns war, weil er für eine Fahrt bestellt wurde, die jetzt aus irgendeinem Grund nicht zustande kommen wollte. »Ich denke, er verdient mildernde Umstände. Es war ein Mord im Affekt. Das glauben wir zumindest, und deshalb wollen wir ihn nicht weiter belasten. Daher die Zurückhaltung, abgesehen davon gibt es eine Reihe von Leuten, die es viel mehr verdienten, verknackt zu werden. Und mit Iza hat das alles sowieso nichts zu tun.«

»Iza!«, schnaubte Tante Iza. »Das ging ja schnell …!«

»Ich, meine Liebe, bin etwas älter als du«, erklärte die Großtante unterkühlt, »und trotzdem habe ich bemerkt, dass sich die Sitten gewandelt haben. Herr Darko und meine Enkelin sind etwa im gleichen Alter, sie könnten durchaus zusammen zur Schule gegangen sein. In Krakau …«

»In Krakau haben sie sich angefreundet«, fiel Onkel Filip eifrig ein.

»Bezeichnet man das heute also als Freundschaft?«, wunderte sich Tante Iza giftig.

»Na, dann ist ja alles in Ordnung«, sagte ich zu Łukasz. »Du siehst es selbst …«

»Nichts ist in Ordnung, und nichts wird in Ordnung sein, solange auch nur der Schatten eines Verdachts auf dir oder auf diesem jungen Mann lastet«, setzte die Großtante fort, diesmal an mich gewandt. »Ich möchte wissen, wer der Täter ist und welche Verbindungen ihr beiden zu ihm habt. Vielleicht sollten wir an der Gerichtsverhandlung teilnehmen …«

Das Weitere hörte ich nicht mehr, weil mir schlecht wurde. Um Gottes willen! Auch wenn die Ermittlungen sofort abgeschlossen würden, so würde die Gerichtsverhandlung frühestens in einem halben Jahr stattfinden, und das wäre schnell. Weiß Gott, wie lange sie dauern würde! Und ich sollte sie alle die ganze Zeit am Hals haben?! Wo sollte ich dann nur meine Kinder unterbringen?!

Ich erstarrte bei dem Gedanken und überlegte schon, ob ich nicht zusammen mit den Kindern fliehen und das elende Erbe einfach in den Wind schreiben sollte. Nur wohin? Ich kann sie nicht einfach in eine andere Schule schicken und meine Arbeit aufgeben! Wovon sollte ich denn leben? Und ich konnte doch keine Wohnung mit meinen Verwandten drin verkaufen! Um Gottes willen!!!

Zum Glück löste sich meine Erstarrung wieder, und ich hörte die Worte von Onkel Filip. Pferde. Etwas über Pferde. Ah, dass sie ihre Pferde nicht so lange allein lassen könnten. Natürlich müsste ich sie auf dem Laufenden halten, vielleicht erhielten sie ja auch eine offizielle Erklärung der Behörden. Lieber Gott, schenke ihnen ein langes Leben, diesen Pferden!

»Zur Gerichtsverhandlung könnten wir ja wiederkommen«, schlug Onkel Ignacy vor.

Mir war immer noch schlecht, aber wenigstens fing mein

Verstand wieder an zu arbeiten. Sie besprachen gerade die Frage ihres nächsten Besuchs. Łukasz und Richie, der erneut gekommen war, um die Thermoskanne abzuholen, erklärten ihnen mit vereinten Kräften und sehr engagiert, dass die Mühlen des Gerichts hierzulande sehr langsam mahlten, dass sich alles ins Unendliche ziehen könnte, dass der Abschluss der Ermittlung auf große Schwierigkeiten stoßen würde, da verschiedene bekannte Persönlichkeiten mit drinsteckten, dass aus den Fotos folgte, dass die Polizei schon Bescheid wisse, es aber mit der Beweislage noch hapere …

»Ich reise hier nicht ab, bevor ich nicht genau weiß, wie die Angelegenheit ausgeht«, beharrte die Großtante.

»Da sieht man doch gleich, dass sich die Richtigen gefunden haben«, zischte Tante Iza mittlerweile, wobei sie ihren bösen Blick abwechselnd in Łukasz und in mich bohrte. »Gibt es hier noch Platz für irgendwelche Zweifel, wie die Angelegenheit ausgeht?«

»Und du meinst, dass man sie einfach zum Schein nicht verhaftet hat?«, spottete Tante Olga.

»Tja. Allerdings …«, stotterte Onkel Filip. »Diese Heimlichtuereien … Ich würde alles sagen!«

In meiner Verzweiflung hatte ich plötzlich eine Eingebung, und ich traf eine Entscheidung. Łukasz hatte die Telefonnummer des Majors …

Wie viel Mühe es mich gekostet hat, heimlich diese Nummer von ihm zu erlangen, lässt sich nicht in Worte fassen. Einer von uns wurde ständig belästigt, wenn nicht Łukasz, dann ich, als potenzielle Verbrecher waren wir eine Riesenattraktion. Wir durften keinesfalls aus den Augen gelassen werden. Ich überlegte, ob sie es Łukasz überhaupt erlauben würden, nach Hause zu gehen. Wahrscheinlich nicht, sie würden ihm sicher befehlen, bei mir zu schlafen, und würden an der Tür lauschen. Wir konnten kein einziges Wort miteinander wechseln.

Schließlich bediente ich mich Richies, der zwar auch unter Verdacht stand, aber weniger. Er hatte das Recht, sich zu entfernen. Unter dem Vorwand, die Tür hinter ihm schließen zu wollen, erklärte ich ihm, was er tun sollte. Richie kam zurück, dann schloss Łukasz die Tür hinter ihm. Richie kam wieder zurück, und ich schloss die Tür hinter ihm ab. Die ganze Welt bestand nun nur noch aus Türen, die man schließen musste. Dann brauchte Richie nicht mehr zurückzukommen, denn ich blieb mit meinem Handy im Treppenhaus, obwohl es, ehrlich gesagt, sinnvoller gewesen wäre, sich mit dem Handy im Bad einzuschließen. Aber ich war nicht mehr fähig, Sinnvolles zu tun.

»Herr Major«, sagte ich stöhnend. »Erbarmen Sie sich meiner!«

Sie kamen beide, Major Bieżan und Leutnant Górski. Richies Schwester briet für diese Gelegenheit fünf Enten, mehr passten nicht in ihre Backröhre. Genau genommen hatte sie acht gebraten, doch drei behielt sie, laut Vertrag, für die eigene Familie zurück. Sie hatte auch einen Apfelkuchen gebacken. Die Vorspeisen in Form eines Krabbensalats, Schweinebraten in Aspik und Leber nach jüdischer Art brachte Łukasz aus einem Restaurant mit, dessen Besitzer er kannte.

»Verpflichten Sie sich dazu, nach Australien zurückzukehren, ohne mit jemandem in Polen über die Morde zu sprechen?«, fragte der Major bereits zu Beginn des Mahls in aller Höflichkeit.

Diese Worte erklangen wie Engelsgesang in meinen Ohren.

»Ich versichere Ihnen, mein Herr, dass wir Diskretion wahren«, antwortete die Großtante für alle mit großer Würde. »Irgendwelche verbrecherischen Individuen interessieren uns nicht, sondern einzig und allein die Moral meiner Großnichte.«

»Der verschwägerten Großnichte«, präzisierte mit Nachdruck Onkel Ignacy, wobei der Grund dafür unklar blieb.

Dem Major war es schnuppe, ob ich verschwägert war oder nicht.

»Ich werde mir allerdings von vornherein vorbehalten, dass ich manche Namen nicht erwähnen werde, Details aber, sagen wir technischer Natur, schon. Bitte sehr. Wir haben also einen Augenzeugen, der die am Tatort anwesenden Personen gesehen und diese Personen auf Fotos und in der Gegenüberstellung wiedererkannt hat.«

»Hatte er keine Angst?«, wunderte sich Onkel Filip.

»Er hatte große Angst. Aus diesem Grunde fand diese Gegenüberstellung auch auf eine bestimmte Weise statt, nämlich durch eine verspiegelte Scheibe. Von den beiden Personen war eine früher am Tatort, die andere später. Die erste hatte, dem vermutlichen Ablauf nach zu urteilen, es nur geschafft, das Verbrechen zu begehen, das Mordwerkzeug abzuwischen und den Tisch aufzuräumen, womit sie die Spuren ihres Aufenthaltes verwischte. Die zweite Person hielt sich über eine halbe Stunde lang am Schauplatz des Verbrechens auf und hat in dieser Zeit die Papiere des Opfers durchsucht. Sie führte auch ein Telefongespräch, aus dem deutlich hervorging, dass sie das Haus unverschlossen vorgefunden hatte ...«

»Und hätte ihn die zweite Person nicht auch umbringen können?«, fragte Tante Olga, eine ausgewiesene Krimiliebhaberin, neugierig.

»Vermutlich nicht. Die Sache ist die, dass die Waffe aus dem Arbeitszimmer des Opfers stammte. Diese zweite Person hätte der Ermordete unter keinen Umständen ins Arbeitszimmer gelassen, und er hätte ihr auch keine Waffe in die Hand gegeben.«

»Und der ersten Person?«

»Wenn man berücksichtigt, dass sie mit Kaffee empfangen

wurde, muss es eine befreundete und vertraute Person gewesen sein.«

»Na gut, und wie sind die Herren darauf gekommen, wer diese Personen gewesen sind?«, fragte Tante Iza ungeduldig. »Der Reihe nach bitte.«

»Mit Einzelheiten«, betonte die Großtante.

Der Major war gerade bei der Leber nach jüdischer Art, die ihm offensichtlich mundete. Er blickte zum Leutnant.

»Wir besaßen von Anfang an bestimmte Kenntnisse über das Opfer«, nahm sein Untergebener den Bericht auf, so dass sein Vorgesetzter in Ruhe essen konnte. »Menschen, die ihn gern losgeworden wären, gab es eine Unmenge, außerdem hatte seine treue Hausangestellte den Verdacht auf Frau Iza Brant gelenkt …«

»Warum?«, unterbrach ihn die Großtante.

»Weil sie sie gehasst hat. Und sie hatte Angst davor, dass sie und das Opfer ihre Beziehung wieder aufnehmen könnten …«

»Woher weiß man das?«

»Von ihr selbst, und auch von einer Freundin, die später verhört worden ist. Hinzu kam, dass sich Frau Brant ausgerechnet in dem Moment, als der Mord begangen wurde, in der Gegend befand. Sie war auf dem Weg an die Ostsee …«

»Das wissen wir bereits. Erzählen Sie doch weiter.«

»Herr Darko befand sich ebenfalls in der Gegend, sogar noch näher am Schauplatz. Er hatte einen Fahrgast dabei, dessen Personalien er anfänglich zu verbergen versuchte …«

»Wären Sie so nett, mir das nicht mehr vorzuhalten, ja?«, murmelte Łukasz.

Der Major riss seinen Blick von der Leber los.

»Wenn er Ihnen die Bombe nicht gelegt hätte, hätten Sie dann jemals die Wahrheit gesagt?«

»Glaube ich nicht … Obwohl, jetzt mal Spaß beiseite, alles hat seine Grenzen. Blutvergießen mag ich nicht, und wenn ich erfahren hätte, dass sie jemanden umgelegt haben, hätte ich sie vermutlich nicht mehr gedeckt. Ich bin ja kein Komplize. Vielleicht hätte ich nur noch ein wenig damit gewartet.«

»Na sehen Sie …«

»Vergessen Sie bitte die Reihenfolge nicht«, mahnte Onkel Filip sanft.

Der Leutnant verzichtete auf einen Nachschlag von den Krabben.

»Die wertvollste Informationsquelle war die bereits erwähnte Haushälterin. Das Milieu, in dem sie … Muss ich die Seilschaften des ehemaligen politischen Systems näher ausführen? Dann sitzen wir noch bis morgen früh da!«

Die Verwandten sahen sich an. Zweifellos verfügten sie über ein breiteres Wissen von den Freuden, mit denen man damals das Volk beglückte, als wir hier in der Heimat. Natürlich nur, falls es sie interessiert hatte. Sie mussten an dieser Stelle wohl nicht nach Details verlangen.

»Nein«, entschied wieder die Großtante für alle. »Wir wissen Bescheid. Sie gehörte zu diesen … Seilschaften. Soweit ich es verstanden habe, der Tote ebenfalls.«

O Mist … Ihr Blick hätte mich von der Erdoberfläche gefegt. Mit einem solchen Mann hatte ich mich abgegeben!

»Er war kein Parteimitglied!«, entfuhr es mir.

»Doch«, sagte der Major trocken.

Fast hätte mich der Schlag getroffen.

»Wie? Er hat immer behauptet, er wäre keins!«

»Hast du immer noch nicht bemerkt, dass er dich nach Strich und Faden belogen hat?«, sagte Łukasz. »Die eine Hälfte siehst du ganz klar, und was ist mit der anderen? Ist er da etwa ein anderer Mensch?«

»Sein Onkel war Parteimitglied«, sagte ich schwach und ohne jede Hoffnung. »Gut, was soll ich sagen – ich habe mich aufs Glatteis führen lassen.«

»Das kann jedem mal passieren«, tröstete mich Onkel Ignacy gutmütig.

»Könnten wir vielleicht zum Thema zurückkommen?«, fragte Tante Iza mit kalter Stimme. »Was ist mit dieser treuen Parteihaushälterin?«

»Das bei ihr gefundene Material hat uns erlaubt, den Kreis der Verdächtigten einzuschränken …«

»Einen Moment mal!«, protestierte Tante Olga. »Wir wissen noch nicht, was sie gesagt hat!«

»Sie hatte nicht viel Gelegenheit, viel zu sagen«, fuhr der Major fort und ermöglichte dem Leutnant damit, doch noch ein wenig von den Krabben zu essen, »weil sie auf dem Friedhof getötet wurde.«

»Hat man sie da gleich begraben?« Onkel Ignacy zeigte plötzliches Interesse.

»Wie getötet?«, drängte Tante Iza gleichzeitig weiter.

»Durch Schläge mit einem Kartoffelstampfer.«

»Nein! Mit einem Kartoffelstampfer – dann muss es eine Frau gewesen sein!«

Das hatte Tante Iza mit hoffnungsvoller Stimme gesagt und mich dabei angefunkelt, doch der Major nahm ihr gleich wieder den Wind aus den Segeln.

»Frau Brant kommt nicht in Frage, da sie zum Zeitpunkt des Mordes in diesem Haus war und ich persönlich mit ihr gesprochen habe. Allem Anschein zum Trotz ist der Mörder ein Mann.«

Der funkelnde Blick der Tante richtete sich sofort auf Łukasz. Aber der Major war erbarmungslos.

»Herr Darko kommt ebenfalls nicht in Frage, weil er eine halbe Stunde zuvor von der Verkehrspolizei in Mława gesehen worden ist. Keiner schafft es, in fünfundvierzig Minuten von Mława zum Powązki-Friedhof zu kommen.«

»Mit ein wenig guten Willen …«, murmelte Łukasz zu sich selbst.

»Wie schnell können Sie denn so fahren?«, interessierte sich plötzlich der Leutnant.

»Auf deutschen Autobahnen bis zweihundertvierzig.«

»Na ja, aber von Mława führt keine deutsche Autobahn hierher. Und selbst wenn, dann dürfte auch keine Verkehrspolizei da sein, oder?«

»Wer hat sie dann umgebracht, wenn keiner von den beiden?« Tante Olga wurde langsam ungeduldig.

»Jedenfalls nicht meine Enkelin«, sagte die Großtante würdig.

Unschuldig gesprochen im Fall von Michalina Kołek, entschied ich, die Enten zu servieren. Der Bericht geriet ins Stocken. Erst als die Skelette langsam zum Vorschein kamen, wurde er wieder energischer aufgenommen.

»Wir hatten von Michalina Kołek noch bestimmte Informationen verlangt«, setzte der Major mit engelhafter Geduld fort. »Sie hat einen gewissen Herrn darüber in Kenntnis gesetzt. Dieser übergab die Nachricht einem weiteren. Der wiederum ließ Frau Kołek zum Friedhof kommen und brachte sie dort um. Er wurde von einer Friedhofsangestellten wiedererkannt, was keinen unwiderlegbaren Beweis darstellt, aber immerhin ein Indiz, bestätigt durch die Tatsache, dass derselbe Mann auch versucht hat, Herrn Darko umzubringen.«

»Wüst...«, rutschte es mir heraus.

»Beherrsch dich!«, zischte Łukasz.

»Keine Namen, bitte«, erinnerte der Major mit Nachdruck.

»Warum?«, fragte die Großtante mit noch größerem Nachdruck.

»Was warum? Warum keine Namen?«

»Nein. Warum hat er versucht, ihn zu töten?«

»Weil Herr Darko ihn nach Waldruhe gefahren hat und Zeuge eines Treffens mit einem weiteren ... wie könnte man ihn bloß nennen ...?«

»Verbrecher!«, sagte ihm Tante Olga vor.

»So könnten wir ihn bezeichnen. Die persönlichen Verbindungen untereinander verbargen sie möglichst, ein Zeuge, der sie herstellen konnte, war also gefährlich für sie. Übrigens kann ich Ihnen eine Freude machen«, wandte er sich plötzlich an mich. »Der Ermordete hatte sein Arbeitszimmer stets abgeschlossen, daher hatte der Schlüssel eine gewisse Bedeutung. Es passiert selten, dass ein Verbrecher keinen Fehler begeht, na, und diesen Schlüssel haben wir wiedergefunden. In der Tasche des zweiten Gastes, der zugleich der zweite Täter war.«

»Ach!«, sagte ich, wobei ich eine Menge Ausdruck in diesen Laut legte.

»Es gab also zwei Morde«, stellte die Großtante fest. »Der eine, das heißt der zweite, betrifft, wenn ich richtig verstehe, weder meine Enkelin noch ihren Verlobten ...«

Oje.

»... und der erste wurde von jemandem begangen, von dem hier bereits die Rede war. Ist das denn sicher? Und wie haben Sie das herausgefunden?«

»Durch langsame Annäherung. Und sicher ist es, insofern der Täter es zugegeben hat.«

»Tatsächlich?«, wunderte sich Onkel Ignacy. »So einfach, er hat es zugegeben und Schluss?«

»Ja, er hat es zugegeben und Schluss.«

»Schade um den Jungen«, verkündete Łukasz zornig. »Ich hatte gehofft, dass es der Wüter, die Kaja, der Sigismund ...«

»Keine Namen!«

»Habe ich etwa einen erwähnt?«

»Aber er bekommt mildernde Umstände ...«

Tante Iza ließ nicht locker.

»Interessant wäre die Frage, was die Bekanntschaft mit all diesen Verbrechern bedeutet. Sowohl meine Nichte als auch ihr … Verlobter … pflegen ja sehr vertrauten Umgang mit diesen Kreisen.«

»Wohl eher umgekehrt.« Łukasz war irritiert. »Sie waren selbst Zeugin ihrer Feindseligkeit! Und das sogar zweimal!«

»Woher kennen Sie sie dann so gut?«

»Das ist das Leben, gnädige Frau. Das Leben.«

Ich wurde plötzlich wütend.

»Würdest du, Tante, nicht jemanden festzuhalten versuchen, der die Pferdezucht im ganzen Land zerstört hat?! Würdest du dir nicht sein Gesicht merken? Und seinen Namen?!«

»Und wer ist das?« Onkel Filip war wieder aufgewacht.

»Der Mörder von Michalina! Und der Beinahemörder von Łukasz! Und diese Steinkohlebergin, was ist mit der?!«, warf ich unerwartet dem Major zu. »Dieser Puffer, diese Stützmauer, dieser unerschütterliche Felsen, die Frau Domagradzka!!!«

»Keine Namen, bitte!«

»Was ist eine Steinkohlebergin?«, fragte Onkel Ignacy interessiert.

Ich mäßigte mich ein wenig.

»Die weibliche Form von Steinkohleberg! Verzeihen Sie bitte, Herr Major, aber was ist mit ihr?! Kommt die endlich ins Kittchen?!«

»Sie sollten irgendwann aufhören, sich Illusionen zu machen.«

Onkel Filip wollte wissen, welcher Zusammenhang zwischen der erwähnten Person und der Pferdezucht bestehe, Tante Olga forderte scharfsinnig die Information, ob das die Komplizin des Mörders sei oder nur seine Geliebte, Tante Iza machte Anspielungen, es ginge dabei nur um die Eifersucht einer Frau auf eine andere, Łukasz versuchte, sie zu überzeugen, dass kein Mensch auf Frau Domagradzka eifersüchtig sein könnte, Onkel Ignacy begann, die Unterschiede zwischen einer Mauer, einem Puffer und einem Stein aufzuzählen …

»Ich bitte sofort um Ruhe!«, befahl die Großtante. »Der Herr Major hat das Wort! Und wo bleiben der Kaffee und der Nachtisch?!«

Beinahe wäre der Major aufgesprungen und hätte Kaffee und Nachtisch geholt, während der Leutnant bei dem Kasernenton der Großtante zusammenzuckte und die ganze Familie augenblicklich verstummte. Auch ich zuckte zusammen und dabei stieß ich mein Glas um, und der ganze Rotwein ergoss sich über Onkel Filip.

Oh nein, das war nun wirklich zu viel.

Während ich mir hoch und heilig schwor, das ganze nächste Jahr nicht einmal die klitzekleinste Party zu geben und keinen Wein anzurühren, nur Mineralwasser, bestreute ich den Onkel großzügig mit Salz, bis kein Körnchen mehr übrig war. Wenn ich gewusst hätte, was kommt, hätte ich eine halbe Tonne auf Vorrat gekauft. Macht nichts, vielleicht hatte Richies Schwester ja etwas übrig …

Łukasz half mir dabei, die Katastrophe zu bändigen. Beinahe hätte ich mich unsterblich in ihn verliebt, hätte ihn sogar vom Fleck weg geheiratet, was natürlich vollkommener Blödsinn gewesen wäre. Mein Gott, hoffentlich wird dieses grässliche Pech in dem Moment, in dem sie wegfahren, endlich ein Ende haben?! Noch nie hatte ich Wein vergossen!

Die Großtante wartete wie versteinert, bis die gewünschten Speisen auf dem Tisch standen. Allein das Salz, das aus den Ärmeln von Onkel Filip auf seinen Apfelkuchen und möglicherweise in seinen Kaffee rieselte, stand nun noch der allseitigen Zufriedenheit im Wege. Er sagte nichts und bemühte sich, es diskret unterm Tisch abzuschütteln.

»Also, alles in allem …«, begann er unsicher.

»Nein«, unterbrach ihn die Großtante. »Noch eins. Warum hat diese Person, an deren Vornamen ich mich erinnern kann und deren Nachnamen ich glücklicherweise vergessen habe, den Lebensgefährten meiner Enkelin getötet?«

»Weil dieser Mensch ihn auf unerträgliche Weise tyrannisiert und ausgenutzt hat«, entgegnete der Major hart. »Meine Pflicht ist es, die Verbrecher zu finden und sie dem Staatsanwalt zu übergeben. In diesem Fall habe ich das sehr ungern getan. Und ich darf feststellen, dass Ihre Enkelin, Verehrteste, die sich in den Anfängen der Bekanntschaft von ihrem Lebensgefährten hatte täuschen lassen, große Vernunft bewiesen hat, als sie sich von ihm gütlich trennte und ohne blutige Abrechnung. Der Täter reichte an dieses Niveau leider nicht heran.«

Große Vernunft, tatsächlich, er war ein anständiger Mensch, er wusste noch, weshalb er hergekommen war. Gut, die Enten hatten auch ihren Teil dazugetan. Und den Wein hatte ich ja nicht über ihn, sondern über Onkel Filip ausgegossen …

»Also liegt keinerlei Verdacht mehr auf ihr?«

»Absolut keiner. Im Gegenteil. Sie hat uns große Hilfe geleistet.«

Die Großtante überlegte einen Moment lang. Dann traf sie ihre Entscheidung.

»Dann sollten wir jetzt wohl den Champagner aus dem Kühlschrank holen. Ignacy …«

Dass Onkel Ignacy, während er begeistert den Champagner öffnete, meine Deckenlampe mit dem Korken zerstörte, war eine Kleinigkeit, die man gut vernachlässigen konnte.

Sie waren abgeflogen. Keine Sekunde den startenden Flieger aus den Augen lassend, hielt ich mich krampfhaft an Łukasz' Schulter fest. Er hatte es sich nicht anders überlegt, er flog tatsächlich. Der Flieger, nicht Łukasz.

Und dann fiel mir mein Wischlappen wieder ein, das allererste Beweisstück. Die müssten doch schon längst festgestellt haben, dass es mein Blut war, und nicht Dominiks, außerdem stand ich unter keinem Verdacht mehr. Mein Fingernagel war in den sechs Wochen auch nachgewachsen, und ich konnte das Pflaster vom Finger nehmen. Vielleicht könnte ich also auch meinen Lappen wiederbekommen, das schien zwar bedeutungslos, insbesondere in Anbetracht des Erbes, das mir schließlich zuerkannt worden war, aber ich hatte so schrecklich wenig Wischlappen, und ein Wischlappen ist ja ein überaus nützlicher Haushaltsgegenstand. Wenn ich ihn nicht zurückbekam, müsste ich bald durch irgendwelche Geschäfte laufen, um einen neuen zu besorgen, und jener war, könnte man sagen, beinahe ein Andenken. Vielleicht würden sie ihn mir sogar gewaschen zurückgeben?

Ich rief den Major an.

Er wusste gleich, wovon ich sprach, und war offensichtlich verlegen.

»Na ja, natürlich, sehen Sie … Die Blutgruppe wurde sofort überprüft, und es stellte sich heraus, dass er nichts mit der ganzen Sache zu tun hat … Kein Beweisstück. Weshalb die Angelegenheit in der Folge möglicherweise nicht ganz ernst genommen wurde, da er kein Beweismittel bei der Ermittlung mehr darstellte … Tut mir Leid, wirklich, so etwas passiert selten … Kurz gesagt, unsere Putzfrau hat ihn irrtümlicherweise weggeworfen. Es tut mir wirklich sehr Leid, aber Sie werden ihn wohl nicht wiederbekommen.«

Nun, wenn man einmal Pech hat, dann lässt es einen nicht mehr los.